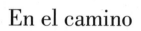

En el camino

Jack Kerouac

En el camino

Traducción de Martín Lendínez

EDITORIAL ANAGRAMA

BARCELONA

Título de la edición original:
On the Road
Viking Press
Nueva York, 1957

Ilustración: © Eva Mutter

Primera edición en «Contraseñas»: 1986
Primera edición en «Compactos»: diciembre 1989
Cuadragésima tercera edición en «Compactos»: septiembre 2022

Diseño de la colección: Julio Vivas y Estudio A

© Herederos de Jack Kerouac, 1955, 1957

© EDITORIAL ANAGRAMA, S. A., 1986
  Pau Claris, 172
  08037 Barcelona

ISBN: 978-84-339-6183-9
Depósito Legal: B. 1277-2022

Printed in Spain

Liberdúplex, S. L. U., ctra. BV 2249, km 7,4 - Polígono Torrentfondo
08791 Sant Llorenç d'Hortons

BREVES NOTAS A LA TRADUCCIÓN

Desde 1957, fecha de la publicación de esta novela (escrita en su mayor parte, según datos fidedignos, en 1948 y 1949), algunos de los términos jergales que aparecen en ella han pasado a formar parte del lenguaje cotidiano inglés, y traducidos o adaptados del castellano. Pero también, y dado el tiempo transcurrido, algunos han caído en desuso.

Así, el «tea» inglés, que designaba por entonces a la marihuana, ha dejado de utilizarse. Por eso, lo traduzco por «tila», un término también hoy en desuso, pero que hasta los primeros sesenta tenía el mismo significado (al menos, en los medios madrileños).

«Hipsters» eran los individuos rebeldes y pasados norteamericanos de aquellos años. Unas ratas de ciudad, más o menos de moda, que se drogaban y oponían a los «squares» («estrechos»). Norman Mailer se ocupó in extenso de ellos en *El blanco negro*.

El bop es, como se sabe, un tipo de jazz. Otros términos musicales como «swing», «cool», «ragtime», «hilbilly music», se utilizan en su forma inglesa por los entendidos, y así han quedado en esta versión.

También he dejado en inglés «saloon» y «drugstore», pues me parecen suficientemente conocidos en su forma original.

No he traducido el imperialista América por Norteamérica o Estados Unidos, que es lo que se designa en el libro. Me parece que en esa forma se adecuaba mejor a las pretensiones épicas que a veces apunta Kerouac.

«Frisco» es San Francisco. «LA», Los Ángeles.

He sustituido las pesas y medidas inglesas por sus equivalentes en el sistema métrico decimal.

M. L.

Primera parte

I

Conocí a Dean poco después de que mi mujer y yo nos separásemos. Acababa de pasar una grave enfermedad de la que no me molestaré en hablar, exceptuado que tenía algo que ver con la casi insoportable separación y con mi sensación de que todo había muerto. Con la aparición de Dean Moriarty empezó la parte de mi vida que podría llamarse mi vida en la carretera. Antes de eso había fantaseado con cierta frecuencia en ir al Oeste para ver el país, siempre planeándolo vagamente y sin llevarlo a cabo nunca. Dean es el tipo perfecto para la carretera porque de hecho había nacido en la carretera, cuando sus padres pasaban por Salt Lake City, en un viejo trasto, camino de Los Ángeles. Las primeras noticias suyas me llegaron a través de Chad King, que me enseñó unas cuantas cartas que Dean había escrito desde un reformatorio de Nuevo México. Las cartas me interesaron tremendamente porque en ellas, y de modo ingenuo y simpático, le pedía a Chad que le enseñara todo lo posible sobre Nietzsche y las demás cosas maravillosas intelectuales que Chad sabía. En cierta ocasión, Carlo y yo hablamos de las cartas y nos preguntamos si llegaríamos a conocer alguna vez al extraño Dean Moriarty. Todo esto era hace muchísimo, cuando Dean no era del modo en que es hoy, cuando era un joven taleguero nimbado de misterio. Luego, llegaron noticias de que

11

Dean había salido del reformatorio y se dirigía a Nueva York por primera vez; también se decía que se acababa de casar con una chica llamada Marylou.

Un día yo andaba por el campus y Chad y Tim Gray me dijeron que Dean estaba en una habitación de mala muerte del Este de Harlem, el Harlem español. Había llegado la noche antes, era la primera vez que venía a Nueva York, con su guapa y menuda Marylou; se apearon del autobús Greyhound en la calle 50 y doblaron la esquina buscando un sitio donde comer y se encontraron con la cafetería de Héctor, y desde entonces la cafetería de Héctor siempre ha sido para Dean un gran símbolo de Nueva York. Tomaron hermosos pasteles muy azucarados y bollos de crema.

Todo este tiempo Dean le decía a Marylou cosas como éstas:

—Ahora, guapa, estamos en Nueva York y aunque no te he dicho todo lo que estaba pensando cuando cruzamos Missouri y especialmente en el momento en que pasamos junto al reformatorio de Booneville, que me recordó mi asunto de la cárcel, es absolutamente preciso que ahora pospongamos todas aquellas cosas referentes a nuestros asuntos amorosos personales y empecemos a hacer inmediatamente planes específicos de trabajo... —Y así seguía del modo en que era aquellos primeros días.

Fui a un cuchitril con varios amigos, y Dean salió a abrirnos en calzoncillos. Marylou estaba sentada en la cama; Dean había despachado al ocupante del apartamento a la cocina, probablemente a hacer café, mientras él se había dedicado a sus asuntos amorosos, pues el sexo era para él la única cosa sagrada e importante de la vida, aunque tenía que sudar y maldecir para ganarse la vida y todo lo demás. Se notaba eso en el modo en que movía la cabeza, siempre con la mirada baja, asintiendo, como un joven boxeador recibiendo instrucciones, para que uno creyera que escuchaba cada una de las palabras, soltando miles de «Síes» y «De acuerdos». Mi primera impresión de Dean fue la de un Gene Autry joven —buen tipo, escurrido de caderas, ojos azules, auténtico acento de Oklahoma–, un héroe con grandes patillas del nevado Oeste. De hecho, había estado trabajando en un rancho, el de Ed Wall, en Colorado, justo antes de casarse con Marylou y venir al Este. Marylou era una rubia bastante guapa con muchos rizos parecidos a un mar de oro; estaba sentada allí, en el borde de la cama, con las manos colgando en el regazo y los grandes ojos campesinos azules abiertos de par en par, porque estaba en una maldita habitación gris de Nueva York de aquellas de las que había oído hablar en el Oeste y esperaba como una de las mujeres surrealistas delgadas y alargadas de Modigliani en un sitio muy serio. Pero, aparte de ser una chica físicamente agradable y menuda, era completamente idiota y capaz de hacer cosas horribles. Esa misma noche todos bebimos cerveza, echamos pulsos y hablamos hasta el amanecer, y por la mañana, mientras seguíamos sentados tontamente fumándonos las colillas de los ceniceros a la luz grisácea de un día sombrío, Dean se levantó nervioso, se paseó pensando, y decidió que lo que había que hacer era que Marylou preparara el desayuno y barriera el suelo.

–En otras palabras, tenemos que ponernos en movimiento, guapa, como te digo, porque si no siempre estaremos fluctuando y careceremos de conocimiento o cristalización de nuestros planes. –Entonces yo me largué.

Durante la semana siguiente, comunicó a Chad King que tenía absoluta necesidad de que le enseñase a escribir; Chad dijo que el escritor era yo y que se dirigiera a mí en busca de consejo. Entretanto, Dean había conseguido trabajo en un aparcamiento, se había peleado con Marylou en su apartamento de Hoboken –Dios sabe por qué fueron allí–, y ella se puso tan furiosa y se mostró tan profundamente vengativa que denunció a la policía una cosa totalmente falsa, inventada, histérica y loca, y Dean tuvo que largarse de Hoboken. Así que no tenía sitio adonde ir. Fue directamente a Paterson, Nueva Jersey, donde yo vivía con mi tía, y una noche mientras estudiaba llamaron a la puerta y allí estaba Dean, haciendo reverencias, frotando obsequiosamente los pies en la penumbra del vestíbulo, y diciendo:

–Hola, tú. ¿Te acuerdas de mí? ¿Dean Moriarty? He venido a que me enseñes a escribir.

–¿Dónde está Marylou? –le pregunté, y Dean dijo que al parecer Marylou había reunido unos cuantos dólares haciendo acera y había regresado a Denver.

–¡La muy puta!

Entonces salimos a tomar unas cervezas porque no podíamos hablar a gusto delante de mi tía, que estaba sentada en la sala de estar leyendo su periódico. Echó una ojeada a Dean y decidió que estaba loco.

En el bar le dije a Dean:

–No digas tonterías, hombre, sé perfectamente que no has venido a verme exclusivamente porque quieras ser escritor, y además lo único que sé de eso es que hay que dedicarse a ello con la energía de un adicto a las anfetas.

Y él dijo:

–Sí, claro, sé perfectamente lo que quieres decir y de hecho me han pasado todas esas cosas, pero el asunto es que quiero comprender los factores en los que uno debe apoyarse en la dicotomía de Schopenhauer para conseguir una realización interior... –Y siguió así con cosas de las que yo no entendía nada y él mucho menos. En aquellos días de hecho jamás sabía de lo que estaba hablando; es decir, era un joven taleguero colgado de las maravillosas posibilidades de convertirse en un intelectual de verdad, y le gustaba hablar con el tono y usar las palabras, aunque lo liara todo, que suponía propias de los «intelectuales de verdad». No se olvide, sin embargo, que no era tan ingenuo para sus otros asuntos y que sólo necesitó unos pocos meses con Carlo Marx para estar completamente *in* en lo que se refiere a los términos y la jerga. En cualquier caso, nos entendimos mutuamente en otros planos de la locura, y accedí a que se quedara en mi casa hasta que encontrase trabajo, además de acordar que iríamos juntos al Oeste algún día. Esto era en el invierno de 1947.

Una noche que cenaba en mi casa —ya había conseguido trabajo en el aparcamiento de Nueva York— se inclinó por encima de mi hombro mientras yo estaba escribiendo a máquina a toda velocidad y dijo:

—Vamos, hombre, aquellas chicas no pueden esperar, termina enseguida.

—Es sólo un minuto —dije—. Estaré contigo en cuanto termine este capítulo. —Y es que era uno de los mejores capítulos del libro.

Después me vestí y volamos hacia Nueva York para reunirnos con las chicas. Mientras íbamos en el autobús por el extraño vacío fosforescente del Túnel Lincoln nos inclinábamos uno sobre el otro moviendo las manos y gritando y hablando excitadamente, y yo estaba empezando a estar picado por el mismo bicho que picaba a Dean. Era simplemente un chaval al que la vida excitaba terriblemente, y aunque era un delincuente, sólo lo era porque quería vivir intensamente y conocer gente que de otro modo no le habría hecho caso. Me estaba exprimiendo a fondo y yo lo sabía (alojamiento y comida y «cómo escribir», etcétera) y él sabía que yo lo sabía (ésta ha sido la base de nuestra relación), pero no me importaba y nos entendíamos bien: nada de molestarnos, nada de necesitarnos; andábamos de puntillas uno alrededor del otro como unos nuevos amigos entrañables. Empecé a aprender de él tanto como él probablemente aprendió de mí. En lo que respecta a mi trabajo decía:

—Sigue, todo lo que haces es bueno.

Miraba por encima del hombro cuando escribía relatos gritando:

—¡Sí! ¡Eso es! ¡Vaya! ¡Fuuu! —Y, secándose la cara con el pañuelo, añadía—: ¡Muy bien, hombre! ¡Hay tantas cosas que hacer, tantas cosas que escribir! Cuánto se necesita, incluso para *empezar* a dar cuenta de todo sin los frenos distorsionadores y los cuelgues como esas inhibiciones literarias y los miedos gramaticales...

—Eso es, hombre, ahora estás hablando acertadamente. —Y vi algo así como un resplandor sagrado brillando entre sus visiones y su excitación. Unas visiones que describía de modo tan torrencial que los pasajeros del autobús se volvían para mirar «al histérico aquél». En el Oeste había pasado una tercera parte de su vida en los billares, otra tercera parte en la cárcel, y la otra tercera en la biblioteca pública. Había sido visto corriendo por la calle en invierno, sin sombrero, llevando libros a los billares, o subiéndose a los árboles para llegar hasta las buhardillas de amigos donde se pasaba los días leyendo o escondiéndose de la policía.

Fuimos a Nueva York —olvidé lo que pasó, excepto que eran dos chicas de color— pero las chicas no estaban; se suponía que íbamos a encontrarnos con ellas para cenar y no aparecieron. Fuimos hasta el aparcamiento donde Dean tenía unas cuantas cosas que hacer —cambiarse de ropa en un cobertizo trasero y peinarse un poco ante un espejo roto, y cosas así— y a continuación nos las piramos. Y ésa fue la noche en que Dean conoció a Carlo Marx. Y cuando Dean conoció a Carlo Marx pasó algo tremendo. Eran dos mentes agudas y se adaptaron el uno al otro como el guante a la mano. Dos ojos penetrantes se miraron en dos ojos penetrantes: el tipo santo de mente resplandeciente, y el tipo melancólico y poético de mente sombría que es Carlo Marx. Desde ese momento vi muy poco a Dean, y me molestó un poco, además. Sus energías se habían encontrado; comparado con ellos yo era un retrasado mental, no conseguía seguirles. Todo el loco torbellino de todo lo que iba a pasar empezó entonces; aquel torbellino que mezclaría a todos mis amigos y a todo lo que quedaba de mi familia en una gran nube de polvo sobre la Noche Americana. Carlo le habló del viejo Bull Lee, de Elmer Hassel, de Jane: Lee estaba en Texas cultivando hierba, Hassel en la cárcel de Riker Island, Jane perdida por Times Square en una alucinación de benzedrina, con su hijita en los brazos y terminando en Bellevue. Y Dean le habló a Carlo de gente desconocida del Oeste como Tommy Snark, el tiburón de pata de palo de los billares, tahúr y maricón sagrado. Le habló de Roy Johnson, del gran Ed Dunkel, de sus troncos de la niñez, sus amigos de la calle, de sus innumerables chicas y de las orgías y las películas pornográficas, de sus héroes, heroínas y aventuras. Corrían calle abajo juntos, entendiéndolo todo del modo en que lo hacían aquellos primeros días, y que más tarde sería más triste y perceptivo y tenue. Pero entonces bailaban por las calles como peonzas enloquecidas, y yo vacilaba tras ellos como he estado haciendo toda mi vida mientras sigo a la gente que me interesa, porque la única gente que me interesa es la que está loca, la gente que está loca por vivir, loca por hablar, loca por salvarse, con ganas de todo al mismo tiempo, la gente que nunca bosteza ni habla de lugares comunes, sino que arde, arde como fabulosos cohetes amarillos explotando igual que arañas entre las estrellas y entonces se ve estallar una luz azul y todo el mundo suelta un «¡Ahhh!». ¿Cómo se llamaban estos jóvenes en la Alemania de Goethe? Se dedicaban exclusivamente a aprender a escribir, como le pasaba a Carlo, y lo primero que pasó era que Dean le atacaba con su enorme alma rebosando amor como únicamente es capaz de tener un convicto y diciendo:

–Ahora, Carlo, déjame hablar... Te estoy diciendo que...
–Y no les vi durante un par de semanas, y en ese tiempo cimentaron su relación y se hicieron amigos y se pasaban noche y día sin parar de hablar.

Entonces llegó la primavera, la gran época para viajar, y todos los miembros del disperso grupo se preparaban para tal viaje o tal otro. Yo estaba muy ocupado trabajando en mi novela y cuando llegué a la mitad, tras un viaje al Sur con mi tía para visitar a mi hermano Rocco, estaba dispuesto a viajar hacia el Oeste por primera vez en mi vida.

Dean ya se había marchado. Carlo y yo le despedimos en la estación de los Greyhound de la calle 34. En la parte de arriba había un sitio donde te hacían fotos por 25 centavos. Carlo se quitó las gafas y tenía un aspecto siniestro. Dean se hizo una foto de perfil y miró tímidamente a su alrededor. Yo me hice una foto de frente y salí con pinta de italiano de treinta años dispuesto a matar al que se atreviera a decir algo de mi madre. Carlo y Dean cortaron cuidadosamente esta fotografía por la mitad y se guardaron una mitad cada uno en la cartera. Dean llevaba un auténtico traje de hombre de negocios del Oeste para su gran viaje de regreso a Denver; había terminado su primer salto hasta Nueva York. Digo salto, pero había trabajado como una mula en los aparcamientos. El empleado de aparcamiento más fantástico del mundo; es capaz de ir marcha atrás en un coche a sesenta kilómetros por hora siguiendo un paso muy estrecho y pararse junto a la pared, saltar, correr entre los parachoques, saltar dentro de otro coche, girar a ochenta kilómetros por hora en un espacio muy pequeño, llevarlo marcha atrás hasta dejarlo en un lugar pequeñísimo, *¡plash!,* cerrar el coche que vibra todo entero mientras él salta afuera; entonces vuela a la taquilla de los tickets, esprintando como un velocista por su calle, coger otro ticket, saltar dentro de otro coche que acaba de llegar antes de que su propietario se haya apeado del todo, seguir a toda velocidad con la puerta abierta, y lanzarse al sitio libre más cercano, girar, acelerar, entrar, frenar, salir; trabajando así sin pausa ocho horas cada noche, en las horas punta y a la salida de los teatros, con unos grasientos pantalones de borrachuzo y una chaqueta deshilachada y unos viejos zapatos. Ahora lleva un traje nuevo a causa de su regreso; azul con rayas, chaleco y todo —once dólares en la Tercera Avenida—, con reloj de bolsillo y cadena, y una máquina de escribir portátil con la que va a empezar a escribir en una pensión de Denver en cuanto encuentre trabajo. Hubo una comida de despedida con salchichas y judías en un Riker de la Séptima Avenida, y después Dean subió a un autobús que decía Chicago y se perdió en la noche. Allí se iba nuestro amigo pendenciero. Me prometí seguirle en cuanto la primavera floreciese de verdad y abriera el país.

Y así fue como realmente se inició toda mi experiencia en la carretera, y las cosas que pasaron son demasiado fantásticas para no contarlas.

Sí, y no se trataba sólo de que yo fuera escritor y necesitara nuevas experiencias por lo que quería conocer a Dean más a fondo, ni de que mi vida alrededor del campus de la universidad hubiera llegado al final de su ciclo y estuviera embotada, sino de que, en cierto modo, y a pesar de la diferencia de nuestros caracteres, me recordaba algo a un hermano perdido hace tiempo; la visión de su anguloso rostro sufriente con las largas patillas y el estirado cuello musculoso me recordaba mi niñez en los descampados y charcas y orillas del río de Paterson y el Passaic. La sucia ropa de trabajo le sentaba tan bien, que uno pensaba que algo así no se podía adquirir en el mejor sastre a medida, sino en el Sastre Natural, de la Alegría Natural, como la que Dean tenía en pleno esfuerzo. Y en su animado modo de hablar yo volvía a oír las voces de viejos compañeros y hermanos debajo del puente, entre las motocicletas, junto a la ropa tendida del vecindario y los adormilados porches donde por la tarde los chicos tocaban la guitarra mientras sus hermanos mayores trabajaban en el aserradero. Todos mis demás amigos actuales eran «intelectuales»: Chad, el antropólogo nietzscheano; Carlo Marx y su constante conversación seria en voz baja de surrealista chalado; el viejo Bull Lee y su constante hablar criticándolo todo... o aquellos escurridizos criminales como Elmer Hassel, con su expresión de burla tan hip; Jane Lee, lo mismo, desparramada sobre la colcha oriental de su cama, husmeando en el *New Yorker*. Pero la inteligencia de Dean era tan auténtica y brillante y completa, y además carecía del tedioso intelectualismo de la de todos los demás. Y su «criminalidad» no era nada arisca ni despreciativa; era una afirmación salvaje de explosiva alegría Americana; era el Oeste, el viento del Oeste, una oda procedente de las Praderas, algo nuevo, profetizado hace mucho, venido de muy lejos (sólo robaba coches para divertirse paseando). Además, todos mis amigos neoyorquinos estaban en la posición negativa de pesadilla de combatir la sociedad y exponer sus aburridos motivos librescos o políticos o psicoanalíticos, y Dean se limitaba a desplazarse por la sociedad, ávido de pan y de amor; no le importaba que fuera de un modo o de otro:

–Mientras pueda ligarme una chica guapa con un agujerito entre las piernas..., mientras podamos *comer*, tío. ¿Me oyes? Tengo *hambre*. Me *muero* de hambre, ¡vamos a *comer ahora mismo!*

Y, pasara lo que pasara, había que salir corriendo a *comer*, como dice en el Eclesiastés, «donde está tu lugar bajo el sol».

Un pariente occidental del sol, ése era Dean. Aunque mi tía me avisó de que podía meterme en líos, escuché una nueva llamada y vi un nuevo horizonte, y en mi juventud lo creí; y aunque tuviera unos pocos problemas e incluso Dean pudiera rechazarme como amigo, dejándome tirado, como haría más tarde, en cunetas y lechos de enfermo, ¿qué importaba eso? Yo era un joven escritor y quería viajar.

Sabía que durante el camino habría chicas, visiones, de todo; sí, en algún lugar del camino me entregarían la perla.

II

El mes de julio de 1947, tras haber ahorrado unos cincuenta dólares de mi pensión de veterano, estaba preparado para irme a la Costa Oeste. Mi amigo Remi Boncœur me había escrito una carta desde San Francisco diciéndome que fuera y me embarcara con él en un barco que iba a dar la vuelta al mundo. Juraba que me conseguiría un trabajo en la sala de máquinas. Le contesté y le dije que me contentaba con un viejo carguero siempre que me permitiera realizar largos viajes por el Pacífico y regresar con dinero suficiente para mantenerme en casa de mi tía mientras terminaba mi libro. Me dijo que tenía una cabaña en Mill City y que yo tendría todo el tiempo del mundo para escribir mientras preparábamos todo el lío de papeles que necesitábamos para embarcar. Él vivía con una chica que se llamaba Lee Ann; decía que era una cocinera maravillosa y que todo funcionaría. Remi era un viejo amigo del colegio, un francés que se había criado en París y un tipo auténticamente loco... No sabía lo loco que estaba todavía. Esperaba mi llegada en diez días. Mi tía estaba totalmente de acuerdo con mi viaje al Oeste; decía que me sentaría bien; había trabajado intensamente todo el invierno sin salir de casa casi nada; ni siquiera se quejó cuando le dije que tendría que hacer algo de autostop. Lo único que quería era que volviera entero. Así que dejando la

21

gruesa mitad de mi manuscrito encima de la mesa de trabajo, y plegando por última vez mis cómodas sábanas caseras, una mañana partí con mi saco de lona en el que había metido unas cuantas cosas fundamentales y me dirigí hacia el océano Pacífico con cincuenta dólares en el bolsillo.

Había estado estudiando mapas de los Estados Unidos en Paterson durante meses, incluso leyendo libros sobre los pioneros y saboreando nombres como Platte y Cimarron y otros, y en el mapa de carreteras había una línea larga que se llamaba Ruta 6 y llevaba desde la misma punta de Cape Cod directamente a Ely, Nevada, y allí caía bajando hasta Los Ángeles. Sólo tenía que mantenerme en la 6 todo el camino hasta Ely, me dije, y me puse en marcha tranquilamente. Para llegar a la 6 tenía que subir hasta Bear Mountain. Lleno de sueños de lo que iba a hacer en Chicago, en Denver, y por fin en San Francisco, cogí el metro en la Séptima Avenida hasta final de línea en la calle 243, y allí cogí un tranvía hasta Yonkers; en el centro de Yonkers cambié a otro tranvía que se dirigía a las afueras y llegué a los límites de la ciudad en la orilla oriental del Río Hudson. Si tiras una rosa al Río Hudson en sus misteriosas fuentes de los Adirondacks, podemos pensar en todos los sitios por los que pasará en su camino hasta el mar... imagínese ese maravilloso valle del Hudson. Empecé a hacer autostop. En cinco veces dispersas llegué hasta el deseado puente de Bear Mountain, donde la Ruta 6 traza un arco desde Nueva Inglaterra. Empezó a llover a mares en cuanto me dejaron allí. Era un sitio montañoso. La Ruta 6 cruzaba el río, torcía y trazaba un círculo, y desaparecía en la espesura. Además de no haber tráfico, la lluvia caía a cántaros y no había ningún sitio donde protegerme. Tuve que correr bajo unos pinos para taparme; no sirvió de nada; me puse a gritar y maldecir y golpearme la cabeza por haber sido tan idiota. Estaba a sesenta y cinco kilómetros al norte de Nueva York; todo el camino había estado preocupado por eso: el gran día de estreno sólo me había desplazado hacia el Norte en lugar de hacia el ansiado Oeste. Ahora estaba colgado en mi extremo Norte. Corrí medio kilómetro hasta una estación de servicio de hermoso estilo inglés que estaba abandonada y me metí bajo los aleros que chorreaban. Allí arriba, sobre mi cabeza, el enorme y peludo Bear Mountain soltaba rayos y truenos que me hacían temer a Dios. Todo lo que veía eran árboles a través de la niebla y una lúgubre espesura que se alzaba hasta los cielos.

–¿Qué coño estoy haciendo aquí? –grité, y pensé en Chicago–. Ahora estarán allí pasándoselo muy bien haciendo de todo y yo estoy aquí... ¡Quiero llegar ya!

Seguí con cosas así hasta que por fin se detuvo un coche en la vacía estación de servicio; el hombre y las dos mujeres que lo ocupaban querían consultar un mapa. Me puse delante gesticulando bajo la lluvia; hablaron entre sí; yo parecía un maníaco, claro, con el pelo todo mojado, los zapatos empapados. Mis zapatos, soy un maldito idiota, eran huaraches mexicanos, de suela de esparto, lo menos adecuado para una noche lluviosa en América y la dura noche en la carretera. Pero me dejaron entrar y *volvimos* a Newburgh, cosa que acepté como alternativa preferible a quedar atrapado en la espesura de Bear Mountain toda la noche.

–Además –dijo el hombre–, casi no circula nadie por la 6. Si quiere ir a Chicago lo mejor es que coja el Túnel Holland en Nueva York y se dirija a Pittsburg.

Me di cuenta de que tenía razón. Era mi sueño que se jodía, aquella estúpida idea provinciana de que sería maravilloso seguir una gran línea roja que atravesaba América en lugar de probar por distintas carreteras y rutas.

En Newburgh había dejado de llover. Bajé caminando hasta el río y tuve que volver a Nueva York en un autobús con un grupo de maestros de escuela que regresaban de pasar un fin de semana en las montañas. Bla, bla, bla y yo soltando tacos por todo el tiempo y el dinero que había malgastado, y diciéndome que quería ir al Oeste y aquí estaba tras pasar el día entero y parte de la noche subiendo y bajando, hacia el Norte y hacia el Sur, como si fuera algo que no podía empezar a hacer. Y me prometí estar en Chicago al día siguiente, y para estar seguro de ello cogí un autobús hasta Chicago, gastando gran parte de mi dinero, y no me importó para nada, sólo quería estar en Chicago al día siguiente.

III

Fue un viaje corriente en autobús con niños llorando y el sol ardiente, y campesinos subiendo en cada pueblo de Pennsilvania, hasta que llegamos a la llanura de Ohio y rodamos de verdad, subimos por Ashtabula y cruzamos Indiana de noche. Llegué a Chicago a primera hora de la mañana, cogí una habitación en un albergue juvenil, y me metí en la cama con muy pocos dólares en el bolsillo. Me lancé a las calles de Chicago tras un buen día de sueño.

El viento del lago Michigan, bop en el Loop, largos paseos por Halsted Sur y Clark Norte, y un largo paseo pasada la medianoche por la jungla urbana, donde un coche de la policía me siguió como si fuera un tipo sospechoso. En esta época, 1947, el bop estaba volviendo loca a toda América. Los tipos del Loop soplaban, fuerte pero con aire cansado, porque el bop estaba entre el período de la Ornitología de Charlie Parker y otro período que había empezado con Miles Davis. Y mientras estaba sentado allí oyendo ese sonido de la noche, que era lo que el bop había llegado a representar para todos nosotros, pensaba en todos mis amigos de uno a otro extremo del país y en cómo todos ellos estaban en el mismo círculo enorme haciendo algo tan frenético y corriendo por ahí. Y por primera vez en mi vida, la tarde siguiente, entré en el Oeste. Era un día cálido y hermoso para hacer autostop. Para evitar las desesperantes complicaciones del tráfico de Chicago tomé un autobús hasta Joliet, Illinois, crucé por delante de la prisión de Joliet, y me aparqué en las afueras de la ciudad después de caminar por las destartaladas calles, y señalé con el pulgar la dirección que quería seguir. Todo el camino desde Nueva York a Joliet lo había hecho en autobús, y había gastado más de la mitad de mi dinero.

El primer vehículo que me cogió era un camión cargado de dinamita con una bandera roja. Fueron unos cincuenta kilómetros por la enorme pradera de Illinois; el camionero me señaló el sitio donde la Ruta 6, en la que estábamos, se cruza con la Ruta 66 antes de que ambas se disparen hacia el Oeste a través de distancias increíbles. Hacia las tres de la tarde, después de un pastel de manzana y un helado en un puesto junto a la carretera, una mujer se detuvo por mí en un pequeño cupé. Sentí una violenta alegría mientras corría hacia el coche. Pero era una mujer de edad madura, de hecho madre de hijos de mi misma edad, y necesitaba alguien que la ayudara a conducir hasta Iowa. Estaba totalmente de acuerdo. ¡Iowa! No estaba lejos de Denver, y en cuanto llegara a Denver podría descansar. Ella condujo unas cuantas horas al principio; en un determinado sitio insistió en que visitáramos una vieja iglesia, como si fuéramos turistas, y después yo cogí el volante y, aunque no soy buen conductor, conduje directamente a través del resto de Illinois hasta Davenport, Iowa, vía Rock Island. Y allí, por primera vez en mi vida, contemplé mi amado río Mississippi, seco en la bruma veraniega, bajo el agua, con su rancio y poderoso olor que huele igual que esa América en carne viva a la que lava. Rock Island: vías férreas, casuchas, pequeño núcleo urbano; y por el puente a Davenport, el mismo tipo de pueblo, todo oliendo a aserrín bajo el cálido sol del Medio Oeste. Allí la señora tenía que seguir hacia su pueblo de Iowa por otra carretera, y me apeé.

El sol se ponía. Caminé, tras unas cuantas cervezas frías, hasta las afueras del pueblo, y fue un largo paseo. Todos los hombres volvían a casa del trabajo, llevaban gorros de ferroviarios, viseras de béisbol, todo tipo de sombreros, justo como después del trabajo en cualquier pueblo de cualquier sitio. Uno de ellos me llevó en su coche hasta la colina y me dejó en un cruce solitario de la cima de la pradera. Era un sitio muy bonito. Los únicos coches que pasaban eran coches de campesinos; me miraban recelosos, se alejaban haciendo ruido, las vacas volvían al establo. Ni un camión. Unos cuantos coches pasaron zumbando. Pasó un chico con su coche preparado y la bufanda al viento. El sol se puso del todo y me quedé allí de pie en medio de la oscuridad púrpura. Ahora estaba asustado. Ni siquiera se veían luces hacia la parte de Iowa; dentro de un minuto nadie sería capaz de verme. Felizmente, un hombre que volvía a Davenport me llevó de regreso al centro. Sin embargo, me encontraba justo donde había empezado.

Fui a sentarme a la estación de autobuses y pensé en todo eso. Comí otro pastel de manzana y otro helado; eso es prácticamente todo lo que comí durante mi travesía del país. Sabía que era nutritivo, y delicioso, claro está; decidí jugarme el todo por el todo. Cogí un autobús en el centro de Davenport, después de pasar media hora mirando a una empleada del café de la estación, y llegué a las afueras del pueblo, pero esta vez cerca de las estaciones de servicio. Por aquí pasaban los grandes camiones, ¡whaam!, y a los dos minutos uno de ellos frenó, deteniéndose a recogerme. Corrí hacia él con el alma diciendo ¡yupiii! ¡Y vaya conductor!: un enorme camionero muy bruto de ojos saltones y voz áspera y rasposa que sólo daba portazos y golpes a todo y mantenía su cacharro a toda velocidad y no me hacía ningún caso. Así que pude descansar mi agotada alma un rato, pues una de las mayores molestias del viajar en autostop es tener que hablar con muchísima gente, para que piensen que no han hecho mal en cogerte, hasta incluso entretenerles, todo lo cual es agotador cuando quieres seguir todo el rato y no tienes pensado dormir en hoteles. El tipo gritaba por encima del ruido del motor, y todo lo que yo tenía que hacer era responderle chillando, y ambos descansamos. Y, embalado, el tipo se dirigió directamente a Iowa City y me contó gritando las cosas más divertidas acerca de cómo se puede burlar la ley en los sitios donde hay una limitación de velocidad inadecuada, repitiendo una y otra vez:

—Esos hijoputas de la pasma nunca conseguirán que me baje los pantalones delante de ellos.

Justo cuando entrábamos en Iowa City vio otro camión que venía detrás de nosotros, y como tenía que desviarse en Iowa City encendió y apagó las luces traseras haciendo señas al otro tipo que nos seguía, y aminoró la marcha para que pudiera saltar fuera, lo que hice con mi bolsa, y el otro camión, aceptando el cambio, se detuvo a por mí, y una vez más, en un abrir y cerrar de ojos, me encontraba en otra enorme cabina, totalmente dispuesto a hacer cientos de kilómetros durante la noche, ¡me sentía feliz! Y el nuevo camionero estaba tan loco como el otro y aullaba tanto, y todo lo que tenía que hacer era recostarme y dejarme ir. Ahora casi podía ver Denver allí delante como si fuera la Tierra Prometida, allá lejos entre las estrellas, más allá de la pradera de Iowa y las llanuras de Nebraska, y conseguí tener la más hermosa visión de San Francisco, todavía más allá, como una joya en la noche. Embaló el camión y contó cosas durante un par de horas, después, en un pueblo de Iowa donde años después Dean y yo fuimos detenidos por sospechas relacionadas con lo que parecía un Cadillac robado, durmió unas pocas horas en el asiento. Yo también dormí, y di un pequeño paseo junto a solitarias paredes de ladrillo iluminadas por una sola luz, con la pradera brotando al final de cada calleja y el olor del maíz como rocío en la noche.

Se despertó sobresaltado al amanecer. Enseguida rodábamos, y una hora después el humo de Des Moines apareció allí enfrente por encima de los verdes maizales. El tipo tenía que desayunar, y quería tomárselo con calma, así que fui hasta el mismo Des Moines, unos seis kilómetros, en el coche de unos chicos de la Universidad de Iowa al que había hecho autostop; y resultaba extraño estar en aquel coche último modelo y oyéndoles hablar de exámenes mientras nos deslizábamos suavemente hacia el centro de la ciudad. Ahora quería dormir el día entero. Así que fui al albergue juvenil a buscar habitación; no tenían, y por instinto deambulé hasta las vías del ferrocarril –y en Des Moines hay un montón– y encontré una vieja y siniestra pensión cerca del depósito de locomotoras, y pasé todo el día entero durmiendo en una enorme cama limpia, dura y blanca, con inscripciones obscenas en la pared junto a la almohada y las persianas amarillas bajadas para no ver el espectáculo humeante de los trenes. Me desperté cuando el sol se ponía rojo; y aquél fue un momento inequívoco de mi vida, el más extraño momento de todos, en el que no sabía ni quién era yo mismo: estaba lejos de casa, obsesionado, cansado por el viaje, en la habitación de un hotel barato que nunca había visto antes, oyendo los siseos del vapor afuera, y el crujir de la vieja madera del hotel, y pisadas en el piso de arriba, y todos los ruidos tristes posibles, y miraba hacia el techo lleno de grietas y auténticamente no supe quién era yo durante unos quince extraños segundos. No estaba asustado; simplemente era otra persona, un extraño, y mi vida entera era una vida fantasmal, la vida de un fantasma. Estaba a medio camino atravesando América, en la línea divisoria entre el Este de mi juventud y el Oeste de mi futuro, y quizá por eso sucedía aquello allí y entonces, aquel extraño atardecer rojo.

Pero tenía que seguir y dejar de lamentarme, así que cogí mi bolsa, dije adiós al viejo dueño de la pensión sentado junto a su escupidera, y me fui a comer. Comí tarta de manzana y helado; ambas cosas mejoraban a medida que iba adentrándome en Iowa; la tarta más grande, el helado más rico. Aquella tarde en Des Moines mirara donde mirara veía grupos de chicas muy guapas —volvían a casa del instituto— pero no tenía tiempo de pensar en esas cosas y me prometí ir a un baile en Denver. Carlo Marx ya estaba en Denver; Dean también estaba allí; Chad King y Tim Gray también estaban, eran de allí; Marylou estaba allí; y se hablaba de un potente grupo que incluía a Ray Rawlins y a su guapa hermana, la rubia Babe Rawlins; a dos camareras conocidas de Dean, las hermanas Bettencourt; hasta Roland Major, mi viejo amigo escritor de la universidad, estaba allí. Tenía unas ganas tremendas de encontrarme entre ellos y disfrutaba el momento por anticipado. Así que dejé pasar de largo aquellas chicas tan guapas, y eso que en Des Moines viven las chicas más guapas del mundo.

Un tipo en una especie de caja de herramientas sobre ruedas, un camión lleno de herramientas que conducía puesto de pie como un lechero moderno, me cogió y me llevó colina arriba, allí casi sin detenerme me recogió un granjero que iba con su hijo en dirección a Adel, Iowa. En este lugar, bajo un gran olmo próximo a una estación de servicio, conocí a otro autostopista, un neoyorquino típico, un irlandés que había conducido una camioneta de correos la mayor parte de su vida y que ahora iba a Denver en busca de una chica y una nueva vida. Creo que dejaba Nueva York para escapar de algo, probablemente de la ley. Era un auténtico borracho de treinta años con la nariz colorada y normalmente me habría molestado, pero todos mis sentidos estaban aguzados deseando cualquier tipo de contacto humano. Llevaba una destrozada chaqueta de punto y unos pantalones muy amplios y sólo tenía de equipaje un cepillo de dientes y unos pañuelos. Dijo que teníamos que hacer autostop juntos. Debería haberle dicho que no, pues no parecía demasiado agradable para la carretera. Pero seguimos juntos y nos cogió un hombre taciturno que iba a Stuart, Iowa, un sitio donde nos quedamos colgados de verdad. Estuvimos enfrente de las taquillas de billetes de tren de Stuart mientras esperábamos vehículos que fueran al Oeste hasta que se puso el sol, unas cinco horas, tratando de matar el tiempo, primero hablando de nosotros mismos, después se puso a contarme chistes verdes, después dimos patadas a las piedras e hicimos ruidos estúpidos de todas clases. Nos aburríamos. Decidí gastar un dólar en cerveza; fuimos a una vieja taberna de Stuart y tomamos unas cuantas. Allí él se emborrachó como hacía siempre al volver de noche a su casa de la Novena Avenida, y me gritaba ruidosamente al oído todos los sueños sórdidos de su vida. Empezó a gustarme; no porque fuera una buena persona, como después demostró que era, sino porque mostraba entusiasmo hacia las cosas. Volvimos a la carretera en la oscuridad y, claro, no se detuvo nadie ni pasó casi nadie durante mucho tiempo. Seguimos allí hasta las tres de la madrugada. Pasamos algo de tiempo tratando de dormir en el banco del despacho de billetes del tren, pero el telégrafo sonaba toda la noche y no conseguíamos dormir, y el ruido de los grandes trenes de carga llegaba desde fuera. No sabíamos cómo subir a un convoy del modo adecuado; nunca lo habíamos hecho antes; no sabíamos si iban al Este o al Oeste ni cómo averiguarlo o qué vagón o plataforma o furgón elegir, y así sucesivamente. Conque cuando llegó el autobús de Omaha justo antes de amanecer nos subimos a él uniéndonos a los dormidos pasajeros: pagué su billete y el mío. Se llamaba Eddie. Me recordaba a un primo mío que vivía en el Bronx. Por eso seguí con él. Era como tener a un viejo amigo al lado, un tipo sonriente de buen carácter con el que seguir tirando.

Al amanecer llegamos a Council Bluffs; miré afuera. Todo el invierno había estado leyendo cosas de las grandes partidas de carretas que celebraban consejo allí antes de recorrer las rutas de Oregón y Santa Fe; y, claro, ahora sólo había unas cuantas jodidas casas de campo de diversos tipos y tamaños nimbadas por el difuso gris del amanecer. Después Omaha y, ¡Dios mío!, vi al primer vaquero. Caminaba junto a las gélidas paredes de los depósitos frigoríficos de carne con un sombrero de ala ancha y unas botas tejanas, semejante en todo a cualquier tipo miserable de un amanecer en las paredes de ladrillo del Este si se exceptuaba su modo de vestir. Nos apeamos del autobús y subimos la colina caminando –la alargada colina formada durante milenios por el poderoso Missouri junto a la que se levanta Omaha–, salimos al campo y extendimos nuestros pulgares. Hicimos un breve trecho con un rico ranchero con sombrero de ala ancha que nos dijo que el valle del Platte era tan grande como el valle del Nilo, en Egipto, y cuando decía eso, vi a lo lejos los grandes árboles serpenteando junto al lecho del río y los vastos campos verdes a su alrededor, y casi estuve de acuerdo con él. Después, cuando nos encontrábamos en otro cruce y el cielo empezaba a nublarse, otro vaquero, éste de casi dos metros y sombrero más modesto, nos llamó y quiso saber si alguno de nosotros podía conducir. Desde luego Eddie podía conducir, tenía su carnet y yo no. El vaquero llevaba consigo dos coches y quería volver con ellos a Montana. Su mujer estaba en Grand Island, y necesitaba que condujéramos uno de los coches hasta allí, donde ella se ocuparía de conducirlo. En ese punto se dirigía al Norte, lo que supondría el límite de nuestro viaje con él. Pero era recorrer unos buenos cientos de kilómetros de Nebraska y, naturalmente, no lo dudamos. Eddie conducía solo, el vaquero y yo le seguíamos, y en cuanto salimos de la ciudad Eddie puso aquel trasto a ciento cincuenta kilómetros por hora, por pura exuberancia.

–¡Maldita sea! ¿Qué hace ese muchacho? –gritó el vaquero, y se lanzó detrás de él.

Aquello empezaba a parecer una carrera. Durante un minuto creí que Eddie intentaba escaparse con el coche (y que yo sepa, eso estaba intentando). Pero el vaquero se pegó a él y luego, poniéndose a su lado, tocó el claxon. Eddie aminoró la marcha. El vaquero a base de bocinazos le mandó que parara.

–Maldita sea, chico, a esa velocidad vas a estrellarte. ¿No puedes conducir un poco más despacio?

—Claro, que me trague la tierra, ¿de verdad iba a ciento cincuenta? —dijo Eddie—. No me daba cuenta. La carretera es tan buena.

—Tómate las cosas con más calma y llegaremos a Grand Island enteros.

—Así será. —Y reanudamos el viaje. Eddie se había tranquilizado y probablemente iba medio dormido. De ese modo recorrimos ciento cincuenta kilómetros de Nebraska, siguiendo el sinuoso Platte con sus verdes praderas.

—Durante la Depresión —me dijo el vaquero—, solía subirme a trenes de carga por lo menos una vez al mes. En aquellos días veías a cientos de hombres viajando en plataformas o furgones, y no sólo eran vagabundos, había hombres de todas clases que no tenían trabajo y que iban de un lado para otro y algunos se movían sólo por moverse. Y era igual en todo el Oeste. En aquella época los guardafrenos nunca te molestaban. No sé lo que pasa hoy día. Nebraska no sirve para nada. A mediados de los años treinta este lugar sólo era una enorme nube de polvo hasta donde alcanzaba la vista. No se podía respirar. El suelo era negro. Yo andaba por aquí aquellos días. Por mí pueden devolver Nebraska a los indios si quieren. Odio este maldito lugar más que ningún otro sitio del mundo. Ahora vivo en Montana, en Missoula concretamente. Ven por allí alguna vez y verás lo que es la tierra de Dios. —Por la tarde, cuando se cansó de hablar, me dormí. Era un buen conversador.

Nos detuvimos junto a la carretera para comer algo. El vaquero fue a que le pusieran un parche en el neumático de repuesto, y Eddie y yo nos sentamos en una especie de parador. Oí una gran carcajada, la risa más sonora del mundo, y allí venía un amojamado granjero de Nebraska con un puñado de otros muchachos. Entraron en el parador y se oían sus ásperas voces por toda la pradera, a través de todo el mundo grisáceo de aquel día. Todos los demás reían con él. El mundo no le preocupaba y mostraba una enorme atención hacia todos. Dije para mis adentros: «¡Whamm!, escucha cómo se ríe ese hombre. Es el Oeste, y estoy aquí en el Oeste.» Entró ruidoso en el parador llamando a Maw, y ésta hacía la tarta de ciruelas más dulce de Nebraska, y yo tomé un poco con una gran cucharada de nata encima.

–Maw, échame el pienso antes de que tenga que empezar a comerme a mí mismo o a hacer alguna maldita cosa parecida –dijo, y se dejó caer en una banqueta y siguió ¡jo!, ¡jo!, ¡jo!, ¡jo!–. Y ponme judías con lo que sea.

Y el espíritu del Oeste se sentaba a mi lado. Me hubiera gustado conocer toda su vida primitiva y qué coño había estado haciendo todos estos años además de reír y gritar de aquel modo. ¡Puff!, me dije, y el vaquero volvió y nos largamos hacia Grand Island.

Y llegamos allí de un salto. El vaquero fue a buscar a su mujer y ambos se marcharon hacia lo que les deparara el destino, y Eddie y yo volvimos a la carretera. Hicimos un buen trecho con un par de muchachos –pendencieros, adolescentes, campesinos en un trasto remendado– y nos dejaron en un punto del itinerario bajo una fina llovizna. Entonces un viejo que no dijo nada –y que Dios sabe por qué nos recogió– nos llevó hasta Shelton. Aquí Eddie se quedó en la carretera como desamparado ante un grupo de indios de Omaha, de muy poca estatura, que estaban acurrucados sin tener adónde ir ni nada que hacer. Al otro lado de la carretera estaban las vías del tren y el depósito de agua que decía SHELTON.

–¡La madre que lo parió! –exclamó Eddie asombrado–. Yo estuve aquí antes. Fue hace años, cuando la guerra, de noche, muy de noche y todos dormían. Salí a fumar a la plataforma y me encontré en medio de la nada, en la oscuridad. Alcé la vista y vi el nombre de Shelton escrito en el depósito de agua. Íbamos hacia el Pacífico, todo el mundo roncaba, todos aquellos malditos mamones, y sólo estuvimos unos minutos, para cargar carbón o algo así, y enseguida nos fuimos. ¡Maldita sea! ¿Conque esto es Shelton? Odio este sitio desde entonces.

Y en Shelton nos quedamos colgados. Lo mismo que en Davenport, Iowa, casi todos los coches eran de granjeros, y de vez en cuando uno de turistas, lo que es peor, con viejos conduciendo y sus mujeres señalando los carteles o consultando los mapas y mirando a todas partes con aire de desconfianza.

La llovizna aumentó y Eddie cogió frío; llevaba muy poca ropa encima. Saqué una camisa de lana de mi saco de lona y se la puso. Se sintió un poco mejor. Yo también me resfrié. Compré unas gotas para la tos en una especie de destartalada tienda india. Fui a la diminuta oficina de correos y escribí una tarjeta postal a mi tía. Volvimos a la carretera gris. Allí enfrente estaba Shelton, escrito sobre el depósito de agua. Pasó el tren de Rock Island. Vimos las caras de los pasajeros de primera cruzar en una bruma. El tren silbaba a través de las llanuras en la dirección de nuestros deseos. Empezó a llover más fuerte aún.

Un tipo alto, delgado, con un sombrero de ala ancha, detuvo su coche al otro lado de la carretera y vino hacia nosotros; parecía un sheriff o algo así. Preparamos en secreto nuestras historias. Se tomó cierto tiempo para llegar hasta nosotros.

–¿Qué, chicos, vais a algún sitio o simplemente vais? –No entendimos la pregunta, y eso que era una pregunta jodidamente buena.

–¿Por qué? –dijimos.

–Bueno, es que tengo una pequeña feria instalada a unos cuantos kilómetros carretera abajo y ando buscando unos cuantos chicos que quieran trabajar y ganarse unos dólares. Tengo la concesión de una ruleta y unas anillas, ya sabéis, esas anillas que se tiran a unas muñecas para probar suerte. Si queréis trabajar para mí os daré el treinta por ciento de los ingresos.

–¿Comida y techo también?

–Tendréis cama, pero comida no. Podéis comer en el pueblo. Nos moveremos algo. –Y como vio que lo pensábamos, añadió–: Es una buena oportunidad. –Y esperó pacientemente a que tomáramos una decisión. Estábamos confusos y no sabíamos qué decir, y por mi parte no me apetecía nada trabajar en una feria. Tenía una prisa tremenda por reunirme con mis amigos de Denver.

—No estoy seguro —dije—. Viajo lo más rápido que puedo y no creo que tenga tiempo para eso. —Eddie dijo lo mismo, y el viejo dijo adiós con la mano, subió sin prisa a su coche y se alejó. Y eso fue todo.

Nos reímos un rato y especulamos sobre cómo hubiera sido aquello. Entreví una noche oscura y polvorienta en la pradera, y los rostros de las familias de Nebraska paseando entre los puestos, con sus chavales sonrosados mirándolo todo con temor, y supe lo mal que me habría sentido engañándolos con todos aquellos trucos baratos de feria. Y la noria girando en la oscuridad de la llanura, y, ¡Dios todopoderoso!, la música triste del tiovivo y yo esperando llegar a mi destino, y durmiendo en un carromato de colores chillones sobre un colchón de arpillera.

Eddie resultó ser un compañero de carretera muy poco seguro. Se acercó un aparato muy raro conducido por un viejo; era de aluminio o algo parecido, cuadrado como una caja: un remolque, sin duda, pero un remolque de fabricación casera de Nebraska, raro y disparatado. Iba muy despacio y se detuvo. Corrimos; el viejo dijo que sólo podía llevar a uno; sin decir ni una sola palabra, Eddie saltó dentro y desapareció poco a poco de mi vista llevándose mi camisa de lana. Bueno, una verdadera pena; lancé un beso de adiós a la camisa; en cualquier caso sólo tenía un valor sentimental. Esperé en nuestro infierno personal de Shelton durante mucho, muchísimo tiempo, varias horas, y pensando que se hacía de noche; en realidad, era sólo por la tarde, pero estaba oscuro. Denver, Denver, ¿cómo conseguiría llegar a Denver? Estaba a punto de dejar todo aquello e irme a tomar un café cuando se detuvo un coche bastante nuevo conducido por un tipo joven. Corrí hacia él como un loco.

—¿Adónde vas?

—A Denver.

–Bien, puedo acercarte a tu meta unos ciento cincuenta kilómetros.

–Estupendo, maravilloso, acabas de salvarme la vida.

–Yo también solía hacer autostop, por eso recojo siempre a
quien me lo pide.

–Yo haría lo mismo si tuviera coche. –Y hablamos y me
contó su vida, que no era muy interesante, y me dormí un
poco y desperté en las afueras de Gothenburg, donde me dejó.

IV

Iba a comenzar el más grande trayecto de mi vida. Un camión con una plataforma detrás y unos seis o siete tipos desparramados por encima de ella, y los conductores, dos jóvenes granjeros rubios de Minnesota, recogían a todo el que se encontraban en la carretera: la más sonriente y agradable pareja de patanes que se pueda imaginar; ambos llevaban camisas y monos de algodón, sólo eso; ambos tenían poderosas muñecas y eran animados, y sonreían como si dijeran ¿qué tal estás? a todo el que se cruzara en su camino.

Corrí, salté a la caja y dije:

—¿Hay sitio?

—Claro que sí, sube. Hay sitio para todo el mundo —me respondieron.

Todavía no me había instalado del todo en la caja cuando el camión arrancó; vacilé, pero uno de los viajeros me agarró y pude sentarme. Alguien me pasó una botella de aguardiente y bebí el último trago que quedaba. Respiré profundamente el aire salvaje, lírico y húmedo de Nebraska.

—¡Uuiii, allá vamos! —gritó un chico con visera de béisbol, y el camión se puso a más de cien kilómetros por hora y adelantaba a todos.

—Venimos en este cacharro hijoputa desde Des Moines. Estos tipos nunca paran. De vez en cuando hay que gritarles que queremos mear, pues si no hay que hacerlo al aire y agarrarse bien, hermano, agarrarse bien.

Observé a los pasajeros. Había dos jóvenes campesinos de Dakota del Norte con viseras de béisbol rojas, que es el modelo habitual de gorro que usan los chicos campesinos de Dakota del Norte. Iban a la recolección; sus viejos les habían dado permiso para andar por la carretera durante el verano. Había dos chicos de ciudad, de Columbus, Ohio, jugadores de fútbol y estudiantes, chicle, guiños, cánticos, y diciendo que hacían autostop por los Estados Unidos durante el verano.

—¡Vamos a Los Ángeles! —gritaron.

—¿Y qué vais a hacer allí?

—Joder, no lo sabemos. Además, ¿eso qué importa?

Después estaba un individuo alto y delgado que tenía una mirada atravesada.

—¿De dónde eres? —le pregunté. Estaba tumbado junto a él; se volvió lentamente hacia mí, abrió la boca, y dijo:

—Mon-ta-na.

Finalmente estaban Mississippi Gene y su compañero. Mississippi Gene era un chico moreno y bajo que recorría el país en trenes de carga, un vagabundo de unos treinta años con aspecto juvenil; tanto que resultaba imposible determinar qué edad tenía exactamente. Se sentaba con las piernas cruzadas, observando la pradera sin decir nada durante cientos de kilómetros. En una ocasión se volvió hacia mí y dijo:

—¿Tú adónde vas?

Dije que a Denver.

—Tengo una hermana allí pero no la he visto desde hace bastantes años. —Su hablar era melodioso y pausado. Era tranquilo. Su compañero era un chico de dieciséis años alto y rubio, también con harapos de vagabundo; es decir, llevaban ropa muy vieja que se había puesto negra con el hollín de los trenes y la suciedad de los vagones de carga y el dormir en el suelo. El chico rubio también era muy tranquilo y parecía huir de algo, y supuse que sería de la ley por el modo en que miraba y humedecía los labios con aspecto preocupado. Montana Slim les hablaba de vez en cuando con sonrisa sardónica e insinuante. Pero ellos no le prestaban atención. Slim era todo insinuación. Me asustaba su mueca y que abriera la boca justo delante de mi cara y la mantuviera semiabierta como un retrasado mental.

—¿Tienes dinero? —me preguntó.

—Coño, claro que no. Quizá para comprar un poco de whisky hasta llegar a Denver. ¿Y tú?

—Sé dónde conseguirlo.

—¿Dónde?

—En cualquier sitio. Siempre puedes hacértelo con un tipo en la carretera, ¿no crees?

—Sí, supongo que tú sí puedes.

—Lo haría si realmente necesitara pasta. Me dirijo a Montana a ver a mi padre. Tendré que bajar de este trasto en Cheyenne y tomar otro camino. Ese par de locos va a Los Ángeles.

—¿Directamente?

—Sin detenerse. Si quieres ir a LA has subido al vehículo adecuado.

Medité el asunto; la idea de zumbar toda la noche a través de Nebraska, Wyoming y el desierto de Utah por la mañana, y después lo más probable que el desierto de Nevada por la tarde, y llegar a LA en un espacio de tiempo previsible casi me hizo cambiar de planes. Pero tenía que ir a Denver. También me tenía que apear en Cheyenne, y hacer autostop hacia el sur para recorrer los ciento cincuenta kilómetros hasta Denver.

Me alegré cuando los dos granjeros de Minnesota dueños del camión decidieron detenerse a comer en North Plate; quería echarles una ojeada. Salieron de la cabina y nos sonrieron.

—A mear tocan —dijo uno.

—Parada y fonda —dijo el otro.

Pero eran los únicos del grupo que tenían dinero para comer. Todos nos arrastramos detrás de ellos hasta un restaurante atendido por un grupo de mujeres, y nos sentamos ante unas hamburguesas y unas tazas de café mientras ellos tragaban platos rebosantes como si estuvieran de vuelta en la cocina de su madre. Eran hermanos; transportaban maquinaria agrícola de Los Ángeles a Minnesota y hacían su buena pasta. En su viaje de vacío a la costa recogían a cuantos se encontraban en la carretera. Ya lo habían hecho otras cinco veces; les divertía muchísimo. De hecho, todo les gustaba. Nunca dejaban de sonreír. Intenté hablar con ellos —una especie de estúpido intento de trabar amistad con los capitanes del barco— y sus únicas respuestas fueron dos cordiales sonrisas y unos blancos dientes enormes de comedores de cereales.

Todos nos habíamos unido a ellos en el restaurante excepto los dos vagabundos, Gene y su chico. Cuando volvimos seguían sentados en el camión tristes y desconsolados. Ahora caía la noche. Los conductores fumaban; yo expuse mis deseos de ir a comprar una botella de whisky para mantener el calor durante el frío de la noche.

—Vete, pero apresúrate.

—Tomaréis unos tragos —les ofrecí.

—No, no, nosotros nunca bebemos. Pero vete.

Montana Slim y los dos estudiantes me acompañaron por las calles de North Platte hasta que encontré una tienda de bebidas. Los chicos bebieron un poco, Slim otro poco, y yo compré un litro. Hombres altos y hoscos nos observaban desde edificios con falsas fachadas; la calle principal estaba bordeada de casas cuadradas con forma de caja. Había inmensas perspectivas de las llanuras más allá de cada una de las tristes calles. Noté algo distinto en el aire de North Platte, no sabía qué era. Lo supe cinco minutos después. Volvimos al camión y reanudamos la marcha. Oscurecía rápidamente. Todos tomamos un trago y de pronto miré y vi que los verdes campos del Platte empezaban a desaparecer y en su lugar, y hasta donde alcanzaba la vista, aparecía una enorme llanura esteparia de arena y artemisa. Estaba atónito.

—¿Qué coño es esto? —le grité a Slim.

—Es el comienzo de los pastizales, muchacho. Pásame otro trago.

—¡Yupiii! —aullaron los estudiantes—. ¡Adiós, Columbus! ¿Qué dirían Sparkie y los chicos si estuvieran aquí? ¡Yupiii!

Los conductores habían cambiado de puesto en la cabina; el hermano que estaba descansado forzaba el camión al máximo. La carretera también cambió: abombada por el centro, blanda a los lados y con una zanja de más de un metro de profundidad bordeándola, así que el camión saltaba y oscilaba de un lado de la carretera al otro —milagrosamente sólo cuando no había coches que vinieran en dirección opuesta— y pensé que íbamos a dar un salto mortal. Pero eran unos conductores tremendos. ¡Cómo superó el camión la cresta de Nebraska!, (la cresta que se hunde hacia Colorado). Y enseguida me di cuenta de que de hecho ya estaba casi en Colorado, aunque no de modo oficial, pero mirando al sudoeste el propio Denver estaba a unos pocos cientos de kilómetros. Grité de alegría. La botella circuló. Salieron estrellas resplandecientes, las colinas de arena estaban cada vez más lejos y se hicieron borrosas. Me sentí igual que una flecha disparada camino del blanco.

Y, de pronto, Mississippi Gene se volvió hacia mí saliendo de su letargo y estirando las piernas, y abrió la boca, y se inclinó y dijo:

—Estas llanuras me recuerdan a Texas.

—¿Eres de Texas?

—No, señor, soy de Green-vell, Muss-sippy. —Y así fue como lo dijo.

—¿De dónde es el chico?

—Se metió en líos allá en Mississippi, así que me ofrecí a ayudarle a largarse. Nunca ha estado del todo en sus cabales. Cuido de él lo mejor que puedo, sólo es un niño.

Aunque Gene era blanco tenía algo de viejo negro cansado y sabio, y también mucho de Elmer Hassel, el adicto a las drogas neoyorkino, pero un Hassel de trenes, un Hassel viajero épico, cruzando y volviendo a cruzar el país todos los años, hacia el Sur en invierno y hacia el Norte en verano, y eso sólo porque no podía quedarse en un sitio sin cansarse enseguida de él y porque no había adónde ir excepto a todas partes, y tenía que mantenerse bajo las estrellas, por lo general las estrellas del Oeste.

—He estado en Og-den un par de veces. Si usted quiere ir a Og-den tengo algunos amigos que podrían alojarle.

—Voy a Denver desde Cheyenne.

—¡Coño! Vaya derecho hasta allí, no se hace un viaje como éste todos los días.

Ésa también era una oferta tentadora. ¿Qué había en Ogden?

—¿Qué es Ogden? —pregunté.

—Es el sitio por el que pasan la mayoría de los muchachos y siempre hay amigos allí; uno puede encontrarse a cualquiera.

Años antes yo había navegado con un tipo alto y huesudo de Louisiana que se llamaba Big Slim Hazard, William Holmes Hazard, que era vagabundo por afición. De niño había visto a un vagabundo pedirle a su madre un poco de pastel, y ella se lo dio, y cuando el vagabundo se había marchado carretera abajo, el niño dijo:

—Mamá, ¿quién era ése?

—Era un vagabundo.

—Mamá, yo también seré vagabundo.

—No digas tonterías, niño, eso no es para los Hazard.

Pero él nunca olvidó aquel día, y cuando se hizo mayor, y tras un breve período de jugador de fútbol en la Universidad de Louisiana, se hizo vagabundo. Big Slim y yo pasamos muchas noches contándonos historias y escupiendo tabaco de mascar en bolsas de papel. Había algo en Mississippi Gene que me recordaba tanto a Big Slim Hazard, que le pregunté:

—¿No habrás conocido por casualidad a un tipo llamado Big Slim Hazard?

—¿Se refiere usted a un tipo que se ríe mucho? —preguntó.

—Bueno, eso suena un poco a él. Era de Ruston, Louisiana.

—Eso es. Louisiana Slim le llamaban a veces. Sí, señor, he conocido a Big Slim.

—¿Solía trabajar en los yacimientos de petróleo del este de Texas?

—El este de Texas, así es. Y ahora se dedica a marcar ganado.

Y eso era exacto; pero todavía no podía creer que Gene hubiera conocido realmente a Slim, a quien yo había buscado, más o menos, durante años.

—¿Y solía trabajar en los remolcadores de Nueva York?

—Bueno, eso no lo sé.

—Supongo que sólo lo conociste en el Oeste.

—Así parece. Yo nunca he estado en Nueva York.

—Bueno, maldita sea, me asombra que lo conozcas. Éste es un país muy grande. Sin embargo, sé que debes de haberlo conocido.

—Sí, señor, conozco a Big Slim perfectamente. Siempre generoso con su dinero; cuando lo tiene, claro. De mal genio, un tipo duro, también. Le he visto tumbar a un policía en los depósitos del ferrocarril de Cheyenne, y de un solo puñetazo.

Eso sonaba mucho a Big Slim; siempre practicaba golpes de boxeo en el aire; se parecía un poco a Jack Dempsey, pero a un Jack Dempsey joven que bebía bastante.

—¡Maldición! —grité al viento, y tomé otro trago, y me sentía muy bien. Cada trago era bañado por el viento en aquel camión abierto, desaparecían sus malos efectos, y los buenos penetraban en mi estómago—. ¡Cheyenne, allá voy! —canté—. Denver espera a tu chico.

Slim Montana se volvió hacia mí, señaló mis zapatos y comentó:

—Se supone que si pones esas cosas en el suelo crecerá algo, ¿no? —No soltó ni una sonrisa, claro, y los demás al oírle se echaron a reír.

Y es que eran los zapatos más absurdos de toda América; los llevaba concretamente porque no quería que me sudaran los pies en la ardiente carretera, y excepto cuando la lluvia de Bear Mountain demostraron ser los mejores zapatos posibles para un viaje como el mío. Así que me uní a sus risas. Y los zapatos ya estaban por entonces muy gastados, las tiras de cuero de colores levantadas como rodajas de piña y mis dedos asomados a través de ellas. Bueno, tomé otro trago y me reí. Como en sueños pasamos zumbando por pequeños pueblos y cruces de carreteras que brotaban de la oscuridad y junto a largas hileras de braceros y vaqueros en la noche. Nos veían pasar con un movimiento de cabeza y nosotros les veíamos golpearse los muslos desde la renovada oscuridad del otro lado del pueblo: éramos un grupo extraño de ver.

Había un montón de hombres en el campo durante esta época del año. Los chicos de Dakota estaban inquietos.

—Creo que nos bajaremos en la próxima parada para mear; parece que por aquí hay montones de trabajo —dijo uno de ellos.

—Lo único que tenéis que hacer es dirigiros al Norte cuando se termine por aquí —les aconsejó Montana Slim—, y seguir la cosecha hasta llegar a Canadá. —Los chicos asintieron vagamente; no parecía que les interesara demasiado aquel consejo.

Entretanto, el chico rubio fugitivo seguía sentado igual que siempre; de vez en cuando Gene abandonaba su trance budista sobre las sombrías praderas y decía algo cariñoso al oído al chico. El chico asentía. Gene cuidaba de él, de su estado de ánimo y de sus temores. Yo me preguntaba adónde coño irían y qué coño harían. No tenían pitillos. Derroché mi paquete con ellos. Me gustaban. Eran agradecidos y amables. Nunca pedían y yo seguía ofreciéndoles. Montana Slim también tenía un paquete pero nunca ofrecía. Pasamos zumbando por otro pueblo; pasamos junto a otra hilera de hombres altos y flacos con pantalones vaqueros arracimados en la penumbra como mariposas alrededor de la luz, y regresamos a la tremenda oscuridad, y las estrellas se mostraban encima puras y brillantes porque el aire se hacía gradualmente más y más tenue a medida que ascendíamos la empinada pendiente de la meseta occidental, alrededor de veinte centímetros cada kilómetro, o eso decían, y sin árboles en parte alguna que ocultaran las estrellas. Y una vez vi una vaca melancólica de cabeza blanca entre la salvia del borde de la carretera cuando pasábamos a toda prisa. Era como ir en tren, justo con la misma regularidad, justo con idéntica seguridad.

Al rato llegamos a un pueblo, aminoramos la marcha, y Montana Slim dijo:

–Hora de mear. –Pero los de Minnesota no pararon y siguieron a toda marcha–. ¡Joder! Tengo que hacerlo –gritaba Slim.

–Hazlo por un lado –dijo alguien.

–Bueno, lo haré –respondió él, y lentamente, observado por todos, se fue arrastrando hasta la parte de atrás de la caja agarrándose a lo que podía, hasta que las piernas le quedaron colgando fuera. Alguien golpeó la ventanilla de la cabina para llamar la atención de los hermanos. Se desplegaron sus enormes sonrisas en cuanto se volvieron. Y justo cuando Slim estaba preparado para empezar, en la posición precaria en la que se encontraba, empezaron a hacer zigzags con el camión a más de cien kilómetros por hora. Se cayó de espaldas y durante un momento vimos un surtidor de ballena en el aire; trabajosamente consiguió sentarse de nuevo. Hicieron oscilar el camión otra vez. ¡Whaam! Montana Slim cayó de costado y se puso todo perdido. Entre el ruido del motor le oíamos soltar maldiciones como gemidos de un hombre llegando desde lejanas montañas.

–¡Cojones! ¡Me cago en la puta! –Y no se daba cuenta de que lo estaban haciendo aposta mientras se esforzaba por superar la prueba, ceñudo como el mismo Job. Cuando terminó estaba empapado, y ahora tuvo que hacer el camino de vuelta, y con expresión compungida nos miraba reír a todos, excepto el melancólico chico rubio, y a los de Minnesota, que se desternillaban en la cabina. Le tendí la botella para que se animara un poco.

—Conque lo estaban haciendo a propósito —dijo.

—Claro que sí.

—Bien, maldita sea, no me daba cuenta. Lo único que sabía es que también lo había hecho en Nebraska y no había tenido ni la mitad de problemas.

De repente habíamos llegado a Ogalalla, y aquí los tipos de la cabina gritaron, con gran deleite: «¡A mear tocan!»

Slim se quedó enfadado en el camión lamentando la oportunidad perdida. Los dos chicos de Dakota nos dijeron adiós a todos y pensaban empezar su trabajo de braceros aquí. Les vimos desaparecer en la noche en dirección a las casuchas del final del pueblo donde había luz encendida y donde, según un vigilante nocturno de pantalones vaqueros les dijo, estaban los que podían darles trabajo. Yo tenía que comprar tabaco. Gene y el chico rubio me acompañaron para estirar un poco las piernas. Llegué al lugar más perdido del mundo, una especie de solitaria discoteca de las llanuras para los quinceañeros locales. Bailaban, algunos de ellos, a la música de una máquina. Hubo un momento de silencio cuando entramos. Gene y el rubito se quedaron quietos sin mirar a nadie; lo único que querían era tabaco. Había unas cuantas chicas bastante guapas también. Y una de ellas le puso ojos de carnero degollado al rubio y él no se dio cuenta, y si se hubiera dado cuenta no habría hecho caso; así era de triste y desamparado.

Les compré un paquete a cada uno; me dieron las gracias. El camión estaba listo para seguir. Era casi medianoche y hacía frío. Gene, que había recorrido el país más veces de las que podía contar con los dedos de manos y pies, dijo que lo mejor que podíamos hacer era meternos apretujados bajo la enorme lona o nos congelaríamos. De este modo, y con el resto de la botella, nos mantuvimos calientes mientras el aire se helaba y nos silbaba en los oídos. Las estrellas parecían volverse más y más brillantes a medida que subíamos a las grandes praderas. Ya estábamos en Wyoming. Tumbado de espaldas, contemplaba el magnífico firmamento que se congratulaba de lo bien que me iban las cosas, de lo lejos que me encontraba por fin de aquel triste Bear Mountain, y sentí un agradable cosquilleo al pensar en lo que me esperaba allá en Denver, fuera lo que fuese. Y Mississippi Gene empezó a cantar. Cantó con una voz melodiosa y tranquila, acento del delta, y era algo muy sencillo, sólo: «Tengo una chica preciosa, una dulce quinceañera, la más bonita del mundo», y lo repetía intercalando otros versos, todos hablando de lo lejos que se encontraba de ella y de cómo deseaba volver de nuevo a su lado aunque la había perdido.

–Gene, es preciosa esa canción –dije.

–Es la más bonita que sé –me respondió, sonriendo.

–Espero que llegues adonde quieres ir y seas feliz allí.

–Siempre me lo hago bien y voy de un sitio a otro.

Montana Slim estaba dormido. Se despertó y me dijo:

–Oye, moreno, ¿qué te parece si tú y yo exploramos juntos Cheyenne esta misma noche antes de que sigas hacia Denver?

–Me parece muy bien –respondí, pues estaba bastante borracho como para hacer lo que fuera.

Cuando el camión llegó a las afueras de Cheyenne, vimos arriba las luces rojas de la emisora de radio local, y de repente estábamos abriéndonos paso en medio de una gran multitud que llenaba las dos aceras.

–Cojonudo; es la Semana del Salvaje Oeste –dijo Slim.

Grupos de negociantes, hombres de negocios gordos con botas altas y sombrero de alas anchas, con pesadas mujeres vestidas de vaqueras, se abrían paso a codazos y daban gritos por las aceras de madera del viejo Cheyenne; más abajo estaban las hileras de luces de los bulevares del nuevo centro de Cheyenne, pero la fiesta se centraba en la parte vieja de la ciudad. Disparaban salvas. Los salones estaban llenos hasta la puerta. Estaba asombrado y al tiempo sentía que aquello era ridículo: en mi primer viaje al Oeste estaba viendo a qué absurdos medios recurrían para mantener su orgullosa tradición. Tuvimos que saltar del camión y decir adiós; los de Minnesota no tenían ningún interés en dar una vuelta por allí. Fue triste verlos partir, y comprendí que nunca volvería a ver a ninguno de ellos, pero así eran las cosas.

–Esta noche se os va a helar el culo –les avisé–. Y mañana por la tarde vais a arder con el sol del desierto.

–Eso no me importa. Lo que quiero es salir de esta noche tan fría –dijo Gene.

Y el camión se alejó abriéndose paso entre la multitud, y nadie prestaba atención a aquellos tipos tan raros envueltos en la lona que miraban a la gente como niños pequeños desde la cuna. Vi cómo desaparecían en la noche.

V

Estaba con Montana Slim y empezamos a recorrer los bares. Tenía unos siete dólares, cinco de los cuales derroché estúpidamente aquella misma noche. Primero nos mezclamos con los turistas disfrazados de vaqueros y con los petroleros y los rancheros, en bares, en soportales, en aceras; después tuve que sacudir un rato a Slim, que andaba dando tumbos por la calle a causa del whisky y la cerveza: era un bebedor así; se le pusieron los ojos vidriosos, y a cada momento se ponía a hablar de sus cosas con cualquier desconocido. Fui a un puesto de chiles y la camarera era mexicana y guapa. Comí y luego le escribí unas líneas en la parte de atrás de la cuenta. El puesto de chiles estaba desierto; todo el mundo estaba en otros sitios, bebiendo. Dije a la chica que mirara la parte de atrás de la cuenta. Ella la leyó y se rió. Era un poemita sobre lo mucho que deseaba que me acompañase a disfrutar de la noche.

–Me gustaría, *Chiquito,** pero tengo una cita con mi novio.

–¿No puedes librarte de él?

–No, no puedo –me dijo tristemente, y me gustó cómo lo había dicho.

* Las palabras en cursiva seguidas de asterisco aparecen en castellano en el original. *(N. del T.)*

50

–Volveré por aquí otra vez –le dije, y ella respondió:

–Cuando quieras, chico.

Aún seguí allí un rato aunque sólo fuera para contemplarla, y tomé otra taza de café. Su novio apareció y con aire hosco le preguntó cuándo estaría libre. Ella se dio prisa para cerrar el local enseguida. Tuve que largarme. Cuando salía le sonreí. Fuera las cosas seguían tan agitadas como siempre, si se exceptúa el que los gordos vaqueros estaban todavía más borrachos y gritaban más alto. Era divertido. Había jefes paseando con penachos de plumas y aire solemne entre los congestionados rostros de los borrachos. Vi a Slim tambaleándose por allí y me uní a él.

–Acabo de escribirle una postal a mi viejo, en Montana –dijo–. ¿No podrías buscar un buzón y echármela?

Era una extraña petición; me dio la postal y atravesó tambaleante las puertas batientes de un saloon. Cogí la tarjeta, fui a un buzón y eché una rápida ojeada a lo que había escrito: «Querido Papá, estaré en casa el miércoles. Las cosas me van perfectamente y espero que a ti te suceda otro tanto. Richard.»

Aquello cambió por completo la idea que tenía de él; ¡qué educado y cariñoso se mostraba con su padre! Fui al bar y me reuní con él. Nos ligamos a un par de chicas, una rubia bastante guapa y una morena rellenita. Eran tontas y aburridas, pero seguimos con ellas. Las llevamos a un destartalado club nocturno que estaba a punto de cerrar, y donde me lo gasté todo, menos un par de dólares, en whisky escocés para ellas y cerveza para nosotros. Estaba casi borracho y no me importó; todo me parecía perfecto. Todo mi ser y mi voluntad apuntaba hacia la rubita. La deseaba con todas mis fuerzas, la abracé y quise decírselo. El club cerró y caminamos sin rumbo por las miserables calles polvorientas. Miré al cielo; las estrellas puras y maravillosas todavía estaban allí. Las chicas querían ir a la estación de autobuses, así que fuimos todos, pero al parecer tenían que reunirse con un marinero que las esperaba allí, primo de la más gorda, y el marinero estaba con varios amigos. Le dije a la rubia:

–¿Qué hacemos ahora?

Y ella me respondió que quería volver a casa, en Colorado, justo al otro lado de la frontera sur de Cheyenne.

–Te llevaré en autobús –le dije.

–No, el autobús para en la autopista y tendría que caminar sola por esa maldita pradera. Me paso todas las tardes mirándola y no tengo ánimos para atravesarla de noche.

–Pero será un paseo agradable entre flores silvestres.

–Allí no hay flores –dijo–. Quiero irme a Nueva York. Estoy muy cansada y aburrida de esto. El único sitio al que se puede ir es a Cheyenne y en Cheyenne no hay nada que hacer.

–Tampoco hay nada que hacer en Nueva York.

–¡Vaya si no hay! –dijo, frunciendo los labios.

La estación de autobuses estaba hasta los topes. Gente de todas clases esperaba los autobuses o simplemente pasaba el rato; había un montón de indios que lo miraban todo con ojos de piedra. La chica se desentendió de mí y se unió al marinero y los demás. Slim se había dormido en un banco. Me senté. El suelo de la estación de autobuses era igual que el de todas las estaciones de autobuses del país, siempre llenos de colillas y esputos y transmitiendo esa tristeza que sólo ellas poseen. Durante unos momentos aquello no era diferente a estar en Newark, si se exceptuaba la inmensidad del exterior que tanto me gustaba. Lamenté el modo en que había estropeado la pureza de todo mi viaje, no había ahorrado nada y estaba perdiendo el tiempo andando por ahí con aquella chica idiota y gastando todo mi dinero. Me sentía mal. Llevaba mucho sin dormir y estaba demasiado cansado para maldecir o armar líos, así que decidí dormir; me acurruqué en un asiento utilizando el saco de lona como almohada, y dormí hasta las ocho de la mañana entre los soñolientos murmullos y ruidos de la estación y de los cientos de personas que pasaban.

Me desperté con un fuerte dolor de cabeza. Slim se había ido: a Montana, supongo. Salí. Y allí en el aire azul vi por pri-

mera vez, a lo lejos, las nevadas cumbres de las Montañas Rocosas. Respiré profundamente. Tenía que llegar a Denver inmediatamente. Antes desayuné modestamente: una tostada y café y
un huevo. A continuación dejé la ciudad y salí a la autopista. El
festival del Oeste Salvaje seguía; había un rodeo, y los gritos y el
movimiento estaban a punto de volver a empezar. Todo eso
quedó atrás. Quería ver a mis amigos de Denver. Crucé las vías
por un paso a nivel y llegué a un grupo de casuchas donde se bi-
furcaban dos autopistas, ambas en dirección a Denver. Tomé la
más próxima a las montañas para poder echarles una ojeada, y
señalé con el pulgar mi camino. Me recogió enseguida un tipo
joven de Connecticut que recorría el país pintando en un viejo
coche; era hijo del director de un periódico del Este. Hablaba y
hablaba; me sentía mal debido a la bebida y a la altura. En un
determinado momento casi tuve que sacar la cabeza por la ventanilla. Pero cuando me dejó en Longmont, Colorado, ya me
sentía bien otra vez y hasta había empezado a hablarle de mis
viajes. Me deseó suerte.

Todo era hermoso en Longmont. Bajo un árbol viejo y
enorme había un trozo de césped verde perteneciente a una estación de servicio. Le pregunté al encargado si podría dormir
allí, y me dijo que claro; así que extendí una camisa de lana,
apoyé mi mejilla en ella, con un codo fuera y un ojo observando las nevadas Rocosas bajo el cálido sol. Dormí durante dos
deliciosas horas, sin más molestia que la de alguna hormiga
ocasional. ¡Y aquí estoy en Colorado! Lo pensaba repetidamen-
te muy alegre. ¡Coño!, ¡coño!, ¡coño! ¡Lo estaba consiguiendo!
Y, tras aquel sueño reparador lleno de brumosos sueños de mi
pasado en el Este, me levanté, me lavé en el aseo de caballeros
de la estación de servicio, y me puse en marcha, fresco y afina-
do como un violín, y en un bar cercano tomé una leche batida
riquísima que entonó mi ardiente y atormentado estómago.

Por cierto, la chica de Colorado tan guapa que me preparó
la leche era toda sonrisas; estaba encantado y me compensó la

noche anterior. Me dije: «¡Uf! ¿Cómo será Denver?», y me lancé de nuevo a la ardiente carretera, y pronto estaba en el coche último modelo de un hombre de negocios de Denver de unos treinta y cinco años. Iba a cien por hora. Yo estaba todo estremecido; contaba los minutos y restaba los kilómetros. Justo delante, por encima de los ondulantes y dorados trigales, y, bajo las lejanas nieves de Estes, al fin veía el viejo Denver. Me imaginé en un bar de Denver aquella misma noche, con todos los amigos, y a sus ojos sería un tipo extraño y harapiento, algo así como un profeta que ha atravesado la tierra entera para traer la misteriosa Palabra, y la única Palabra que me salía era: ¡Uff! El tipo aquel y yo mantuvimos una extensa y cálida conversación acerca de nuestros respectivos esquemas vitales y, antes de que me diera cuenta de ello, estábamos en el mercado de mayoristas de frutas de las afueras de Denver; había chimeneas, humo, vías férreas, edificios de ladrillo rojo, y a lo lejos los edificios de piedra gris del centro de la ciudad, y aquí estaba yo en Denver. Me dejó en la calle Larimer. Caminé dando traspiés con la mueca más traviesa y alegre del mundo entre los vagos y los sucios vaqueros de la calle Larimer.

VI

En aquellos días no conocía a Dean tan bien como ahora, y lo primero que quería hacer era reunirme con Chad King, cosa que hice. Llamé por teléfono, hablé con su madre.

–¡Vaya, Sal! ¿Qué estás haciendo en Denver? –me dijo.

Chad es un chico rubio y flaco con una extraña cara de brujo que se corresponde con su interés por la antropología y prehistoria de los indios. Su nariz asoma suave y casi blanda bajo el fulgor rubio de su pelo; posee la gracia y belleza de un intelectual rubio del Oeste que ha bailado en las fiestas de los pueblos y ha jugado al fútbol. Cuando habla de su boca sale un trémolo nasal.

–Lo que siempre me ha gustado, Sal, de los indios de las praderas era el modo en que siempre se mostraban embarazados al jactarse del número de cabelleras que habían cortado. En *La vida del Lejano Oeste*, de Ruxton, hay un indio que se pone colorado como un pimiento porque ha cortado demasiadas cabelleras y entonces corre como el demonio hacia las llanuras a celebrar escondido sus hazañas. ¡Joder, eso *me* emociona!

Aquella bochornosa tarde en Denver, su madre lo localizó trabajando en el museo local en su estudio sobre la cestería india. Le telefoneé allí; vino y me recogió con el viejo Ford cupé que utilizaba para viajar a las montañas y recoger objetos indios. Llegó a la estación de autobuses con pantalones vaqueros y una gran sonrisa. Yo estaba sentado en mi saco hablando con aquel mismo marinero que había estado conmigo en la estación de autobuses de Cheyenne, y preguntándole qué se había hecho de la rubia. Era tan coñazo que ni me contestó. Chad y yo subimos a su pequeño cupé y lo primero que hicimos fue ir al edificio del gobierno del estado a conseguir unos mapas que él necesitaba. Después tenía que ver a un amigo profesor suyo y otras cosas así, y yo lo único que quería era beber cerveza. Y en el fondo de mi mente se agitaba una inquieta pregunta: «¿Dónde está Dean y qué hace ahora?» Chad había decidido dejar de ser amigo de Dean por alguna extraña razón, y ni siquiera sabía dónde estaba viviendo.

—¿Carlo Marx está en la ciudad?

—Sí. —Pero tampoco se hablaba ya con él.

Y éste fue el comienzo del alejamiento de Chad King de nuestro grupo. Yo echaría una siestecita en su casa aquella tarde. Sabía ya que Tim Gray me tenía preparado un apartamento en la avenida Colfax, y que Roland Major ya estaba viviendo en él y esperaba reunirse allí conmigo. Noté en el aire una especie de conspiración, y esta conspiración dividía en dos bandos al grupo de amigos: por un lado estaban Chad King y Tim Gray y Roland Major, que junto a los Rawlins convenían en ignorar a Dean Moriarty y Carlo Marx. Yo estaba en medio de esta guerra tan interesante.

Era una guerra con cierto matiz social. Dean era hijo de un borracho miserable, uno de los vagos más tirados de la calle Larimer, y de hecho se había criado en la calle Larimer y sus alrededores. A los seis años solía comparecer ante el juez para pedirle que pusiera en libertad a su padre. Solía mendigar en las callejas que daban a Larimer y entregaba el dinero a su padre, que esperaba entre botellas rotas con algún viejo amigacho. Luego, cuando Dean creció, empezó a frecuentar los billares de Glenarm; estableció un nuevo récord de robo de coches en Denver, y fue a parar a un reformatorio. Desde los once a los diecisiete años pasó la mayor parte del tiempo en reformatorios. Su especialidad era el robo de coches; luego acechaba a las chicas a la salida de los colegios, y se las llevaba a las montañas, se las cepillaba, y volvía a dormir a cualquier cuartucho de un hotel de mala muerte. Su padre, en otro tiempo un respetable y habilidoso fontanero, se había hecho un alcohólico de vinazo, lo que es peor que ser alcohólico de whisky, y se vio reducido a viajar en trenes de carga a Texas durante el invierno y a regresar los veranos a Denver. Dean tenía hermanos por parte de su difunta madre –había muerto cuando él era pequeño– pero no les gustaba. Los únicos amigos de Dean eran los golfetes de los billares. Dean, que tenía la tremenda energía de una nueva clase de santos americanos, y Carlo eran los monstruos del underground de Denver durante aquella época, junto a los tipos de los billares, y, para simbolizar esto mejor, Carlo tenía un apartamento en un sótano de la calle Grant y nos reuníamos allí por la noche hasta que amanecía: Carlo, Dean, yo, Tom Snark, Ed Dunkel y Roy Johnson. Y otros posteriormente.

Mi primera tarde en Denver dormí en la habitación de Chad King mientras su madre hacía las cosas de la casa en el piso de abajo y Chad trabajaba en la biblioteca. Era una cálida tarde de julio en las grandes praderas. No me habría dormido a no ser por el invento del padre de Chad. Era un hombre afectuoso y educado de setenta y tantos años, flaco, delgado y agotado, y contaba cosas saboreándolas lentamente, muy lentamente; eran buenas historias de su juventud en Dakota del Norte, en cuyas llanuras, a fines del siglo pasado, para entretenerse montaba potros a pelo y cazaba coyotes con un bastón. Después se había hecho maestro rural en una zona de Oklahoma, y por fin hombre de negocios diversos en Denver. Todavía tenía una vieja oficina encima de un garaje calle abajo: el buró estaba aún allí, junto con incontables papeles polvorientos que recordaban la excitación y las ganancias pasadas. Había inven-

57

tado un sistema especial de aire acondicionado. Puso un ventilador normal y corriente en la persiana de una ventana y con un serpentín hacía circular agua fría por delante de las palas. El resultado era perfecto —hasta una distancia de metro y medio del ventilador— aunque luego, al parecer, el agua se convertía en vapor con el calor del día y en la parte de abajo de la casa hacía tanto calor como de costumbre. Pero yo estaba durmiendo justo debajo del ventilador instalado sobre la cama de Chad, con un gran busto de Goethe enfrente que me miraba fijamente, y me dormí enseguida para despertarme veinte minutos después con un frío de muerte. Me eché encima una manta y todavía hacía frío. Al final tenía tanto frío que no pude volver a dormirme y bajé al otro piso. El viejo me preguntó qué tal funcionaba su invento, y le dije que condenadamente bien, claro que dentro de ciertos límites. Me gustaba el hombre. Tenía tendencia a recordar cosas:

—Una vez fabriqué un quitamanchas que después fue copiado por todas las grandes firmas del Este. Llevo varios años tratando de recuperar mis derechos. Si tuviera bastante dinero para contratar a un abogado decente...

Pero ya era demasiado tarde para ocuparse de encontrar un buen abogado; y seguía sentado allí desalentado. Por la noche cenamos maravillosamente. La madre de Chad preparó filetes de un venado que había cazado en las montañas un tío de Chad. Pero ¿dónde estaba Dean?

VII

Los diez días siguientes estuvieron, como diría W. C. Fields, «preñados de peligro inminente» y de locura. Me instalé con Roland Major en un apartamento realmente ostentoso que pertenecía a unos familiares de Tim Gray. Cada uno teníamos un dormitorio y había una pequeña cocina con comida en el frigorífico, y una amplia sala de estar donde Major se instalaba con una bata de seda a escribir su último relato breve hemingwayano: es un tipo colérico, de rostro colorado, rechoncho, que odia a todo y a todos, y que a veces sonríe cálida y agradablemente al mundo cuando la vida de verdad le hace frente con dulzura durante la noche. Se sentaba, pues, a su mesa de trabajo, y yo saltaba sobre la gruesa y suave alfombra vestido únicamente con unos pantalones cortos de algodón. Major acababa de escribir un relato sobre un chico que llega a Denver por primera vez. Se llama Phil. Su compañero de viajes es un tipo misterioso y tranquilo llamado Sam. Phil sale a conocer Denver y se enrolla con unos falsos artistas. Vuelve a la habitación del hotel. Dice lúgubremente:

—Sam, también los hay aquí. —Y Sam está mirando sombriamente por la ventana, y dice:

—Sí, ya lo sé.

Y el asunto estaba en que Sam no tenía que salir y verlo, para saberlo. Los pretendidos artistas están por toda América, chupándole la sangre. Major y yo éramos muy amigos; él pensaba que yo era lo menos parecido a uno de esos falsos artistas. A Major le gustaba el buen vino, lo mismo que a Hemingway. Recordaba con frecuencia su reciente viaje a Francia.

—¡Ah, Sal! Si te hubieras sentado conmigo en pleno País Vasco con una fresca botella de Poignon Dixneuf, sabrías que hay otras cosas aparte de los trenes de carga.

—Ya lo sé. Lo que pasa es que me gustan los trenes de carga y me gusta mucho leer nombres como Missouri Pacific, Great Northern, Rock Island Line. ¡Por Dios, Major!, si te contara todo lo que me pasó haciendo autostop hasta aquí.

Los Rawlins vivían a unas cuantas manzanas de distancia. Eran una familia encantadora: una madre bastante joven, copropietaria de un decrépito hotel fantasmal, y cinco hijos y dos hijas. El hijo más asilvestrado era Ray Rawlins, un amigo de infancia de Tim Gray. Ray vino zumbando a buscarme y nos caímos bien enseguida. Salimos y bebimos en los bares de Colfax. Una de las hermanas de Ray era una rubia muy guapa llamada Babe: tenista y aficionada al surf, una muñeca del Oeste. Era la novia de Tim Gray. Major, que sólo estaba de paso en Denver y se lo hacía con mucho estilo en el apartamento, estaba saliendo con la otra hermana de Tim Gray, Betty. Yo era el único que no tenía pareja. A todos les preguntaba:

—¿Dónde está Dean? —Y ellos me respondían sonriendo que no lo sabían.

Por fin, pasó lo que tenía que pasar. Sonó el teléfono y era Carlo Marx. Me dio la dirección de su sótano. Le dije:

—¿Qué estás haciendo en Denver? Quiero decir, ¿qué estás *haciendo* realmente? ¿Qué pasa aquí?

—¡Oh!, espera un poco y te lo contaré.

Corrí a encontrarme con él. Trabajaba de noche en los grandes almacenes May; el loco de Ray Rawlins le había telefoneado allí desde un bar e hizo que los vigilantes buscaran a Carlo inmediatamente contándoles una historia de que alguien había muerto. Carlo pensó inmediatamente que el muerto era yo. Y Rawlins le dijo por teléfono:

—Sal está aquí, en Denver. —Y le dio mi dirección y teléfono.

—¿Y dónde está Dean?

—Dean también está en Denver. Deja que te cuente.

Y me contó que Dean estaba haciendo el amor con dos chicas a la vez; una era Marylou, su primera mujer, que lo esperaba en la habitación de un hotel, la otra era Camille, una chica nueva, que lo esperaba en la habitación de otro hotel.

—Entre una y otra acude a mí para el asunto que tenemos entre manos —continuó Carlo.

—¿Y qué asunto es *ése?*

—Dean y yo estamos embarcados en algo tremendo. Intentamos comunicarnos mutuamente, y con absoluta honradez y de modo total, lo que tenemos en la mente. Tomamos benzedrina. Nos sentamos en la cama y cruzamos las piernas uno enfrente del otro. He enseñado a Dean por fin que puede hacer todo lo que quiera, ser alcalde de Denver, casarse con una millonaria, o convertirse en el más grande poeta desde Rimbaud. Pero sigue interesado en las carreras de coches. Suelo ir con él. Salta y grita excitado. Ya le conoces, Sal, Dean está realmente colgado de cosas así. —Y luego añadió—: Mmmmm —para sus adentros pensando en todo aquello.

—¿Y cómo planificáis la cosa? —dije. Siempre había planes en la vida de Dean.

—El plan es éste: yo salgo de trabajar dentro de media hora. En estos momentos Dean se está follando a Marylou en el hotel, con lo que tengo tiempo para cambiarme de ropa. A la una en punto deja a Marylou y corre a ver a Camille (naturalmente, ninguna de las dos sabe lo que está pasando), y se la tira, dándome así tiempo de llegar a la una y media. Después sale conmigo (antes tiene que disculparse con ella, que ya está empezando a tenerme manía), y venimos aquí para hablar hasta las seis de la mañana. Por lo general, nos lleva más tiempo, pues el asunto se está volviendo terriblemente complicado y anda apurado de tiempo. Entonces, a las seis vuelve con Marylou (y mañana va a pasarse el día entero consiguiendo los papeles necesarios para divorciarse de ella). Marylou está totalmente de acuerdo, pero insiste en que se la folle en el ínterin. Dice que está enamorada de él... y lo mismo Camille.

Después me contó cómo había conocido Dean a Camille. Roy Johnson, el de los billares, se la había encontrado en un bar y la llevó a un hotel; el orgullo pudo más que su buen sentido, e invitó a todo el grupo a que subieran a verla. Todos se sentaron alrededor hablando con ella. Dean no hacía más que mirar por la ventana. Entonces, cuando todos se habían ido, Dean miró brevemente a Camille, se señaló la muñeca, hizo la señal de «cuatro» (indicando que volvería a las cuatro), y se largó. A las tres la puerta se cerró para Roy Johnson. A las cuatro se abrió para Dean. Yo quería salir para ver al chiflado. Además había prometido conseguirme a alguien para mí; conoce a todas las chicas de Denver.

Carlo y yo caminamos por las destartaladas calles nocturnas de Denver. El aire era tibio, las estrellas tan hermosas, las promesas de cada siniestro callejón tan grandes, que creí que estaba soñando. Llegamos al hotelucho donde Dean retozaba con Camille. Era un viejo edificio de ladrillo rojo rodeado de garajes de madera y viejos árboles que asomaban por detrás de las tapias. Subimos una escalera enmoquetada. Carlo llamó; luego se pegó a la pared para esconderse; no quería que Camille le viera. Permanecí ante la puerta. Dean la abrió completamente desnudo. Vi a una chica morena sobre la cama y un suave muslo bellísimo cubierto de encaje negro. La chica me miró algo asombrada.

–¡Vaya! ¡Si es Sal! –exclamó Dean–. Bien... veamos... ah... sí... claro, has llegado... eres un hijoputa, sí... por fin cogiste la vieja carretera. Bien, ahora vamos a ver... tenemos que... sí, sí, ahora mismo... es necesario hacerlo, tenemos que hacerlo, claro está... Mira, Camille. –Y se volvió hacia ella–: Sal está aquí, es un viejo amigo de Nueva York y acaba de llegar a Denver. Es su primera noche aquí, así que es absolutamente necesario que me vaya con él y le ayude a ligarse una chica.

—Pero, ¿a qué hora volverás?

—Ahora son exactamente —miró su reloj— la una y catorce. Volveré exactamente a las *tres* y catorce, para nuestra hora de fantasías juntos, para nuestra auténtica hora de fantasías, guapa, y después, ya sabes, te he hablado de ello y estás de acuerdo, ¿no? Tengo que ir a ver a ese abogado cojo para los papeles. Sí, en plena noche, parece raro, ya lo sé, pero ya te lo he explicado todo. —Esto era la pantalla para su cita con Carlo, que seguía escondido—. Así que ahora, en este mismo instante, tengo que vestirme, ponerme los pantalones, volver a la vida, es decir, a la vida de ahí fuera, a la calle y todo eso, como acordamos. Son ya la una y *quince* y hay que correr, correr...

—Bueno, de acuerdo, Dean, pero por favor ten cuidado y estate de vuelta a las tres.

—Será como te he dicho, guapa, pero recuerda que no es a las tres, sino a las tres y catorce. ¿Estamos de acuerdo en las más profundas y maravillosas profundidades de nuestras almas? —Y se acercó a ella y la besó varias veces. En la pared había un dibujo de Dean desnudo, con enormes cojones y todo, hecho por Camille. Yo estaba asombrado. Era todo tan loco.

Nos lanzamos a la noche; Carlo se nos unió en el callejón. Y avanzamos por la calle más estrecha, más extraña y más retorcida de una ciudad que yo hubiera visto nunca, en lo más profundo del corazón del barrio mexicano de Denver. Hablábamos a gritos en la dormida quietud.

—Sal —me dijo Dean—, tengo justamente a una chica esperándote en este mismo momento... si está libre. —Miró su reloj—. Es camarera, Rita Bettencourt, una tía muy guapa, algo colgada de ciertas dificultades sexuales que he intentado enderezar, pero creo que os entenderéis bien, eres un tipo listo. Así que vamos para allá enseguida. Deberíamos llevar cerveza. No, ellas tienen ya la que queramos. –Y, golpeándose la palma de la mano con el puño, añadió–: Tengo que hacérmelo con su hermana Mary esta misma noche.

–¿Cómo? –dijo Carlo–. Creí que teníamos que hablar.

–Sí, sí, pero después.

–¡Oh, este aplatanamiento de Denver! –gritó Carlo, mirando al cielo.

–¿No es el tipo más listo y amable del mundo? –me dijo Dean, hundiendo su puño en mis costillas–. ¡Mírale! ¡Mírale! –Y Carlo había iniciado sus andares de mono por las calles de la vida igual que le había visto hacer tantas veces en Nueva York.

–Bien, ¿pero qué coño estamos haciendo en Denver? –fue todo lo que pude decir.

–Mañana, Sal, sé dónde encontrarte un trabajo –dijo Dean, recobrando su tono de hombre de negocios–. Te llamaré en cuanto Marylou me deje una hora libre. Iré directamente a tu apartamento, diré hola a Major y te llevaré en el tranvía (hostias, no tengo coche) hasta el mercado de Camargo, donde podrás empezar a trabajar inmediatamente y cobrar el próximo viernes. De hecho, todos estamos sin nada de pasta. Hace semanas que no tengo tiempo para trabajar. El viernes por la noche, eso es seguro, nosotros tres (el viejo trío de Carlo, Dean y Sal) tenemos que ir a las carreras de coches, conseguiré que nos lleve hasta allí un tipo del centro al que conozco... –Y así seguimos en la noche.

Llegamos a la casa donde vivían las dos hermanas camareras. La mía todavía estaba trabajando; la que Dean quería para él estaba allí. Nos sentamos en su cama. Había planeado llamar a Ray Rawlins a esta hora. Lo hice. Llegó inmediatamente. Nada más entrar se quitó la camisa y la camiseta y empezó a meter mano a la absolutamente desconocida para él, Mary Bettencourt. Rodaban botellas por el suelo. Dieron las tres. Dean salió como una bala para su hora de fantasías con Camille. Estuvo de regreso a tiempo. Apareció la otra hermana. Ahora necesitábamos un co-

che, y estábamos haciendo demasiado ruido. Ray Rawlins llamó
a un amigo que tenía coche. Éste llegó. Todos nos amontonamos
dentro; Carlo trataba de llevar a cabo la conversación planeada
con Dean en el asiento trasero, pero había demasiado follón.

–¡Vamos a mi apartamento! –grité.

Así lo hicimos; en el momento en que el coche se detuvo
salté y me di un golpe en la cabeza contra la hierba. Todas mis
llaves se desparramaron; no las volví a encontrar. Corrimos,
gritamos que nos abrieran. Roland Major nos cerró el paso con
su bata de seda puesta.

–¡No puedo permitir esto en el apartamento de Tim Gray!

–¿Qué? –gritamos todos. Era un lío tremendo. Rawlins rodaba por la hierba con una de las camareras. Major no quería
dejarnos entrar. Juramos que llamaríamos a Tim Gray y le ha-
blaríamos de la fiesta y le invitaríamos a ella. En lugar de eso,
todos volvimos a nuestras guaridas del centro de Denver. De
repente, me encontré solo en mitad de la calle sin dinero. Mi
último dólar se había esfumado.

Caminé los ocho kilómetros hasta mi confortable cama en
el apartamento de Colfax. Major tuvo que dejarme entrar. Me
preguntaba si Dean y Carlo estarían estableciendo su comuni-
cación de corazón a corazón. Lo sabría más tarde. Las noches
de Denver son frías, y dormí como un tronco.

VIII

Entonces todos empezaron a planear una importante excursión a las montañas. Esto comenzó por la mañana, al tiempo que una llamada telefónica que complicó más las cosas: era Eddie, mi viejo amigo de la carretera, que llamaba sin demasiadas esperanzas de encontrarme; recordaba algunos de los nombres que le había mencionado. Ahora tendría ocasión de recuperar mi camisa. Eddie estaba con su novia en una casa cerca de Colfax. Quería saber si yo sabía dónde encontrar trabajo y le dije que viniera a verme, figurándome que Dean lo sabría. Dean llegó a toda prisa, mientras Major y yo desayunábamos a toda velocidad. Dean ni siquiera quiso sentarse.

—Tengo miles de cosas que hacer, en realidad no tengo tiempo de llevarte hasta Camargo, pero vamos, tío.

—Espera a Eddie, mi amigo de la carretera.

Major encontraba muy divertidas nuestras prisas. Había venido a Denver para escribir con calma. Trató a Dean con extremada deferencia. Dean no le prestaba atención. Major le decía cosas así:

—Moriarty, ¿qué hay de eso que he oído de que duermes con tres chicas al mismo tiempo?

Y Dean, frotándose los pies en la alfombra, decía:

—Sí, sí, así están las cosas. —Y miraba su reloj y Major fruncía la nariz. Me sentía avergonzado de salir con Dean. Major insistía en que era débil mental y ridículo. Por supuesto no lo era, y yo quería demostrárselo a todo el mundo.

Nos reunimos con Eddie. Dean tampoco le hizo caso y cruzamos Denver en tranvía bajo el ardiente sol del mediodía en busca de trabajo. Odiaba pensar en ello. Eddie hablaba y hablaba como siempre. Encontramos a un hombre del mercado que decidió contratarnos a los dos; empezaríamos a trabajar a las cuatro en punto de la madrugada y terminaríamos a las seis de la tarde.

—Me gustan los chicos a los que les gusta trabajar —dijo el hombre.

—He encontrado lo que buscaba —dijo Eddie, pero yo no estaba tan seguro.

—Bueno, no dormiré —decidí. Había demasiadas cosas interesantes que hacer.

Eddie se presentó a la mañana siguiente; yo no. Tenía cama y Major llenaba de comida el frigorífico, y, a cambio de esto, yo cocinaba y lavaba los platos. Entretanto, todos nos metíamos en todo. Una noche tuvo lugar una gran fiesta en casa de los Rawlins. La madre se había ido de viaje. Ray Rawlins llamó a toda la gente que conocía diciendo que trajera whisky; después buscó chicas en su libreta de direcciones. La mayor parte de las conversaciones con ellas las mantuve yo. Apareció un montón de chicas. Telefoneé a Carlo para saber lo que estaba haciendo Dean en aquel momento. Dean iría por casa de Carlo a las tres de la madrugada. Yo fui allí después de la fiesta.

El apartamento del sótano de Carlo estaba en una vieja casa de ladrillo rojo de la calle Grant cerca de una iglesia. Se entraba por un callejón, bajabas unos escalones de piedra, abrías una vieja puerta despintada y entrabas en una especie de bodega hasta llegar a la puerta del apartamento. Éste era igual que la habitación de un santón ruso: una cama, una vela encendida, paredes de piedra que rezumaban humedad y un improvisado icono que él mismo se había fabricado. Me leyó sus poemas. Uno se titulaba «Desaliento en Denver». Carlo se despertaba por la mañana y oía las «vulgares palomas» arrullarse en la calle junto a su celda; veía los «tristes ruiseñores» agitándose en las ramas y le recordaba a su madre. Una mortaja gris caía sobre la ciudad. Las montañas, las magníficas Rocosas que se podían ver al Oeste desde cualquier parte de la ciudad, eran *papier mâché*. El universo entero estaba loco y era un disparate extremadamente raro. Llamaba a Dean «hijo del arco iris» que soportaba su tormento con el agonizante pene. Hablaba de él como de «Edipo Eddie» que tenía que «raspar el chicle de los cristales de las ventanas». Estaba gestando en su sótano un enorme diario en el que registraba todo lo que sucedía diariamente: todo lo que Dean hacía y decía.

Dean llegó a la hora fijada.

–Todo va bien –anunció–. Voy a divorciarme de Marylou y casarme con Camille y me iré a vivir con ella a Frisco. Pero eso será después de que tú y yo, querido Carlo, vayamos a Texas, nos reunamos con el viejo Bull Lee, ese tipo tan ido al que todavía no conozco y del que ambos me habéis contado tantas cosas, y después me iré a San Francisco.

Entonces iniciaron su tarea. Se sentaron en la cama con las piernas cruzadas mirándose directamente uno al otro. Yo me repantigué en una silla cerca de ellos y contemplé todo aquello. Empezaron con un pensamiento abstracto, lo discutieron; se recordaron mutuamente otro punto olvidado en el flujo de acontecimientos; Dean se excusó pero prometió volver a él y desarrollarlo con cuidado y ofrecer ilustraciones.

–Y precisamente cuando cruzábamos Wazee –dijo Carlo-, quería hablarte de tu pasión por las carreras de coches y fue justo entonces, recuérdalo, cuando me señalaste aquel viejo vagabundo con unos pantalones muy grandes y dijiste que se parecía a tu padre.

–Sí, sí, claro que lo recuerdo; y no sólo eso, sino que por mi parte inicié una sucesión de pensamientos, algo que era auténticamente salvaje y que tenía que contarte, lo había olvidado y ahora acabas de recordármelo... –Surgieron así dos nuevos puntos. Los desmenuzaron. Luego Carlo preguntó a Dean si era honrado y concretamente si estaba siendo honrado con *él* en el fondo de su alma.

–¿Por qué sacas a relucir eso otra vez?

–Hay una última cosa que quiero saber...

–Pero Sal, el querido Sal, está escuchando, sentado ahí. Se lo preguntaremos a él. ¿Qué piensas tú de eso?

–Esa última cosa –dije– es la que no puedes alcanzar, Carlo. Nadie puede alcanzar esa última cosa. Vivimos con la esperanza de atraparla de una vez por todas.

–No, no, no, tú estás diciendo tonterías, pura mierda de primera calidad, estupideces románticas de Wolfe –dijo Carlo.

–Yo no quería decir nada de eso –dijo Dean–, pero dejemos que Sal piense lo que quiera, y de hecho, ¿no crees tú, Carlo, que hay cierta dignidad en el modo en que está sentado ahí observándonos? Es un loco que ha atravesado el país... No, Sal no lo dirá, el viejo Sal no lo dirá.

–Es que no hay nada que decir –protesté yo–. No entiendo adónde queréis ir o qué intentáis conseguir. Sé que resulta excesivo para cualquiera.

–Todo lo que dices es negativo.

–Entonces, ¿qué estáis intentando conseguir?

–Díselo.

–No, díselo tú.

–No hay nada que decir –añadí, y me reí. Cogí el sombrero de Carlo. Me lo eché sobre los ojos–. Quiero dormir –dije.

–Pobre Sal, siempre quiere dormir. –No respondí y ellos reanudaron su conversación.

–Cuando me pediste prestada aquella moneda para pagar el pollo...

–No, tío, los chiles. ¿Recuerdas?, era en la Estrella de Texas.

–Me estaba confundiendo con el martes. Cuando me pediste prestada aquella moneda dijiste, y ahora escucha, dijiste: «Carlo, ésta es la última vez que te engaño» como si realmente quisieras decir que yo me había puesto de acuerdo contigo en que no habría más engaños.

—No, no, no, yo no quise decir eso... y ahora piensa atentamente si quieres, amigo mío, en la noche en que Marylou lloraba en la habitación, y cuando me volví hacia ti y te indiqué con una sinceridad extraañadida al tono que los dos sabíamos que ella fingía, pero tenía cierta intención, es decir, por medio de mi interpretación mostré que... Pero espera un momento, no era eso.

—¡Claro que no es eso! Porque te olvidas de que... Pero no te acuso. Sí, eso fue lo que dije...

Y así siguieron toda la noche. Al amanecer me desperté y estaban intentando resolver el último de los problemas de la mañana.

—Cuando te dije que tenía que dormir *por culpa* de Marylou, es decir, porque tenía que verla esta mañana a las diez, no utilicé un tono perentorio con relación a lo que acababas de decir tú sobre lo innecesario que era dormir, sino sólo, *sólo*, tenlo en cuenta, debido a que de un modo absoluto, simple, elemental y sin condición alguna, necesito dormir ahora, quiero decir, tío, que los ojos se me están cerrando, que los tengo rojos, y que me pican, y que estoy cansado, y que no puedo más...

—¡Pobre chico! —dijo Carlo.

—Tenemos que dormir ahora mismo. Vamos a parar la máquina.

—¡La máquina no se puede parar! —gritó Carlo a viva voz. Cantaban los primeros pájaros.

—En cuanto levante la mano —dijo Dean—, dejaremos de hablar, los dos aceptaremos simplemente y sin discusiones que tenemos que dejar de hablar y nos iremos a dormir.

—No se puede parar la máquina así.

—¡Alto a esa máquina! —dije, y ellos me miraron.

—Has estado despierto todo el tiempo escuchándonos. ¿En qué pensabas, Sal?

Les dije que pensaba que eran unos maniáticos increíbles y que me había pasado la noche entera escuchándoles como si fuera un hombre que observa el mecanismo de un reloj más alto que el Paso de Berthoud y, sin embargo, está hecho con las piezas más pequeñas, como el reloj más delicado del mundo. Sonrieron y, señalándoles con el dedo, dije:

—Si seguís así os vais a volver locos, pero entretanto no dejéis de mantenerme informado de lo que pase.

Salí y cogí un tranvía hasta mi apartamento, y las montañas de *papier mâché* de Carlo se alzaban rojas mientras salía el enorme sol por la parte este de las llanuras.

IX

Al atardecer me vi implicado en aquella excursión a las montañas y no vi a Dean ni a Carlo durante cinco días. Babe Rawlins consiguió que su jefe le dejara un coche para el fin de semana. Cogimos unos trajes y los colgamos de las ventanillas y partimos hacia Central City; Ray Rawlins al volante, Tim Gray dormitando detrás y Babe delante. Era mi primera visita al interior de las Rocosas. Central City es un antiguo pueblo minero que en otro tiempo fue llamado la Milla Cuadrada Más Rica del Mundo, pues los buscadores que recorrían las montañas habían encontrado allí una auténtica veta de plata. Se hicieron ricos de la noche a la mañana y construyeron un pequeño pero hermoso teatro de ópera entre las cabañas escalonadas en la pendiente. Habían actuado en él Lillian Russell, y otras estrellas de la ópera europea. Después, Central City se había convertido en una ciudad fantasma, hasta que unos tipos enérgicos de la Cámara de Comercio del Nuevo Oeste decidieron hacer revivir el lugar. Arreglaron el teatro de ópera y todos los veranos actuaban en él las estrellas del Metropolitan. Eran unos grandes festejos para todos. Venían turistas de todas partes, incluso estrellas de Hollywood. Subimos las pendientes y nos encontramos con las estrechas calles atestadas de turistas finísimos. Recordé al Sam de Major. Major tenía razón. Él mismo andaba por allí sonriéndoles a todos en plan de hombre de mundo y diciendo «Oh» y «Ah» ante todo lo que veía.

—Sal —gritó, cogiéndome del brazo—, fíjate en esta vieja ciudad. Piensa en lo que era hace cien..., ¿qué digo cien?, sólo ochenta o sesenta años atrás; ¡y tenían ópera!

—Claro, claro —dije imitando a uno de sus personajes—, pero *también* están aquí.

—¡Los hijos de puta! —soltó. Pero siguió divirtiéndose con Betty Gray colgada del brazo.

Babe Rawlins era una rubia emprendedora. Conocía una vieja casa de mineros en las afueras del pueblo donde podríamos dormir aquel fin de semana; lo único que teníamos que hacer era limpiarla. También podríamos celebrar ahí una gran fiesta. Era una vieja cabaña con el interior cubierto por varios centímetros de polvo; tenía un porche y un pozo en la parte de atrás. Tim Gray y Ray Rawlins se arremangaron la camisa y empezaron a limpiarla; un trabajo duro que les llevó toda la tarde y parte de la noche. Pero tenían un cubo lleno de botellas de cerveza y todo marchó perfectamente.

Por mi parte, iba a ir a la ópera aquella tarde con Babe colgada del brazo. Llevaba un traje de Tim. Hacía unos pocos días que había llegado a Denver como un vagabundo; y ahora iba todo estirado dentro de un traje muy elegante, con una rubia guapísima y bien vestida al lado, saludando con la cabeza a gente importante y charlando en el vestíbulo bajo los candelabros. Me preguntaba lo que diría Mississippi Gene si pudiera verme.

La ópera era *Fidelio*. «¡Cuánta tiniebla!», gritaba el barítono en el calabozo bajo una imponente losa. Lloré. También veo la vida de ese modo. Estaba tan interesado en la ópera que durante un rato olvidé las circunstancias de mi loca existencia y me perdí entre los tristes sonidos de Beethoven y los matizados tonos de Rembrandt del libreto.

—Bueno, Sal, ¿qué te ha parecido la producción de este

año? –me preguntó orgullosamente Denver D. Doll una vez en la calle. Estaba relacionado con la asociación de la ópera.

–¡Cuánta tiniebla! ¡Cuánta tiniebla! –dije–. Es absolutamente maravillosa.

–Lo que tienes que hacer ahora es conocer a los artistas –continuó con un tono oficial, pero felizmente se olvidó enseguida de ello con la precipitación y desapareció.

Babe y yo volvimos a la cabaña minera. Me quité la ropa uniéndome a los otros en la limpieza. Era un trabajo tremendo. Roland Major estaba sentado en mitad de la habitación delantera que ya estaba limpia y se negaba a ayudar. En una mesita que tenía delante había una botella de cerveza y un vaso. Cuando pasábamos a su alrededor con cubos de agua y escobas, rememoraba:

–¡Ah! Si alguna vez vinierais conmigo, beberíamos Cinzano y oiríamos a los músicos de Bandol, eso sí que es vida. Y después, en los veranos, Normandía, los zuecos, el viejo y delicioso Calvados. ¡Vamos, Sam! –dijo a su invisible camarada–. Saca el vino del agua y veamos si mientras pescábamos se ha enfriado bastante. –Y era Hemingway puro.

Llamamos a unas chicas que pasaban por la calle:

–Ayudadnos a limpiar esto. Todo el mundo queda invitado a la fiesta de esta noche. –Se unieron a nosotros. Contábamos con un gran equipo trabajando. Por fin, los cantantes del coro de la ópera, en su mayoría muy jóvenes, aparecieron y también arrimaron el hombro. El sol se ponía.

Terminada nuestra jornada de trabajo, Tim, Rawlins y yo decidimos prepararnos para la gran noche. Cruzamos el pueblo hasta el hotel donde se alojaban las estrellas de la ópera. Oíamos el comienzo de la función nocturna.

–¡Perfecto! –dijo Rawlins–. Entraremos a coger unas navajas de afeitar y unas toallas y nos arreglaremos un poco.

También cogimos peines, colonia, lociones de afeitar, y entramos en el cuarto de baño. Nos bañamos cantando.

–¿No es increíble? –seguía diciendo Tim Gray–. Estamos usando el cuarto de baño y las toallas y las lociones de afeitar y las máquinas eléctricas de las estrellas de la ópera.

Fue una noche maravillosa. Central City está a más de tres mil metros de altura; al principio uno se emborracha con la altura, luego te cansas y sientes una especie de fiebre en el alma. Nos acercamos a las luces del teatro de la ópera mientras bajábamos por la estrecha calleja; después doblamos a la derecha y visitamos varios antiguos saloons con puertas batientes. La mayoría de los turistas estaban en la ópera. Empezamos con unas cuantas cervezas de tamaño extra. Había un pianista. Más allá de la puerta trasera se veían las montañas a la luz de la luna. Lancé un grito salvaje. La noche había llegado.

Corrimos de regreso a la cabaña minera. Todo continuaba preparándose para la gran fiesta. Las chicas, Babe y Bette, cocinaban judías y salchichas, y después bailamos y empezamos con la cerveza para entonarnos. Rawlins y Tim y yo nos relamíamos. Cogimos a las chicas y bailamos. No había música, sólo baile. El lugar se llenó. La gente empezó a traer botellas. Corríamos a los bares y regresábamos también corriendo. La noche se hacía más y más frenética. Me habría gustado que Carlo y Dean estuvieran allí (después comprendí que estarían fuera de lugar e incómodos). Eran como el hombre del calabozo y las tinieblas, el underground, los sórdidos hipsters de América, la nueva generación beat a la que lentamente me iba uniendo.

Aparecieron los chicos del coro. Empezaron a cantar «Dulce Adelina». También cantaban frases como: «Pásame la cerveza» y «¿Qué estás haciendo por ahí con esa cara?», y también daban grandes gritos de barítono de «Fi-de-lio».

–¡Ay de mí! ¡Cuánta tiniebla! –canté yo. Las chicas estaban alteradas. Salieron al patio trasero y se nos colgaron del cuello. Había camas en las otras habitaciones, las que no habían sido limpiadas, y yo tenía a una chica sentada en una y hablaba con ella cuando de pronto se produjo una gran invasión de jóvenes acomodadores de la ópera, que sin más agarraron a las chicas y se pusieron a besarlas sin los adecuados preámbulos. Adolescentes, borrachos, desmelenados, excitados... destrozaron la fiesta. A los cinco minutos todas las chicas se habían ido y comenzó una especie de fiesta de estudiantes con mucho sonar de botellas y ruido de vasos.

Ray y Tim y yo decidimos hacer otra visita a los bares. Major se había ido, Babe y Betty se habían ido. Nos tambaleamos en la noche. El público de la ópera abarrotaba los bares. Major gritaba por encima de las cabezas. El inquieto y gafudo Denver D. Doll estrechaba manos sin parar y decía:

—Muy buenas tardes, ¿cómo está usted? —Y cuando llegó la medianoche seguía diciendo—: Muy buenas tardes, ¿cómo está usted?

En un determinado momento le vi salir con alguien importante. Después volvió con una mujer de edad madura; al minuto siguiente estaba en la calle hablando con una pareja de acomodadores. Al siguiente momento me estrechaba la mano sin reconocerme, diciendo:

—Feliz Año Nuevo, amigo.

Y no estaba borracho de alcohol, sólo borracho de lo que le gustaba: montones de gente. Todos le conocían.

«Feliz Año Nuevo» decía, y a veces: «Feliz Navidad». Hacía eso siempre. En Navidad diría: «Feliz Día de Halloween.»

En el bar había un tenor al que todos respetaban muchísimo; Denver Doll había insistido en presentármelo y yo intentaba evitarlo como fuera; se llamaba D'Annunzio o algo así. Estaba con su mujer. Sentados a una mesa, tenían aspecto huraño. También había en el bar una especie de turista argentino. Rawlins le empujó para hacerse sitio. El tipo se volvió gruñendo. Rawlins me dio sus gafas y de un puñetazo lo dejó fuera de combate sobre la barra. El hombre quedó sin sentido. Hubo gritos. Tim y yo sacamos a Rawlins de allí. La confusión era tal que el sheriff no podía abrirse paso entre la multitud para llegar hasta la víctima. Nadie pudo identificar a Rawlins. Fuimos a otros bares. Major caminaba vacilante por una calle oscura.

–¡Qué coño pasa! ¿Una pelea? No tenéis más que avisarme.

Se alzaron grandes risotadas por todas partes. Me preguntaba lo que estaría pensando el Espíritu de la Montaña, levanté la vista y vi pinos y la luna y fantasmas de viejos mineros, y pensé en todo esto. En toda la oscura vertiente Este de la divisoria, esta noche sólo había silencio y el susurro del viento, si se exceptúa la hondonada donde hacíamos ruido; y al otro lado de la divisoria estaba la gran vertiente occidental, y la gran meseta que iba a Steamboat Springs, y descendía, y te llevaba al desierto oriental de Colorado y al desierto de Utah; y ahora todo estaba en tinieblas mientras nosotros, unos americanos borrachos y locos en nuestra poderosa tierra, nos agitábamos y hacíamos ruido. Estábamos en el techo de América y lo único que hacíamos era gritar; supongo que no sabíamos hacer otra cosa... en la noche, cara al Este, por encima de las llanuras donde probablemente un anciano de pelo blanco caminaba hacia nosotros con la Palabra, y llegaría en cualquier momento y nos haría callar.

Rawlins insistía en volver al bar donde se había peleado. Tim y yo no queríamos pero nos pegamos a él. Se dirigió a D'Annunzio, el tenor, y le tiró un whisky a la cara. Lo arrastramos fuera. Un barítono del coro se nos unió y fuimos a un bar normal y corriente de Central City. Allí Ray llamó puta a la camarera. Un grupo de hombres hoscos estaban pegados a la barra; odiaban a los turistas. Uno de ellos dijo:

–Chicos, lo mejor que podéis hacer es largaros de aquí antes de que termine de contar hasta diez. –Obedecimos. Regresamos dando tumbos a la cabaña y nos fuimos a dormir.

Por la mañana me desperté y me di vuelta en la cama; se levantó una gran nube de polvo. Tiré de la ventana; estaba clavada. Tim Gray estaba en la misma cama. Tosimos y estornudamos. Desayunamos los restos de la cerveza. Babe volvió de su hotel y recogimos nuestras cosas para irnos.

Todo parecía derrumbarse a mi alrededor. Cuando íbamos hacia el coche, Babe resbaló y se cayó de morros. La pobre chica estaba agotada. Su hermano, Tim y yo la ayudamos a levantarse. Subimos al coche; Major y Betty se nos unieron. Se inició el triste regreso a Denver.

De pronto, íbamos montaña abajo y dominábamos la gran llanura marina de Denver; el calor subía como de un horno. Empezamos a cantar. Yo estaba inquieto por verme ya en San Francisco.

X

Aquella noche me encontré con Carlo y para mi asombro me contó que había estado en Central City con Dean.

—¿Y qué hicisteis allí?

—Bueno, anduvimos por los bares y después Dean robó un coche y bajamos por las curvas de la montaña a ciento cincuenta por hora.

—No os vi.

—No sabíamos que estabas por allí.

—Bueno, tío, me voy a Frisco.

—Dean te ha citado con Rita para esta noche.

—Bueno, entonces de momento retrasaré el viaje.

No tenía dinero. Le había mandado una carta urgente a mi tía pidiéndole cincuenta dólares y diciéndole que sería el último dinero que le pediría; después, en cuanto me embarcara, se lo devolvería.

Luego fui a reunirme con Rita Bettencourt y la llevé al apartamento. Nos metimos en el dormitorio tras una larga conversación en la oscuridad de la sala de estar. Era una chica agradable, sencilla y sincera, y con un miedo tremendo al sexo. Le dije que era algo hermoso. Quería demostrárselo. Me dejó que lo intentara, pero yo estaba demasiado impaciente y no le demostré nada. Ella sollozaba en la oscuridad.

—¿Qué le pides a la vida? —le pregunté, y solía preguntárselo a todas las chicas.

—No lo sé —respondió—. Sólo atender a las mesas e ir tirando.

Bostezó. Le puse mi mano en la boca y le dije que no bostezara. Intenté hablarle de lo excitado que me sentía de estar vivo y de la cantidad de cosas que podríamos hacer juntos; le decía esto y pensaba marcharme de Denver dentro de un par de días. Se apartó molesta. Quedamos tumbados de espaldas mirando al techo y preguntándonos qué se habría propuesto Dios al hacer un mundo tan triste. Hicimos vagos proyectos de reunirnos en Frisco.

Mis días en Denver estaban llegando a su fin; lo sentía cuando la acompañaba caminando hacia su casa. Al regresar me tumbé en el césped de una vieja iglesia entre un grupo de vagabundos y su conversación me hizo desear el regreso a la carretera. De vez en cuando uno de ellos se levantaba y pedía limosna a cualquiera que pasase. Hablaban de irse al Norte para la cosecha. El ambiente era cordial y cálido. Quería volver a casa de Rita y contarle muchas más cosas, hacer el amor con ella de verdad y quitarle el miedo que sentía hacia los hombres. Los chicos y las chicas americanos suelen ponerse tristes cuando están juntos; lo sofisticado es dedicarse de inmediato al sexo sin la adecuada conversación preliminar. Nada de cortejo, nada de una verdadera conversación de corazón a corazón, aunque la vida sea sagrada y cada momento sea precioso. Oía la locomotora de Denver y Río Grande silbar en dirección a las montañas. Quería continuar en pos de mi estrella.

A medianoche Major y yo nos sentamos charlando melancólicamente.

—¿Has leído *Las verdes colinas de África?* Es lo mejor de Hemingway.

Nos deseamos mutuamente suerte. Nos reuniríamos en Frisco. Vi a Rawlins bajo un oscuro árbol de la calle.

80

—Adiós, Ray. ¿Cuándo nos volveremos a ver?

Busqué a Carlo y Dean... No los encontré por ninguna parte. Tim Gray levantó la mano y dijo:

—Así que te vas, Yo. —Nos llamábamos Yo el uno al otro.

—Sí —le respondí.

Durante los días siguientes vagué por Denver. Me parecía que cada vagabundo de la calle Larimer podía ser el padre de Dean Moriarty; le llamaban el viejo Dean Moriarty, el fontanero. Fui al Hotel Windsor, donde habían vivido padre e hijo y donde una noche Dean se despertó asustado por el ruido que hacía el tipo sin piernas que se arrastraba en un carrito y compartía la habitación con ellos; el hombre había atravesado la habitación haciendo un ruido tremendo con las ruedas: quería tocar al muchacho. Vi a la enana que vendía periódicos en la esquina de Curtis con la 15. Me paseé junto a las tristes casas de putas de la calle Curtis; jóvenes con pantalones vaqueros y camisa roja; cáscaras de cacahuetes, cines, billares. Después del resplandor de la calle estaba la oscuridad, y después de la oscuridad el Oeste. Tenía que irme.

Al amanecer me encontré con Carlo. Leí un poco de su enorme diario, dormí allí, y por la mañana, lluviosa y gris, el corpulento Ed Dunkel apareció con Roy Johnson, un chico bastante guapo, y Tom Shark, el de la pata de palo de los billares. Se sentaron y escucharon con sonrisas tímidas la lectura que Carlo Marx hizo de sus apocalípticos poemas enloquecidos. Yo me quedé hundido en la silla, agotado.

—¡Oh, vosotros, pájaros de Denver! —gritó Carlo. Salimos y fuimos por una típica calleja de Denver llena de incineradores que humeaban lentamente.

—Solía jugar al aro en esta calleja —me había dicho Chad King. Quería verlo haciéndolo; quería ver Denver diez años atrás cuando todos eran niños, cuando en las soleadas mañanas de primavera cerca de los cerezos en flor de las Rocosas jugaban alegres al aro en las callejas llenas de promesas... todos ellos. Y

Dean, harapiento y sucio, callejeando solitario sumido en su preocupado frenesí.

Roy Johnson y yo paseamos bajo la llovizna; fui a casa de la novia de Eddie a recuperar mi camisa de lana, la camisa de cuadros de Shelton, Nevada. Estaba allí, toda arrugada, con toda la enorme tristeza de una camisa. Roy Johnson dijo que nos encontraríamos en Frisco. Todo el mundo iría a Frisco. Me despedí y encontré que me había llegado el dinero. El sol se ponía, y Tim Gray me acompañó en un tranvía hasta la estación de autobuses. Saqué un billete para San Francisco gastando la mitad de mis cincuenta dólares, y subí al vehículo a las dos de la tarde. Tim Gray me dijo adiós. El autobús rodó por las animadas calles de tantos pisos de Denver.

—¡Dios mío! Tengo que volver y ver qué más cosas pasan —prometí.

Una llamada de Dean en el último minuto me anunció que él y Carlo se unirían conmigo en la Costa; pensé en esto, y me di cuenta de que en todo aquel tiempo no había hablado con Dean más de cinco minutos.

XI

Iba a reunirme con Remi Boncœur con dos semanas de retraso. El viaje de Denver a Frisco fue tranquilo salvo que mi corazón se agitaba más y más a medida que nos acercábamos. Cheyenne de nuevo, esta vez por la tarde, y luego el Oeste pasada la cordillera; cruzamos la divisoria a medianoche, por Creston, llegando a Salt Lake City al amanecer (una ciudad de agua bendita, el lugar menos apropiado para que naciera Dean); después llegamos a Nevada bajo el sol ardiente, Reno al caer la noche, y sus sinuosas calles chinas; después Sierra Nevada arriba, pinos, estrellas, albergues de montaña anunciándome aventuras amorosas en Frisco; una niña en el asiento de atrás gritándole a su madre:

—Mamá, ¿cuándo llegaremos a nuestra casa de Truckee?

Y enseguida la propia Truckee, la acogedora Truckee, y después colina abajo hasta las llanuras de Sacramento. De pronto, me di cuenta de que ya estaba en California. Aire cálido, espléndido —un aire que se puede besar—, y palmeras. A lo largo del historiado río Sacramento por una superautopista; en las montañas otra vez; arriba, abajo; y de repente la vasta extensión de la bahía (esto era justo antes del alba) con las dormidas luces de Frisco como una guirnalda. En el puente de la bahía de Oakland me dormí profundamente por primera vez desde

Denver; así que me desperté bruscamente en la estación de autobuses de Market y Cuarta recordando entonces que estaba a más de cinco mil kilómetros de la casa de mi tía en Paterson, Nueva Jersey. Me bajé como un maciliento fantasma, y allí estaba Frisco: largas y desiertas calles con los cables de los tranvías envueltos en niebla y blancura. Caminé tambaleándome unas cuantas manzanas. Unos vagabundos muy extraños (en Mission y Tercera) me pidieron unas monedas al amanecer. Oía música en algún sitio.

–Chico, ¡tengo que explorar todo esto después! Ahora debo encontrar a Remi Boncœur.

Mill City, donde vivía Remi, era un conjunto de casas en un valle, unas casas proyectadas para los obreros de los astilleros navales construidas durante la guerra; estaban en un desfiladero bastante profundo con las laderas llenas de árboles. Había tiendas y barberías y sastrerías para la gente de las casas. Era, o eso decían ellos, la única comunidad de América donde negros y blancos vivían voluntariamente juntos; y así era, en efecto, y además era el lugar más agreste y alegre que nunca había visto. A la puerta de la casa de Remi había una nota clavada que llevaba allí tres semanas.

¡Sal Paradise! (en grandes letras de imprenta). Si no hay nadie en casa entra por la ventana.

Firmado,
Remi Boncœur.

La nota tenía la tinta corrida y estaba amarillenta.

Entré por la ventana y allí estaba durmiendo con su novia, Lee Ann: dormían en una cama que él había robado de un barco mercante, según me dijo después; imagínese al mecánico de cubierta de un mercante deslizándose por encima de la borda en medio de la noche con una cama, y dirigiéndose después a

84

base de remos hasta la costa. Esto explica un poco cómo era Remi Boncœur.

El motivo por el que voy a ocuparme de todo lo que sucedió en Frisco es porque enlaza con todas las demás cosas de la carretera. Remi Boncœur y yo nos habíamos conocido en la universidad años atrás; pero lo que realmente nos unió fue mi antigua mujer. Remi la conoció primero. Vino a mi dormitorio una noche y dijo:

–Paradise, levántate, ha venido a verte el viejo profesor.

Me levanté y cuando me puse los pantalones cayeron al suelo unas cuantas monedas. Eran las cuatro de la tarde; en la universidad solía pasarme el día entero durmiendo.

–De acuerdo, de acuerdo, pero no tires el dinero. He encontrado a la mejor chica del mundo y esta noche voy a ir con ella a la Guarida del León.

Y me arrastró fuera de allí para llevarme a conocerla. Una semana después la chica estaba saliendo conmigo. Remi era un francés alto y moreno (parecía un estraperlista marsellés); como era francés hablaba un americano burlesco; su inglés era perfecto, su francés era perfecto. Le gustaba vestir bien, un poco como un estudiante, y salía con rubias llamativas y gastaba un montón de dinero. Nunca me reprochó que le hubiera quitado a la chica; al contrario, eso siempre nos había unido aún más; era un amigo leal y me quería de verdad, Dios sabe por qué.

Cuando me lo encontré aquella mañana en Mill City estaba pasando esos días malos y deprimentes que tienen los jóvenes hacia los veinticinco años. Andaba a la espera de un barco, y para ganarse la vida trabajaba de vigilante en los barracones del otro lado del desfiladero. Su novia Lee Ann tenía una lengua muy larga y no había día en que no le llamara al orden. Se pasaban la semana entera ahorrando para salir los sábados a gastarse cincuenta dólares en sólo tres horas. Remi andaba por la casa en pantalones cortos y con un disparatado gorro militar en la cabeza. Lee Ann llevaba la cabeza llena de rulos. Vestidos así, se pasaban toda la semana riñendo. Nunca había oído tal cantidad de insultos en toda mi vida. Pero el sábado por la noche, sonriéndose amablemente uno al otro, salían como un par de personajes importantes de Hollywood y bajaban a la ciudad.

Remi se despertó y me vio por la ventana. Su potente risa, una de las risas más potentes del mundo, resonó en mis oídos.

–¡Aaaaah, Paradise! Entra por la ventana siguiendo las instrucciones al pie de la letra. ¿Dónde has estado? Llegas con dos semanas de retraso. –Me dio palmadas en la espalda, le pegó un codazo a Lee Ann en las costillas, se apoyó en la pared y rió y gritó; dio puñetazos en la mesa para que todo Mill City se enterara de mi llegada–. ¡Aaaah! –resonaba por el desfiladero–. ¡Paradise! ¡El único y genuino Paradise! –gritaba.

Yo acababa de pasar por el pequeño pueblo pesquero de Sausalito y lo primero que dije fue:

–Debe haber un montón de italianos en Sausalito.

–¡Debe haber un montón de italianos en Sausalito! –gritó con toda la fuerza de sus pulmones–. ¡Aaaaah! –Se golpeó el pecho, cayó de la cama, casi rodó por el suelo–. ¿Has oído lo que ha dicho Paradise? ¿Que hay un montón de italianos en Sausalito? ¡Aaaah! ¡Venga! ¡Yupiiii! –Se puso colorado como un pimiento de tanto reírse–. Me vas a matar, Paradise, eres el tipo más divertido del mundo, y ahora estás aquí, por fin has llegado, entró por la ventana, tú lo has visto, Lee Ann, siguió las instrucciones y entró por la ventana. ¡Aaaah! ¡Jo! ¡Jo! ¡Jo!

Lo más raro era que en la puerta de al lado de Remi vivía un negro llamado señor Nieve, cuya risa, lo juro con la Biblia en la mano, era indudable y definitivamente la risa más potente de todo este mundo. Ese señor Nieve empezaba a reírse cuando se sentaba a cenar y su mujer, una vieja también, decía algo sin importancia; entonces se levantaba, aparentemente sufriendo un ataque, se apoyaba en la pared, miraba al cielo, y empezaba; salía dando traspiés por la puerta, se apoyaba en las paredes de las casas de sus vecinos y parecía borracho de risa; se tambaleaba por las sombras de Mill City lanzando un alarido triunfante como si llamase al mismo demonio que debía inducirle a obrar así. No sé si alguna vez consiguió terminar de cenar. Existe la posibilidad de que Remi, aun sin advertirlo, se hubiera contagiado de la risa de ese señor Nieve. Y aunque Remi tenía problemas en su trabajo y una vida amorosa difícil con una mujer de lengua muy afilada, por lo menos había aprendido a reírse mejor que casi ninguna otra persona del mundo, y enseguida comprendí que nos íbamos a divertir mucho en Frisco.

La situación era ésta: Remi dormía con Lee Ann en la cama, y yo dormía en la hamaca junto a la ventana. Yo no debía tocar a Lee Ann. En una ocasión, Remi soltó un discurso acerca de esto.

—No quiero encontraros jugando cuando creáis que no os estoy mirando. No puedes enseñar al viejo profesor una canción nueva. Es un refrán original mío.

Miré a Lee Ann. Era una chica tremendamente atractiva, una criatura color de miel, pero sus ojos reflejaban odio hacia nosotros. Ambicionaba casarse con un hombre rico. Procedía de un pueblecito de Oregón. Maldecía el día en que había conocido a Remi. En uno de sus espectaculares fines de semana, él había gastado cien dólares con ella, y pensó que había dado con un rico heredero. En vez de eso, estaba colgada en esta casa, y a falta de otra cosa seguía allí. Tenía un empleo en Frisco; tenía que coger diariamente el autobús Greyhound en el cruce. Nunca se lo perdonaría a Remi.

Yo me quedaría en casa y escribiría un brillante relato original para un estudio de Hollywood. Remi volaría en un avión estratosférico con el guión bajo el brazo y nos haríamos ricos; Lee Ann iría con él; se la presentaría al padre de un amigo suyo, que era un director famoso íntimo de W. C. Fields. Así que la primera semana permanecí en la casa de Mill City escribiendo furiosamente un siniestro relato sobre Nueva York que creía podría gustarle a un director de Hollywood, pero el problema era que resultó demasiado triste. Remi casi ni pudo leerlo y se limitó a llevarlo a Hollywood unas cuantas semanas después. Lee Ann estaba harta de nosotros y nos odiaba demasiado como para molestarse en leerlo. Pasé muchísimas horas lluviosas bebiendo café y haciendo garabatos. Por fin, le dije a Remi que no podía seguir así; quería un trabajo; dependía de ellos hasta para el tabaco. Una sombra cruzó el rostro de Remi: siempre le entristecían las cosas más divertidas. Tenía un corazón de oro.

Se las arregló para conseguirme el mismo trabajo que él: vigilante de los barracones. Pasé por los trámites necesarios, y ante mi sorpresa los hijoputas me contrataron. El jefe de la policía local me tomó juramento y me dieron una insignia, una porra, y ya era una especie de guarda jurado. Me pregunté lo que dirían Dean y Carlo y el viejo Bull Lee si me vieran así. Tenía que llevar unos pantalones azul marino a juego con mi chaqueta negra y un gorro de policía; durante las dos primeras semanas tuve que ponerme unos pantalones de Remi. Como Remi era tan alto, y tenía tripa debido a las voraces comidas que se atizaba para matar el aburrimiento, en mi primera noche de trabajo parecía Charlie Chaplin. Remi me dio su linterna y su 32 automática.

—¿Dónde conseguiste esta pistola? –le pregunté.

—Cuando venía hacia la costa el verano pasado bajé del tren en North Platte, Nebraska, para estirar las piernas, y la vi en un escaparate, y como es un modelo raro la compré enseguida y volví al tren con el tiempo justo.

Y yo traté de contarle lo que significaba para mí North Platte, y cómo compré whisky con mis compañeros, pero él me dio unas palmadas en la espalda y dijo que era el hombre más divertido del mundo.

Con la linterna para iluminarme el camino, trepé la escarpada ladera sur del desfiladero, llegué a la autopista llena de coches en dirección a Frisco, bajé por el otro lado, casi cayéndome, y llegué al fondo de otra hondonada donde había una pequeña granja junto a un arroyo y donde todas las benditas noches me ladraría el mismo perro. Después había un largo paseo por una carretera plateada y polvorienta entre los árboles de California negros como la tinta (una carretera como en *La marca del Zorro*, una carretera como todas las carreteras que se ven en las películas del Oeste de serie B). Solía sacar mi arma y jugar a indios y vaqueros en la oscuridad. Después subía otra colina y allí estaban los barracones. Estos barracones eran el alojamiento temporal de los obreros de la construcción que iban a ultramar. Los hombres que estaban allí esperaban un barco. El destino de la mayoría era Okinawa. Muchos huían de algo, por lo general de la ley. Había rudos hombres de Alabama, tipos escurridizos de Nueva York, toda clase de hombres de todas partes. Y como sabían muy bien lo horrible que sería trabajar un año entero en Okinawa, bebían. La tarea del vigilante era procurar que no destrozaran los barracones. Nuestro puesto de mando estaba en el edificio principal. Allí nos sentábamos alrededor de un escritorio, sacando nuestras pistolas de sus fundas y bostezando, y los policías veteranos contaban cosas.

Eran unos hombres horribles, hombres con espíritu de policía, excepto Remi y yo. Remi sólo trataba de ganarse la vida, y yo igual, pero ellos querían detener a gente y ser felicitados por el jefe de policía local. Incluso decían que si no se detenía por lo menos una persona al mes, nos despedirían. Me atraganté ante la perspectiva de hacer un arresto. Lo que en realidad sucedió fue que yo estaba tan borracho como todos los demás la noche que se armó el follón aquel.

Era una noche en la que el servicio estaba tan bien organizado que sólo tenía que estar allí seis horas (era el único vigilante del lugar); y aquella noche en los barracones parecía que todos se habían emborrachado. Esto se debía a que el barco zarparía por la mañana. Habían bebido como marineros la noche anterior a levar anclas. Estaba sentado en la oficina con los pies encima de la mesa leyendo un libro de aventuras sobre Oregón y el norte del país, cuando de repente me di cuenta de que había un gran rumor de febril actividad en la noche normalmente tranquila. Salí. Las luces estaban encendidas en prácticamente todos los malditos barracones del recinto. Los hombres gritaban, se rompían botellas. Tenía que hacer algo o morir. Cogí mi linterna y me dirigí a la puerta más ruidosa y llamé. Alguien abrió unos cuantos centímetros.

–¿Qué coño quieres?

–Soy el vigilante de los barracones –dije– y mi obligación es hacer que os mantengáis lo más tranquilos posible.

Me dieron con la puerta en las narices. Era como una película del Oeste; había llegado el momento de demostrar quién era yo. Llamé de nuevo. Abrieron del todo esta vez.

–Escúchame –dije–. No quiero molestaros pero me quedaré sin trabajo si hacéis tanto ruido.

–¿Y quién eres tú?

–Soy el vigilante de todo esto.

–Nunca te había visto antes.

–Bueno, pero aquí está mi insignia.

–¿Qué estás haciendo con esa pistola de juguete?

–No es mía –me disculpé–. Me la prestaron.

–Toma un trago, y discúlpanos. –No me preocupó hacerlo. Tomé dos.

–¿De acuerdo, muchachos? –dije–. ¿Os quedaréis tranquilos? Me meteréis en un lío, ya sabéis.

–No te preocupes, chico –dijeron–. Sigue haciendo la ronda. Y vuelve a por otro trago cuando quieras.

Y fui así de puerta en puerta y enseguida estaba tan borracho como todos los demás. Llegó el amanecer; tenía la obligación de izar una bandera en un mástil de veinte metros, y esa mañana la puse cabeza abajo y me fui a casa a dormir. Cuando volví por la noche los policías profesionales estaban sentados en la oficina con expresiones terribles.

—Oye, chico, ¿qué fue el alboroto de la noche anterior? Hemos recibido quejas de la gente que vive en las casas del otro lado del desfiladero.

—No lo sé —dije—. Ahora todo parece muy tranquilo.

—Es que todos los obreros se han largado. Se suponía que ayer por la noche debías mantener el orden. El jefe está furioso contigo. Y otra cosa, ¿sabes que puedes ir a la cárcel por izar la bandera americana al revés en un mástil del gobierno?

—¿Al revés? —Estaba horrorizado; naturalmente, no me había dado cuenta. Lo hacía mecánicamente cada mañana.

—Así es —dijo un policía gordo que había sido vigilante en Alcatraz durante veintidós años—. Puedes ir a la cárcel por hacer una cosa así. —Los demás asintieron sombríamente. Siempre tenían el culo bien asegurado; estaban orgullosos de su trabajo. Jugueteaban con sus pistolas y hablaban entre ellos. Estaban inquietos por disparar contra alguien. Contra Remi o contra mí.

El policía que había sido vigilante en Alcatraz era un tipo barrigudo de unos sesenta años, jubilado pero incapaz de apartarse del ambiente en el que había pasado toda la vida. Todas las noches venía a trabajar en un Ford del año 35, fichaba puntualmente y se sentaba en el escritorio. Llenaba trabajosamente el sencillo formulario que todos teníamos que rellenar cada noche: rondas, horas etcétera, etcétera. Después se echaba hacia atrás y contaba cosas:

—Teníais que haber estado aquí hace un par de meses cuando yo y Sledge —que era otro policía, un joven que quiso ser Ranger de Texas y tuvo que contentarse con su empleo actual— detuvimos a un borracho en el barracón G. Chicos, deberíais haber visto cómo corría la sangre. Os llevaré esta noche por allí para que veáis las manchas en la pared. Lo tirábamos de una pared a otra. Primero Sledge le daba un puñetazo, y después yo, y después se fue calmando hasta quedarse muy quieto. Juró matarnos en cuanto saliera de la cárcel; le cayeron encima treinta días. Bueno, ya han pasado *sesenta* y no ha hecho acto de presencia. –Y esto era lo más importante del relato. Le habían metido tal miedo en el cuerpo que era demasiado cobarde para volver e intentar cargárselos.

El viejo policía seguía recordando con delectación los horrores de Alcatraz:

–Solíamos hacerlos marchar como en el ejército para llevarlos a desayunar. Ni uno perdía el paso. Todo iba como un reloj. Tendríais que haberlo visto. Fui guardián allí durante veintidós años. Nunca tuve ningún problema. Aquellos tipos sabían cómo nos las gastábamos. Muchos son poco duros con los prisioneros, y por lo general son los que se meten en líos. Ahora escúchame, te he estado observando y me pareces un poco *indolente* –(seguramente, quería decir indulgente)– con los hombres. –Levantó su pipa y me miró con dureza–. Se aprovechan de eso, ya sabes.

Lo sabía. Le dije que no tenía madera de policía.

–Sí, pero éste es el trabajo que has *solicitado*. Tienes que elegir uno u otro camino si quieres llegar a alguna parte. Es tu obligación. Lo has jurado. No se puede jugar con cosas así. Hay que mantener la ley y el orden.

No sabía qué decir; tenía razón, pero lo único que quería era escurrirme y desaparecer en la noche y ver lo que andaba haciendo la gente por todo el país.

El otro policía, Sledge, era alto, musculoso, con el pelo negro cortado a cepillo y un tic nervioso en el cuello; como un boxeador que siempre anda golpeándose la palma de la mano con el puño. Iba disfrazado como un antiguo Ranger de Texas. Llevaba el revólver muy bajo con una canana llena de municiones, y también llevaba una pequeña fusta, y tiras de cuero colgando por todas partes, como si fuera una cámara de tortura ambulante: zapatos relucientes, chaqueta muy grande, sombrero llamativo, en fin, todo menos las botas. Siempre me estaba enseñando llaves: me cogía por la entrepierna y me levantaba con toda facilidad. En lo que se refiere a fuerza yo también hubiera podido lanzarle contra el techo con idéntica facilidad, y lo sabía perfectamente; pero nunca quise que lo supiera por temor a que me desafiara a una pelea. Estoy seguro de que era mejor tirador; yo nunca he tenido pistola. Me asustaba hasta cargarla. Él tenía unos deseos desesperados de detener a alguien. Una noche en que estábamos los dos de servicio apareció con la cara congestionada y enloquecida.

–Les he dicho a unos cuantos que se estuvieran tranquilos y siguen haciendo ruido. Se lo he dicho dos veces. Siempre les doy un par de oportunidades. Pero nunca tres. Ven conmigo y los arrestaremos.

–Bueno, déjame que les dé una tercera oportunidad –le dije–. Hablaré con ellos.

–Nada de eso, jamás doy a un hombre más de dos oportunidades.

Suspiré. Allí fuimos los dos. Llegamos al barracón del lío. Yo estaba confuso. Todos nos pusimos colorados. Así son las cosas en América. Todo el mundo hace lo que se supone que debe de hacer. ¿Qué importaba que unos cuantos hombres hablaran en voz alta y bebieran de noche? Pero Sledge quería demostrar algo. Se aseguró de mi presencia por si acaso los otros se le echaban encima. Podrían haberlo hecho. Eran todos hermanos, todos de Alabama. Regresamos con ellos al puesto de mando. Sledge iba delante y yo detrás.

–Dígale a ese animal que no lleve las cosas tan lejos. Podrían echarnos y nunca llegaríamos a Okinawa –me dijo uno de los chicos.

–Hablaré con él.

En el puesto de mando le dije a Sledge que lo olvidara. Él me respondió en voz alta para que todos pudieran oírlo:

–Nunca doy a nadie más de dos oportunidades.

–¿Y qué importa? –dijo el de Alabama–. ¿Qué más da dos o tres o las que sean? Perderemos nuestro empleo.

Sledge no respondió y llenó los formularios de denuncia. Sólo detuvo a uno; llamó al coche patrulla. Éste llegó y se llevaron al chico. Los demás hermanos se retiraron con expresiones hoscas.

—¿Qué dirá nuestra madre? —dijeron.

Uno de ellos se me acercó.

—Dígale a ese hijoputa que si mi hermano no ha salido de la cárcel mañana por la noche, se las tendrá que ver conmigo.

Se lo dije a Sledge en términos más suaves, y éste no respondió. El hermano fue puesto en libertad inmediatamente y no pasó nada. El grupo embarcó; llegó otro grupo. Si no hubiera sido por Remi Boncœur no hubiera permanecido en el puesto ni un par de horas.

Pero muchas noches Remi y yo estábamos de servicio solos, y era entonces cuando todo andaba liado. Hacíamos nuestra primera ronda a primera hora de un modo despreocupado. Remi tocaba todas las puertas para ver si estaban cerradas y con la esperanza de que alguna no lo estuviera. Me decía:

—Hace años que tengo la idea de educar a un perro para que sea un superladrón que entre en las casas de la gente y les saque los dólares de los bolsillos. Le enseñaría que sólo debía coger los billetes verdes; haría que los estuviera oliendo el día entero. Si fuera humanamente posible, le enseñaría a coger únicamente los de veinte dólares.

Remi estaba lleno de este tipo de proyectos; habló del perro durante semanas. Sólo encontró una puerta sin cerrar en una sola ocasión. No me gustaba la idea, así que me alejé por el vestíbulo. Remi abrió la puerta con cuidado. Se dio de bruces con el jefe de los barracones. Remi odiaba la cara de aquel hombre. Me había preguntado:

—¿Cómo se llamaba aquel escritor ruso del que siempre estás hablando; aquel que se metía periódicos en los zapatos y andaba por ahí con un sombrero hecho con un tubo de chimenea que había encontrado en un cubo de basura?

Era una exageración que yo le había contado de Dostoievski.

—Sí, eso es —seguía Remi—, eso *es,* Dostioffski. Un hombre

con una cara como la de ese supervisor sólo puede tener un nombre: Dostioffski.

Bien, pues la única puerta que no estaba cerrada era la de Dostioffski. Estaba dormido cuando oyó que alguien trataba de abrir su puerta. Se levantó en pijama. Se acercó a la puerta con una cara dos veces más fea de lo habitual. Cuando Remi abrió, se encontró con una cara de fiera que supuraba odio y reconcentrada furia.

–¿Qué significa esto?

–Estaba intentando abrir esta puerta. Creía que era el..., hmm..., cuarto de limpieza. Buscaba una balleta.

–¿Qué quiere decir con que buscaba una balleta?

–Bueno..., verá...

Yo me acerqué y dije:

–Uno de los hombres ha vomitado en el vestíbulo de arriba. Tenemos que limpiarlo.

–Éste *no* es el cuarto de la limpieza. Éste es *mi* cuarto. Otro incidente como éste y haré que abran una investigación y los despidan. ¿Me han entendido bien?

–Un tipo vomitó arriba –repetí.

–El cuarto de la limpieza está ahí al fondo. –Y lo señaló, y esperó que fuéramos, cogiéramos una balleta, cosa que hicimos, y estúpidamente nos fuimos para arriba.

–Cagoendiós, Remi, siempre nos estás metiendo en líos. ¿Por qué no te quedas tranquilo? ¿Por qué quieres estar siempre robando?

–El mundo me debe unas cuantas cosas, eso es todo. No puedes enseñar al viejo profesor una canción nueva. Tú sigue hablándome así y empezaré a llamarte Dostioffski.

Remi era igual que un niño. En algún momento de su pasado, durante sus solitarios días en algún colegio de Francia, se lo habían quitado todo; sus padrastros se limitaban a meterlo interno en un colegio y lo dejaban allí; fue expulsado de un colegio tras otro; anduvo de noche por las carreteras de Francia inventando palabrotas a partir de su inocente repertorio de palabras. Estaba decidido a recuperar todo lo que había perdido; era una pérdida sin límites; algo que arrastraría para siempre.

La cantina de los barracones era nuestro principal campo de acción. Mirábamos alrededor para cerciorarnos de que nadie nos vigilaba, y de modo especial para comprobar si alguno de nuestros compañeros nos estaba acechando; entonces yo me agachaba y Remi se me ponía de pie encima de los hombros y subía. Abría la ventana, que por la noche nunca tenía el pestillo echado, según habíamos comprobado, pasaba a través de ella, y descendía encima de una mesa. Yo, que era un poco más ágil, daba un salto y me colaba dentro a continuación. Entonces íbamos a la heladería. Allí, haciendo realidad un sueño de la infancia, cogía el helado de chocolate y hundía la mano en él y cogía un montón y lo saboreaba. Después cogíamos cajas de helado y nos las zampábamos añadiendo jarabe de chocolate por encima, y a veces también de fresa. Después nos dirigíamos a la cocina, abríamos los figoríficos para ver lo que podíamos llevarnos a casa en los bolsillos. A veces, yo cortaba un trozo de carne y lo envolvía en una servilleta.

—Ya sabes lo que dijo el presidente Truman —solía comentar Remi—. Hay que reducir el coste de vida.

Una noche tuve que esperar mucho tiempo a que Remi llenara de comida una caja enorme. Luego, no podíamos sacarla por la ventana. Remi tuvo que desempaquetarlo todo y devolverlo a su sitio. Aquella misma noche, más tarde, cuando él había terminado su servicio y yo estaba solo, sucedió algo raro. Estaba dando una vuelta por el camino del viejo barranco, con la esperanza de encontrar un venado (Remi había visto venados por allí, pues aquella zona seguía siendo salvaje incluso en 1947), cuando oí un ruido aterrador en la oscuridad. Eran rugidos y jadeos. Creí que se trataba de un rinoceronte que se me echaba encima. Cogí la pistola. En las tinieblas del desfiladero apareció una figura alta con una cabeza enorme. De pronto, me di cuenta de que era Remi con la enorme caja de víveres a la espalda. Jadeaba y gemía debido a su enorme peso. Había encontrado la llave de la cantina en algún sitio y sacó los víveres por la puerta principal. Le dije:

—Remi, creí que ya estabas en casa; ¿qué coño estás haciendo?

—Paradise —me respondió jadeando—, ya te he dicho muchas veces que el presidente Truman ha dicho que *debemos reducir el coste de vida*. —Y le oí alejarse gruñendo y resoplando en la oscuridad. Ya he descrito lo malo que era el sendero que llevaba a nuestra casa, cuesta arriba y cuesta abajo. Remi escondió los alimentos entre la alta hierba y regresó—. Sal, no puedo llevarlo todo yo solo. Voy a dividir la comida en dos cajas y me ayudarás.

—¡Pero estoy de servicio!

—Yo vigilaré mientras no estás. Las cosas se están poniendo feas. Tenemos que acabar con esto del mejor modo posible, y no hay vuelta de hoja. —Se secó la cara—. ¡Puf! Te lo he repetido muchas veces, Sal, somos amigos y estamos metidos juntos en esto. No hay otro modo de hacerlo. Los Dostioffkis, la bofia, las Lee Anns, todos los canallas del mundo andan detrás de nosotros. Tenemos la obligación de evitar que nos impongan su modo de vida. Tienen un montón de modos para cazarnos aparte de sus asquerosas manos. Recuérdalo. No puedes enseñar al viejo profesor una canción nueva.

—¿Qué vamos hacer con el asunto de nuestro embarque? —le pregunté finalmente. Llevábamos dos meses y medio haciendo estas cosas. Yo ganaba cincuenta y cinco dólares a la semana y le mandaba a mi tía una media de cuarenta. Sólo había pasado una noche en San Francisco durante todo este tiempo. Mi vida se limitaba a la casa, a las peleas de Remi y Lee Ann, y a las noches en los barracones.

Remi había desaparecido en la oscuridad en busca de la otra caja. Hice esfuerzos con él por aquella vieja carretera del Zorro. Apilamos los víveres, que llegaban hasta el techo, en la mesa de la cocina de Lee Ann. Ella se despertó y se frotó los ojos.

—¿Sabes lo que el presidente Truman ha dicho?

Lee Ann estaba encantada. De repente empccé a darme cuenta de que en América todos somos unos ladrones natos. Yo mismo me estaba contagiando. Hasta empecé a inspeccionar las puertas para ver si estaban cerradas. Los otros policías empezaban a sospechar de nosotros; veían que no podían fiarse; su instinto infalible les decía lo que pasaba por nuestras mentes. Años de experiencia les habían enseñado a conocer a tipos como Remi y yo.

Durante el día, Remi y yo cogíamos la pistola e intentábamos cazar codornices en las colinas. Una vez Remi se arrastró hasta un metro de las cloqueantes aves y disparó su 32. Falló. Su potente risa resonó por los bosques de California y por América entera.

—Ha llegado el momento de que tú y yo vayamos a ver al Rey de las Bananas.

Era sábado; nos arreglamos y bajamos hasta la estación de autobuses del cruce. Llegamos a San Francisco y callejeamos. Las risotadas de Remi resonaban en todos los sitios a los que íbamos.

—Tienes que escribir un relato sobre el Rey de las Bananas —me advirtió—. No engañes al viejo profesor poniéndote a escribir sobre otras cosa. El Rey de las Bananas es el tema obligatorio. Ahí tenemos al Rey de las Bananas.

El Rey de las Bananas era un viejo que vendía plátanos en la esquina. Yo me aburría, pero Remi me dio un codazo en las costillas y hasta me agarró por el cuello de la camisa.

—Cuando escribas sobre el Rey de las Bananas escribirás realmente sobre cosas de interés humano.

Le dije que me la sudaba el Rey de las Bananas.

—Hasta que no comprendas la importancia del Rey de las Bananas no sabrás nada acerca de las cosas de interés humano que hay en el mundo —dijo Remi enfáticamente.

Había un viejo carguero oxidado en la bahía que servía de baliza. Remi estaba empeñado en ir remando hasta él, así que una tarde Lee Ann preparó la merienda y alquilamos un bote y nos dirigimos hacia allí. Remi llevó algunas herramientas. Lee Ann se desnudó y se tumbó a tomar el sol en el puente. Yo la observaba desde la toldilla. Remi bajó a la sala de máquinas y daba martillazos buscando unos revestimientos de cobre inexistentes. Me senté en la cámara de oficiales, que estaba hecha una pena. Era un barco muy viejo y había sido construido con cariño, tenía hermosas tallas de madera y arquetas empotradas. Era el fantasma del San Francisco de Jack London. Soñé en aquella soleada cámara. Ratas corrían por la despensa. Una vez, hacía tiempo, allí había comido un capitán de ojos azules.

Bajé a reunirme con Remi en las entrañas del barco. Él tiraba de todo lo que le parecía medio suelto.

—No hay nada —me dijo—. Creí que habría cobre, pensaba que por lo menos quedaría alguna vieja tuerca. Este barco ha sido saqueado por una banda de ladrones.

El barco llevaba años en la bahía. El cobre había sido robado por una mano que ya ni era mano.

—Me gustaría —le dije a Remi— dormir en este viejo barco alguna de estas noches, cuando haya niebla y todo cruja y se oiga el chapoteo de las boyas.

Remi estaba asombrado; su admiración hacia mí se duplicó.

—Sal —me dijo—, te daré cinco dólares si tienes el valor de hacer eso. ¿No te das cuenta de que esto puede estar habitado por los espíritus de sus antiguos capitanes? No sólo te daré cinco dólares. Además te traeré remando hasta aquí, te prepararé la comida y te proporcionaré mantas y una vela.

—De acuerdo —le respondí.

Remi corrió a decírselo a Lee Ann. Me apetecía mucho subir hasta un mástil y dejarme caer encima de ella, pero mantuve la promesa hecha a Remi. Aparté la vista.

Entretanto comencé a ir a Frisco más a menudo; probé todo lo que dicen los libros que hay que hacer para ligarse a una chavala. Hasta pasé una noche entera con una en el banco de un parque sin éxito. Era una rubia de Minnesota. Había muchísimos maricas. Fui varias veces a Frisco con la pistola y cuando en el retrete de un bar se me acercaba un marica sacaba la pistola y decía:

—¿Cómo? ¿Qué estás diciendo? —Y el tipo salía disparado.

Nunca entendí por qué hacía eso; conozco a maricas de todo el país. Debía tratarse de la soledad de San Francisco y del hecho de que tenía una pistola. Tenía que enseñársela a alguien. Pasaba junto a una joyería y tuve el súbito impulso de romper el cristal del escaparate, apoderarme de los anillos y pulseras más caros, y correr a regalárselos a Lee Ann. Después nos largaríamos juntos a Nevada. Había llegado el momento de marcharse de Frisco o me volvería loco.

Escribí largas cartas a Dean y Carlo, que ahora estaban en casa del viejo Bull en un delta de Texas. Decían que estaban dispuestos a venir a reunirse conmigo a Frisco en cuanto esto y lo otro estuviera listo. Entretanto todo comenzó a desplomarse entre Remi y Lee Ann y yo. Llegaron las lluvias de septiembre y con ellas arreciaron los líos. Remi había volado a Hollywood con Lee Ann, llevando mi triste y estúpido guión de cine y no pasó nada. El famoso director estaba borracho y no les hizo ningún caso; anduvieron por la playa de Malibú rondando la mansión del tipo; riñeron delante de otros invitados; volvieron en avión.

Lo que terminó por colmar el vaso fueron las carreras de caballos. Remi reunió todos sus ahorros, unos cien dólares, me prestó uno de sus trajes, cogió a Lee Ann del brazo, y nos llevó al hipódromo del Golden Gate, cerca de Richmond, al otro lado de la bahía. Para demostrar el buen corazón que tenía, cogió la mitad de los víveres robados, los metió en una enorme bolsa de papel marrón y se los llevó a una pobre viuda que conocía en Richmond y que vivía en un grupo de casas muy parecido al nuestro con mucha ropa tendida al sol de California. Fuimos con él. Había muchos niños tristes y harapientos. La mujer le dio las gracias. Era la hermana de un marino al que Remi conocía vagamente.

–No es nada, señora Carter –dijo Remi con su tono más elegante y educado–. Hay de sobra en el sitio de donde viene.

Proseguimos hasta el hipódromo. Hizo increíbles apuestas de veinte dólares a ganador, y antes de la séptima carrera lo había perdido todo. Con los dos últimos dólares que nos quedaban para comer algo hizo una nueva apuesta y también perdió. Tuvimos que volver a Frisco haciendo autostop. Me encontraba otra vez en la carretera. Un señor nos cogió en su rutilante coche. Yo me senté delante con él. Remi intentaba contarle no sé qué historia de que había perdido la cartera en la tribuna principal del hipódromo.

–Lo cierto es –dije yo– que perdimos todo nuestro dinero en las carreras, y que en adelante, en vez de dejarnos llevar por corazonadas, acudiremos a un corredor de apuestas, ¿verdad, Remi?

Remi se puso todo colorado. El hombre finalmente admitió que era un alto empleado del hipódromo del Golden Gate. Nos dejó delante del elegantísimo Hotel Palace; le vimos desaparecer entre los candelabros, con los bolsillos llenos de dinero y la cabeza muy alta.

–¡Cojonudo! ¡Hay que ver! –chillaba Remi en las calles nocturnas de Frisco– Paradise viaja con el hombre que dirige el hipódromo y *jura* que en adelante irá a los corredores de apuestas. ¡Lee Ann, Lee Ann! –Zarandeó a la chica–. ¡Es sin duda el tipo más divertido del mundo! ¡Tiene que haber muchos italianos en Sausalito! ¡Ja! ¡Ja! ¡Ja! –Se agarró a un poste para reírse mejor.

Aquella noche empezó a llover y Lee Ann nos miraba con asco. En casa no había quedado ni un centavo. La lluvia sonaba en el techo.

—Por lo menos va a durar una semana —dijo Remi.

Se había quitado su elegante traje; llevaba de nuevo los miserables pantalones cortos y el gorro militar y una camiseta. Sus grandes ojos castaños contemplaban las planchas de madera del suelo con expresión triste. La pistola estaba encima de la mesa. Oíamos al señor Nieve desternillándose de risa en algún lugar de la noche lluviosa.

—Estoy hasta los ovarios de ese hijoputa —soltó Lee Ann. Estaba dispuesta a iniciar una pelea. Comenzó a chinchar a Remi.

Éste estaba ocupado buscando su cuaderno de notas negro; en él estaban apuntados los nombres de las personas, normalmente marinos, que le debían dinero. Junto a los nombres había escrito tacos en tinta roja. Temía el día en que mi nombre figurara en aquel cuaderno. Últimamente había estado mandando tanto dinero a mi tía que sólo gastaba unos cuatro o cinco dólares a la semana en comida. De acuerdo con lo que había dicho el presidente Truman, añadía muy pocos dólares al gasto público. Pero Remi consideraba que no contribuía bastante; solía dejar las cuentas de la tienda por todas partes, colgando con sus precios detallados, generalmente en el cuarto de baño o donde yo pudiera verlos y enterarme de mi tacañería. Lee Ann estaba segura de que Remi escondía parte de su dinero y de que yo hacía otro tanto. Amenazó con abandonarle. Remi frunció los labios.

—¿Y adónde piensas ir? —dijo.

—Con Jimmy.

—¿*Jimmy?* ¿Ese cajero del hipódromo? ¿Oyes eso, Sal? Lee Ann se va a ir a echar el lazo a un cajero del hipódromo. Ten cuidado, querida, y lleva tu escoba, los caballos van a comer esta semana montones de avena con mis cien dólares.

Las cosas empeoraron; la lluvia arreciaba. Lee Ann era la ocupante original de la casa, así que le dijo a Remi que cogiera sus cosas y se largara. Empezó a recogerlas. Me imaginé a mí mismo a solas en la casa con aquella arpía salvaje. Traté de mediar. Remi empujó a Lee Ann. Ella saltó hacia la pistola. Remi me dio el arma y dijo que la escondiera; tenía un cargador con ocho cartuchos. Lee Ann empezó a chillar, y finalmente se puso el impermeable y salió a buscar a un policía, ¡y vaya policía que iba a buscar! Nada menos que a nuestro viejo amigo de Alcatraz. Por suerte no estaba en casa. Volvió toda mojada. Me escondí en mi rincón con la cabeza entre las piernas. ¡Dios mío! ¿Qué estaba haciendo a cinco mil kilómetros de casa? ¿Por qué había venido hasta aquí? ¿Dónde estaba el mercante que iba a China?

—Y otra cosa, bicho asqueroso —aulló Lee Ann—. Esta noche será la última que te prepare tus sucios sesos y tus huevos, y tu sucio cordero al curry, así que ya puedes ir llenando tu sucia panza y ponerte gordo y desaparecer de mi vista.

—De acuerdo —dijo Remi tranquilamente—. Todo eso está muy bien. Cuando empecé contigo no esperaba rosas y la luz de la luna, así que todo esto no me sorprende. Hice por ti todo lo que pude, hice las cosas lo mejor que pude para ambos. Y ahora los dos me habéis dejado en la estacada. Me habéis decepcionado totalmente. —Y continuó con toda sinceridad—. Creí que saldría algo agradable y duradero de la mutua compañía. Lo intenté todo. Fui a Hollywood, le conseguí un trabajo a Sal, te compré ropa. Intenté presentarte a la gente más elegante de San Francisco. Te negaste, ambos os negasteis a realizar mis más mínimos deseos. No os pedía nada a cambio. Ahora os pido un último favor y después no os pediré nada más. Mi padrastro llega a San Francisco el sábado por la noche. Lo único que os pido es que me acompañéis e intentéis aparentar que las cosas siguen igual que cuando le escribí. En otras palabras, tú, Lee Ann, serás mi novia, y tú, Sal, serás mi amigo. Tengo arregladas las cosas para que el sábado me presten cien dólares. Quiero que mi padre se divierta y se marche sin tener ningún motivo de preocupación con respecto a mí.

Todo esto me sorprendió. El padrastro de Remi era un médico muy conocido que había trabajado en Viena, París y Londres.

—¿Quieres decir que te vas a gastar cien dólares con tu padrastro? —le dije—. ¡Tiene más dinero del que tendrás tú jamás! ¡Te vas a endeudar hasta las patas!

—Así es —dijo Remi tranquilamente y con tono de derrota en la voz—. Es lo último que os pido. Que por lo menos *intentéis* que las cosas parezcan que marchan bien, que *intentéis* causarle una buena impresión. Quiero a mi padrastro y le respeto. Va a venir con su nueva esposa. Debemos ser atentos con ellos.

Había veces que Remi era el más educado caballero del mundo. Lee Ann estaba impresionada, deseaba conocer al padrastro; si su hijo no era una buena presa, él sí podía serlo.

Llegó el sábado por la noche. Yo había dejado mi trabajo con los policías antes de que me despidieran por no hacer los suficientes arrestos, y sería mi última noche de sábado en Frisco. Remi y Lee Ann subieron a reunirse con el padrastro a la habitación de su hotel; yo tenía dinero preparado para el viaje y bebí un poco más de la cuenta en el bar del piso de abajo. Después subí a reunirme con todos, aunque con mucho retraso. El padre abrió la puerta. Era un hombre con gafas alto y distinguido.

—¡Ah! —le dije al verle—. ¿Cómo está usted, señor Boncœur? *Je suis haut* —añadí, con lo que intentaba traducir al francés nuestra expresión: «Estoy alto, he bebido un poco», pero en francés no significa absolutamente nada. El médico se quedó perplejo. Comenzaba a joderle el asunto a Remi. Me miró sonrojado.

Fuimos a cenar a un restaurante muy elegante, el Alfred's, en North Beach. Allí el pobre Remi se gastó sus buenos cincuenta dólares con nosotros cinco, bebidas incluidas. Y ahora vino lo peor. ¿Quién podía pensar que allí sentado en el bar del Alfred's estaba mi viejo amigo Roland Major? Acababa de llegar de Denver y había conseguido trabajo en un periódico de San Francisco. Estaba algo borracho. Ni siquiera se había afeitado. Corrió hacia mí y me dio una fuerte palmada en la espalda justo cuando me llevaba la copa a los labios. Se instaló junto al doctor Boncœur y se echaba encima de la sopa del buen señor para hablar conmigo. Remi estaba colorado como un tomate.

—¿No vas a presentarnos a tu amigo, Sal? —dijo con una débil sonrisa.

—Cómo no. Es Roland Major, del diario *Argus,* de San Francisco —intenté decir con aspecto muy serio. Lee Ann estaba furiosa conmigo.

Major empezó a hablar al oído del *monsieur.*

—¿Le gusta enseñar francés en el colegio? —aulló.

—Perdóneme, pero yo no enseño francés en ningún colegio.

—¡Oh! Yo creía que enseñaba francés en un colegio. —Estaba siendo deliberadamente brusco. Recordé la noche que no nos dejó celebrar nuestra fiesta en Denver; pero se lo perdoné.

Se lo perdoné todo a todos, me dejé ir, me emborraché. Me puse a hablar de la luna y de las flores con la joven esposa del médico. Había bebido tanto que tenía que ir al retrete cada dos minutos, y para hacerlo tenía que saltar por encima de las piernas del doctor Boncœur. Todo se estaba yendo a la mierda. Mi estancia en Frisco se terminaba. Remi nunca me volvería a hablar. Eso era terrible porque yo le quería de verdad y era una de las pocas personas del mundo que sabía lo auténtico y buen amigo que era. Tardaría muchos años en olvidar todo esto. ¡Qué desastrosas resultaban las cosas comparándolas con lo que yo le había escrito desde Paterson planeando mi viaje por la roja línea de la Ruta 6 a través de América! Aquí estaba en el extremo oeste de América, en el culo del mundo, y no podía ir más allá, tenía que regresar. Decidí que por lo menos mi viaje fuera circular; entonces decidí que iría a Hollywood y volvería por Texas para ver a mis amigos del delta. El resto podía irse al carajo.

Echaron a Major del Alfred's. Como de todos modos la cena se había terminado, me uní a él; es decir, Remi lo sugirió; salí, pues, y nos fuimos a beber. Estábamos sentados en una mesa del Iron Pot y Major me dijo:

—Sam, no me gusta ese mariquita del bar.

—¿Quién, Jake?

—Sam —repitió—, creo que voy a tener que levantarme y partirle la cara.

—No, Jake —le dije siguiendo con la imitación de Hemingway—. Apunta desde aquí y veremos lo que pasa. —Y acabamos dando tumbos en una esquina.

Por la mañana, mientras Remi y Lee Ann dormían, y mientras contemplaba con una tristeza enorme la gran pila de ropa que Remi y yo planeábamos lavar en la máquina Bendix del cobertizo de atrás (lo que siempre había sido una operación divertida, entre negras, al sol, y con el señor Nieve riendo sin parar), decidí marcharme. Salí al porche. «No, coño», me dije. «He prometido no marcharme sin subir antes a esa montaña.» Es decir, a la parte más alta del desfiladero que llevaba misteriosamente al océano Pacífico.

Así que me quedé otro día. Era domingo. Había una gran ola de calor; era un día maravilloso, el sol se puso rojo a las tres. Inicié la ascensión y llegué a la cima a las cuatro. Por todos lados había esos hermosos álamos y eucaliptos de California. Cerca de la cima dejaba de haber árboles; sólo rocas y hierba. Hacia la costa había ganado pastando. Allí estaba el Pacífico, a unas cuantas colinas de distancia, azul y enorme y con una gran pared blanca avanzando desde el legendario terreno de patatas donde nacen las nieblas de Frisco. Dentro de una hora la niebla llegaría al Golden Gate y envolvería de blanco la romántica ciudad, y un muchacho llevando a una chica de la mano subiría lentamente por una de sus largas y blancas aceras con una botella de Tokay en el bolsillo. Eso era Frisco; y mujeres muy bellas a la puerta de blancos portales esperando a sus hombres; y la Torre Coit, y el embarcadero y la calle del mercado, y las once prolíficas colinas.

Vagué por allí hasta que me sentí aturdido; pensaba que iba a caerme como en un sueño, directamente al precipicio y sin tener a qué agarrarme. ¿Dónde está la chica de mis amores? Y miraba a todas partes como antes había mirado al pequeño mundo de allá abajo. Y ante mí estaba la ruda y enorme y abultada comba de mi continente americano; y en algún sitio muy lejano y sombrío el frenético Nueva York lanzaba hacia arriba su nube de polvo y de pardo vapor. Hay algo pardo y sagrado en el Este; California es blanca como frívola ropa puesta a secar... o al menos eso pensaba entonces.

XII

Por la mañana Remi y Lee Ann dormían cuando silencioso empaqueté mis cosas y salí por la ventana del mismo modo en que había entrado, y me alejé de Mill City con mi saco de lona. Y nunca pasé una noche en el viejo barco fantasma –se llamaba *Almirante Freebee*– y Remi y yo nos perdimos el uno para el otro.

En Oakland tomé una cerveza entre los vagabundos de un saloon que tenía una rueda de carreta en la puerta, y estaba una vez más en la carretera. Dejé atrás Oakland para llegar a la carretera de Fresno. En dos saltos llegué a Bakersfield, unos seiscientos kilómetros al Sur. El primero que me recogió estaba loco; era un chaval rubio que iba en un trasto lleno de remiendos.

–¿Ves este dedo? –me dijo mientras lanzaba el trasto aquel a ciento y pico por hora adelantando a todo el mundo–. Míralo. –Estaba cubierto de vendas–. Me lo acaban de amputar esta misma mañana. Los hipoputas querían que me quedara en el hospital. Cogí mi bolsa y me largué. ¿Qué es un dedo?

Sí, en efecto, dije para mis adentros, un dedo es muy poco. Pero hay que estar atento a la carretera y agarrarse fuerte. Nunca había visto a un conductor tan loco. Llegamos a Tracy enseguida. Tracy es un nudo ferroviario; los guardafrenos comen en restaurantes baratos cerca de las vías. Pitan trenes alejándose por el valle. El sol se pone lentamente muy rojo. Se despliegan todos los mágicos nombres del valle: Manteca, Madera y todos los demás. Llegó enseguida el crepúsculo, un crepúsculo púrpura sobre viñas, naranjos y campos de melones; el sol de color de uva pisada, cortado con rojo borgoña, los campos color amor y misterios españoles. Saqué la cabeza por la ventanilla y respiré profundamente la fragancia del aire. Fue el más hermoso de todos los momentos. El loco era un guardafrenos de la Southern Pacific y vivía en Fresno. Perdió su dedo en un cambio de vías de Oakland, no entendí muy bien cómo. Me llevó hasta el ruidoso Fresno y me dejó en la parte sur de la ciudad. Fui a tomar una Coca-Cola rápido en un pequeño bar cercano a las vías, y allí junto a los furgones me encontré con un joven y melancólico armenio, y justo en ese momento pitó una locomotora y me dije: «Sí, sí, el pueblo de Saroyan.»

Tenía que ir al Sur; cogí la carretera. Me recogió un hombre en un camión último modelo con remolque. Era de Lubbock, Texas, y estaba en el negocio de los remolques.

—¿No quieres comprar un remolque? —me preguntó—. Cuando quieras ven a verme.

Me contó historias de su padre en Lubbock.

—Una noche mi viejo se dejó la recaudación del día olvidada encima de la caja fuerte. Y pasó que por la noche entró un ladrón con un soplete y toda la pesca, forzó la caja, revolvió todos los papeles, tiró unas cuantas sillas y se largó. Y aquellos mil dólares quedaron allí encima de la caja. ¿Qué me dices a eso?

Me dejó al sur de Bakersfield y entonces empezó mi aventura. Hacía frío. Me puse el delgado impermeable del ejército que había comprado en Oakland por tres dólares y me quedé temblando en la carretera. Estaba frente a un elegante hotel de estilo español iluminado como una joya. Pasaban coches en dirección a Los Ángeles. Hacía gestos frenéticos. El frío era cada vez mayor. Estuve allí hasta medianoche, dos horas enteras, y maldiciendo sin parar. Era como en Sturat, Iowa, otra vez. No podía hacer más que gastarme los dos dólares y pico que costaba un autobús que me llevara los kilómetros que faltaban hasta LA. Anduve de regreso por la autopista hasta Bakersfield y, ya en la estación, me senté en un banco.

Había sacado mi billete y estaba esperando el autobús de LA cuando de repente vi a la mexicanita más graciosa que quepa imaginar. Llevaba pantalones y estaba en uno de los autobuses que acababan de detenerse con gran ruido de frenos; los viajeros se apeaban a descansar. Los pechos de la chica eran firmes y auténticos; sus pequeñas caderas parecían deliciosas; tenía el pelo largo y de un negro lustroso; y sus ojos eran grandes y azules con cierta timidez en el fondo. Deseé estar en el mismo autobús que ella. Sentí una punzada en el corazón como me ocurre siempre que veo a una chica que me gusta y que va en dirección opuesta a la mía por este enorme mundo. Los altavoces anunciaron la salida del autobús para LA. Cogí mi saco y subí y ¿quién se dirían que estaba allí? Nada menos que la chica mexicana. Me instalé en el asiento opuesto al suyo y empecé a hacer planes. Estaba tan solo, tan triste, tan cansado, tan tembloroso y tan hundido, que tuve que reunir todo mi valor para abordar a la desconocida y actuar. Pero pasé cinco minutos golpeándome los muslos en la oscuridad antes de atreverme mientras el autobús rodaba carretera adelante.

¡Tienes que hacerlo! ¡Tienes que hacerlo o te morirás! ¡Venga, maldito idiota, habla con ella! ¿Qué coño te pasa? ¿Es que todavía no estás lo suficientemente cansado de andar por ahí solo? Y antes de darme cuenta de lo que hacía, me incliné a través del pasillo hacia ella (estaba intentando dormir en su asiento) y le dije:

—Señorita, ¿no querría usar mi impermeable de almohada?

Me miró sonriendo y dijo:

—No, muchísimas gracias.

Me eché hacia atrás temblando; encendí una colilla. Esperé hasta que me miró con una deliciosa mirada de reojo triste y amable, y me enderecé inclinándome luego hacia ella.

—¿Podría sentarme a su lado, señorita?

—Si usted quiere.

Lo hice enseguida.

—¿Adónde va?

—A LA. —Me gustó el modo en que lo dijo; me gusta el modo en que todos los de la Costa dicen «LA»; es su única y dorada ciudad.

—Yo también voy allí —casi grité—. Me alegra mucho que me dejara sentarme a su lado, me sentía muy solo y llevo viajando la tira de tiempo.

Y nos pusimos a contarnos nuestras vidas. Su vida era ésta: tenía un marido y un hijo. El marido le pegaba, así que lo dejó allá en Sabinal, al sur de Fresno, y de momento iba a Los Ángeles a vivir con su hermana. Había dejado a su hijito con su familia, que eran vendimiadores y vivían en una chabola en los viñedos. No tenía otra cosa que hacer que pensar y desesperarse. Tuve ganas de pasarle el brazo por encima de los hombros. Hablamos y hablamos. Dijo que le gustaba hablar conmigo. Enseguida estaba diciendo que le gustaría ir a Nueva York.

—Tal vez podamos ir juntos —dije, riendo.

El autobús subía el Paso de la Parra y luego bajábamos hacia grandes extensiones luminosas. Sin ponernos previamente de acuerdo nos cogimos de la mano y en ese momento decidí de modo silencioso y bello y puro que cuando llegara a la habitación de un hotel de Los Ángeles ella estaría a mi lado. La deseé totalmente; incliné la cabeza sobre su hermoso cabello. Sus pequeños hombros me enloquecían; la abrazaba y la abrazaba. Y a ella le gustaba.

—Amo el amor —dijo, cerrando los ojos. Le prometí un bello amor. La deseaba sin freno. Terminadas nuestras historias, quedamos en silencio entregados a pensamientos de goce anticipado. Todo era tan sencillo como eso. Que los demás se quedaran con sus Peaches y Bettys y Marylous y Ritas y Camilles e Ineses de este mundo; ésta era la chica que me gustaba y se lo dije. Confesó que me había visto observándola en la estación de autobuses.

—Creí que eras estudiante.

—¡Soy estudiante! —le aseguré.

El autobús llegó a Hollywood. En el amanecer gris y sucio, un amanecer como aquel cuando Joel McCrea encuentra a Veronica Lake en un coche restaurante, en la película *Los viajes de Sullivan*, se durmió sobre mi pecho. Yo miraba ansiosamente por la ventana: casas blancas y palmeras y cines para coches, toda aquella locura, la dura tierra prometida, el extremo fantástico de América. Bajamos del autobús en Main Street que no es diferente de los sitios donde te bajas del autobús en Kansas City o Chicago o Boston: ladrillos rojos, suciedad, tipos que pasan, tranvías rechinando en el desamparado amanecer, el olor a puta de una gran ciudad.

Y aquí perdí la cabeza, no sé muy bien por qué, y empecé a tener la estúpida idea paranoica de que Teresa o Terry —así se llamaba— no era más que una puta vulgar que trabajaba en los autobuses a la caza de dólares de tipos como yo a los que citaba en LA, y primero los llevaba a desayunar a un sitio donde esperaba su chulo, y después llevaba al mamón a determinado hotel al que su macarra tenía acceso con una pistola o lo que fuera. Nunca llegué a confesárselo. Desayunamos y un chulo nos observaba; me imaginé que Terry le hacía señales con la vista. Estaba cansado y me sentía raro y perdido en un sitio tan lejano y desagradable. El terror me invadió e hizo que actuara de un modo despreciable y ruin.

—¿Conoces a ese tipo? —le dije.

—¿A qué tipo te refieres, amor?

Abandoné el asunto. Ella lo hacía todo muy despacio; le llevó mucho tiempo comer; masticaba lentamente y miraba al vacío, y fumó un pitillo, y seguía hablando, y yo era como un maciento fantasma sospechando de cada movimiento que hacía, pensando que trataba de ganar tiempo. Era como una enfermedad. Cuando salimos a la calle cogidos de la mano sudaba. En el primer hotel con el que tropezamos había habitación, y antes de que me diera cuenta de nada, estaba cerrando la puerta y ella, sentada en la cama, se descalzaba. La besé suavemente. Mejor que nunca se enterara de nada. Para relajarnos necesitábamos whisky, especialmente yo. Salí y recorrí doce manzanas a toda prisa hasta que encontré un sitio donde me vendieron una botella. Volví lleno de energía. Terry estaba en el cuarto de baño arreglándose la cara. Llené un vaso de whisky y bebimos grandes tragos. ¡Oh, aquello era dulce y delicioso! ¡Todo mi lúgubre viaje había merecido la pena! Me puse detrás de ella ante el espejo, y bailamos así por el cuarto de baño. Empecé a hablarle de mis amigos del Este.

—Deberías conocer a una chica amiga mía que se llama Dorie —le dije—. Es una pelirroja altísima, si vienes a Nueva York te ayudará a encontrar trabajo.

—¿Y quién es esa pelirroja tan alta? —preguntó recelosa—. ¿Por qué me hablas de ella? —Su espíritu sencillo no podía seguir mi alegre y nerviosa conversación. Me callé. Ella en el cuarto de baño empezó a encontrarse borracha.

—Vamos a la cama —le repetía.

—¡Conque una pelirroja muy alta, eh! Y yo que creía que eras un buen chico, un estudiante, cuando te vi con la chaqueta de punto y me dije: «¿Verdad que es guapo?» ¡No! ¡No! ¡Y no! ¡No eres más que un chulo como todos los demás!

—¿De qué coño estás hablando?

—No vayas a decirme ahora que esa pelirroja tan alta no es una *madame*, porque yo conozco a las *madames* en cuanto oigo hablar de ellas, y tú no eres más que un chulo, igual que todos los que he conocido. Todos sois unos chulos.

—Escúchame, Terry, no soy un chulo. Te juro sobre la Biblia que no soy un chulo. ¿Por qué iba a ser un chulo? Sólo me interesas tú.

—Todo este tiempo creía que por fin había encontrado a un

buen chico. Estaba tan contenta... Me felicité y me dije: «Bien, esta vez es un buen chico y no un chulo.»

—¡Terry! —le supliqué con toda mi alma—. Por favor, escúchame y trata de entender que no soy un chulo. —Una hora antes yo había pensado que la puta era *ella*. ¡Qué triste era todo! Nuestras mentes, cada cual con su locura, habían seguido caminos divergentes. ¡Qué vida tan horrible! Cuánto gemí y supliqué hasta que me volví loco y me di cuenta de que estaba riñendo con una chiquilla mexicana tonta e ignorante, y se lo dije; y antes de que supiera lo que estaba haciendo, cogí sus zapatos rojos y los tiré contra la puerta del cuarto de baño, diciéndole:

—¡Venga! ¡Ya te estás largando!

Me dormiría y lo olvidaría todo; tenía mi propia vida, mi propia y triste y miserable vida de siempre. En el cuarto de baño había un silencio de muerte. Me desnudé y me metí en la cama.

Terry salió con los ojos llenos de lágrimas. En su sencilla y curiosa cabecita se había dicho que un chulo jamás tira los zapatos de una mujer contra la puerta ni le dice que se vaya. Se desnudó con un dulce y reverente silencio y deslizó su menudo cuerpo entre las sábanas junto al mío. Era morena como las uvas. Vi la cicatriz de una cesárea en su pobre vientre; sus caderas eran tan estrechas que no pudo tener a su hijo sin que la abrieran. Sus piernas eran como palitos. Sólo medía un metro cuarenta y cinco centímetros. Hicimos el amor en la dulzura de la perezosa mañana. Después, como dos ángeles cansados, colgados y olvidados en un rincón de LA, habiendo encontrado juntos la cosa más íntima y deliciosa de la vida, nos quedamos dormidos hasta la caída de la tarde.

XIII

Durante los quince días siguientes permanecimos juntos para bien o para mal. Cuando despertamos decidimos hacer autostop juntos hasta Nueva York; ella sería mi novia en la ciudad. Me imaginé que tendría grandes complicaciones con Dean y Marylou y todo el mundo: una nueva época. Pero antes teníamos que trabajar y ganar dinero suficiente para el viaje. Terry estaba dispuesta a emprenderlo de inmediato con los doce dólares que me quedaban. No me gustaba la idea. Y, como un maldito estúpido, consideré el problema durante un par de días mientras leíamos los anuncios de los extraños periódicos de LA –unos periódicos que yo nunca había visto en la vida– en cafeterías y bares, hasta que mis doce dólares se redujeron sólo a diez. Éramos muy felices en nuestro pequeño cuarto del hotel. En mitad de la noche, me levantaba porque no podía dormir, echaba la manta sobre el moreno hombro de la chiquilla, y examinaba la noche de LA. ¡Qué noches más brutales, calientes y llenas de sirenas eran! Una vieja pensión miserable de enfrente fue el escenario de una tragedia. El coche patrulla se detuvo y los policías interrogaban a un viejo de pelo gris. Llegaban sollozos de dentro. Lo oía todo junto al zumbido del anuncio de neón de mi hotel. Nunca me había sentido más triste en toda mi vida. LA es la ciudad más solitaria y la más brutal de toda América; Nueva York tiene un frío en invierno que te cala hasta los huesos, pero se nota cierta cordialidad en algunas de sus calles. LA es la jungla.

South Main Street, la calle por la que Terry y yo paseábamos comiendo perritos calientes, era un carnaval fantástico de luces y brutalidad. Policías de botas altas registraban a la gente casi en cada esquina. Los tipos más miserables del país pululaban por las aceras; todo eso, bajo aquellas suaves estrellas del sur de California que se pierden en el halo pardo del enorme campamento del desierto que es realmente LA. Se podía oler a tila, hierba, es decir, marihuana, que flotaba en el aire junto a los chiles y la cerveza. El salvaje y enorme sonido del bop salía de las cervecerías; mezclado en la noche norteamericana con popurris de música vaquera y boogie-woogie. Todos se parecían a Hassel. Negros violentos siempre riendo con gorras bop y barba de chivo; después estaban los hipsters de pelo largo, completamente hundidos, que parecía que acababan de llegar de Nueva York por la Ruta 66; después estaban las viejas ratas del desierto que llevaban paquetes y se dirigían a algún banco de la plaza; después estaban los ministros metodistas con mangas deshilachadas, y algún ocasional santo naturista muy joven con barba y sandalias. Hubiera querido conocerlos a todos, hablar con todos, pero Terry y yo estábamos demasiado ocupados intentando conseguir algo de dinero.

Fuimos a Hollywood para intentar trabajar en el drugstore del cruce de Sunset y Vine. ¡Vaya esquina! Enormes familias del contorno que se habían bajado de viejos coches permanecían en la acera esperando ver alguna estrella de cine, y la estrella de cine nunca aparecía. Cuando pasaba un coche lujoso se estiraban en el bordillo mirando con avidez: un tipo con gafas negras iba dentro junto a una rubia enjoyada.

—¡Es Don Ameche! ¡Es Don Ameche!

—¡No, no! ¡Es George Murphy! ¡Sí, George Murphy!

También andaban por allí, mirándose unos a otros, apuestos maricas muy jóvenes que habían ido a Hollywood para ser vaqueros. Se humedecían las cejas con el dedo mojado en saliva. Las chicas más guapas del mundo pasaban con sus pantalones; habían llegado para ser estrellas y acababan en las casas de citas. Terry y yo intentamos encontrar trabajo en un cine al aire libre. Pero no hubo modo. Hollywood Boulevard era un tremendo frenesí de coches; había pequeños accidentes por lo menos a cada minuto; todos corrían hacia la última palmera... y después estaba el desierto y la nada. Los ligones de Hollywood permanecían delante de ostentosos restaurantes, discutiendo exactamente como discuten los ligones de Broadway ante el Jacobs Beach, en Nueva York, sólo que allí llevaban trajes ligeros y su lenguaje era más ridículo. Altos, cadavéricos predicadores, desfilaban también. Mujeres gordas y chillonas cruzaban el bulevar corriendo para ocupar un puesto en la cola de los programas de radio. Vi a Jerry Colonna comprando un coche en Buick Motors; estaba dentro del enorme escaparate atusándose el bigote. Terry y yo comimos en una cafetería del centro que estaba decorada como una gruta, con tetas de metal surgiendo por todas partes y enormes e impersonales nalgas pertenecientes a deidades marinas y neptunos muy falsos. La gente comía lúgubremente junto a cascadas, con el rostro verde de tristeza marina. Todos los policías de LA parecían guapos gigolós; evidentemente habían venido a la ciudad a hacer cine. Todo el mundo había venido a hacer cine, hasta yo. Al final, Terry y yo nos vimos obligados a buscar trabajo en South Main Street, entre los derrotados mozos y las chicas que lavaban platos y que no hacían ningún esfuerzo por disimular su fracaso, pero ni siquiera allí lo encontramos. Todavía nos quedaban diez dólares.

–Tío, voy a recoger mi ropa a casa de mi hermana y haremos autostop hasta Nueva York –dijo Terry–. Vamos, tío. Podemos hacerlo. Si no sabes bailar el boogie te enseñaré yo. –Esta última frase era de una canción que cantaba sin parar.

Fuimos a casa de su hermana en el miserable barrio mexicano de más allá de Alameda Avenue. Yo esperé en un callejón oscuro pues su hermana no debía verme. Pasaban perros. Había muy pocas luces iluminando las miserables callejas. Oí que Terry y su hermana discutían en la noche suave y caliente. Estaba decidido a todo.

Terry apareció y me llevó de la mano hasta Central Avenue, que es la zona principal de la gente de color de LA. ¡Y vaya sitio más tremendo! Había bares de mala muerte con el tamaño justo para una máquina de discos, y en la máquina sólo sonaban blues, bop y jump. Subimos unas sucias escaleras y llegamos a casa de Margarina, una amiga de Terry, que tenía que devolverle una falda y un par de zapatos. Margarina era una mulata deliciosa; su marido era negro como el carbón y amable. Enseguida salió y trajo una botella de whisky para agasajarme adecuadamente. Intenté pagar una parte, pero dijo que no. Tenían dos hijos pequeños. Los niños saltaban encima de la cama; era su cuarto de juegos. Me echaron los brazos al cuello y me miraron asombrados. La noche sonora y salvaje de Central Avenue –la noche de «Central Avenue Breakdown» de Hamp– aullaba y alborotaba fuera. Había canciones en los portales, canciones en las ventanas, canciones por todas partes. Terry cogió su ropa y dijimos adiós. Fuimos a uno de los bares y pusimos discos en la máquina. Una pareja de negros me susurró al oído algo acerca de tila. Un dólar. Dije que de acuerdo, que la trajera. El contacto entró y me indicó que le siguiera a los retretes del sótano, donde me quedé mudo cuando dijo:

–Cógelo, tío, cógelo.

–¿Coger qué? –dije yo.

Él ya tenía mi dólar. Le asustaba hasta señalar el suelo. Allí había algo que parecía como un pequeño chorizo de mierda. El tipo era absurdamente cauteloso.

–Tengo que tener cuidado, las cosas se han puesto jodidas la pasada semana –dijo.

Cogí el pitillo envuelto en papel marrón y volví junto a Terry, y nos fuimos a la habitación del hotel dispuestos a ponernos altos. No sucedió nada. Era tabaco Bull Durham. Me pregunté por qué no tenía más cuidado con mi dinero.

Terry y yo teníamos que decidir ya y de una vez por todas qué hacer. Decidimos hacer autostop hasta Nueva York con el dinero que nos quedaba. Ella había conseguido cinco dólares de su hermana aquella noche. Teníamos unos trece o algo menos. Así que antes de que venciera de nuevo el alquiler diario de la habitación, empaquetamos nuestras cosas y cogimos un coche rojo hasta Arcadia, California, donde, situado bajo montañas coronadas de nieve, está el hipódromo de Santa Anita. Era de noche. Nos dirigíamos hacia el interior del continente americano. Cogidos de la mano caminamos varios kilómetros carretera adelante para dejar atrás la zona poblada. Era un sábado por la noche. Estuvimos bajo una luz con los pulgares extendidos. Hasta que de repente empezaron a pasar coches llenos de chicos jóvenes gritando y agitando banderas.

–¡Ra! ¡Ra! ¡Ra! ¡Ganamos! ¡Ganamos! –gritaban.

Entonces nos abuchearon divertidísimos al ver a un chico y una chica en la carretera. Pasaron docenas de coches de esos llenos de caras jóvenes y «guturales voces juveniles», como dice el refrán. Los odiaba a todos. ¿Quiénes se creían que eran para abuchear a los que estaban en la carretera? ¿Es que por ser estudiantes traviesos y porque sus padres trinchaban el roast beef los domingos por la tarde tenían derecho a ello? ¿Quiénes eran ellos para burlarse de una chica en una situación difícil con el hombre al que quería? Nosotros nos ocupábamos de nuestras cosas. Pero no había modo de que nos cogiese nadie. Tuvimos que caminar de regreso a la ciudad, y lo peor de todo es que necesitábamos tomar un café y tuvimos la desgracia de ir a parar al único sitio abierto, una heladería para estudiantes, y todos los chicos estaban allí y nos recordaban. Ahora veían que Terry era mexicana, una paleta de Pachuco; y que el tipo que la acompañaba era algo peor todavía.

Con su preciosa nariz orgullosamente levantada, Terry salió

119

de allí y caminamos juntos en la oscuridad, al lado de la cuneta de la autopista. Yo llevaba las bolsas. Respirábamos niebla en el frío aire nocturno. Finalmente, decidí esconderme del mundo con ella una noche más, ¡que se fuera al diablo el día siguiente! Fuimos a un motel y conseguimos una pequeña suite confortable por unos cuatro dólares —ducha, toallas, radio, de todo—. Nos abrazamos estrechamente. Hablamos larga y seriamente y nos duchamos y discutimos de nuestras cosas, primero con la luz encendida y después apagada. Había algo que estaba demostrándose. La estaba convenciendo de algo, y ella aceptó, y firmamos el pacto en la oscuridad, sin aliento, luego contentos, como corderillos.

Por la mañana nos aferramos audazmente a nuestro nuevo plan. Cogeríamos un autobús hasta Bakersfield y trabajaríamos en la vendimia. Tras unas cuantas semanas haciendo eso nos dirigiríamos a Nueva York del modo adecuado: en autobús. Fue maravillosa la tarde del viaje a Bakersfield con Terry: nos sentamos en la parte de atrás, relajados, charlando, viendo desfilar el campo y sin preocuparnos de nada. Llegamos a Bakersfield al caer la tarde. El plan consistía en abordar a todos los mayoristas de frutas de la ciudad. Terry dijo que durante la vendimia viviríamos en tiendas de campaña. La idea de vivir en una tienda y recoger uva en las frescas mañanas californianas me atraía mucho. Pero no había trabajo, y sí mucha confusión, y todos nos daban indicaciones y ningún trabajo se materializó. Con todo, cenamos en un restaurante chino y volvimos a la tarea con nuevas fuerzas. Cruzamos la frontera hasta un pueblo mexicano. Terry parloteó con sus hermanos de raza preguntando por un trabajo. Ya era de noche y la calle del pequeño pueblo mexicano resplandecía de luz: cines, puestos de fruta, máquinas tragaperras, tiendas de precio único y cientos de destartalados camiones y coches destrozados llenos de barro aparcados por todas partes. Pululaban por allí familias enteras de vendimiadores mexicanos comiendo palomitas de maíz. Terry hablaba con todo el mundo. Empezaba a desesperarme. Lo que yo necesitaba –y Terry también– era un trago, así que compramos un litro de oporto californiano por treinta y cinco centavos y fuimos a beber a los depósitos del ferrocarril. Encontramos un sitio donde los vagabundos habían hecho agujeros para encender fuego. Nos sentamos allí y bebimos. A nuestra izquierda había vagones de carga, tristes y manchados de rojo bajo la luna; enfrente estaban las luces de Bakersfield y su aeropuerto; a nuestra derecha, un enorme cobertizo de aluminio. Era una noche agradable, una noche caliente, una noche de beber vino, una noche de luna, una noche para abrazar a tu novia y charlar y desentenderse de todo lo demás y pasarlo bien. Que fue lo que hicimos. Terry bebió bastante, casi tanto o más que yo, y habló sin parar hasta medianoche. No nos movimos de aquellos agujeros. Ocasionalmente pasaban vagabundos, madres mexicanas con sus hijos pasaban también, y el coche patrulla de la pasma también vino a vigilar, y un policía se bajó a echar un vistazo; pero la mayor parte del tiempo estuvimos solos y unimos nuestras almas cada vez más hasta que hubiera sido terriblemente duro decirse adiós. A medianoche nos levantamos y nos dirigimos a la autopista.

Terry tenía una nueva idea. Iríamos haciendo autostop hasta Sabinal, su pueblo natal, y viviríamos en el garaje de su hermano. Yo estaba de acuerdo con ello, y con cualquier otra cosa. En la carretera, hice que Terry se sentara sobre mi saco para que pareciera una mujer en apuros y enseguida se detuvo un camión y corrimos hacia él alborozados. El hombre era un buen hombre; su camión era pobre. Avanzó ruidosa y torpemente por el valle. Llegamos a Sabinal en las tristes horas anteriores al alba. Yo había terminado el vino mientras Terry dormía, y estaba pasadísimo. Bajamos del camión y caminamos hacia la tranquila plazuela del pequeño pueblo californiano: un apeadero junto a la frontera. Fuimos en busca de un amigo del hermano de Terry que nos diría dónde estaba éste. No había nadie en casa. Cuando empezaba a amanecer me tumbé de espaldas sobre el césped de la plazuela del pueblo y repetía una y otra vez y otra:

–¿Por qué no quieres decirme lo que ha hecho en Weed? ¿Qué ha hecho en Weed? ¿Dime qué hizo? ¿Por qué no quieres decírmelo? ¿Qué ha hecho en Weed?

Eran frases de la película *La fuerza bruta*, cuando Burgess Meredith habla con el capataz del rancho. Terry se reía. Le parecía bien todo lo que yo hacía. Hubiera podido seguir tumbado allí hasta que las beatas vinieran a la iglesia y no le habría importado. Pero finalmente decidí que debíamos arreglarnos para ver a su hermano y la llevé a un viejo hotel cerca de las vías y nos metimos en la cama.

Por la mañana, luminosa y soleada, Terry se levantó pronto y fue a buscar a su hermano. Dormí hasta mediodía; cuando me asomé a la ventana de repente vi un tren de carga con cientos de vagabundos tumbados en las plataformas, todos muy alegres con sus bultos por almohadas y leyendo tebeos, y algunos comiendo las ricas uvas californianas recogidas sobre la marcha.

–¡Hostias! –grité–. Esto *es* la tierra prometida.

Todos venían de Frisco; dentro de una semana regresarían en el mismo plan, a lo grande.

Terry llegó con su hermano, el amigo de éste y su hijo. Su hermano era un mexicano bastante aficionado a la bebida, un buen tipo. Su amigo era un enorme mexicano gordo y fofo que hablaba inglés sin demasiado acento y se mostraba muy deseoso de agradar. Noté que miraba a Terry con muy buenos ojos. El hijo de ésta se llamaba Johnny, tenía siete años, ojos oscuros y dulces. Bueno, aquí estábamos, y empezó otro día disparatado.

El hermano se llamaba Rickey. Tenía un Chevy del año 38. Nos amontonamos en él y partimos con rumbo desconocido.

–¿Adónde vamos? –pregunté.

El amigo me lo explicó (se llamaba Ponzo, o así le llamaban todos). Apestaba. Descubrí por qué. Se dedicaba a vender estiércol a los granjeros; tenía un camión. Rickey siempre tenía tres o cuatro dólares en el bolsillo y se la sudaba todo. Siempre decía:

—Muy bien, hombre allá vamos... ¡Vamos allá! ¡Vamos allá!

—Y allá iba. Se lanzó a más de cien por hora en el viejo trasto. Íbamos a Madera, pasado Fresno, a ver a unos granjeros para el estiércol. Rickey tenía una botella.

—Hoy beberemos, mañana trabajaremos. ¡Vamos, hombre, pégale un toque!

Terry iba sentada detrás con su hijo; me volví hacia ella y vi reflejada en su rostro la alegría de estar de nuevo en casa. Ante nosotros corría locamente el hermoso campo verde del octubre californiano. Yo estaba encantado otra vez y dispuesto a lo que fuera.

—¿Adónde vamos ahora, tío?

—En busca de un granjero que tiene algo de estiércol. Mañana volveremos con el camión y lo recogeremos. Haremos un montón de dinero. No te preocupes de nada.

—Estamos todos en el negocio —aulló Ponzo. Comprendí que así era... Fuéramos a donde fuéramos, todos estábamos en el negocio. Cruzamos a toda pastilla las locas calles de Fresno y subimos valle arriba para visitar a algunos granjeros por caminos apartados. Ponzo bajaba del coche y mantenía confusas conversaciones con los viejos granjeros mexicanos; claro que no sacaba nada en limpio.

—¡Lo que necesitamos es un trago! —aulló Rickey, y bajamos del coche entrando en un saloon que había en un cruce. Los americanos siempre beben en los saloones de los cruces los domingos por la tarde; van con sus hijos; discuten y se pelean sobre qué cerveza es mejor; todo marcha bien. Llega la noche, los niños empiezan a llorar y sus padres están borrachos. Vuelven haciendo eses a casa. He estado bebiendo con familias enteras en saloones de los cruces de carreteras de todas las partes de América. Los niños comen palomitas y patatas fritas y juegan en la parte de atrás. Y eso hicimos. Rickey y yo y Pozo y Terry

123

nos sentamos y bebimos y alborotamos con la música; el pequeño Johnny jugó con otros niños alrededor de la máquina de discos. El sol empezó a ponerse rojo. No habíamos conseguido nada en concreto. Pero ¿es que había algo que conseguir?

–*Mañana**–dijo Rickey–. *Mañana,** tío, lo haremos; toma otra cerveza, tío, vamos allá, ¡*allá vamos!*

Salimos dando tumbos y subimos al coche; fuimos a un bar de la autopista. Ponzo era un tipo enorme, ruidoso, que conocía a todo el mundo en el valle de San Joaquín. Desde el bar de la autopista fui en el coche solo con él a ver a un granjero; en vez de eso, nos quedamos atascados en el barrio mexicano de Madera, mirando a las chicas y tratando de ligarnos un par de ellas para Rickey y él. Y después, cuando el polvo púrpura descendía sobre los viñedos, me encontré sentado estúpidamente en el coche mientras él discutía con un mexicano bastante viejo a la puerta de una cocina sobre el precio de una sandía de las que el viejo cultivaba en la huerta de la parte trasera de su casa. Conseguimos la sandía; la comimos allí mismo y tiramos las cortezas a la sucia acera del viejo. Todo tipo de chicas preciosas pasaban por la calle, que se iba oscureciendo.

–¿Dónde coño estamos? –dije.

–No te preocupes, tío –respondió el enorme Ponzo–. Mañana haremos un montón de dinero; esta noche no hay que preocuparse de nada.

Regresamos y recogimos a Terry y a su hermano y al niño y rodamos hasta Fresno bajo las luces nocturnas de la autopista. Todos teníamos mucha hambre. En Fresno saltamos por encima de las vías del tren y llegamos a las ruidosas calles del barrio mexicano. Chinos extraños se asomaban a la ventana contemplando las calles nocturnas del domingo; grupos de chicas mexicanas pasaban contoneándose con sus pantalones; los mambos estallaban desde las máquinas de discos. Había guirnaldas de luces como en la víspera de Halloween. Entramos en un restaurante mexicano y comimos tacos y tortilla de judías pintas;

todo estaba delicioso. Saqué el último billete de cinco dólares que quedaba entre mí y Nueva Jersey y pagué la comida de Terry y la mía. Ahora tenía cuatro dólares. Terry y yo nos miramos.

—¿Dónde vamos a dormir esta noche, guapa?

—No lo sé.

Rickey estaba borracho; todo lo que decía era:

—¡Allá vamos, tío! ¡Allá vamos! —con voz tierna y cansada.

Había sido un día muy largo. Ninguno de nosotros sabía qué iba a pasar, o qué nos había dispuesto el Señor. El pobre Johnny se quedó dormido en mis brazos. Volvimos a Sabinal. En el camino paramos en seco ante un parador de la Autopista 99. Rickey quería la última cerveza. En la parte trasera del parador había remolques y tiendas de campaña y unas cuantas destartaladas habitaciones tipo motel. Pregunté el precio y costaban dos dólares. Consulté a Terry al respecto y dijo que sí porque ahora tenía a su hijo con ella y el niño debía estar cómodo. Así que tras unas cuantas cervezas en el saloon, donde unos tétricos okies seguían con el pie la música de una orquesta vaquera, Terry y yo y Johnny fuimos a una habitación y nos dispusimos a meternos en el sobre. Ponzo andaba atravesado por allí; no tenía dónde dormir. Rickey dormiría en casa de su padre, en la casucha de los viñedos.

—¿Y tú dónde vives, Ponzo? —le pregunté.

—En ninguna parte, tío. Debería vivir con Big Rosey, pero anoche me echó. Iré a mi camión y dormiré allí.

Se oían guitarras. Terry y yo miramos las estrellas y nos besamos.

—*Mañana** —dijo ella—. Todo se arreglará mañana, ¿verdad que sí, Sal querido?

—Seguro que sí, guapa, *mañana.** —Y siempre era *mañana.** Durante la semana siguiente no oí otra cosa... *mañana,** una palabra hermosa que probablemente quiera decir cielo.

El pequeño Johnny saltó a la cama vestido y se quedó dormido; de sus zapatos salió arena, arena de Madera. Terry y yo tuvimos que levantarnos en mitad de la noche para limpiar las sábanas de arena. Por la mañana me levanté, me lavé, y di una vuelta por aquel sitio. Estábamos a ocho kilómetros de Sabinal entre campos de algodón y viñedos. Pregunté a la enorme y gordísima dueña del campamento si quedaba alguna tienda libre. La más barata, un dólar diario, estaba libre. Le di el dólar y nos trasladamos a ella. Había una cama, un hornillo, y un espejo roto colgado de un poste; era delicioso. Tuve que agacharme para entrar, y cuando lo hice allí estaba mi novia y el hijo de mi novia. Esperamos a que Rickey y Ponzo llegaran con el camión. Llegaron con botellas de cerveza y empezaron a emborracharse dentro de la tienda.

–¿Qué hay del estiércol?

–Hoy ya es demasiado tarde. Mañana, tío, mañana haremos un montón de dinero; hoy tomaremos unas cuantas cervezas. ¿Qué te parece una cerveza? –Yo no necesitaba que me tentaran mucho–. ¡Vamos allá! *¡Vamos allá!* –gritó Rickey, y empecé a comprender que nuestros planes de hacernos ricos con el camión de estiércol nunca se materializarían. El camión estaba aparcado a la puerta de la tienda. Olía como Ponzo.

Esa noche Terry y yo nos acostamos y respiramos el suave aire de la noche bajo nuestra tienda cubierta de rocío. Me disponía a dormir cuando ella dijo:

–¿No quieres hacer el amor ahora?

–¿Y qué pasará con Johnny? –le respondí.

–No te preocupes. Está dormido. –Pero Johnny no estaba dormido y no dijo nada.

Los otros dos volvieron al día siguiente con el camión de estiércol y se fueron enseguida a buscar whisky; volvieron y pasamos un buen rato en la tienda. Esa noche Ponzo dijo que hacía demasiado frío y durmió en el suelo de nuestra tienda, envuelto en una lona que olía a mierda de vaca. Terry le detestaba; dijo que siempre andaba con su hermano para estar cerca de ella.

No iba a pasarnos nada a Terry y a mí, excepto morirnos de hambre, así que por la mañana me dirigí al campo buscando un trabajo de recogedor de algodón. Todos me dijeron que fuera a la granja del otro lado de la autopista. Fui allí, y el granjero estaba en la cocina con su mujer. Salió, oyó lo que le contaba, y me avisó de que sólo pagaba tres dólares por cada cuarenta kilos de algodón recogido. Me imaginé que por lo menos recogería cien kilos diarios y acepté el trabajo. Sacó varios sacos enormes del granero y me dijo que la recolección se iniciaba al amanecer. Corrí a ver a Terry muy contento. En el camino un camión cargado de uva dio un salto debido a un bache y dejó caer tres grandes racimos sobre el ardiente alquitrán. Terry estaba contenta.

–Johnny y yo iremos contigo y te ayudaremos.

–Nada de eso –le respondí.

–Ya verás, ya verás. Coger algodón es muy duro. Te enseñaré cómo se hace.

Comimos las uvas y por la noche Rickey apareció con una hogaza de pan y medio kilo de hamburguesas y cenamos al aire libre. En una tienda más grande cerca de la nuestra vivía una familia de okies cosechadores de algodón; el abuelo se pasaba el día entero sentado en una silla: era demasiado viejo para trabajar; el hijo y la hija, y los hijos de ambos, cruzaban todos los amaneceres la autopista para trabajar en los campos de mi granjero. Al amanecer del día siguiente fui con ellos. Me dijeron que el algodón pesaba más al amanecer debido al rocío y que se ganaba más dinero entonces que por la tarde. Sin embargo, ellos trabajaban el día entero, de sol a sol. El abuelo había venido de Nebraska durante la gran plaga de los años treinta –aquella misma nube de polvo de la que me había hablado mi vaquero de Montana– con toda su familia en un camión destartalado. Llevaban en California desde entonces. Les gustaba trabajar. En diez años el hijo del viejo había aumentado en cuatro el número de sus propios hijos, algunos de los cuales ya eran lo bastante mayores como para recoger algodón. Y durante ese tiempo habían pasado de la harapienta pobreza de los campos de Simon Legree a una especie de risueña respetabilidad dentro de tiendas mejores, y eso era todo. Estaban muy orgullosos de su tienda.

—¿No piensan volver a Nebraska?

—Podría ser, pero allí no hemos dejado nada. Lo que queremos es comprar un remolque.

Nos agachamos y empezamos a trabajar. Era hermoso. Había tiendas esparcidas por el campo, y pasadas éstas, los morenos algodonales se extendían hasta donde alcanzaba la vista llegando a las pardas estribaciones surcadas por arroyos tras las que se destacaban en el aire azul de la mañana las sierras coronadas de nieve. Aquello era mucho mejor que lavar platos en South Main Street. Pero yo lo desconocía todo sobre la recogida de algodón. Empleaba demasiado tiempo desprendiendo las bolas blancas de sus crujientes bases; los otros lo hacían de un solo toque. Además, empezaron a sangrarme las yemas de los dedos; necesitaba guantes o más experiencia. En el campo también estaba una pareja de negros muy viejos. Recogían el algodón con la misma bendita paciencia con que sus abuelos lo hacían en Alabama antes de la guerra civil; se movían con seguridad a lo largo de sus hileras, agachados y activos, y sus sacos se llenaban. Empezó a dolerme la espalda. Pero era hermoso arrodillarse y esconderse en la tierra. Si quería descansar podía hacerlo con mi cara pegada a la húmeda tierra oscura. Los pájaros cantaban acompañándonos. Creí que había encontrado el trabajo de mi vida. Johnny y Terry llegaron saludándome con la mano a través del campo bajo el intenso calor del mediodía y se pusieron a trabajar conmigo. ¡Maldita sea! ¡Hasta Johnny lo hacía mucho más deprisa que yo...! y, por supuesto, Terry era dos veces más rápida. Trabajaban delante de mí y dejaban montones de algodón limpio para que lo metiera en el saco: los montones de Terry eran de trabajador avezado, los de Johnny menudos montones infantiles. Yo apenado los metía en el saco.

¿Qué tipo de hombre era que ni siquiera podía mantenerme, y mucho menos mantener a los míos? Pasaron la tarde entera conmigo. Cuando el sol enrojeció regresamos juntos. En un extremo del campo descargué mi saco en una balanza; pesaba veinte kilos y me dieron dólar y medio. Luego, en la bicicleta que me prestó uno de los okies fui hasta una tienda de la Autopista 99 donde compré latas de espaguettis preparados y albondiguillas, pan, mantequilla, café y un pastel, y volví con la bolsa sobre el manillar. El tráfico zumbaba en dirección a LA; los que iban a Frisco me acosaban por detrás. Maldecía y maldecía sin parar. Miré el cielo oscuro y le pedí a Dios mejores oportunidades en la vida y más suerte para ayudar a los que quería. Nadie me hacía el menor caso. Fue Terry la que me reanimó; calentó la comida en el hornillo de la tienda y fue una de las mejores comidas de toda mi vida, así estaba de hambriento y cansado. Suspirando como un viejo negro recogedor de algodón, me tumbé en la cama y fumé un pitillo. Los perros ladraban en la noche fría. Rickey y Ponzo habían dejado de visitarnos por la noche. Era muy de agradecer. Terry se acurrucaba junto a mí, Johnny se sentaba apoyado en mi pecho, y ambos dibujaban animales en mi cuaderno de notas. La luz de nuestra tienda brillaba en la temible llanura. La música vaquera sonaba en el parador y recorría los campos, toda tristeza. Eso me gustaba mucho. Besé a Terry y apagamos la luz.

Por la mañana el rocío hizo que la tienda se combara un poco; me levanté, cogí la toalla y el cepillo de dientes y fui a lavarme a los servicios del motel; luego volví, me puse los pantalones, que estaban todos rotos de arrodillarme en la tierra y que Terry había cosido la noche antes, me calé un destrozado sombrero de paja que originalmente había servido de juguete a Johnny, y crucé la autopista cargado con mi saco.

Ganaba aproximadamente dólar y medio diarios. Era lo justo para ir a comprar comida en la bicicleta por la tarde. Los días pasaban. Me olvidé por completo del Este y de Dean y

Carlo y la maldita carretera. Johnny y yo jugábamos todo el tiempo; le gustaba que le lanzara al aire dejándole caer encima de la cama. Terry remendaba la ropa. Yo era un hombre de la tierra, precisamente como había soñado en Paterson que sería. Se decía que el marido de Terry había vuelto a Sabinal y me andaba buscando. Una noche los okies enloquecieron en el parador y ataron un hombre a un árbol y lo golpearon con bastones hasta dejarlo hecho papilla. Yo dormía y me enteré del asunto después. Pero desde entonces tenía un bastón enorme en la tienda por si acaso se les ocurría que nosotros, los mexicanos, andábamos merodeando entre sus remolques. Creían que yo era mexicano, claro; y en cierto sentido lo era.

Ya era octubre y por la noche hacía mucho más frío. La familia okie tenía una estufa de leña y pensaban quedarse allí todo el invierno. Nosotros no teníamos nada, y hasta debíamos el alquiler de la tienda. Amargamente Terry y yo decidimos separarnos.

–Vuelve con tu familia –le dije–. Por el amor de Dios, no es posible que andes de tienda en tienda con un niño como Johnny; el pobre se va a morir de frío.

Terry lloró porque creyó que criticaba sus instintos maternales; pero no hablaba de eso. Cuando Ponzo apareció una mañana gris con el camión decidimos ir a ver a la familia de Terry para plantearles la situación. Pero no debían verme y tuve que esconderme en los viñedos. Partimos para Sabinal; el camión se estropeó y simultáneamente empezó a llover de modo torrencial. Nos quedamos en el viejo camión soltando maldiciones. Ponzo bajó y trató de arreglarlo bajo la lluvia. Después de todo, no era tan mala persona. Nos prometimos mutuamente una juerga más. Fuimos a un miserable bar del barrio mexicano de Sabinal y pasamos una hora bebiendo cerveza. Había terminado con mis sufrimientos en el campo de algodón. Sentía de nuevo la llamada de mi propia vida. Envié una tarjeta a mi tía pidiéndole otros cincuenta dólares.

Llegamos a la casucha de la familia de Terry. Estaba situada en la vieja carretera que corría entre los viñedos. Ya había oscurecido. Me dejaron a unos quinientos metros y continuaron hasta la puerta. Salía luz a través de ella; los otros seis hermanos de Terry estaban tocando la guitarra y cantando. El viejo bebía vino. Oí gritos y discusiones sobre la canción. Llamaron puta a Terry por haber abandonado a su marido y haber ido a LA dejando a Johnny con ellos. El viejo chillaba mucho. Pero la madre, una mujer triste, gorda y morena, se impuso como siempre ocurre en las grandes familias campesinas de todo el mundo, y permitieron que Terry volviera a casa. Los hermanos comenzaron a cantar algo alegre y rápido. Agachado bajo el frío viento lluvioso yo lo observaba todo entre los tristes viñedos de octubre. Mi mente estaba invadida por esa gran canción de Billie Holiday «Lover Man»; tuve mi propio concierto entre las vides.

«Algún día nos encontraremos y secarás todas mis lágrimas y me susurrarás cosas dulces al oído, abrazándonos, acariciándonos, oh, lo que nos estamos perdiendo, amado mío, oh dónde estás...», y más que la letra es la música y el modo en que Billie canta, lo mismo que una mujer acariciando el pelo de su amante en la penumbra. El viento aullaba. Tenía mucho frío.

Terry y Ponzo volvieron y subimos al bamboleante camión para reunirnos con Rickey. Rickey ahora vivía con la mujer de Ponzo, Big Rosey; lo llamamos tocando la bocina en las míseras callejas. Big Rosey lo echó. Todo se iba al carajo. Esa noche dormimos en el camión. Terry se mantuvo apretada contra mí y me dijo que no me fuera. Podía trabajar recogiendo uva y ganaría bastante dinero para los dos; entretanto, yo podría vivir en el granero de la granja de Heffelfinger, carretera abajo, cerca de su familia. No tendría otra cosa que hacer que pasarme el día entero sentado en la hierba comiendo uvas.

—¿No te gusta eso?

Por la mañana vinieron a vernos unos primos de Terry en otro camión. De pronto, me di cuenta de que miles de mexicanos de toda aquella zona estaban enterados de lo de Terry y mío y que para ellos constituía un jugoso y romántico tema de conversación. Los primos eran muy educados y, de hecho, muy simpáticos. Estuve en su camión intercambiando amabilidades, hablando de dónde habíamos estado en la guerra y con qué grado. Eran cinco, estos primos, todos muy agradables. Al parecer, pertenecían a una rama de la familia de Terry que no alborotaba tanto como su hermano. Pero yo quería al salvaje de Rickey. Me juró que iría a Nueva York para reunirse conmigo. Me lo imaginé en Nueva York dejándolo todo para *mañana*.* Aquel día estaba borracho en un campo de no sé dónde.

Me bajé del camión en el cruce y los primos llevaron a Terry a casa. Cuando llegaron, me hicieron señas de que el padre y la madre no estaban en casa, sino recogiendo uva. Así que corrí a la casa para pasar la tarde. Era una casucha de cuatro habitaciones; no conseguí imaginarme cómo se las arreglaban para vivir allí. Las moscas volaban sobre el fregadero. No había persianas, justo como en la canción: «La ventana está rota y entra la lluvia.» Terry, ahora en su casa, trajinaba con los cacharros de la cocina. Sus dos hermanas me sonrieron. Los niños gritaban en la carretera.

Cuando el sol enrojeció tras las nubes de mi último atardecer en el valle, Terry me llevó al granero de la granja de Heffelfinger. Este Heffelfinger poseía una próspera granja junto a la carretera. Reunimos unas cuantas cestas, Terry trajo mantas de su casa y quedé instalado sin más peligro que una enorme tarántula peluda que acechaba desde el remate del techo. Terry me dijo que no me haría nada si no la molestaba. Me tumbé y la miré. Fuimos luego al cementerio y trepé a un árbol. En el árbol canté «Blue Skies». Terry y Johnny estaban sentados en la hierba; teníamos uvas. En California se chupa el zumo de la uva y se tiran los pellejos, un auténtico lujo. Cayó la noche. Terry fue a su casa a cenar y volvió a las nueve con tortillas deliciosas y puré de judías. Encendí una hoguera en el suelo de cemento para alumbrarnos. Hicimos el amor sobre los cestos. Terry se levantó y corrió a la casucha. Su padre la reñía, le oía desde el granero. Ella me había dejado un poncho para que me defendiera del frío; me lo puse y salí a la luz de la luna, entre los viñedos, a ver qué pasaba. Llegué hasta el final del surco y me arrodillé en la tierra caliente. Sus cinco hermanos entonaban melodiosas canciones en español. Las estrellas titilaban sobre el techo, salía humo por la chimenea. Olí a puré de judías y a chiles. El viejo gruñía. Los hermanos seguían canturreando. La madre estaba en silencio. Johnny y los niños se reían en el dormitorio. Un hogar californiano; escondido entre las viñas yo lo veía todo. Me sentí dueño de un millón de dólares; me estaba aventurando en la enloquecida noche americana.

Terry salió dando un portazo. La abordé en la oscura carretera.

—¿Qué es lo que pasa?

—Estamos riñendo todo el rato. Quiere que vaya a trabajar mañana. Dice que no quiere verme haciendo tonterías. Sal, quiero irme a Nueva York contigo.

—Pero ¿cómo?

—No lo sé, queridísimo. Necesito estar contigo. Te quiero.

—Pero tengo que marcharme.

—Sí, sí. Vamos a acostarnos una vez más, luego te irás.

Volvimos al granero; hicimos el amor bajo la tarántula. ¿Qué estaba haciendo allí la tarántula? Dormimos un poco sobre los cestos mientras la hoguera moría. Terry volvió a su casa a medianoche; su padre estaba borracho; le oí rugir; luego se durmió y se hizo el silencio. Las estrellas velaban sobre el campo dormido.

Por la mañana, Heffelfinger el granjero asomó la cabeza por la puerta de los caballos y dijo:

—¿Cómo van las cosas, amigo?

—Bien. Espero que no le molestará que esté aquí.

—Claro que no. ¿Andas con esa putilla mexicana?

—Es una chica muy buena.

—Y también muy guapa. Creo que el toro saltó la cerca. Tiene los ojos azules la chica, ¿eh? —Hablamos de su granja.

Terry me trajo el desayuno. Tenía preparado mi saco de lona y estaba listo para partir hacia Nueva York en cuanto recogiera mi dinero en Sabinal. Sabía que ya había llegado. Le dije a Terry que me iba. Ella había pensado aquella noche en el asunto y se había resignado. Dominando su emoción me besó en el viñedo y caminó surco abajo. Nos volvimos tras una docena de pasos, porque el amor es triste, y nos miramos por última vez.

—Te veré en Nueva York, Terry —le dije. Habíamos hablado de que dentro de un mes iría a Nueva York con su hermano. Pero los dos sabíamos que no lo haría. Unos cincuenta metros después me volví para mirarla. Seguía caminando hacia la casucha llevando la bandeja de mi desayuno en la mano. Incliné la cabeza y la seguí observando. Bueno, ya estaba bien, tenía que seguir, estaba en marcha de nuevo.

Caminé hasta Sabinal autopista abajo comiendo nueces negras de un nogal. Me dirigí a las vías del tren y seguí por ellas haciendo equilibrios. Pasé por delante del depósito de agua y de una fábrica. Era el final de algo. Fui a la oficina de telégrafos de la estación en busca de mi giro de Nueva York. Estaba cerrada. Lancé un juramento y me senté en las escaleras a esperar. El que vendía los billetes volvió y me invitó a entrar. El dinero había llegado; mi tía me había salvado de nuevo.

—¿Quién cree usted que ganará el campeonato mundial de este año? —dijo el viejo y flaco empleado. De repente, comprendí que había llegado el otoño y regresaba a Nueva York.

Caminé de nuevo por las vías a la triste luz de octubre del valle, con la esperanza de que pasara un tren de carga y unirme así a los vagabundos que comían uvas y leían tebeos. No pasó ningún tren. Bajé hasta la autopista y me recogieron enseguida. Fue el más rápido y estimulante trayecto de toda mi vida. El conductor era un violinista de una orquesta californiana de vaqueros. Tenía un coche último modelo y corría a ciento treinta por hora.

–No bebo cuando conduzco –dijo, tendiéndome una botella. Tomé un trago y se la pasé–. ¡Qué coño! –añadió, y bebió.

Cubrimos la distancia de Sabinal a LA en el tiempo asombroso de cuatro horas justas para los cuatrocientos kilómetros. Me dejó exactamente delante de la Columbia Pictures de Hollywood; tuve el tiempo justo de entrar y recoger mi guión rechazado. Entonces compré un billete de autobús hasta Pittsburgh. No tenía bastante dinero para ir hasta Nueva York. Ya me preocuparía de ello cuando llegara a Pittsburgh.

Como el autobús salía a las diez, tenía cuatro horas para recorrer Hollywood solo. Primero compré una hogaza de pan y salchichón y me hice diez emparedados para mantenerme durante el camino. Me quedaba un dólar. Me senté en la valla de cemento de un aparcamiento y me hice los emparedados. Mientras llevaba a cabo esta absurda tarea, grandes haces de focos de un estreno de Hollywood surcaban el cielo, el susurrante cielo de la Costa Oeste. A mi alrededor oía los ruidos de esta frenética ciudad de la costa de oro. Y a esto se redujo mi carrera en Hollywood... Era mi última noche en Hollywood, y estaba extendiendo mostaza sobre pan en la parte trasera de un aparcamiento.

XIV

Al amanecer mi autobús zumbaba a través del desierto de Arizona: Indio, Blythe, Salomé (donde ella bailó); las grandes extensiones secas que al Sur llevan hacia las montañas mexicanas. Después doblamos hacia el Norte, hacia las montañas de Arizona, Flagstaff, pueblos entre las escarpaduras. Llevaba un libro que había robado en una librería de Hollywood, *Le Grand Meaulnes*, de Alain Fournier, pero prefería leer el paisaje americano que desfilaba ante mí. Cada sacudida, bandazo y tramo del camino aplacaba mis ansias. Cruzamos Nuevo México durante una noche negra como la tinta; en el amanecer grisáceo estábamos en Dalhart, Texas; durante la triste tarde del domingo rodamos de un chato pueblo de Oklahoma a otro; al caer la noche estábamos en Kansas. El autobús rugía. Volvía a casa en octubre. Todo el mundo vuelve a casa en octubre.

Llegamos a mediodía a San Luis. Di un paseo junto al río Mississippi y contemplé los troncos que bajaban flotando desde Montana, al Norte; grandes troncos de odisea de nuestro sueño continental. Viejos barcos fluviales con sus tallas de madera más talladas y pulidas aún por la intemperie descansaban en el barro poblado de ratas. Grandes nubes de la tarde se cernían sobre el valle del Mississippi. El autobús rugió aquella noche a través de los trigales de Indiana; la luna iluminaba las fantasmales espigas;

136

casi era ya Halloween. Conocí a una chica y nos achuchamos todo el tiempo hasta llegar a Indianápolis. Era muy miope. Cuando bajamos a comer tuve que llevarla de la mano hasta el mostrador del restaurante. Me pagó la comida; mis emparedados se habían terminado. A cambio le conté largas historias. Venía del estado de Washington, donde había pasado el verano recogiendo manzanas. Su casa estaba en una granja del estado de Nueva York. Me invitó a que fuera a verla. En cualquier caso, nos citamos en un hotel de Nueva York. Se bajó en Columbus, Ohio, y yo dormí el resto del camino hasta Pittsburgh. Hacía años y años que no me sentía tan cansado. Me quedaban todavía unos seiscientos kilómetros hasta Nueva York, haría autostop pues sólo tenía diez centavos. Caminé ocho kilómetros para salir de Pittsburgh, y en dos viajes, un camión con manzanas y un enorme camión con remolque, llegué a Harrisburg, una tibia y lluviosa noche del veranillo de San Martín. Me puse inmediatamente en marcha. Quería llegar a casa.

Aquélla fue la noche del Fantasma del Susquehanna. El fantasma era un trémulo viejecito con una bolsa de papel que decía dirigirse a «Canady». Caminaba muy deprisa, ordenándome que le siguiera, y dijo que había un puente allí delante por el que podríamos cruzar. Tendría unos sesenta años; hablaba sin parar de lo que comía, de la mucha mantequilla que le daban para las tortitas, de las rebanadas de pan extra, de cómo le habían llamado unos viejos en un porche de un asilo de Maryland y le habían invitado a quedarse con ellos el fin de semana, de que había tomado un agradable baño caliente antes de irse; de que había encontrado un sombrero sin estrenar en la cuneta de una carretera de Virginia y que se lo había puesto; de que visitaba el local de la Cruz Roja de cada ciudad y mostraba sus credenciales de la Primera Guerra Mundial; de que la Cruz Roja de Harrisburg no merecía ni ese nombre; de cómo se las arreglaba en este duro mundo. Pero me di cuenta de que sólo era un vagabundo semirrespetable que recorría a pie las vastedades del Este, pidiendo ayuda en los locales de la Cruz Roja y en ocasiones limosna en una esquina de la calle principal. Vagabundeamos juntos. Caminamos unos diez kilómetros a lo largo del siniestro Susquehanna. Era un río terrorífico. Tiene escarpaduras a ambos lados que se inclinan como fantasmas peludos sobre aguas desconocidas. Una noche oscurísima lo cubría todo. A veces desde las vías del tren del otro lado del río se elevaba el rojo resplandor de una locomotora que iluminaba las horripilantes escarpaduras. El hombrecillo dijo que tenía un cinturón muy elegante en su bolsa y nos detuvimos para que lo sacara.

–Lo tengo metido por aquí, en algún sitio... Lo conseguí en Frederick, Maryland. ¡Maldita sea! ¿Me lo habré dejado encima del mostrador de Fredericksburg?

–¿Quiere decir usted Frederick?

–No, no, Fredericksburg, *Virginia.*

Hablaba de Frederick, Maryland, y de Fredericksburg, Virginia. Caminaba por la calzada sin hacer ningún caso del peligroso tráfico y casi lo atropellan unas cuantas veces. Yo le seguía por la cuneta. A cada momento esperaba que aquel pobre loco saliera por los aires volando, muerto. Nunca encontramos aquel puente. Me separé de él en un paso subterráneo del ferrocarril. La caminata me había hecho sudar tanto que me cambié de camisa y me puse dos jerséis; un parador iluminó mis tristes esfuerzos. Una familia entera vino caminando por la oscura carretera y me preguntó qué hacía. Lo más extraño de todo era que en este parador de Pennsylvania una bella voz de tenor entonaba blues muy hermosos; escuché y gemí. Empezó a llover fuerte. Un hombre me llevó de regreso a Harrisburg y me dijo que iba por un camino equivocado. De pronto, vi al viejo vagabundo de pie bajo un triste poste del alumbrado con el pulgar extendido: ¡pobre ser desamparado, un pobre chico perdido hace tiempo y ahora convertido en un hundido fantasma del desierto de la pobreza! Le conté lo que pasaba al que me llevaba y el tipo se detuvo a informar al viejo.

138

—¡Oiga, amigo! Va usted hacia el Oeste, no hacia el Este.

—¿Cómo? —dijo el pequeño fantasma—. No va a decirme usted cuál es el camino adecuado. Llevo muchos años pateándome el país. Voy hacia Canady.

—Pero éste no es el camino a Canadá, es la carretera que lleva a Pittsburgh y Chicago.

El viejo se enfadó con nosotros y se alejó. Lo último que vi de él fue su bamboleante bolsita blanca desapareciendo en la oscuridad de los tristes Alleghanis.

Creía que toda la soledad de América estaba en el Oeste hasta que el Fantasma del Susquehanna me demostró lo contrario. No, también hay soledad en el Este; la misma que Ben Franklin recorrió en su carreta de bueyes cuando era administrador de correos, la misma de cuando George Washington luchaba contra los indios, de cuando Daniel Boone contaba anécdotas a la luz de las linternas en Pennsylvania y prometía encontrar el Paso, de cuando Bradford construyó la carretera y los hombres armaban líos en cabañas de troncos. No había ya grandes espacios de Arizona para el hombrecito, sólo el monte bajo del este de Pennsylvania, Maryland y Virginia, los caminos apartados, las carreteras de negro alquitrán que serpentean a lo largo de ríos siniestros como el Susquehanna, el Monongahela, el viejo Potomac y el Monocacy.

Esa noche dormí en un banco de la estación de ferrocarril de Harrisburg; al amanecer el jefe de estación me echó fuera. ¿No es cierto que se empieza la vida como un dulce niño que cree en todo lo que pasa bajo el techo de su padre? Luego llega el día de la decepción cuando uno se da cuenta de que es desgraciado y miserable y pobre y está ciego y desnudo, y con rostro de fantasma dolorido y amargado camina temblando por la pesadilla de la vida. Salí dando tumbos de la estación; ya no podía controlarme. Lo único que veía de la mañana era una blancura semejante a la blancura de la tumba. Me moría de hambre. Lo único que me quedaba en forma de calorías eran las gotas para la tos que había comprado en Shelton, Nebraska, meses atrás; las chupé porque tenían azúcar. No sabía ni cómo pedir limosna. Salí de la ciudad dando tumbos con apenas fuerzas suficientes para llegar a las afueras. Sabía que me detendrían si me quedaba otra noche en Harrisburg. ¡Maldita ciudad! Me recogió un tipo siniestro y delgado que creía en el ayuno controlado para mejorar la salud. Cuando ya en marcha hacia el Este le dije que me estaba muriendo de hambre, me respondió:

–Estupendo, estupendo, no hay nada mejor. Yo llevo tres días sin comer. Y viviré ciento cincuenta años.

Era un montón de huesos, un muñeco roto, un palo escuálido, un maníaco. Podría haberme recogido un hombre gordo y rico que me propusiera:

–Vamos a pararnos en este restaurante y comer unas chuletas de cerdo con guarnición.

Pero no. Aquella mañana tenía que cogerme un maníaco que creía que el ayuno controlado mejoraba la salud. Tras ciento cincuenta kilómetros se mostró indulgente y sacó unos emparedados de mantequilla de la parte trasera del coche. Estaban escondidos entre su muestrario de viajante. Vendía artículos de fontanería por Pennsylvania. Devoré el pan y la mantequilla. De pronto, me empecé a reír. Estaba solo en el coche esperándole mientras hacía visitas de negocios en Allentown, y reí y reí. ¡Dios mío! Estaba cansado y aburrido de la vida. Pero aquel loco me llevó hasta Nueva York.

De repente, me encontré en Times Square. Había viajado trece mil kilómetros a través del continente americano y había vuelto a Times Square; y precisamente en una hora punta, observando con mis inocentes ojos de la carretera la locura total y frenética de Nueva York con sus millones y millones de personas esforzándose por ganarles un dólar a los demás, el sueño enloquecido: cogiendo, arrebatando, dando, suspirando, muriendo sólo para ser enterrados en esos horribles cementerios de más allá de Long Island. Las elevadas torres del país, el otro extremo del país, el lugar donde nace la América de Papel. Me detuve a la entrada del metro reuniendo valor para coger la hermosísima colilla que veía en el suelo, y cada vez que me agachaba la multitud pasaba apresurada y la apartaba de mi vista, hasta que por fin la vi aplastada y deshecha. No tenía dinero para ir a casa en autobús. Paterson está a unos cuantos kilómetros de Times Square. ¿Podía imaginarme caminando esos últimos kilómetros por el Túnel Lincoln o sobre el puente George Washington hasta Nueva Jersey? Estaba anocheciendo. ¿Dónde estaría Hassel? Anduve por la plaza buscándole; no lo encontré, estaba en la isla de Riker, entre rejas. ¿Y Dean? ¿Y los demás? ¿Y la vida misma? Tenía una casa a donde ir, un sitio donde reposar la cabeza y calcular las pérdidas y calcular las ganancias, pues sabía que había de todo. Necesitaba pedir unas monedas para el autobús. Por fin me atreví a abordar a un sacerdote griego que estaba parado en una esquina. Me dio veinticinco centavos mirando nerviosamente a otro lado. Corrí inmediatamente al autobús.

Cuando llegué a casa devoré todo lo que había en la nevera. Mi tía se levantó y me miró.

–Pobre Salvatore –dijo en italiano–. Estás delgado, muy delgado. ¿Dónde has andado todo este tiempo?

Había llegado con dos camisas y dos jerséis encima; mi saco de lona contenía los pantalones que había destrozado en los campos de algodón y los maltrechos restos de mis huaraches. Mi tía y yo decidimos comprar un frigorífico eléctrico nuevo con el dinero que le había mandado desde California; sería el primero que habría en la familia. Se acostó, y yo no me podía dormir y fumaba sin parar tendido en la cama. Mi manuscrito a medio terminar estaba encima de la mesa. Era octubre, estaba en casa, podía trabajar de nuevo. Los primeros vientos fríos sacudían la persiana; había llegado justo a tiempo. Dean se había presentado en mi casa, había dormido varias noches aquí esperándome; pasó varias tardes charlando con mi tía

141

mientras ella trabajaba en la alfombra que tejía con las ropas que la familia iba desechando a lo largo de los años. Ahora estaba terminada y extendida en el suelo de mi dormitorio, compleja y rica como el propio paso del tiempo; finalmente, Dean se había ido dos días antes de mi llegada, cruzándose conmigo probablemente en algún lugar de Pennsylvania u Ohio, camino de San Francisco. Tenía allí su propia vida; Camille acababa de conseguir un apartamento. Nunca se me había ocurrido ir a verla mientras vivía en Mill City. Ahora era demasiado tarde y también había perdido a Dean.

Segunda parte

I

Pasó más de un año antes de que volviera a ver a Dean. Durante todo ese tiempo permanecí en casa, terminé mi libro y empecé a ir a la facultad gracias a la ley de veteranos de guerra. En navidades de 1948 mi tía y yo fuimos cargados de regalos a visitar a mi hermano en Virginia. Me había escrito con Dean y me dijo que volvía otra vez al Este; y yo le contesté que si era así podría encontrarme en Testament, Virginia, entre navidades y Año Nuevo. Y un día, cuando todos nuestros parientes sureños estaban sentados en la sala de Testament, hombres y mujeres tristes con el viejo polvo sureño en los ojos que hablaban en voz baja y quejosa del tiempo, la cosecha y esa cansada recapitulación general de quién había tenido hijos, quién se había hecho una casa nueva, y cosas así, un Hudson 49 cubierto de barro se detuvo en la sucia carretera de delante de la casa. No tenía ni idea de quiénes eran. Un joven cansado, musculoso y sucio, en camiseta, sin afeitar, con los ojos irritados, llegó al porche y tocó el timbre. Abrí la puerta y de repente me di cuenta de que era Dean. Había viajado desde San Francisco hasta la puerta de mi hermano Rocco en Virginia, y en un tiempo asombrosamente corto, porque yo le había dicho en mi última carta dónde me encontraba. Dentro del coche vi a dos personas durmiendo.

–¡Hostias! ¡Dean! ¿Quién está en el coche?

–Hola, hola, tío, son Marylou. Y Ed Dunkel. Necesitamos inmediatamente un sitio donde lavarnos. Estamos cansadísimos.

–Pero ¿cómo habéis venido tan rápido?

–¡Ah, tío, el Hudson vuela!

–¿Dónde lo conseguiste?

–Lo compré con mis ahorros. He trabajado en el ferrocarril y ganaba cuatrocientos dólares al mes.

La confusión fue total durante la hora siguiente. Mis parientes del Sur no tenían ni idea de lo que pasaba, o de quién o qué eran Dean, Marylou y Ed Dunkel; estaban atontados. Mi tía y mi hermano Rocky fueron a la cocina a consultar. Había, en total, once personas en la pequeña casa sureña. Y no sólo eso, pues mi hermano había decidido hacía poco cambiarse de casa y ya se habían llevado la mitad de los muebles; él, su mujer y su hijo iban a instalarse en un sitio más cerca de Testament. Habían comprado muebles nuevos para la sala de estar y los viejos serían para la casa de mi tía en Paterson, aunque todavía no estaba decidido cómo se haría el traslado. En cuanto Dean se enteró de esto se ofreció a llevarlos en su Hudson. Él y yo llevaríamos los muebles a Paterson en un par de viajes rapidísimos y volveríamos por mi tía después del segundo. Eso nos ahorraría un montón de dinero y de problemas. Quedamos de acuerdo en eso. Mi cuñada preparó un banquete y los tres viajeros se sentaron a comer. Marylou no había dormido desde Denver. Me parecía que ahora era mayor y estaba más guapa.

Me enteré de que Dean había vivido perfectamente con Camille en San Francisco desde aquel otoño de 1947; tenía un trabajo en el ferrocarril y ganó un montón de dinero. Se convirtió en padre de una niña muy mona, Amy Moriarty. Después, y de repente, un día perdió la cabeza mientras paseaba por una calle. Vio un Hudson del 49 en venta y corrió al banco a por todos sus ahorros. Compró el coche en el acto. Ed Dunkel estaba con él. Ahora no tenían ni un centavo. Dean trató de tranquilizar a Camille y dijo que regresaría al cabo de un mes.

–Me voy a Nueva York y traeré a Sal.

A Camille no le gustó demasiado el proyecto.

–Pero ¿qué significa todo esto? ¿Por qué me haces esto?

–No es nada, no es nada, querida.., bueno..., verás... Sal me ha pedido que vaya a recogerlo y es necesario que lo haga... pero sobran las explicaciones... Voy a decirte por qué... No, escucha, voy a decirte por qué. –Y le dijo por qué, es decir, le contó un montón de cosas sin sentido.

El alto y fuerte Ed Dunkel trabajaba también en el ferrocarril. Él y Dean habían sido despedidos por motivos de antigüedad durante una reducción de plantilla. Ed había conocido a una chica llamada Galatea que vivía en San Francisco de sus propios ahorros. Los dos insensatos decidieron llevar a la chica al Este con ellos para que pagara los gastos. Ed rogó y prometió; ella no quería ir a menos que se casaran. En un torbellino de días enloquecidos Ed Dunkel se casó con Galatea, y Dean anduvo de un sitio para otro buscando los papeles necesarios, y pocos días antes de Navidad salieron de San Francisco a ciento diez por hora en dirección a LA y la carretera del Sur que no tenía nieve. En LA cogieron a un marinero en una agencia de viajes a cambio de quince dólares para gasolina. Iba a Indiana. También cogieron a una mujer y su hija idiota, esta vez por cuatro dólares para gasolina hasta Arizona. Dean sentó a la idiota junto a él y se entendieron muy bien, y como él mismo decía:

–Durante todo el *camino,* tío, era una chica encantadora. Hablamos y hablamos de incendios y de que el desierto se convertiría en un paraíso y de un loro suyo que decía palabrotas en español.

Dejaron a estos pasajeros y siguieron hacia Tucson. La nueva esposa de Ed se quejaba de que estaba cansada y quería dormir en un motel. Si lo hacían gastarían el dinero de la chica mucho antes de llegar a Virginia. Pero la chica consiguió que se detuvieran un par de noches y gastaron los billetes de diez dólares en los moteles. Cuando llegaron a Tucson ya no tenía ni un centavo. Dean y Ed le dieron puerta en el vestíbulo de un hotel y continuaron el viaje solos con el marinero, y sin el menor remordimiento.

Ed Dunkel era un tipo alto, tranquilo, que jamás pensaba en nada y estaba dispuesto a hacer todo lo que Dean le propusiera; y por entonces Dean estaba demasiado ocupado para tener escrúpulos. Pasaban por Las Cruces, Nuevo México, cuando de repente sintió deseos incontenibles de volver a ver a su primera mujer, la dulce Marylou. Estaba en Denver. Dirigió el coche hacia el Norte, sin escuchar las débiles protestas del marinero, y entraron zumbando en Denver por la noche. Corrió y encontró a Marylou en un hotel. Estuvieron diez horas haciendo el amor sin parar. Lo decidieron todo de nuevo: seguirían juntos. Marylou era la única chica a la que Dean quería de verdad. Se sintió conmovido cuando la vio de nuevo, y, como antes, suplicó y rogó de rodillas para contentarla. Ella comprendía a Dean; le acarició el pelo; sabía que estaba loco. Para calmar al marinero, Dean le citó con una chica en la habitación de un hotel en cuyo bar solía reunirse a beber con sus viejos amigos. Pero el marinero rechazó a la chica y se perdió en la noche y no le volvieron a ver. Sin duda había cogido un autobús a Indiana.

Dean, Marylou y Ed Dunkel salieron zumbando hacia el Este a lo largo de Colfax y las llanuras de Kansas. Les sorprendieron grandes tormentas de nieve. En Missouri, por la noche, Dean tuvo que conducir sacando la cabeza envuelta en una bufanda por la ventanilla, y con unas gafas de nieve que le hacían parecer un monje estudiando los manuscritos de la nieve. El parabrisas estaba cubierto por una capa de hielo de un par de centímetros de espesor. Condujo por el condado donde habían nacido sus antepasados sin pensar en ellos. Por la mañana el coche patinó en una pendiente con el piso helado y fueron a parar a la cuneta. Un granjero se ofreció a ayudarles. Siguieron y recogieron a un autostopista que les prometió un dólar si le llevaban a Memphis. En Memphis fueron a su casa, y el tipo dijo que no podía encontrar el dólar, se emborrachó, y los burladores quedaron burlados. Reanudaron la marcha a través de Tennessee; los amortiguadores se habían roto debido al accidente. Dean había estado conduciendo a casi ciento cincuenta, ahora tenía que ir sólo a ciento diez o todo el motor saltaría en pedazos ladera abajo. Cruzaron las montañas Great Smoky en pleno invierno. Cuando llegaron a la puerta de mi hermano llevaban treinta horas sin comer... exceptuados unos caramelos y unas galletas de queso.

Comieron vorazmente mientras Dean, emparedado en mano, aullaba y saltaba ante un gran tocadiscos escuchando un salvaje disco bop que yo acababa de comprar y que se titulaba *The Hunt,* con Dexter Gordon y Wardell Gray tocando ante un público que lanzaba alaridos y daba al disco un fantástico volumen frenético. Los sureños se miraban entre sí y movían la cabeza con desaprobación.

—¿Qué clase de amigos tiene Sal? ¿Quiénes son estos tipos? —le decían a mi hermano. Y mi hermano no sabía qué contestarles. A los sureños no les gusta nada la locura, ni los tipos como Dean. Éste no les prestaba ninguna atención. La locura de Dean había florecido hasta ser algo tremendo. No me di cuenta de ello hasta que él y yo y Marylou y Dunkel salimos a dar una vuelta en el Hudson, y estuvimos solos por primera vez y pudimos hablar de lo que nos apeteciera. Dean se agarró al volante, metió la segunda, esperó un minuto en punto muerto, y de pronto pareció decidir algo y disparó el coche carretera adelante con furiosa determinación.

—Muy bien, chicos —dijo, frotándose la nariz e inclinándose para tantear la guantera y sacando pitillos y moviéndose atrás y adelante mientras hacía todo esto y conducía—. Ha llegado el momento de decidir qué vamos a hacer la semana que viene. Es vital, vital, claro que sí. —Esquivó un carro tirado por una mula; en él iba sentado un negro viejo—. ¡Sí! —aulló Dean—. ¡Sí! ¡Le comprendo! Ahora detengámonos y estudiemos su alma. –Y aflojó la marcha para que nos volviéramos y contemplásemos al viejo que protestaba–. ¡Sí! ¡Tenéis que comprenderlo! Hay pensamientos en el fondo de esa mente que me gustaría conocer, y daría mi brazo derecho por ello; me gustaría subir al carro con él y averiguar lo que ese pobre diablo piensa de los nabos de este año y del jamón. Sal, tú no lo sabes, pero en una ocasión viví con un granjero de Arkansas durante todo un año, cuando tenía once. Tenía que hacer cosas horribles; en una ocasión hasta tuve que despellejar a un caballo muerto. No he vuelto a Arkansas desde las navidades del cuarenta y tres, hace ya cinco años, cuando Ben Gavin y yo fuimos perseguidos por un hombre con una pistola que era dueño del coche que habíamos intentado robar; te digo todo esto para que veas que puedo hablar del Sur. He conocido..., bueno, tío, quiero decir que entiendo el Sur, sé cómo es de arriba abajo..., entendí lo que me escribiste sobre él. Sí, sí, lo entendí perfectamente. –Seguía hablando sin parar y disminuyendo la marcha hasta casi detenerse y, de repente, lanzando otra vez el coche a ciento diez, inclinado sobre el volante. Miraba fijamente hacia delante. Marylou sonreía con tranquilidad. Era un Dean nuevo y cambiado, adulto y maduro. Sus ojos despedían furia cuando hablaba de las cosas que odiaba; su rostro, por el contrario, se iluminaba de alegría cuando súbitamente se sentía contento; cada uno de sus músculos se crispaba vivo y en marcha–. ¡Oh, tío, la de cosas que te podría contar! –dijo, dándome un codazo–. Sí, tío, es absolutamente necesario que tengamos tiempo... ¿Qué ha sido de Carlo? Iremos a ver a Carlo, es lo primero que haremos mañana. Ahora, Marylou, hay que conseguir pan y carne para el viaje a Nueva York. ¿Cuánto dinero tienes, Sal? Pondremos todos los muebles en el asiento de atrás, y todos iremos delante apretados y muy juntitos y nos contaremos mil historias mientras zumbamos hacia Nueva York. Marylou, cachonda mía, tú te sentarás junto a mí. Sal después, y Ed pegado a la puerta, como es tan grande nos cortará el viento, puede usar la manta. Y entonces disfrutaremos de la vida, ha llegado el momento de ello, *y todos lo sabemos.*

Se frotó furiosamente la mandíbula, hizo zigzaguear el coche, adelantó a tres camiones, y entró en Testament a toda pastilla mirando a todas partes y viéndolo todo en un ángulo de ciento ochenta grados sin mover la cabeza. ¡Bang!, enseguida encontró aparcamiento. Dejó el coche allí y se apeó. Entró violentamente en la estación de ferrocarril; le seguimos como corderitos. Compró pitillos. Sus movimientos eran completamente locos; parecía que todo lo hacía al mismo tiempo. Sacudía la cabeza, arriba, abajo, a los lados; sus manos se movían vigorosas, espasmódicas; caminaba rápido, se sentaba, cruzaba las piernas, las descruzaba, se levantaba, se frotaba las manos, se frotaba la braqueta, se estiraba los pantalones, levantaba la vista y decía: «¡Vaya! ¡Vaya!» Y de pronto abría mucho los ojos para mirar hacia todas partes; y todo el tiempo me daba codazos en las costillas y hablaba y hablaba.

Hacía mucho frío en Testament; había nevado en una época rara. Dean seguía de pie en la larga y desierta calle que se extiende junto al ferrocarril, con sólo una camiseta y unos grandes pantalones colgantes con un cinturón suelto como si pensara quitárselos allí mismo. Acercó la cabeza a Marylou, luego se separó de ella agitando las manos y diciendo:

—Sí, sí, te conozco perfectamente, querida.

Su risa de maníaco empezaba en tono bajo y terminaba en tono altísimo, igual que la risa de un loco de la radio, sólo que más rápida y más entre dientes. Luego, recuperaba un tono como de hablar de negocios. Habíamos ido al centro de Testament sin motivo ninguno, pero él lo encontró. Nos hizo movernos sin parar. Marylou fue a una tienda a comprar comida, yo a conseguir un periódico para leer el informe meteorológico, Ed a por puros. A Dean le gustaba fumar puros. Fumó uno hojeando el periódico hablando sin parar.

—¡Vaya! Los malditos carniceros de Washington ya están

planteando nuevos problemas a nuestra bendita América... Sí, sí, vaya, vaya. —Y de pronto se alejó de nosotros y corrió a ver a una chica negra que pasaba entonces delante de la estación–. ¡Miradla! —dijo, señalándola con un dedo fláccido y luego señalándose a sí mismo con sonrisa de idiota–, fijaos qué cosa negra tan preciosa. ¡Vaya! ¡Vaya! —Subimos enseguida al coche y volamos de regreso a casa de mi hermano.

Había pasado unas navidades tranquilas en el campo, me di cuenta de ello cuando volvimos a casa y vi el árbol de Navidad, los regalos, y olí el pavo asado y escuché la charla de los parientes, pero ahora sentía el gusanillo otra vez, y el nombre del gusanillo era Dean Moriarty y había llegado el momento de volver de nuevo a la carretera.

II

Pusimos los muebles de mi hermano en el asiento de atrás y partimos al anochecer, prometiendo estar de vuelta en treinta horas: treinta horas para hacer mil seiscientos kilómetros al Norte y al Sur. Pero Dean quería que fuera así. Fue un viaje duro y ninguno de nosotros lo advirtió; la calefacción no funcionaba y por lo tanto, el parabrisas se empañaba y se cubría de hielo; Dean, siempre conduciendo a ciento diez, sacaba un brazo de cuando en cuando y lo limpiaba con un trapo para hacer un agujero y ver la carretera. En el espacioso Hudson había sitio de sobra para que los cuatro fuéramos en la parte de delante. Una manta nos cubría las piernas. La radio no funcionaba. Era un coche nuevo comprado cinco días antes y ya estaba roto. Sólo habían pagado el primer plazo, además. Allí íbamos, hacia Washington, al Norte, por la 301, una autopista muy recta de dos carriles y sin mucho tráfico. Y Dean hablaba, y ninguno de los demás hablaba. Gesticulaba furiosamente, y se inclinaba a veces hacia mí para subrayarme algo, y otras veces soltaba el volante y sin embargo el coche seguía recto como una flecha, sin desviarse ni un instante de la línea blanca del centro de la carretera que se desenrollaba besando nuestro neumático delantero izquierdo.

Era un conjunto de circunstancias sin sentido lo que había hecho venir a Dean, y yo me fui con él también sin motivo ninguno. En Nueva York iba a la facultad y estaba ligado a una chica que se llamaba Lucille, una italiana muy guapa de pelo rubio con la que, de hecho, quería casarme. Todos estos años había estado buscando una mujer con la que casarme. No conocía a una chica sin decirme enseguida: «¿Qué tal será como mujer?» Les hablé a Dean y Marylou de Lucille. Marylou quería saberlo todo de ella, quería conocerla. Pasamos zumbando por Richmond, Washington, Baltimore y subimos a Filadelfia por una sinuosa carretera y hablando.

—Quiero casarme —le dije—, quiero que mi alma repose junto a una buena mujer hasta que nos hagamos viejos. Esto no puede seguir así todo el tiempo. Este frenético deambular tiene que terminarse. Debemos llegar a algún sitio, encontrar algo.

—Mira, tío —dijo Dean—. Hace años que te doy buenos consejos sobre el *hogar* y el matrimonio y todas esas cosas maravillosas relacionadas con tu alma.

Fue una noche triste; también fue una noche alegre. En Filadelfia entramos en una cafetería y comimos hamburguesas con nuestro último dólar. El encargado —eran las tres de la mañana— nos oyó hablar del dinero y nos ofreció las hamburguesas y más café gratis si le lavábamos todos los platos que estaban amontonados en la cocina pues su ayudante no se había presentado. Aceptamos. Ed Dunkel dijo que era un buscador de perlas que subía de las profundidades y metió sus largos brazos entre los platos. Dean se instaló a su lado con un paño, y lo mismo Marylou. Finalmente empezaron a meterse mano entre los cazos y las sartenes; acabaron en un rincón de la despensa. El encargado se daba por satisfecho mientras Ed y yo limpiáramos los platos. Acabamos en quince minutos. Cuando despuntaba el día zumbábamos a través de Nueva Jersey con la gran nube de Nueva York alzándose detrás de nosotros en la nevada lejanía. Nos metimos por el Túnel Lincoln y cortamos por Times Square; Marylou quería ver la plaza.

–¡Maldita sea! Me gustaría encontrar a Hassel. Mirad todos con atención a ver si conseguimos verlo.

Observamos atentamente las aceras.

–El ido de Hassel. Tenías que haberlo *visto* en Texas.

Así que Dean había recorrido unos seis mil quinientos kilómetros desde Frisco, vía Arizona y subiendo a Denver, en sólo cuatro días, con aventuras innumerables intercaladas, y sólo era el comienzo.

III

Fuimos a mi casa en Paterson y dormimos. Fui el primero en despertarme, avanzada la tarde. Dean y Marylou dormían en mi cama, Ed y yo en la de mi tía. El desgonzado y estropeado baúl de Dean estaba en el suelo con unos calcetines asomando. Me llamaban por teléfono al drugstore de abajo. Bajé; era de Nueva Orleans. Se trataba del viejo Bull Lee, que se había trasladado a Nueva Orleans. Bull Lee con su aguda y gimiente voz se quejaba. Al parecer una chica llamada Galatea Dunkel acababa de llegar a su casa buscando a un tal Ed Dunkel. Bull no tenía ni idea de quiénes eran. Galatea Dunkel era una perdedora tenaz. Le dije a Bull que la tranquilizara contándole que Dunkel estaba con Dean y conmigo y que lo más probable era que la recogiéramos en Nueva Orleans camino de la costa. Entonces la propia Galatea se puso al teléfono. Quería saber cómo estaba Ed. Le interesaba mucho que se encontrara bien.

–¿Cómo te las arreglaste para ir de Tucson a Nueva Orleans? –le pregunté.

Me dijo que había telegrafiado a casa pidiendo dinero y que había cogido un autobús. Estaba decidida a reunirse con Ed porque lo amaba. Subí y se lo dije a Ed. Se sentó en la cama con expresión preocupada, un ángel de hombre, de hecho.

–Muy bien –dijo Dean, despertándose de repente y saltando de la cama–, lo que tenemos que hacer es comer inmediatamente. Marylou, vete a la cocina y mira si hay algo de comer. Sal, tú y yo bajaremos a llamar a Carlo. Ed, tú mira a ver si puedes arreglar un poco la casa. –Seguí a Dean abajo.

El chico que llevaba el drugstore dijo:

–Ha habido otra llamada para ti, esta vez de San Francisco. Preguntaban por alguien llamado Dean Moriarty. Dije que no conocía a nadie que se llamara así.

Era la dulcísima Camille llamando a Dean. El chaval del drugstore, Sam, un amigo mío alto y tranquilo, me miró y se rascó la cabeza.

–Oye –dijo–, ¿has organizado una casa de putas internacional?

–Te han descubierto, tío –rió Dean como un loco. Saltó a la cabina telefónica y llamó a San Francisco a cobro revertido. Después llamó a Carlo, a su casa de Long Island, y le dijo que viniera. Carlo llegó un par de horas después. Entretanto Dean y yo nos habíamos preparado para nuestro viaje de regreso a Virginia. Iríamos los dos solos a recoger el resto de los muebles y traer a mi tía. Carlo Marx llegó, con sus poemas bajo el brazo, y se sentó en una butaca mirándonos con sus brillantes y pequeños ojos. Durante media hora se negó a decir nada, de ningún tipo, se negó a comprometerse. Se había tranquilizado desde los días de Denver, gracias a su estancia en Dakar. En Dakar, luciendo barba, había callejeado seguido por niños que le llevaron a un brujo a que le dijera la buenaventura. Tenía fotos de callejas con cabañas de paja de las afueras de Dakar. Dijo que casi se había tirado por la borda del barco, lo mismo que Hart Crane, en su viaje de regreso. Dean estaba sentado en el suelo con una caja de música y escuchaba asombrado la cancioncilla que tocaba: «A Fine Romance».

–Escuchad, son una especie de campanillas. –Nos inclinamos y miramos el interior de la caja de música hasta que descubrimos todos sus secretos–. ¡Tilín! ¡Tin! ¡Tilín! ¡Vaya, vaya!

Ed Dunkel también se había sentado en el suelo; tenía mis palillos; de pronto se puso a tocar con ellos un suave ritmo que iba con la música de la caja, a la que casi no se podía oír. Todos contuvimos el aliento para escuchar.

—Tic... tac... tic-tac... tac-tac. —Dean se puso la mano detrás de la oreja; estaba boquiabierto; dijo—: ¡Vaya! ¡Vaya!

Carlo observaba toda esta tonta locura con ojos entornados. Finalmente se dio una palmada en la rodilla y dijo:

—Tengo algo que deciros.

—¿Qué es? ¿Qué es?

—¿Qué significa este viaje a Nueva York? ¿En qué sórdido asunto os habéis metido ahora? Es decir, tío, ¿adónde vas? ¿Adónde vas tú, América, en tu reluciente coche a través de la noche?

—¿Adónde vas? —repitió Dean como un eco, con la boca abierta.

Nos sentamos y no supimos qué decir; no había más que hablar. Lo único que podíamos hacer era irnos. Dean se puso en pie de un salto y dijo que estábamos listos para volver a Virginia. Se duchó, yo preparé una gran fuente de arroz con todo lo que quedaba en la casa, Marylou zurció los calcetines, y ya estábamos listos para irnos. Dean y Carlo y yo zumbamos hacia Nueva York. Prometimos ver a Carlo dentro de treinta horas, a tiempo para celebrar la Nochevieja. Era de noche. Lo dejamos en Times Square y volvimos a pasar por el túnel hasta Nueva Jersey, y de nuevo en la carretera. Nos turnamos al volante y llegamos a Virginia en diez horas.

—Ahora es la primera vez desde hace años que estoy solo y en disposición de hablar —dijo Dean, y habló toda la noche. Como en sueños zumbamos de regreso a través del dormido Washington y volvimos a las inmensidades de Virginia, cruzando el río Appomattox al despuntar el día. Llamamos a la puerta de mi hermano a las ocho de la mañana. Y todo este tiempo Dean estaba tremendamente excitado con lo que veía, todo lo que decía, cada uno de los detalles de los momentos que pasaban. Estaba fuera de sí y hablaba con auténtica fe.

—Y naturalmente ahora nadie puede decirnos que Dios no existe. Hemos pasado por todo. Sal, ¿te acuerdas de cuando vine a Nueva York por primera vez y quería que Chad King me enseñara cosas de Nietzsche? ¿Te acuerdas de cuánto tiempo hace? Todo es maravilloso, Dios existe, conocemos el tiempo. Todo ha sido mal formulado de los griegos para acá. No se consigue nada con la geometría y los sistemas de pensamiento geométricos. ¡Todo se reduce a *esto!* –Hizo un corte de mangas; el coche seguía marchando en línea recta–. Y no sólo eso sino que ambos comprendemos que yo no tengo tiempo para explicar por qué sé y tú sabes que Dios existe.

En un determinado momento me lamenté de los problemas de la vida, de lo pobre que era mi familia, de lo mucho que deseaba ayudar a Lucille, que también era pobre y tenía una hijita.

—Problemas, ya ves, es la palabra que generaliza los motivos por los que Dios existe. La cuestión es no quedar colgado. ¡Me da vueltas la cabeza! –gritó, cogiéndosela con ambas manos.

Salió del coche a buscar pitillos y se parecía a Groucho Marx: el mismo caminar furioso, dando pasos muy largos, con los faldones del frac al viento, excepto que no llevaba frac.

—Desde Denver, Sal, un montón de cosas... ¡Y qué cosas! He pensado y pensado. Estaba en el reformatorio casi todo el tiempo. Era un delincuente tratando de reafirmarme: robar coches era una expresión psicológica de mi situación, un modo de indicarla. Ahora todos mis problemas con la cárcel están arreglados. Que yo sepa nunca volveré a la cárcel. Lo demás no es culpa mía. –Pasamos junto a un niño que apedreaba a los coches–. Piensa en esto –siguió Dean–. Cualquier día romperá un parabrisas con una piedra y el conductor se estrellará y morirá. Y todo por culpa de ese chaval. ¿Ves lo que te quiero decir? Dios existe sin escrúpulos. Mientras rodamos por esta carretera no tengo ninguna duda de que hará todo lo posible para protegernos, lo mismo que tú cuando conduces con tanto miedo (no me gustaba conducir y lo hacía con todo tipo de precauciones). El coche seguirá su camino por sí mismo y no te saldrás de la carretera y yo podré dormir. Además, conocemos perfectamente América, estamos en casa; puedo ir a cualquier parte de América y conseguir lo que quiera porque en todas partes es lo mismo. Conozco a la gente y sé las cosas que hacen. Es un dar y tomar constante y entramos en la tranquilidad increíblemente complicada haciendo eses de un lado a otro.

No había nada claro en las cosas que decía, pero lo que intentaba explicar era algo puro y transparente. Usaba mucho la palabra «puro». Nunca me había imaginado que Dean pudiera ser tan místico. Eran los primeros días de un misticismo que le llevaría a la extraña y harapienta santidad a lo W. C. Fields de sus últimos días.

Hasta mi tía le escuchaba con cierta curiosidad mientras volvíamos hacia el Norte aquella misma noche con los muebles detrás. Ahora que mi tía estaba en el coche, Dean se calmó y hablaba de su trabajo en San Francisco. Nos enteramos hasta el menor detalle de lo que tiene que hacer un guardafrenos, haciéndonos demostraciones cada vez que pasábamos junto a las vías del tren, y en un determinado momento saltó del coche para demostrarme cómo toma un trago un guardafrenos durante una breve parada. Mi tía se retiró al asiento de atrás y trató de dormir. En Washington, a las cuatro de la mañana, Dean telefoneó a cobro revertido a Frisco. Habló con Camille y poco después de esto, cuando dejábamos atrás Washington, un coche de la policía de tráfico con la sirena sonando nos puso una multa por exceso de velocidad a pesar de que entonces no íbamos a más de sesenta por hora. Se debía a nuestra matrícula de California.

–Chicos, ¿creéis que podéis correr todo lo que os dé la gana sólo porque venís de California? –dijo el policía.

Fui con Dean a la comisaría y tratamos de explicar al sargento que no teníamos dinero. Dijeron que Dean pasaría la noche en la cárcel si no reuníamos la pasta. Naturalmente, mi tía la tenía: quince dólares. Y de hecho, mientras discutíamos con la pasma, uno de los policías fue a echar un vistazo a mi tía que estaba envuelta en su manta en el asiento de atrás.

—No tenga miedo, no soy una ladrona con la pistola preparada. Si quiere puede entrar y registrar el coche, vamos, hágalo si le apetece. Vuelvo a casa con mi sobrino y no hemos robado estos muebles. Son de mi sobrina que acaba de tener un hijo y se muda a una casa nueva.

Esto desconcertó al Sherlock Holmes, que volvió a la comisaría. Mi tía tuvo que pagar la multa de Dean o nos quedaríamos colgados en Washington; yo no tenía carnet. Dean prometió devolvérselo, y de hecho lo hizo, justamente año y medio más tarde ante la grata sorpresa de mi tía. Mi tía..., una mujer respetable hundida en este triste mundo, un mundo que conocía muy bien. Nos habló del de la bofia:

—Estaba escondido detrás del árbol intentando ver qué aspecto tenía. Le dije... Bueno, le dije que registrara el coche si quería. No tengo nada de que avergonzarme. —Sabía que Dean tenía cosas de que avergonzarse, y yo también, debido a que estaba con Dean, y éste y yo lo aceptamos tristemente.

Mi tía dijo en una ocasión que en el mundo nunca habría paz hasta que los hombres se arrodillaran delante de las mujeres y les pidieran perdón. Dean lo sabía, lo había dicho muchas veces.

—Yo he suplicado y suplicado a Marylou —dijo— para que mantuviéramos unas relaciones pacíficas y comprensivas y de un amor puro y dulce y eterno, dejando a un lado lo que pueda separarnos... pero ella no me deja en paz, trama algo, quiere hundirme, no entiende lo mucho que la quiero, está buscando mi perdición.

—Lo cierto del asunto es que no entendemos a nuestras mujeres —añadí yo—. Les echamos la culpa de todo y, de hecho, la culpa la tenemos nosotros.

161

—La cosa no es tan sencilla como eso —me previno Dean—. La paz llegará de improviso, no nos daremos cuenta cuando llegue... ¿Te das cuenta, tío?

Tercamente, congelado, condujo el coche a través de Nueva Jersey; al amanecer llegamos a Paterson mientras yo conducía y Dean dormía detrás. Llegamos a casa a las ocho de la mañana y nos encontramos a Marylou y Ed Dunkel sentados y fumándose las colillas de los ceniceros; no habían comido desde que Dean y yo nos marchamos. Mi tía compró comida y preparó un espléndido desayuno.

IV

Era el momento de que el trío de San Francisco encontrara nuevo alojamiento en el propio Manhattan. Carlo tenía un cuarto en la avenida York; se trasladarían por la tarde. Dean y yo dormimos el día entero, y nos despertó una gran tormenta de nieve que anunciaba la Nochevieja de 1948. Ed Dunkel estaba sentado en mi butaca y hablaba del Año Nuevo anterior.

—Estaba en Chicago. No tenía ni un centavo. Estaba sentado junto a la ventana de la habitación de mi hotel de North Clark Street y desde la panadería de abajo llegó a mis narices el olor más delicioso que quepa imaginarse. No tenía ni una perra pero bajé y hablé con la chica. Me dio pan y tarta de café gratis. Volví a mi habitación y comí. Me quedé en el cuarto toda la noche. En Farmington, Utah, en una ocasión trabajaba con Ed Wall, ya sabes, Ed Wall, el hijo del ranchero de Denver. Estaba en la cama y de repente vi a mi madre muerta de pie en un rincón rodeada de luz. Dije: «¡Madre!», y desapareció. Tengo visiones todo el tiempo —terminó Ed Dunkel, moviendo la cabeza.

—¿Qué piensas hacer con Galatea?

—Bueno, ya veremos cuando lleguemos a Nueva Orleans, ¿no te parece? —Y comenzó a buscar mi consejo; el de Dean no le bastaba. Pero estaba enamorado de Galatea.

—¿Qué piensas hacer contigo mismo? —le pregunté.

–No lo sé –respondió–. Ir tirando, supongo. Vivir –añadió, siguiendo a Dean. Carecía de rumbo. Se sentó recordando aquella noche en Chicago y el pastel de café en la habitación solitaria.

Afuera se arremolinaba la nieve. En Nueva York se celebraría una gran fiesta; iríamos todos a ella. Dean cerró su destrozado baúl, lo metió en el coche, y todos nos fuimos dispuestos a pasar una gran noche. Mi tía estaba contenta pensando que mi hermano la visitaría la semana siguiente, se sentó con un periódico y esperó la transmisión radiofónica del fin de año en Times Square. Llegamos a Nueva York, patinando sobre el hielo. Nunca tuve miedo con Dean al volante; podía conducir un coche en cualquier situación. Habían arreglado la radio y un furioso bop nos empujaba a través de la noche. No sabía adónde nos llevaría todo esto, pero no me importaba.

Precisamente por entonces empezó a obsesionarme algo extraño. Era esto: me había olvidado de algo. Se trataba de una decisión que estaba a punto de tomar antes de que apareciera Dean y que ahora se había borrado de mi mente aunque todavía la tenía en la punta de la lengua. Chasqueaba los dedos intentando recordar. Y ni siquiera podía decir si era una decisión auténtica o sólo algo que había olvidado. Me obsesionaba y desconcertaba, me ponía triste. Tenía algo que ver con el Viajero de la Mortaja. Carlo y yo estábamos sentados en una ocasión, rodilla contra rodilla, en dos sillas, mirándonos, y le conté un sueño que había tenido de un extraño árabe que me perseguía por el desierto; trataba de escaparme de él; pero me alcanzó justo antes de llegar a la Ciudad Protectora.

–¿Quién sería? –dijo Carlo.

Lo consideramos. Supuse que era yo mismo envuelto en una mortaja. No era eso. Algo, alguien, un espíritu nos perseguía por el desierto de la vida y nos alcanzaría antes de llegar al cielo. Por supuesto, ahora que volvía a ello, no podía ser más que la muerte: la muerte que nos alcanza antes de que lleguemos al cielo. Lo que anhelamos durante nuestra vida, lo que nos hace suspirar y gemir y sufrir todo tipo de dulces náuseas, es el recuerdo de una santidad perdida que probablemente disfrutamos en el seno materno y sólo puede reproducirse (aunque nos moleste admitirlo) al morir. Pero ¿quién quiere morir? En el torbellino de acontecimientos en el fondo de la mente seguía pensando en esto. Se lo conté a Dean y él reconoció de inmediato que no era más que anhelo de la propia muerte; y dado que nadie vuelve a la vida, él, sensatamente, no quería tener nada que ver con ello, y me mostré de acuerdo.

Anduvimos buscando a mis amigos de Nueva York. También florecen aquí flores locas. Primero fuimos a ver a Tom Saybrook. Tom es un amigo triste, guapo, dulce, generoso y responsable; sólo de vez en cuando sufre repentinas crisis depresivas que le hacen largarse sin decir nada a nadie. Esta noche estaba muy contento.

–Sal, ¿dónde has encontrado a esta gente tan maravillosa? Nunca he visto a nadie como ellos.

–Los encontré en el Oeste.

Dean estaba muy excitado; puso un disco de jazz, agarró a Marylou, la apretó bien contra él, y comenzó a frotarse contra ella al ritmo de la música. Ella también se frotaba contra él. Era una auténtica danza del amor. Ian MacArthur llegó con un nutrido grupo. Había empezado el fin de semana neoyorquino y duraría tres días y tres noches. Grandes grupos se metían en el Hudson y andaban dando tumbos por las calles de Nueva York de fiesta en fiesta. Yo llevé a Lucille y a su hermana a la fiesta mejor. Cuando Lucille me vio con Dean y Marylou su cara se ensombreció: advirtió sin duda la locura que ellos me contagiaban.

–No me gustas cuando estás con ellos.

–¡Oh, no es nada, sólo un poco de diversión! Sólo se vive una vez. Vamos a pasarlo bien.

–No, es triste y no me gusta.

Entonces Marylou empezó a coquetear conmigo; dijo que Dean volvería con Camille y que ella quería estar conmigo.

–Ven a San Francisco con nosotros. Viviremos juntos. Seré buena contigo.

Pero yo sabía que Dean quería a Marylou, y también sabía que Marylou hacía todo esto para poner celosa a Lucille, y no quise saber nada del asunto. Pero, con todo, me relamí porque Marylou es una rubia apetitosa. Cuando Lucille vio que Marylou me llevaba a los rincones y me hablaba en voz baja y me forzaba a besarla, aceptó la invitación de Dean de ir con él al coche. Pero sólo hablaron y bebieron el aguardiente sureño que yo había dejado en la guantera. Todo se estaba entremezclando y todo se estaba yendo a la mierda. Sabía que mi relación con Lucille no duraría mucho más. Quería que me adaptara *a su modo de ser*. Estaba casada con un estibador que la trataba mal. Yo quería casarme con ella y ocuparme de su hija y de todo si se divorciaba; pero no teníamos dinero ni para el divorcio y todo el asunto carecía de solución, aparte de que Lucille nunca me comprendía porque me gustan demasiadas cosas y me confundo y desconcierto corriendo detrás de una estrella fugaz tras otra hasta que me hundo. Así es la noche, y eso produce. No puedo ofrecer más que mi propia confusión.

Las fiestas eran enormes; por lo menos había cien personas en un sótano de la Noventa Oeste. Había gente hasta en las bodegas junto al horno. Pasaba algo en cada esquina, en cada cama y butaca: no una orgía, sino simplemente una fiesta de Nueva York con gritos frenéticos y música de radio atronadora. Había hasta una chica china. Dean iba como Groucho Marx de grupo en grupo, enterándose de todo. Salíamos periódicamente con el coche para traer a más gente. Vino Damion. Damion es el héroe de mi pandilla de Nueva York, lo mismo que Dean es el héroe del Oeste. No se gustaron mutuamente de inmediato. La novia de Damion de pronto le dio un puñetazo en la mandíbula; un derechazo magnífico. Damion quedó tambaleándose y ella se lo llevó a casa. Vinieron algunos de nuestros locos amigos periodistas con botellas. Fuera había una tremenda y maravillosa tormenta de nieve. Ed Dunkel ligó con la hermana de Lucille y desapareció con ella; había olvidado decir que Ed Dunkel es un hombre de mucho éxito con las mujeres. Mide más de uno noventa, es amable, agradable, delicado y simpático. Ayuda a las mujeres a ponerse el abrigo. Y hace las cosas como se deben hacer. A las cinco de la mañana todos corrimos por el patio trasero de un edificio de apartamentos y trepamos a la ventana de una casa donde se celebraba una fiesta enorme. Al amanecer estábamos de regreso al apartamento de Tom Saybrook. Algunos dibujaban y bebían cerveza caliente. Me dormí en un sofá con una chica llamada Mona entre los brazos. Entraron grandes grupos procedentes del bar del campus de Columbia. Todas las cosas de la vida, todas las caras de la vida se amontonaron en la misma húmeda habitación. En el apartamento de Ian MacArthur seguía la fiesta. Ian MacArthur es un tipo maravilloso que lleva gafas y mira divertido por encima de ellas. Aprendió a decir «Sí» a todo, justo como hacía entonces Dean, y no paró de decirlo desde aquella época. Al atronador sonido de Dexter Gordon y Wardell Gray tocando «The Hunt», Dean y yo jugamos con Marylou sobre un sofá; y ella no era manca. Dean andaba sin nada por arriba, sólo con los pantalones, descalzo, hasta el momento en que cogía el coche e iba a buscar más gente. Pasaba de todo. Encontramos al salvaje y frenético Rollo Greb y pasamos una noche en su casa de Long Island. Rollo vive en una agradable casa con su tía; cuando ésta se muera la casa será toda para él. Entretanto ella se niega a realizar ninguno de los deseos de Rollo y odia a sus amigos. Rollo metió en la casa al grupo formado por Dean, Marylou, Ed y yo y empezó una ruidosa fiesta. La mujer andaba por el piso de arriba y amenazaba con llamar a la policía.

–¡Cállate de una vez, vieja bruja! –chillaba Greb.

Me preguntaba cómo podía vivir con alguien así. Tenía más libros de los que yo había visto en toda mi vida: dos bibliotecas, dos habitaciones con las cuatro paredes llenas hasta el techo, y libros como el Apócrifo Esto-o-lo-Otro en diez volúmenes. Puso óperas de Verdi e imitaba a los cantantes vestido con un pijama que tenía un gran roto en la espalda. Todo le importaba un comino. Es un gran erudito que andaba dando tumbos por los muelles de Nueva York con manuscritos musicales originales del siglo XVII bajo el brazo, chillando. Se arrastra por las calles como una gran araña. La excitación le salía por los ojos en llamaradas de luz diabólica. La cabeza le daba vueltas en éxtasis espasmódicos. Balbuceaba, se retorcía, se tiraba al suelo, gemía, aullaba, se echaba hacia atrás desesperado. Apenas podía articular palabra debido a lo que le excitaba la vida. Dean estaba ante él con la cabeza inclinada, repitiendo una y otra vez:

—Sí..., sí..., sí... —Me llevó a un rincón—. Este Rollo Greb es el más grande, el más maravilloso de todos. Es lo que trataba de decirte..., así es como quiero ser yo. Quiero ser como él. Nunca se queda colgado, va en todas direcciones, deja que todo vaya por sí mismo, sabe lo que es el tiempo, lo único que tiene que hacer es balancearse adelante y atrás. ¡Tío, es el acabose! ¿Ves? Si haces lo mismo que él todo el tiempo lo habrás conseguido.

—¿Conseguir qué?

—¡ESO! ¡ESO! Te lo diré... pero ahora no tengo tiempo. —Y Dean corrió a observar a Rollo Greb un poco más.

George Shearing, el gran pianista de jazz era, según Dean, exactamente igual que Rollo Greb. Durante el loco fin de semana, Dean y yo fuimos al Birdland a ver a Shearing. El local estaba desierto, éramos los primeros clientes. A las diez apareció Shearing, que es ciego, y lo llevaron de la mano hasta el piano. Era un inglés de aspecto distinguido con cuello duro, ligeramente grueso, rubio, con un delicado aire de noche-inglesa-de-verano que se hizo patente con los primeros suaves escarceos que tocó en el piano mientras el bajista se inclinaba con respeto hacia él y marcaba el ritmo. El baterista, Denzil Best, estaba sentado inmóvil exceptuadas sus muñecas, que movían las escobillas. Y Shearing empezó a balancearse; una sonrisa recorrió su rostro extasiado; comenzó a balancearse en el taburete del piano, hacia adelante y hacia atrás, al principio con lentitud, luego de acuerdo con el ritmo, cada vez más deprisa, mientras su pie izquierdo golpeaba el suelo marcando el compás, su cuello se balanceaba retorciéndose, bajaba el rostro hasta las teclas, se echaba el pelo hacia atrás; se despeinó y empezó a sudar. La música se hacía más potente. El bajista se encorvó y tocaba cada vez más fuerte, y cada vez más deprisa; eso era todo. Shearing empezó a tocar su solo; los acordes salían del piano como grandes chubascos, y se pensaba que el tipo no tendría tiempo de ordenarlos. Se agitaban como el mar. La gente le gritaba:

—¡Sigue! ¡Sigue!

Dean sudaba; el sudor fluía de su cuello.

—¡Ya está! ¡Eso es! ¡Es Dios! ¡El Dios Shearing! ¡Sí! ¡Sí! ¡Sí!

Y Shearing era consciente del loco que tenía detrás, oía cada uno de los gritos de Dean, cada una de sus imprecaciones, se daba cuenta de todo ello aunque no pudiera verlo.

—¡Eso es! ¡Perfecto! —decía Dean—. ¡Sí! ¡Sí!

Shearing sonreía, se balanceaba. Se levantó y se alejó del piano empapado de sudor; era su gran época de 1949 antes de volverse frío y comercial. Cuando se marchó, Dean señaló el vacío taburete.

—El taburete vacío de Dios —dijo.

Sobre el piano había una trompeta; su sombra dorada producía un reflejo extraño sobre la caravana del desierto pintada en la pared detrás de la batería. Dios se había ido; era el silencio de su partida. Era una noche lluviosa. Era el mito de la noche lluviosa. Dean abrió los ojos con miedo. Esta locura no podía llevar a ninguna parte. No sabía lo que me estaba pasando, y de pronto me di cuenta de que sólo se trataba de la tila, de la marihuana que habíamos estado fumando; Dean la había traído a Nueva York. Eso me hizo pensar que podía suceder cualquier cosa... Era el momento en que uno lo sabe todo y todo queda decidido para siempre.

V

Los dejé a todos y fui a casa a descansar. Mi tía me dijo que andaba perdiendo el tiempo en compañía de Dean y su grupo. También yo sabía que no obraba bien. La vida es la vida, y los afectos son los afectos. Lo que ahora quería era hacer otro maravilloso viaje a la Costa Oeste y regresar a tiempo para el semestre de primavera en la facultad. ¡Y qué viaje fue! Viajé sólo por viajar y ver qué otras cosas hacía Dean, y finalmente, porque sabía que en Frisco Dean volvería junto a Camille, yo quería enrollarme con Marylou. Nos dispusimos a atravesar el duro continente de nuevo. Cobré mi cheque de veterano de guerra y entregué dieciocho dólares a Dean para que se los girara a su mujer; ella esperaba su regreso y estaba sin blanca. Lo que Marylou tenía in mente lo desconocía. Ed Dunkel, como siempre, seguía a Dean.

Antes de irnos pasamos unos días muy divertidos en el apartamento de Carlo. Carlo andaba envuelto en su albornoz y soltaba discursos semiirónicos.

—No trato de quitaros la alegría ni mucho menos, pero me parece que ha llegado el momento de que decidáis quiénes sois y qué vais a hacer. —Trabajaba de mecanógrafo en una oficina—. Quiero saber lo que significa eso de estar sentados el día entero en casa. Lo que significa tanta conversación y lo que os proponéis hacer. Dean, ¿por qué dejaste a Camille y volviste con

Marylou? —Ninguna respuesta. Risas—. Marylou, ¿por qué viajas de este modo por el país y cuáles son tus intenciones? —La misma respuesta—. Ed Dunkel, ¿por qué abandonaste a tu reciente esposa en Tucson y qué haces ahora sentado sobre tu enorme culo? ¿Dónde está tu hogar? ¿Cuál es tu trabajo? —Ed Dunkel inclinó la cabeza auténticamente desconcertado—. Sal, ¿cómo has caído tan bajo y qué has hecho con Lucille? —Se ajustó el albornoz y se sentó frente a nosotros—. Están a punto de llegar los días de la ira. El globo no os sostendrá mucho más. Y no sólo eso, además es un globo abstracto. Iréis volando a la Costa Oeste y volveréis tambaleándoos en busca de vuestra lápida.

En aquellos días Carlo utilizaba un tono de voz que esperaba que sonase como lo que él llamaba La Voz de Piedra; la idea era pasmar a la gente y dejarla de piedra.

—Poneos dragones en los sombreros —nos advertía—, estáis en la buhardilla con los murciélagos. —Y nos miraba con ojos locos.

Desde la época de Dakar había pasado un período terrible que él denominaba el de las Calmas Santas, o de Harlem, cuando vivía en Harlem en pleno verano y por la noche se despertaba en su solitaria habitación y oía a «la gran máquina» bajando del cielo; y cuando caminaba por la calle 125 «debajo del agua» con los demás peces. Era un lío de ideas radiantes el que iluminaba su cerebro. Hizo que Marylou se sentase en sus rodillas y le ordenó que se tranquilizara.

—¿Por qué no te sientas y te relajas? ¿Por qué andas dando saltos todo el tiempo?

Dean se movía de un lado a otro, puso azúcar en el café y dijo:

—Sí. Sí. ¡Sí!

Por la noche, Ed Dunkel dormía en el suelo encima de unos cojines, Dean y Marylou echaron a Carlo de su cama y éste se sentaba en la cocina, delante de unos riñones salteados, murmurando las predicciones de la piedra. Yo iba casi todos los días y lo observaba todo.

–Anoche –me dijo Ed Dunkel–, caminaba hacia Times Square y en cuanto llegué me di cuenta de que era un fantasma..., sí, aquello era mi espíritu paseando por la acera. –Me dijo esto sin hacer ningún comentario, moviendo la cabeza enfáticamente. Diez horas más tarde, en mitad de la conversación de otro, Ed añadió–: Sí, era mi espíritu paseando por la acera.

De pronto, Dean se inclinó gravemente hacia mí y dijo:

–Sal, tengo que pedirte algo..., es muy importante para mí..., no sé cómo lo tomarás... pero somos amigos, ¿verdad?

–Claro, Dean. –Casi se puso colorado.

Por fin lo soltó: quería que me trabajara a Marylou. No le pregunté por qué pues sabía que quería ver cómo quedaba Marylou en brazos de otro hombre. Cuando me propuso la idea estábamos sentados en el Ritzy's Bar; habíamos pasado una hora caminando por Times Square, buscando a Hassel. El Ritzy's Bar es el bar de los maleantes callejeros de Times Square y alrededores; cambia de nombre todos los años. Entras y no se ve ni una chica, sólo hay un gran montón de jóvenes vestidos con todo tipo de ropa, desde camisas rojas a trajes completos. También era un bar de chulitos, de chicos que se ganan la vida por la noche con los tristes homosexuales viejos de la Octava Avenida. Dean entró con los ojos entornados para verlos bien a todos. Había maricones negros, hoscos chavales con pistola, marineros de navaja, delgados y ajenos yonquis y algún que otro policía de edad madura bien vestido que quiere pasar por corredor de apuestas y anda por allí medio por interés, medio por obligación. Era un sitio muy adecuado para que Dean me hiciera la propuesta. En el Ritzy's Bar se fraguan todo tipo de planes turbios –se podía oler en el aire– y todo tipo de actividades sexuales para acompañarlos. El atracador no propone sólo a un joven maleante un golpe en la calle 14, también le dice que vayan a acostarse juntos. Kinsey pasó un montón de tiempo en el Ritzy's Bar entrevistando a algunos de los chicos; yo andaba por allí la noche de 1945 en que estuvo su ayudante. Hassel y Carlo fueron entrevistados.

Dean y yo volvimos al apartamento en coche y encontramos a Marylou acostada. Dunkel andaba paseando su fantasma por Nueva York. Dean le contó a Marylou lo que había decidido. Ella se mostró encantada. Yo no estaba muy seguro de mí mismo. Tenía que demostrar que podía hacerlo. La cama había sido el lecho mortuorio de un tipo enorme y estaba hundida por el medio. Marylou estaba allí y Dean y yo a ambos lados equilibrando los dos extremos levantados del colchón. No sabía qué decir, y solté:

—¡Mierda! No puedo hacerlo.

—Vamos, tío, lo prometiste —dijo Dean.

—¿Y Marylou? —añadí—. Venga, Marylou, di lo que piensas.

—Adelante —me respondió.

Me abrazó y yo traté de olvidarme de que Dean estaba allí. Cada vez que recordaba que estaba allí en la oscuridad, escuchando cada sonido, no podía hacer más que reír. Era horrible.

—Debemos relajarnos —dijo Dean.

—Creo que no podré hacerlo. ¿Por qué no te vas un momento a la cocina?

Dean así lo hizo. Marylou se mostró muy tierna, pero le susurré:

—Espera hasta que seamos amantes en San Francisco; ahora no estoy por la labor.

Marylou dijo que tenía razón. Éramos tres hijos de la tierra intentando decidir algo por la noche y con todo el peso de los siglos pasados flotando en la oscuridad allí delante de nosotros. Había una extraña quietud en el apartamento. Fui junto a Dean, le di una palmada en el hombro y le dije que fuera a ver a Marylou; yo me retiré al sofá. Oía a Dean resoplando y agitándose frenéticamente. Sólo alguien que ha pasado cinco años en la cárcel puede llegar a estos extremos de maniático sin remedio; suplicando en la boca del manantial de la dulzura; enloquecido con la realización completamente física de los orígenes de la bendita vida; buscando ciegamente el regreso al lugar del

173

que procede. Ése es el resultado de años enteros mirando fotografías porno entre rejas; observando las piernas y los pechos de las mujeres de las revistas, considerando la dureza de las celdas de acero y la blandura de la mujer que no está allí. En la cárcel uno se promete el derecho a vivir. Dean jamás había conocido a su madre. Cada nueva chica, cada nueva mujer, cada nuevo niño era un agregado más a su triste empobrecimiento. ¿Dónde estaba su padre? El viejo vagabundo Dean Moriarty viajando en trenes de carga, trabajando de pinche de cocina en las cantinas del ferrocarril, dando tumbos lleno de vino por callejas nocturnas, expirando sobre montones de carbón, perdiendo sus amarillentos dientes uno a uno en las zanjas del Oeste. Dean tenía pleno derecho a morir de la dulce muerte del amor total de su Marylou. No quería interferir, sólo quería ser su sucesor.

Carlo volvió al amanecer y se puso el albornoz. Llevaba días sin dormir. Se puso furioso al ver el desorden; pantalones y vestidos tirados por todas partes, colillas, platos sucios, libros abiertos, mermelada por el suelo... Estábamos celebrando un gran debate. El mundo seguía rugiendo al dar la vuelta diariamente sobre sí mismo y nosotros realizábamos nuestros horribles estudios de la noche. Marylou estaba llena de moretones debido a una pelea con Dean; la cara de éste estaba arañada. Era hora de irnos.

Fuimos en el coche a mi casa, éramos diez, para coger mi bolsa y llamar al viejo Bull Lee a Nueva Orleans en el teléfono del bar donde Dean y yo habíamos hablado por primera vez años atrás cuando acudió a mi puerta queriendo aprender a escribir. Oímos la plañidera voz de Bull a unos tres mil kilómetros de distancia.

–Pero vamos a ver, ¿qué queréis que haga con Galatea Dunkel? Lleva un par de semanas encerrada en su habitación y se niega a hablar con Jane o conmigo. ¿Está con vosotros el tipo ese, Ed Dunkel? ¡Por el amor de Dios, traedlo y que me libre de ella! Está durmiendo en la mejor habitación que tenemos y se está quedando sin dinero. Esto no es un hotel —decía Bull, gritando por el teléfono.

Estábamos allí Dean, Marylou, Carlo, Dunkel, y yo, Ian MacArthur, su mujer, Tom Saybrook, y Dios sabe quién más, y gritábamos y bebíamos cerveza. Todos alrededor del teléfono aturdiendo a Bull, que por encima de todo detesta la confusión.

—Bien —dijo—, quizá tengáis más sensatez cuando bajéis hasta aquí, si es que venís.

Le dije adiós a mi tía y le prometí regresar dentro de un par de semanas y partimos de nuevo hacia California.

VI

Lloviznaba y todo era misterioso al comienzo de nuestro viaje. Me decía que todo iba a ser una gran saga en la niebla.

–¡Vamos allá! –gritó Dean–. ¡Allá vamos! –Y se inclinó sobre el volante y salió disparado; había vuelto a su elemento, todos lo podíamos ver.

Estábamos todos encantados, nos dábamos cuenta de que dejábamos la confusión y el sinsentido atrás y realizábamos nuestra única y noble función del momento: *movernos*. ¡Y cómo nos movíamos! Pasamos como una exhalación junto a las misteriosas señales, blancas en la noche negra, de algún sitio de Nueva Jersey que decían SUR (con una flecha) y OESTE (con otra flecha) y seguimos la que indicaba el Sur. ¡Nueva Orleans! Ardía dentro de nuestras cabezas. Desde la sucia nieve de «la gélida y agotadora Nueva York», como Dean decía, no pararíamos hasta el verdor y el olor a río de la vieja Nueva Orleans, en el fondo de América; luego iríamos al Oeste. Ed iba en el asiento de atrás; Marylou, Dean y yo íbamos delante y hablábamos animadamente de lo buena y alegre que era la vida. Dean de pronto se puso tierno.

–Bueno, maldita sea, escuchadme bien, debemos admitir que todo está bien y que no hay ninguna necesidad de preocuparse, y de hecho debemos de darnos cuenta de lo que significa

176

para nosotros ENTENDER que EN REALIDAD no estamos preocupados por NADA. ¿De acuerdo? —Todos dijimos que sí—. Allá vamos todos juntos... ¿Qué hicimos en Nueva York? Olvidémoslo. —Todos habíamos reñido—. Todo eso queda detrás, a muchos kilómetros y cuestas de distancia. Ahora vamos a Nueva Orleans en busca de Bull Lee y no tenemos más que hacer que escuchar a este saxo tenor y dejarle que sople todo lo fuerte que quiera —subió el volumen de la radio, hasta que el coche empezó a estremecerse—, y escuchad lo que nos dice y descansaremos y obtendremos conocimiento.

Todos seguíamos la música y estábamos de acuerdo. La pureza de la carretera. La línea blanca del centro de la autopista se desenrollaba siempre abrazada a nuestro neumático delantero izquierdo como si estuviera pegada a sus estrías. Dean, curvado su musculoso cuello, con una camiseta en la noche invernal, mantenía el coche a enorme velocidad. Insistió en que al atravesar Baltimore condujese yo para que adquiriera práctica con el tráfico; todo iba bien, excepto que él y Marylou insistían en conducir mientras se besaban y metían mano. Era una locura; la radio iba a plena potencia. Dean empezó a marcar el ritmo en el salpicadero hasta que éste se hundió; yo hice lo mismo. El pobre Hudson —el lento barco rumbo a China— estaba recibiendo una paliza.

—¡Oh tío, qué gusto! —gritó Dean—. Marylou, escúchame, guapa, sabes que soy capaz de hacerlo todo y al mismo tiempo, y que tengo una energía ilimitada. En San Francisco tenemos que vivir juntos. Sé de un sitio para ti, en el extremo de nuestro radio de acción. Estaré en casa y cada dos días tendremos doce horas para nosotros, y *tío*, sabes lo que podemos hacer en doce horas, guapa. Entretanto yo seguiré viviendo con Camille como si nada, ¿comprendes?, no se enterará. Haremos que funcione; ya lo hemos hecho otras veces.

Marylou se mostró totalmente de acuerdo, estaba decidida a dejar a Camille sin el cuero cabelludo. Habíamos convenido

177

en que Marylou viviría conmigo en Frisco, pero acababa de ver que iban a seguir juntos y que yo continuaría solo en el otro extremo del continente. Pero ¿por qué pensar en eso cuando la tierra dorada se extendía delante de nosotros y estaban acechándonos todo tipo de acontecimientos imprevistos para sorprendernos y hacer que nos alegráramos de estar vivos y verlos?

Llegamos a Washington al amanecer. Era el día de la inauguración del segundo período presidencial de Harry Truman. Un gran despliegue de material bélico estaba alineado en la avenida Pennsylvania mientras pasábamos por allí en nuestro zurrado barco. Había aviones B-29, lanchas de desembarco, artillería, todo tipo de material de guerra que resultaba mortífero sobre la nevada hierba; lo último que se veía era un pequeño bote salvavidas normal y corriente que daba pena. Dean aminoró la marcha para mirar todo eso. Movió la cabeza con cierto respeto.

–¿Qué piensa hacer esta gente...? Harry está durmiendo en algún sitio de la ciudad... El bueno de Harry... de Missouri, como yo... Este bote debe ser suyo.

Dean se fue a dormir al asiento de atrás y Dunkel condujo. Le dimos instrucciones específicas de que se lo tomara con calma pero en cuanto nos oyó roncar se lanzó a ciento treinta por hora, con los amortiguadores estropeados y todo, y no sólo eso, sino que adelantó a tres coches a la vez en un sitio donde había un policía discutiendo con un motorista. Iba por el cuarto carril de una autopista de cuatro, a velocidad superior a la permitida. Por supuesto, el policía se puso a seguirnos con la sirena sonando. Nos detuvimos. Nos dijo que le siguiésemos a la comisaría. Allí había un policía muy siniestro al que no le gustó Dean: olía a cárcel. Mandó fuera a su cohorte para interrogarnos a Marylou y a mí en privado. Querían saber la edad de Marylou para aplicarle la Ley Mann. Pero ella llevaba un certificado de matrimonio. Entonces me llevaron aparte y quisieron saber quién se acostaba con Marylou.

—Su marido —dije yo sencillamente.

Pero no estaban satisfechos. Veían algo equívoco. Actuaron como Sherlock Holmes aficionados y nos hacían las mismas preguntas dos veces esperando que cometiéramos algún desliz.

—Estos dos chicos —dije— van de regreso a California. Trabajan en el ferrocarril. Ella es la mujer del más bajo, y yo soy un amigo suyo que ha dejado la facultad para pasar unas vacaciones de quince días.

—¿Ah, sí? —dijo el policía, sonriendo—. ¿Es tuya esta cartera?

En definitiva, que el poli más siniestro puso una multa de veinticinco dólares a Dean. Les dijimos que sólo teníamos cuarenta para ir hasta el Oeste; dijeron que se la traía floja. Cuando Dean protestó, el más siniestro le amenazó con llevarle a Pennsylvania y formular una acusación concreta contra él.

—¿Qué acusación?

—No te preocupes de eso. No te preocupes, listillo, *eso* es cosa nuestra.

Tuvimos que darles los veinticinco dólares. Pero antes Ed Dunkel, el culpable, se ofreció a ir a la cárcel. Dean consideró la oferta. El policía se enfadó y dijo:

—Si dejas que tu amigo vaya a la cárcel, te llevaré a Pennsylvania ahora mismo. ¿Me oyes? —Lo único que queríamos era irnos—. Otra multa por exceso de velocidad y pierdes el coche —añadió el policía más siniestro como andanada final. Dean tenía el rostro congestionado.

Partimos silenciosamente. Aquello era como invitarnos a robar con el fin de recuperar el dinero del viaje que nos habían quitado. Sabían que estábamos a dos velas y que no teníamos parientes en el camino a quienes telegrafiar pidiendo dinero. La policía americana lleva a cabo una guerra psicológica contra los americanos que no les asustan con documentos y amenazas. Es una fuerza de policía victoriana; mira indiscretamente por las ventanas y quiere saberlo todo, y crean delitos si no existen bastantes delitos para satisfacerlos. «Nueve renglones de crímenes, uno de aburrimiento», dijo Louis-Ferdinand Céline. Dean estaba tan enfadado que quería volver a Virginia y cargarse al policía en cuanto consiguiera un arma.

–¡Pennsylvania! –se burló–. ¡Me gustaría saber de qué nos acusaba! De vagos y maleantes, seguramente; nos quitan todo el dinero y nos acusan de vagos. Tienen las cosas fáciles. Y me pegarían un tiro si me quejara. –No teníamos otro remedio que ponernos contentos de nuevo y olvidarlo todo. Cuando cruzábamos Richmond empezamos a olvidarnos del asunto, y enseguida todo iba cojonudamente.

Nos quedaban quince dólares para todo el viaje. Necesitábamos recoger autostopistas y vagabundos que nos ayudaran a pagar la gasolina. En el desierto de Virginia de repente vimos a un tipo caminando por la carretera. Dean se detuvo zumbando. Miré atrás y dije que sólo era un vagabundo y que probablemente no tendría ni un centavo.

–De todos modos lo recogeremos para divertirnos –rió Dean.

El hombre era un desharrapado, un tipo miope que caminaba leyendo un libro de bolsillo sucio que había encontrado en una alcantarilla. Subió al coche y siguió leyendo; estaba increíblemente sucio y cubierto de costra. Dijo que se llamaba Hyman Solomon y que viajaba por todos los Estados Unidos, llamando a las puertas de los judíos pidiéndoles dinero y diciendo:

–Denme dinero para comer, soy judío.

Añadió que se lo hacía bastante bien. Le preguntamos qué leía. No lo sabía. No se había molestado en mirar el título. Miraba únicamente las palabras como si hubiera encontrado el auténtico Torah en el lugar apropiado: el desierto.

–¿Lo veis? ¿Lo veis? –decía Dean, dándome codazos–. Dije que nos divertiríamos. El mundo entero está loco.

Llevamos a Solomon hasta Testament. Mi hermano va se había instalado en la casa nueva de la otra parte de la ciudad.

Estábamos de nuevo en la calle larga y miserable con las vías del tren en el medio y los tristes y lúgubres sureños pululando ante las tiendas.

—Veo que ustedes necesitan dinero para proseguir el viaje —dijo Solomon—. Espérenme, voy a conseguir unos cuantos dólares en una casa de judíos y seguiré con ustedes hasta Alabama.

Dean estaba contentísimo; él y yo corrimos a comprar queso y pan para comer dentro del coche. Marylou y Ed esperaron. Pasamos en Testament dos horas esperando a Hyman Solomon; estaba buscándose la vida en alguna parte de la ciudad, pero no conseguíamos verle. El sol comenzó a enrojecer. Se hacía tarde. Solomon nunca apareció, así que dejamos Testament.

—Ves, Sal, Dios existe, nos hemos quedado colgados en este pueblo, da igual lo que hagamos, y además fíjate en su extraño nombre bíblico, y en ese extraño tipo bíblico que nos hizo detenernos una vez más, y también fíjate en todas las cosas relacionadas con eso, lo mismo que la lluvia que relaciona todas las cosas del mundo entero...

Dean siguió así; estaba muy contento y exuberante. De pronto él y yo vimos el país entero como si fuera una ostra abierta; y tenía perla, ¡tenía perla! Seguimos rumbo al Sur. Cogimos a otro autostopista. Era un chaval triste que dijo tener una tía que poseía una tienda en Dunn, Carolina del Norte, en las afueras de Fayetteville.

—Cuando lleguemos podrás sacarle un dólar, ¿no? ¡Estupendo! ¡Cojonudo! ¡Allá vamos!

Una hora después estábamos en Dunn; anochecía. Nos dirigimos adonde el chico dijo que su tía tenía la tienda. Era una calleja siniestra sin salida que terminaba en la pared de una fábrica. Había tienda pero no había tía. Nos preguntamos a qué se había referido el chico. Le dijimos que adónde iba; no lo sabía. Era una broma; en cierta ocasión había visto aquella tienda de Dunn y fue la primera historia que se le ocurrió. Le compramos un perrito caliente, pero Dean dijo que no le podíamos llevar porque necesitábamos sitio para dormir y para recoger autostopistas que pudieran pagar la gasolina. Era triste pero cierto. Lo dejamos en Dunn cuando caía la noche.

Conduje a través de Carolina del Norte hasta pasado Macon, Georgia, mientras Dean, Marylou y Ed dormían. Solo en la noche pensaba y mantenía el coche pegado a la línea blanca de la santa carretera. ¿Qué estaba haciendo? ¿Adónde iba? Pronto lo descubriría. Para resumir, después de Macon me sentí agotado y desperté a Dean. Bajamos del coche a respirar un poco de aire puro y de repente los dos quedamos superpasados al darnos cuenta de que en la oscuridad que nos rodeaba todo era verde hierba fragante y olor a estiércol reciente y a aguas cálidas.

—¡Estamos en el Sur! ¡Hemos dejado atrás el invierno!

La débil luz del amanecer iluminaba brotes verdes al lado de la carretera. Respiré profundamente; una locomotora silbó en la oscuridad, camino de Mobile. Habíamos llegado. Me quité la camisa lleno de alegría. Quince kilómetros carretera abajo, Dean entró en una estación de servicio con el motor parado. Había visto que el encargado estaba dormido apoyado en una mesa, y salió del coche, llenó tranquilamente el depósito, consiguió que el timbre no sonara, y nos largamos a la francesa con el depósito con cinco dólares de gasolina.

Me dormí y desperté con el sonido de una música alegre y de Dean y Marylou hablando y la enorme pradera corriendo ante nosotros.

—¿Dónde estamos?

—Acabamos de cruzar la frontera de Florida, tío... Creo que por un sitio que se llama Flomaton.

¡Florida! Rodábamos hacia la llanura costera y hacia Mobile; arriba se alzaban grandes nubes sobre el golfo de México. Sólo hacía treinta y dos horas que habíamos dicho adiós a nuestros amigos en la sucia nieve del Norte. Paramos en una estación de servicio, y allí Dean y Marylou hicieron payasadas entre las bombas y Ed Dunkel fue adentro y robó tres paquetes de pitillos como si tal cosa. Continuamos. Al entrar en Mobile por la gran autopista costera, nos quitamos la ropa de invierno y disfrutamos de la temperatura del Sur. Fue entonces cuando Dean empezó a contarnos la historia de su vida y cuando, pasado Mobile, se encontró con un embotellamiento en un cruce de carreteras y, en lugar de detenerse, se lanzó a toda pastilla por una vía lateral que llevaba a una estación de servicio y siguió, después de volver a la carretera, sin aminorar su velocidad de crucero de ciento diez. Dejamos rostros asombrados detrás. Prosiguió su relato:

–Os digo que es verdad, empecé a los nueve con una chica que se llamaba Milly Mayfair en la trascra del garaje de Rod, en la calle Grant: la misma calle en la que vivía Carlo en Denver. Eso era cuando mi padre todavía trabajaba algo de fontanero. Recuerdo a mi tía chillando por la ventana: «¿Qué estáis haciendo ahí detrás del garaje?» Oh, Marylou, guapa, ¡si te hubiera conocido entonces! ¡Coño! ¡Lo rica que debías estar a los nueve años! –Se rió entre dientes como un loco; metió un dedo en la boca de Marylou y luego se lo chupó; cogió la mano de ella y se la pasó por su cuerpo. Marylou se limitaba a seguir sentada allí sonriendo tranquilamente.

El alto y fuerte Ed Dunkel miraba por la ventanilla, hablando consigo mismo:

–Sí, señor, creo que aquella noche yo era un fantasma. –Y también se preguntaba lo que le diría a Galatea en Nueva Orleans.

–Una vez hice un viaje en un tren de carga desde Nuevo México hasta el mismísimo LA –siguió Dean–. Tenía once años, perdí a mi padre en un desvío; íbamos con un grupo de vagabundos y yo estaba con un tipo llamado Big Red. Mi padre estaba borracho en un furgón, el tren se puso en marcha y Big Red y yo le perdimos. No volví a verle durante meses. Me subí a un tren de carga larguísimo que iba a California, íbamos volando, era un tren de carga de primera clase, un Zipper del desierto. Yo iba subido a un tope todo el rato, podéis imagina-

183

ros lo peligroso que era, pero yo era un niño y no lo sabía. Llevaba una hogaza de pan debajo del brazo y con el otro me agarraba a la barra del freno. No es un cuento, es verdad. Cuando llegué a LA tenía tantas ganas de leche y nata que me puse a trabajar en una lechería y lo primero que hice fue beberme un litro de nata espesa, muy espesa, y luego vomité.

–¡Pobre Dean! –dijo Marylou, y le besó. Dean miró hacia delante orgulloso. La chica lo quería.

De pronto circulábamos junto a las azules aguas del golfo y al mismo tiempo empezó algo realmente loco en la radio; era el programa de discos Chicken Jazz'n Gumbo de Nueva Orleans. Todo eran discos de jazz, discos de música negra, con el locutor diciendo:

–No os preocupéis por *nada de nada*.

Vimos delante Nueva Orleans en la noche. Dean se frotó las manos encima del volante.

–Ahora lo pasaremos bien de verdad.

Al anochecer entrábamos en las bulliciosas calles de Nueva Orleans.

–¡Fijaos! ¡Fijaos cómo huele la gente! –gritó Dean con la cabeza sacada por la ventanilla, husmeando–. ¡Vaya! ¡Dios! ¡Vida! –Esquivó un tranvía–. ¡Sí! ¡Sí! –Lanzó el coche hacia delante mirando en busca de chicas–. ¡Fijaos en *ésa!* –El aire de Nueva Orleans era tan dulce que parecía llegar en finos pañuelos; y podías oler el río y oler realmente a gente, y a barro, y a melaza, y a toda clase de emanaciones tropicales con la nariz súbitamente liberada del olor de los secos hielos del invierno del Norte. Saltamos en nuestros asientos–. ¡Cómo me gusta ésa! –gritó Dean, señalando a otra mujer–. ¡Oh, cómo quiero a las mujeres! ¡Las quiero! ¡Creo que son maravillosas! –Se cogió la cabeza con ambas manos. Grandes gotas de sudor le caían de la frente a causa de la excitación y el agotamiento.

Metimos el coche en el ferry de Algiers y nos encontramos cruzando el río Mississippi en barco.

184

–Ahora tenemos que bajar y ver el río y a la gente y oler el mundo –dijo Dean, ocupado con sus gafas de sol y sus pitillos y saltando fuera del coche como un muñeco con resorte. Le seguimos. Nos inclinamos sobre la borda y contemplamos el gran padre marrón de las aguas que bajaba desde el centro de América como un torrente de almas destrozadas llevando troncos de Montana y barro de Dakota e Iowa y cosas que habían caído en él en Three Forks, donde el secreto comenzaba siendo hielo. La brumosa Nueva Orleans iba quedando atrás por una borda; la vieja y soñolienta Algiers con sus retorcidos muelles de madera se nos echaba encima por la otra. Los negros trabajaban en el caluroso atardecer, alimentando las calderas del ferry, que estaban rojas y hacían que olieran a goma quemada los neumáticos del coche. Dean anduvo entre ellos, subiendo y bajando en el calor. Anduvo por toda la cubierta y subió por una escalera con sus pantalones sueltos colgándole de la tripa. De pronto le vi anhelante como siempre en el puente. No me hubiera extrañado verle echarse a volar. Oí su risa de loco por todo el barco.

–¡Ji-ji-ji-ji-ji!

Marylou estaba con él. Lo abarcó todo en un abrir y cerrar de ojos, bajó a contárnoslo todo, saltó dentro del coche precisamente cuando ya todos se preparaban para desembarcar, pasamos a dos o tres coches en un espacio estrechísimo, y nos encontramos atravesando Algiers como flechas.

–¿Adónde? ¿Adónde? –gritaba Dean.

Decidimos que primero iríamos a una estación de servicio a preguntar por el paradero de Bull. Los niños jugaban en el soñoliento atardecer del río; las chicas pasaban con pañuelos y blusas de algodón y sin medias. Dean corrió calle arriba para verlo todo. Miraba a todas partes; movía la cabeza; se frotaba el vientre. Ed estaba sentado en el asiento trasero del coche con su sombrero sobre los ojos, sonriendo a Dean. Me senté en el guardabarros. Marylou estaba en el servicio. Desde las orillas donde hombres infinitesimales pescaban con caña, y desde los brazos del delta que se extendían por una tierra cada vez más roja, el enorme río jorobado rodeaba Algiers con su brazo principal, con rumor indescriptible. Soñolienta y peninsular, Algiers parecía condenada a ser barrida algún día con sus avispas y chozas. El sol declinaba, los mosquitos revoloteaban, las temibles aguas rugían.

Fuimos a casa del viejo Bull Lee en las afueras del pueblo, cerca del malecón del río. Había una carretera que corría a lo largo de un pantano. La casa era una construcción vieja y destartalada con porches medio hundidos a su alrededor y sauces llorones en el patio; la hierba tenía un metro de altura, la vieja valla estaba vencida, unos viejos cobertizos en ruinas. No había nadie a la vista. Entramos directamente en el patio y vimos unos cubos con ropa a remojo en el porche trasero. Bajé del coche y me dirigí hacia la puerta. Jane Lee estaba apoyada en ella con los ojos mirando hacia el sol.

—Jane —le dije—. Soy yo. Somos nosotros. —Ella ya lo sabía.

—Sí, ya lo sé. Bull no está ahora. ¿No parece un incendio eso de allí? —Ambos miramos hacia el sol.

—¿Quieres decir el sol? —pregunté.

—Naturalmente que no me refiero al sol. Oigo sirenas por esa parte. ¿No te parece un resplandor especial? —Era hacia Nueva Orleans y las nubes parecían raras.

—No veo nada —respondí.

—El mismo viejo Paradise de siempre. —Jane se sorbió la nariz.

Fue así como nos saludamos el uno al otro después de cuatro años; Jane había vivido con mi mujer y conmigo en Nueva York.

—¿Está aquí Galatea Dunkel? —pregunté.

Jane seguía buscando su incendio; en aquellos tiempos tomaba tres tubos de benzedrina diarios. Debido a las anfetas su rostro, en otro tiempo lleno y germánico y hermoso, se había vuelto de piedra y demacrado. Había tenido la poliomelitis en Nueva Orleans y cojeaba un poco. Silenciosamente, Dean y los demás salieron del coche y se instalaron más o menos por la casa. Galatea Dunkel abandonó su augusto retiro de la parte de atrás de la casa para recibir a su verdugo. Galatea era una chica seria. Estaba pálida y parecía haber llorado. Ed se pasó la mano por el pelo y dijo «hola». Ella lo miró fijamente.

–¿Dónde has estado? ¿Por qué me has hecho esto? –Y miró con desagrado a Dean; conocía el percal. Dean no le prestó ninguna atención; lo único que quería era comer; preguntó a Jane si había algo. La confusión comenzó en aquel mismo momento.

El pobre Bull volvió a casa en su Texas Chevy y se la encontró invadida de maníacos; pero me dio la bienvenida con una agradable cordialidad que no había visto en él desde hacía muchísimo tiempo. Había comprado esa casa de Nueva Orleans con el dinero que había ganado cultivando guisantes en Texas en unión de un viejo compañero de la facultad cuyo padre, un loco patético, había muerto dejándole una fortuna. El propio Bull sólo recibía cincuenta dólares semanales de su familia, lo que no estaba del todo mal, pero lo gastaba casi todo en drogas... y el cuelgue de su mujer también era caro, ya que gastaba en benzedrina unos diez dólares a la semana. Sus gastos de comida eran los más bajos del país; raramente comían; tampoco comían sus hijos, aunque no se quejaban por ello. Tenían dos hijos maravillosos: Dodie, una niña de ocho años, y el pequeño Ray de uno. Ray andaba por el patio completamente desnudo: era una criatura rubia surgida del arco iris. Bull le llamaba «la bestezuela», inspirándose en W. C. Fields. Bull entró en el patio y se bajó del coche; desenrollándose hueso a hueso, se acercó con andar cansino. Llevaba gafas, sombrero de fieltro y un traje raído. Alto, delgado, encorvado, extraño y lacónico, dijo:

–Bien, Sal, por fin has llegado; entremos a tomar un trago.

Hubiera hecho falta toda la noche para hablar del viejo Bull Lee; de momento, diré que era un auténtico maestro, y debe añadirse que tenía todo el derecho del mundo a enseñar porque se pasaba la vida aprendiendo; y lo que aprendía era lo que él consideraba y llamaba «los hechos de la vida», de los que se informaba no sólo por necesidad, también por afición. Había arrastrado su largo y delgado cuerpo por todo Estados Unidos y la mayor parte de Europa y norte de África, sólo por ver cómo iban las cosas; se había casado en Yugoslavia con una condesa, una rusa blanca, en la década de los treinta para salvarla de los nazis; tenía fotos de la época con cocainómanos internacionales muy elegantes: unos tipos despeinados que se apoyaban unos en otros; también hay fotos suyas con un panamá en la cabeza recorriendo las calles de Argel; nunca volvió a ver a la condesa rusa. Fue exterminador en Chicago, tuvo un bar en Nueva York y fue alguacil en Newark. En París se sentaba a las mesas de los cafés para observar los hoscos rostros franceses que pasaban. En Atenas levantaba la cabeza de su *ouzo*, dejaba de beber este dulce licor, y contemplaba a la que consideraba la gente más fea del mundo. En Estambul se lo hizo entre opiómanos y vendedores de alfombras, buscando los hechos. Leyó a Spengler y al marqués de Sade en hoteles ingleses. En Chicago proyectó atracar unos baños turcos, se rezagó dos minutos tomando un trago, y sólo consiguió un par de dólares y tuvo que salir pitando. Hizo todas estas cosas por puro experimento. Ahora su estudio era la adicción a las drogas. Andaba por las calles de Nueva Orleans con tipos siniestros y visitando los bares donde tenía a sus contactos.

Hay una extraña historia de sus días de estudiante que ilustra algo cómo es: una tarde había reunido a sus amigos para tomar unos cócteles en su elegante alojamiento cuando, de pronto, el hurón que tenía en casa, como animal de compañía, surgió de improviso y mordió el tobillo a un marica muy elegante, y todos los demás salieron chillando. Bull se levantó de un salto, cogió su escopeta y dijo:

–Huele otra vez a esa vieja rata. –Y disparó haciendo un agujero suficiente para cincuenta ratas.

Tenía clavada en la pared una fotografía de una vieja casa muy fea de Cape Cod. Sus amigos le decían:

–¿Por qué tienes colgada ahí esa cosa tan fea?

–Me gusta precisamente porque es fea –respondía Bull.

Toda su vida seguía esta línea. Una vez llamé a la puerta de su casa de la calle 60 en los bajos fondos de Nueva York y me abrió llevando un sombrero hongo, un chaleco sin nada debajo, y unos pantalones a rayas totalmente destrozados; en la mano tenía un cazo lleno de alpiste y estaba tratando de liarse unos pitillos con él. También experimentó calentando jarabe de codeína para la tos hasta convertirlo en una masa negra... pero no funcionó excesivamente bien. Pasaba largas horas con Shakespeare –«El Bardo Inmortal», como él le llamaba– sobre las rodillas. En Nueva Orleans había empezado a pasar horas con los códices mayas sobre las rodillas y, aunque hablara, el libro seguía allí abierto todo el tiempo.

–¿Qué será de nosotros cuando muramos? –le pregunté en cierta ocasión.

–Cuando uno muere se muere, eso es todo –respondió.

En su habitación tenía una colección de cadenas que decía utilizar con su psicoanalista; experimentaba con el narcoanálisis y descubrieron que Bull Lee tenía siete personalidades diferentes; cada una de ellas iba empeorando progresivamente hasta que finalmente sería un idiota rabioso que necesitaría ser sujetado con cadenas. La personalidad de más arriba era la de un lord inglés, el *summum* de la idiotez. Hacia la mitad estaba un negro viejo que esperaba su turno y decía:

–Unos son hijoputas, otros no lo son, eso es lo que hay.

Bull se mostraba un tanto sentimental con respecto a los viejos días de América, especialmente 1910, cuando se conseguía morfina en los drugstores sin receta y los chinos fumaban opio en las ventanas al atardecer y el país era salvaje y ruidoso y libre, con gran abundancia de cualquier tipo de libertad para todos. El principal objeto de su odio era la burocracia de Washington; después iban los liberales; después la bofia. Se pasaba el tiempo hablando y enseñando a los demás. Jane se sentaba en sus pies; yo hacía otro tanto; y lo mismo había hecho Carlo Marx y hacía ahora Dean. Bull era un tipo de cabello gris, imposible de describir, que pasaba desapercibido en la calle, a no ser que se le observara desde muy cerca y se viera su loca y huesuda cabeza con una extraña juventud: era como un clérigo de Kansas con ardores exóticos y misterios en su interior. Había estudiado medicina en Viena; había estudiado antropología, lo había leído todo; y ahora había iniciado su trabajo fundamental: el estudio de las cosas en sí mismas por las calles de la vida y de la noche. Se sentó en su cátedra; Jane trajo bebidas, martinis. Las persianas de su cátedra siempre estaban cerradas, noche y día; eso era en un rincón de la casa. En su regazo estaban los códices mayas y una pistola de aire comprimido con la que disparaba ocasionalmente los corchos de los tubos de benzedrina por la habitación. Yo me apresuraba a cargar la pistola de nuevo. Todos hicimos algunos disparos mientras hablábamos. Bull sentía curiosidad por conocer la razón de este viaje. Nos miró y resopló, con sonido de depósito vacío.

—Veamos, Dean, ahora quiero que te estés quieto un minuto y me digas por qué estás cruzando el país de esta forma.

—Bueno, ya sabes cómo son estas cosas —respondió Dean, poniéndose colorado.

—Sal, ¿a qué vas a la Costa Oeste?

—Son sólo unos pocos días. Volveré a la facultad.

—¿Y qué me decís de ese tal Ed Dunkel? ¿Qué clase de persona es?

En aquel momento Ed estaba con Galatea en el dormitorio; no estuvo mucho tiempo. No sabíamos qué decirle a Bull de Ed Dunkel. Viendo que no sabíamos nada de nosotros mismos, Bull sacó de repente tres pitillos de tila y dijo que adelante, que íbamos a fumarnos aquella marihuana, que la cena estaría lista enseguida.

–No hay nada mejor para abrir el apetito. En una ocasión estaba colocado y me tomé una asquerosa hamburguesa y me pareció la cosa más deliciosa del mundo. Regresé de Houston la semana pasada, había ido a ver a Dale para el asunto de los guisantes. Una mañana dormía en un hotel cuando de repente un disparo me sacó de la cama. Aquel jodido loco acababa de disparar contra su mujer en la habitación contigua a la mía. Todo el mundo estaba asustado y el tipo cogió su coche y se largó dejando la escopeta en el suelo para el sheriff. Por fin lo detuvieron en Houma, con una borrachera de padre y muy señor mío. Ya no se puede andar tranquilo por este país sin un arma. –Abrió la chaqueta y nos mostró su revólver. Después abrió un cajón y nos enseñó el resto del arsenal. En Nueva York en cierta ocasión tenía una metralleta bajo la cama–. Ahora tengo algo mejor... un fusil alemán de gases, un Scheintoth; observad qué belleza, sólo tengo un cartucho. Podría cargarme a cien tipos con este arma y tener tiempo de sobra para largarme. Lo único malo es que sólo tengo un cartucho.

–Espero no estar por allí cerca cuando lo pruebes –dijo Jane desde la cocina–. ¿Cómo sabes que es un cartucho de gas?

Bull resopló; nunca prestaba atención a las salidas de Jane pero las oía. La relación entre él y su mujer era de lo más extraña: hablaban toda la noche; a Bull le gustaba vigilar la puerta y hablaba sin parar con su melancólica y monótona voz, ella intentaba intervenir, pero nunca podía; al amanecer él estaba cansado y entonces Jane hablaba y él escuchaba, resoplando y haciendo *fuuu* por la nariz. Ella le amaba locamente, pero de un modo delirante; no había muestras externas de cariño ni remilgos, sólo conversación y una profundísima camaradería que ninguno de nosotros conseguía penetrar. Algo curiosamente frío y antipático que entre ellos era de hecho una forma de humor a través de la que se comunicaban mutuamente sutiles vibraciones. El amor lo es todo: Jane jamás estaba a más de tres metros de Bull y nunca perdía palabra de lo que decía, y eso que él hablaba en voz muy baja.

Dean y yo estábamos deseando pasar una buena noche en Nueva Orleans y queríamos que Bull nos orientara. Nos echó un jarro de agua fría encima cuando dijo:

—Nueva Orleans es una ciudad muy aburrida. La ley prohíbe ir a la parte de los negros. Los bares son insoportablemente lúgubres.

—Supongo que habrá algún bar interesante —añadí.

—No existen en América bares realmente interesantes. Un bar interesante está más allá de nuestro alcance. En 1910 un bar era un sitio donde los hombres se reunían después de trabajar, y todo lo que había allí era una larga barra de latón, escupideras, una pianola como música, unos cuantos espejos, y barriles de whisky a diez céntimos el trago junto a barriles de cerveza a cinco la jarra. Ahora todo lo que hay son cromados, mujeres borrachas, maricas, camareros hostiles, dueños nerviosos que andan cerca de la puerta preocupados por sus sillas de cuero y por la ley; sólo un montón de gente gritando a destiempo y un silencio de muerte cuando entra un desconocido.

Discutimos sobre el tema de los bares.

—De acuerdo —añadió—. Os llevaré a Nueva Orleans esta noche y os enseñaré lo que os estoy explicando.

Y nos llevó deliberadamente a los bares más siniestros. Jane se quedó con los niños; habíamos terminado de cenar y ella leía los anuncios del *Times-Picayune*, de Nueva Orleans. Le pregunté si buscaba empleo; me respondió que simplemente se trataba de la parte del periódico más interesante.

Bull nos acompañó a la ciudad y siguió hablando:

—Tómatelo con calma, Dean, enseguida llegaremos, supongo. Mira, ahí tenemos el ferry. No necesitas tirarnos al río. —Me dijo que Dean había empeorado—. Me parece que va directamente hacia su destino ideal, que es una psicosis compulsiva mezclada con la irresponsabilidad y la violencia del psicópata. —Observaba a Dean con el rabillo del ojo—. Si vas a California con ese loco nunca conseguirás nada. ¿Por qué no te quedas conmigo en Nueva Orleans? Apostaremos a los caballos en Graetna y descansaremos en mi patio. Tengo una hermosa colección de cuchillos, estoy construyendo un blanco. También hay unas cuantas chicas apetitosas en el centro, si es que esta temporada te interesa eso. —Lanzó un resoplido.

Estábamos en el ferry y Dean se bajó del coche para asomarse por la borda. Lo seguí, pero Bull continuaba sentado en el coche resoplando, *fuuuu*. Aquella noche, sobre las aguas marrones, había un místico jirón de niebla, también leños a la deriva; al otro lado del río, Nueva Orleans resplandecía con brillos anaranjados, y unos cuantos barcos en los muelles cubiertos de niebla; fantasmales barcos de Benito Cereno con antepechos españoles y popas ornamentales, hasta que te acercabas a ellos y veías que sólo eran viejos cargueros suecos o panameños. Las luces del ferry brillaban en la noche; los mismos negros trabajaban con las palas y cantaban. En una ocasión el viejo Big Slim Hazard había trabajado en el ferry de Algiers como marinero de cubierta; eso también me llevó a pensar en Mississippi Gene; y mientras el río corría desde el centro de América bajo la luz de las estrellas lo supe, supe igual que un loco que todo lo que había conocido y todo lo que conocería era Uno. Es curioso, pero esa noche, cuando cruzábamos en el ferry con Bull Lee, una chica se suicidó en el muelle; lo leí en el periódico del día siguiente.

Estuvimos en los bares más siniestros del barrio francés con Old Bull y volvimos a casa hacia medianoche. Aquella noche Marylou tomó todo lo que aparece en los libros; fumó tila, tomó barbitúricos y anfetas, bebió mucho alcohol, y hasta le pidió a Bull un chute de morfina que él, por supuesto, no le dio. Le dio un martini. Estaba tan pasada con tantos productos que llegó a una especie de sopor y parecía una retrasada mental cuando se quedó en el porche conmigo. El porche de Bull era maravilloso. Rodeaba toda la casa; a la luz de la luna y con los sauces la hacía parecer una vieja mansión sureña que había conocido tiempos mejores. Dentro, Jane seguía leyendo los anuncios en el cuarto de estar; Bull estaba en el cuarto de baño metiéndose un fije, apretándose una vieja corbata negra con los dientes para hacer el torniquete y pinchándose con la aguja en su dolorido brazo lleno de agujeros; Ed Dunkel y Galatea estaban desparramados sobre la maciza cama de matrimonio que Bull y Jane nunca utilizaban; Dean liaba porros; y Marylou y yo imitábamos a la aristocracia del Sur.

–¿A qué se debe, señorita Lou, que esta noche esté usted tan bella y atrayente?

–¡Oh! Mil gracias, querido Crawford, no dude que sabré apreciar lo que me dice.

Las puertas que daban al semihundido porche se abrían sin cesar y los personajes de nuestro triste drama de la noche americana salían constantemente para ver dónde estaban los demás. Finalmente di una vuelta yo solo hasta el malecón. Quería sentarme en la orilla pantanosa y observar el río Mississippi; en vez de eso, tuve que mirarlo con la nariz pegada a una alambrada. Cuando se separa a la gente de sus ríos, ¿adónde se puede llegar?

–¡Burocracia! –dice Bull sentado con Kafka sobre sus rodillas, una lámpara sobre la cabeza, resoplando, *fuuuu, fuuuu.*

Su vieja casa cruje. Y los grandes troncos de Montana bajan de noche por el negro río.

–No es más que la burocracia –sigue Bull–, ¡la burocracia y los sindicatos! ¡Especialmente los sindicatos! –Pero su lúgubre risa volvía de nuevo.

VII

A la mañana siguiente me levanté fresco y bastante temprano y me encontré a Bull y Dean en el patio de atrás. Dean llevaba su mono de trabajo y ayudaba a Bull. Éste había encontrado
un grueso madero medio podrido y trataba desesperadamente
de extraer con un martillo los clavos que tenía incrustados. Miramos los clavos; había millones; eran como gusanos.

—En cuanto saque todos estos clavos, me construiré un estante que durará *mil años* —dijo Bull con todos los huesos tem-
blándole con excitación de adolescente—. ¿No comprendes, Sal,
que los estantes que se construyen hoy día se rompen con el
peso de cualquier chuchería en menos de seis meses o se vienen
abajo? Y lo mismo las casas, y lo mismo la ropa. Esos hijoputas
han inventado unos plásticos con los que podrían hacer casas
que duraran para *siempre*. Y neumáticos. Los americanos mue-
ren anualmente por millares debido a neumáticos defectuosos
que se calientan en la carretera y revientan. Podrían fabricar
neumáticos que nunca reventaran. Y lo mismo pasa con la pasta de dientes. Hay un chicle que han inventado y no quieren
que se sepa porque si lo masticas de niño no tendrás caries en
toda tu vida. Y lo mismo la ropa. Pueden fabricar ropa que
dure para siempre. Prefieren hacer productos baratos y así todo
el mundo tiene que seguir trabajando y fichando y organizán-

dose en siniestros sindicatos y andar dando tumbos mientras las grandes tajadas se las llevan en Washington y Moscú. –Levantó el podrido madero–. ¿No te parece que de aquí podría salir un estante magnífico?

Era por la mañana temprano; su energía estaba en el apogeo. El pobre llevaba encima tanta droga que tenía que pasarse gran parte del día sentado en una butaca con la luz encendida a mediodía, pero por la mañana era maravilloso. Empezamos a tirar cuchillos al blanco. Dijo que en Túnez había visto a un árabe que era capaz de dar en el ojo de un hombre a doce metros de distancia. Esto le llevó a su tía que había ido a la Casbah en los años treinta.

–Estaba con un grupo de turistas conducido por un guía. Llevaba un anillo de diamante en el meñique. Se apoyó contra una pared para descansar un momento y surgió un árabe que le quitó el dedo donde llevaba el anillo antes de que ella pudiera gritar. De pronto se dio cuenta de que no tenía ni dedo. ¡Ji-ji-ji! –Cuando se reía contraía los labios y la risa le salía del vientre, de muy lejos, y se doblaba hasta tocar las rodillas. Se rió mucho rato–. ¡Oye, Jane! –gritó alegre–. Les acabo de contar a Dean y Sal lo de mi tía en la Casbah.

–Te he oído –dijo ella desde la puerta de la cocina a través del agradable calor de la mañana en el golfo. Grandes y hermosas nubes flotaban por encima, unas nubes del valle que te hacían sentir la inmensidad de nuestra vieja y santa América de mar a mar, de extremo a extremo. Bull era todo ánimo e inspiración.

–¿Nunca os he hablado del padre de Dale? Era el viejo más divertido que he visto en mi vida. Tenía paresia, que es una enfermedad que destruye la parte delantera del cerebro de modo que uno no es responsable de nada de lo que pasa por su mente. Tenía una casa en Texas y unos carpinteros trabajaban las veinticuatro horas del día añadiendo nuevas habitaciones. El tipo se levantaba a mitad de la noche y decía: «No me gusta esta maldita habitación; pónganla aquí.» Y los carpinteros tenían que tirar todo lo que habían hecho y empezar de nuevo. Entonces el viejo se aburría de aquello y decía: «Estoy cansado de todo esto, quiero irme a Maine.» Y cogía su coche y se lanzaba a ciento cincuenta por hora y las plumas de las gallinas señalaban su paso durante cientos de kilómetros. Paraba el coche en mitad de un pueblo de Texas sólo para apearse a comprar un poco de whisky. El tráfico quedaba interrumpido y él corría a la tienda, gritando: «¿Qué ez eze duido? ¿No oz callaréiz higoputaz!» La paresia hace cecear. Una noche se presentó en mi casa de Cincinnati y tocó la bocina y dijo: «Zal y vamoz a Tezaz a vez a Dale.» Venía de Maine. Decía que había comprado una casa: escribimos un relato en la facultad sobre él, donde había un horrible naufragio y la gente en el agua agarrándose a la borda de los botes salvavidas y el viejo con un machete cortándoles los dedos y diciendo: «¡Fueda de aquí, baztagdos, higoz de puta; ezte bote ez mío!» Era algo horrible. Podría estar el día entero contándoos cosas suyas. ¿Verdad que hoy hace muy buen día?

Y sin duda lo era. Llegaba del malecón una brisa muy suave; aquello merecía todo el viaje. Entramos en la casa siguiendo a Bull para medir la pared para la estantería. Nos enseñó una mesa de comedor que había construido. La había hecho con una tabla de quince centímetros de espesor.

−¡Esta mesa durará mil años! −dijo, inclinando como un lunático hacia nosotros su delgado rostro. Y dio un puñetazo encima de la mesa.

Por la noche se sentaba a esa mesa, picaba un poco de comida y tiraba los huesos a los gatos. Tenía siete gatos.

−Me gustan los gatos. En especial los que lanzan maullidos desesperados cuando los meto en la bañera. −Quiso hacernos una demostración; había alguien en el cuarto de baño−. Bueno, ahora no puedo. Por cierto, he reñido con los vecinos de al lado.

Nos habló de sus vecinos; eran un familión con unos hijos muy traviesos que tiraban piedras a Dodie y Ray por encima de la cerca, y a veces incluso a Bull. Les dijo que cortaran: el padre salió y gritó en portugués. Bull entró en la casa y volvió con una escopeta y se apoyó muy serio sobre ella; sonreía malignamente bajo el sombrero, su cuerpo entero se retorcía como una serpiente en actitud de espera; era un payaso grotesco, alto, en plena soledad bajo las nubes. La visión de Bull debió resultarle al portugués de pesadilla.

Recorríamos el patio buscando algo que hacer. Había una cerca tremenda en la que estaba trabajando Bull para separarse de sus odiosos vecinos; nunca la terminaría, la tarea era excesiva. La empujó con fuerza para demostrarnos lo sólida que era. De pronto se sintió cansado y entró en la casa desapareciendo en el cuarto de baño para su fije de antes de la comida. Volvió con los ojos vidriosos y muy tranquilo, y se sentó bajo la lámpara encendida. La luz del sol se colaba débilmente por las rendijas de la persiana.

–Oídme, ¿por qué no probáis mi acumulador de orgones? Dará sustancia a vuestros huesos. Cuando salgo de él siempre corro al coche y me lanzo a ciento cincuenta por hora a la casa de putas más cercana. ¡Jo-jo-jo! –Era su «risa» de cuando no se reía de verdad.

El acumulador de orgones es una caja normal y corriente lo bastante grande como para que un hombre se siente en una silla dentro de ella: una capa de madera, una capa de metal y otra capa de madera recogen los orgones de la atmósfera y los mantienen cautivos el tiempo suficiente para que el cuerpo humano absorba más de la dosis usual. Según Reich, los orgones son átomos vibratorios de la atmósfera que contienen el principio vital. La gente tiene cáncer porque se queda sin orgones. Bull pensaba que su acumulador de orgones mejoraría si la madera utilizada era lo más orgánica posible, así que ataba hojas y ramitas de los matorrales del delta a su mística caja. Ésta estaba allí, en el caluroso y desnudo patio: era una absurda máquina disparatada cubierta de hojas y de mecanismos de loco. Bull se desnudó y se metió en ella sentándose a contemplarse el ombligo.

—Sal, después de comer podríamos ir tú y yo a apostar a los caballos a la oficina del cruce de Graetna.

Estaba en su mejor forma. Durmió una siesta después de comer sentado en su butaca con la pistola de aire comprimido en el regazo y el pequeño Ray colgado del cuello, dormido también. Era agradable de ver, padre e hijo, un padre que indudablemente nunca aburriría a su hijo cuando se tratara de buscar cosas que hacer y de las que hablar. Se despertó sobresaltado y me miró. Tardó un minuto en reconocerme.

—¿Qué vas a hacer a la Costa Oeste, Sal? —preguntó y volvió a dormirse otro poco.

Por la tarde fuimos a Graetna, pero sólo Bull y yo. Fuimos en su viejo Chevy. El Hudson de Dean era bajo y suave; el Chevy de Bull era alto y ruidoso. Parecía de 1910. La oficina de apuestas estaba situada en un cruce cerca del agua en un bar de cromados y cuero que tenía una enorme sala en el fondo en cuya pared se anunciaban los caballos y las apuestas. Pululaban tipos de Louisiana con revistas de carreras de caballos. Bull y yo tomamos una cerveza y él se acercó a una máquina tragaperras y metió medio dólar. La máquina señaló «Pleno»... «Pleno»... «Pleno»... Se detuvo un instante en «Pleno» y acabó retrocediendo a «Cerezas». Acababa de dejar de ganar cien dólares o quizá más.

—¡Maldita sea! —gritó Bull—. Tienen la máquina preparada. Acabas de verlo. Ya tenía el pleno y el mecanismo retrocedió. ¡Qué se le va a hacer!

Estudiamos una revista de caballos. Yo hacía años que no apostaba y me sentí aturdido ante tantos nombres nuevos. Había un caballo llamado Big Pot que me dejó en un trance momentáneo pensando en mi padre que solía jugar conmigo a los caballos. Estaba a punto de decírselo a Bull cuando él dijo:

—Bueno, pienso que probaremos con Corsario Negro.

—Big Pot me recuerda a mi padre —le dije por fin.

Reflexionó unos segundos con sus ojos claros clavados en mí hipnóticamente y no conseguí expresar mis pensamientos ni tampoco saber dónde estaba. Después se fue a apostar a Corsario Negro. Ganó Big Pot y pagaron cincuenta a uno.

—¡Maldita sea! —exclamó Bull—. Debería haberlo pensado mejor, ya me pasó otras veces. ¿Cuándo aprenderemos?

—¿Qué quieres decir?

—Me refiero a Big Pot. Tuviste una *visión*. Sólo los tontos del culo dejan de hacer caso de las visiones. ¿Quién se atrevería a negar que tu padre, que era un buen apostador, no te comunicó en aquel instante que Big Pot iba a ganar la carrera? Te atrajo con el nombre, se aprovechó de ese nombre para comunicarse contigo. En eso pensaba cuando te lo decía. En cierta ocasión mi primo de Missouri apostó a un caballo cuyo nombre le recordaba a su madre, y ganó y pagaron mucho. Esta tarde sucedió lo mismo. —Agitó la cabeza—. Vámonos de aquí, es la última vez que apuesto a los caballos estando tú cerca; todas esas visiones me distraen. —En el coche mientras volvíamos a casa dijo—: La humanidad se dará cuenta algún día de que de hecho estamos en contacto con los muertos y con el otro mundo, sea el que sea; si utilizáramos del modo adecuado nuestros poderes mentales, podríamos predecir lo que va a suceder dentro de cien años y seríamos capaces de evitar todo tipo de catástrofes. Cuando un hombre muere se produce una mutación en su cerebro de la que no sabemos nada todavía pero que resultará clarísima alguna vez si los científicos dan en el clavo. Pero a esos hijoputas ahora sólo les interesa ver cómo consiguen hacer saltar el mundo en pedazos.

Se lo contamos a Jane. Husmeó el aire y dijo:

—Me parece una tontería.

Luego siguió barriendo la cocina. Bull fue al cuarto de baño para meterse el fije de la tarde.

Fuera, en la carretera, Dean y Ed Dunkel jugaban al baloncesto con un balón de Dodie y un cubo clavado a un poste de la luz. Me uní a ellos. Luego nos dedicamos a hacer proezas atléticas. Dean me dejó totalmente asombrado. Hizo que Ed y yo sostuviéramos una barra de hierro a la altura de nuestra cintura y saltó por encima con toda facilidad y los pies juntos.

—Subidla más —dijo.

Seguimos subiéndola hasta la altura del pecho. Seguía saltando por encima con toda facilidad. Luego probó con el salto de longitud y alcanzó por lo menos seis metros y medio. Luego echamos una carrera por la carretera. Soy capaz de hacer los cien metros lisos en 10,5. Me dejó atrás sin esfuerzo. Mientras corríamos tuve una loca visión de Dean corriendo así toda su vida: su rostro huesudo tendido hacia delante, sus brazos bombeando aire, sus piernas moviéndose rápidamente como las de Groucho Marx y gritando:

—¡Sí! ¡Sí! Tío, ¡vamos! ¡Vamos!

Pero nadie podía seguirle: ésa era la verdad. Entonces Bull vino con un par de cuchillos y empezó a enseñarnos cómo se podía desarmar a un supuesto atracador en una oscura callejuela. Por mi parte le enseñé un truco que consiste en dejarse caer hacia atrás delante de tu adversario, sujetarle con los tobillos y hacerle caer sobre sus manos cogiéndole enseguida por las muñecas con una doble nelson. Bull dijo que aquello estaba muy bien. Nos hizo una exhibición de jujitsu. La pequeña Dodie llamó a su madre diciéndole que saliera al porche.

—Mira a esos tontos —le dijo. Era una niña tan guapa y traviesa que Dean se la comía con los ojos.

—¡Vaya! ¡Vaya! Espera a que crezca. Ya la estoy viendo pasear por la calle Canal y causando estragos con esos ojazos —siseó entre dientes.

Pasamos un día enloquecido en el centro de Nueva Orleans paseando con los Dunkel. Dean estaba aquel día más loco que nunca. Cuando vio los trenes de carga quiso enseñármelo todo una vez más.

—Haré de ti un estupendo guardafrenos.

Él y yo y Ed Dunkel cruzamos las vías y saltamos a un tren de carga en tres puntos diferentes; Marylou y Galatea esperaban en el coche. Fuimos en el tren un kilómetro, hasta los muelles, saludando con la mano a los guardagujas y guardavías. Me enseñaron el modo adecuado de bajarse de un tren en marcha; primero con el pie de atrás, luego uno se deja caer, se hace un giro, y se apoya el otro pie. Me enseñaron los vagones refrigeradores, los compartimientos del hielo, muy cómodos para viajar las noches de invierno si se da con una hilera de coches vacíos.

—¿Te acuerdas de lo que te dije del viaje de Nuevo México a LA? —gritó Dean—. Era así como iba...

Volvimos junto a las chicas una hora más tarde y naturalmente estaban enfadadas. Ed y Galatea habían decidido alquilar una habitación en Nueva Orleans, quedarse allí y trabajar. Eso le parecería muy bien a Bull, que estaba aburrido y cansado de todo el grupo. Originalmente me había invitado a mí solo. En la habitación de delante, donde Dean y Marylou dormían, había manchas de mermelada y café y tubos vacíos de anfetas por todo el suelo; pero además era el cuarto de trabajo de Bull, que no podía ocuparse de sus estantes. La pobre Jane estaba cansada de los constantes saltos y movimientos de Dean. Esperábamos mi próximo cheque de veterano de guerra para seguir; mi tía iba a mandármelo. Entonces los tres nos largaríamos: Dean, Marylou y yo. Cuando llegó el cheque me di cuenta de que no me apetecía dejar tan repentinamente la maravillosa casa de Bull, pero Dean estaba lleno de energías y dispuesto a seguir.

Por fin, un melancólico y rojizo atardecer nos vimos sentados en el coche, con Jane, Dodie, el pequeño Roy, Bull, Ed y Galatea a nuestro alrededor sonriendo sobre la hierba. Era la despedida. En el último momento Dean y Bull tuvieron un roce a causa del dinero; Dean le había pedido prestado y Bull dijo que de ningún modo. Era algo que se remontaba a los días de Texas. El taleguero de Dean apartaba de sí a la gente de un modo gradual. Seguía riéndose como un loco y no le importaba: se frotó la braguesa, metió la mano bajo el vestido de Marylou, le acarició la rodilla, echó espuma por la boca y dijo:

–Guapa, sabes lo mismo que yo que todo anda perfectamente entre nosotros, por lo menos más allá de la más abstracta de las definiciones en términos metafísicos o cualquier otro término que intentes especificar o imponer suavemente o subrayar. –Y así siguió, y salimos zumbando, y de nuevo íbamos rumbo a California.

VIII

¿Qué se siente cuando uno se aleja de la gente y ésta retrocede en el llano hasta que se convierte en motitas que se desvanecen? Es que el mundo que nos rodea es demasiado grande, y es el adiós. Pero nos lanzamos hacia delante en busca de la próxima aventura disparatada bajo los cielos.

Dejamos atrás la sofocante luz de Algiers, subimos al ferry de nuevo, estábamos otra vez entre los barcos fluviales hoscos, viejos y manchados de barro, luego de vuelta al canal, y después salimos de la ciudad. Íbamos por una autopista de dos carriles camino de Baton Rouge bajo la oscuridad púrpura: doblamos hacia el Oeste y cruzamos el Mississippi en un sitio llamado Port Allen: donde el río era todo lluvia y rosas en una nebulosa oscuridad y donde seguimos un camino circular bajo la amarillenta luz de la niebla y de repente vimos el gran cuerpo negro debajo del puente y cruzamos de nuevo la eternidad. ¿Qué es el río Mississippi? Es un pedazo de tierra lavada en la noche lluviosa, un suave chapoteo desde las chorreantes orillas del Missouri, una disolución, un movimiento de la marea por el eterno cauce abajo, un regalo a las espumas pardas, un viaje a través de innumerables cañadas y árboles y malecones, abajo, siempre hacia abajo, por Memphis, Greenville, Eudora, Vicksburg, Natchez, Port Allen y Port Orleans y Port de los Deltas, por Portash, Venice y el Gran Golfo de la Noche, y fuera.

Oyendo en la radio un programa de misterio, miraba por la ventanilla y vi un letrero que decía USE PINTURAS COOPER, y me dije: «De acuerdo, así lo haré»; rodábamos a través de la nublada noche de las llanuras de Louisiana: Latwell, Eunice, Kinder y De Quincy, destartalados pueblos del Oeste que se hacían más parecidos a los del delta a medida que nos acercábamos a Sabine. En Old Opelusas fui a una tienda a comprar pan y queso mientras Dean comprobaba la gasolina y el aceite. Era una sencilla cabaña; podía oír a la familia cenando en la trastienda; hablaban. Cogí el pan y el queso y me escurrí silenciosamente por la puerta sin que se enteraran de que había estado allí. Teníamos muy poco dinero para llegar a Frisco. Mientras tanto, Dean robó un cartón de pitillos en la estación de servicio y quedamos equipados para el viaje: gasolina, aceite, cigarrillos y comida. Los paletos no se enteraron. El coche se lanzó carretera adelante.

Cerca de Starks vimos hacia delante un gran resplandor rojo en el cielo: nos preguntamos qué sería; un momento después pasábamos por allí. Era un incendio detrás de los árboles; había muchos coches aparcados en la autopista. No parecía tener importancia, aunque quizá la tuviera. La comarca se hizo extraña y oscura cerca de Deweyville. De repente estábamos en los pantanos.

—Tío, ¿te imaginas lo que sería si nos encontráramos con un club de jazz en estos pantanos lleno de negros amistosos tocando blues y bebiendo licor de serpiente y haciéndonos señas?

—¡Sí!

Todo era misterioso alrededor. El coche seguía una sucia carretera que se elevaba sobre los pantanos que se extendían a ambos lados. Pasamos ante una aparición; era un negro con camisa blanca que caminaba con los brazos levantados hacia el oscuro firmamento. Debía de estar rezando o maldiciendo. Pa-

205

samos zumbando a su lado; miré por la ventanilla trasera para
verle el blanco de los ojos.

–¡Vaya! –dijo Dean–. No lo mires. Será mejor que no nos
detengamos en esta zona.

En un determinado punto nos encontramos con un cruce
y detuvimos el coche a pesar de todo. Dean apagó los faros. Estábamos rodeados por un bosque con árboles cubiertos de en-
redaderas en el que casi podíamos oír el deslizarse de un millón
de serpientes venenosas. Lo único que veíamos era el rojo botón de los amperios del salpicadero del Hudson. Marylou gritó
asustada. Empezamos a reírnos como maníacos para asustarla
aún más. También nosotros teníamos miedo. Queríamos salir
de estos dominios de la serpiente de las cenagosas tinieblas, y
zumbar hasta tierra americana conocida y los pueblos de vaqueros. El aire olía a petróleo y a aguas estancadas. Era un manuscrito de la noche que no podíamos leer. Ululó un búho. Probamos por una de las sucias carreteras y enseguida cruzamos el
maldito río Sabine, responsable de todos aquellos pantanos. Vimos con asombro que delante de nosotros se levantaban grandes estructuras luminosas.

–¡Texas! ¡Es Texas! ¡Beaumont, el pueblo petrolero! –Grandes tanques de petróleo y refinerías parecían ciudades en el fragante aire aceitoso.

–Me alegro de haber dejado atrás todo aquello –dijo
Marylou–. Ahora podemos volver a oír otro programa de misterio.

Zumbamos a través de Beaumont, cruzamos el río Trinity
en Liberty, y nos dirigimos a Houston. Ahora Dean hablaba de
su época en Houston de 1947.

–¡Hassel! ¡Ese loco de Hassel! Lo buscaba por todas partes y
nunca lo encontraba. Se nos perdía a cada paso por este maldito Texas. Íbamos a hacer la compra con Bull y Hassel desaparecía. Teníamos que andar buscándolo por todos los billares de
la ciudad. –Entrábamos en Houston–. Teníamos que buscarle

casi siempre en la zona negra. Tío, se enrollaba con todos los tipos locos que se encontraba. Una noche lo perdimos y cogimos habitación en un hotel. Nuestra intención original era llevar hielo a Jane porque la comida se estaba pudriendo. Nos costó encontrarle un par de días. Incluso yo me metí en líos. Intentaba ligar con las mujeres que andaban de compras por la tarde, justo aquí, en los supermercados del centro –íbamos como flechas por la noche vacía– y me encontré a una chica que estaba realmente ida, una auténtica idiota que andaba vagabundeando y trataba de robar una naranja. Era de Wyoming. Su hermoso cuerpo sólo era comparable a su idiota cabeza. La encontré diciendo tonterías y me la llevé a la habitación. Bull estaba borracho y trataba de emborrachar a un chaval mexicano que se había ligado. Carlo se había picado heroína y escribía poesía. Hassel no apareció por el jeep hasta medianoche. Lo encontramos durmiendo en el asiento de atrás. El hielo se había deshecho. Hassel dijo que había tomado cinco pastillas para dormir. Tío, si mi memoria funcionara tan bien como el resto de mi mente, os podría contar todos los detalles de lo que hicimos. Pero sabemos cómo es el tiempo. Todas las cosas se cuidan de sí mismas. Podría cerrar los ojos y este viejo coche se ocuparía de sí mismo.

En las calles vacías de Houston, a las cuatro de la madrugada, de pronto nos adelantó un joven motorista lleno de lentejuelas y adornado con relucientes botones, visera, chaqueta de cuero negra, una chica agarrada a él como una india, el pelo al viento, un poeta tejano de la noche a toda velocidad cantando:

–Houston, Austin, Fort Worth, Dallas... y a veces Kansas City... y a veces el viejo Antone..., ¡ah!..., ¡jaaaaa! –Se perdieron en la noche delante de nosotros.

–¡Vaya! ¿Habéis visto a ese chaval? ¡Vamos allá también nosotros! –Dean quería alcanzarlos–. ¿No sería estupendo si consiguiéramos reunirnos todos y pasárnoslo bien sin follones; todo resultaría agradable y suave, sin protestas infantiles, sin desgracias corporales que nos molesten? ¡Sí! Pero ya sabemos cómo es el tiempo. —Se inclinó hacia delante y aceleró la marcha.

Pasado Houston sus energías, aunque eran muy grandes, le abandonaron y conduje yo. Empezó a llover justo cuando cogía el volante. Ahora estábamos en la gran llanura de Texas y, como Dean había dicho: «Avanzas y avanzas y todavía estarás en Texas mañana por la noche.»

La lluvia arreciaba. Crucé un destartalado pueblo de vaqueros con una calle principal llena de barro y me encontré en un camino sin salida. «¿Eh, qué estás haciendo?», me dije. Ellos dormían. Di la vuelta y regresé por donde había venido. No se veía ni un alma; tampoco una maldita luz. De repente un jinete con impermeable apareció ante los faros. Era el sheriff. Llevaba un sombrero de ala ancha que chorreaba.

—¿Por dónde se va a Austin?

Me lo indicó educadamente y salí del pueblo. Poco después, de pronto vi dos faros que venían directamente hacia mí bajo la lluvia. Pensé que iba por el lado equivocado de la carretera; me ceñí a la derecha y me encontré rodando sobre el barro; volví a la carretera. Los faros seguían echándoseme encima. En el último momento me di cuenta de que el otro conductor iba por el lado equivocado de la carretera sin darse cuenta. Me hundí en el barro a cincuenta por hora; por suerte no había cuneta ni zanja. El otro coche se detuvo bajo el aguacero. Cuatro huraños braceros que habían abandonado su tarea para armar follón en los bares, todos con camisa blanca y brazos morenos y sucios, me miraron como idiotas. El conductor estaba como una cuba.

—¿Por dónde se va a Houston? —dijo.

Señalé la dirección con el dedo. Me dije de pronto que habían hecho aquello a propósito con el fin de preguntar la dirección lo mismo que un mendigo se dirige directamente a ti en una acera para cerrarte el paso. Miraron melancólicamente el suelo de su coche, donde rodaban botellas vacías, y se alejaron con estrépito. Puse el coche en marcha; estaba hundido en tres centímetros de barro. Suspiré en el lluvioso desierto tejano.

–Dean –dije–. Despiértate.

–¿Qué pasa?

–Estamos atascados en el barro.

–Pero ¿qué cojones ha pasado?

Se lo conté. Lanzó un montón de juramentos. Nos pusimos unos zapatos y unos jerséis viejos y salimos del coche bajo la lluvia torrencial. Arrimé el hombro al guardabarros trasero y levanté todo lo que pude. Dean puso cadenas a las resbaladizas ruedas. En un momento estábamos cubiertos de barro. Ante estos horrores despertamos a Marylou e hicimos que pusiera el coche en marcha mientras nosotros empujábamos. El atormentado Hudson fue elevándose y elevándose. De pronto dio un salto y patinó por la carretera. Marylou lo dominó justo a tiempo y montamos. Así eran las cosas. El trabajo había durado media hora y estábamos empapados e incómodos.

Me dormí, cubierto de barro; por la mañana cuando desperté el barro se había secado y afuera nevaba. Estábamos cerca de Fredericksburg, en las grandes praderas. Fue uno de los peores inviernos de la historia de Texas y del Oeste, las vacas morían como moscas y nevó hasta en San Francisco y LA. Nos encontrábamos muy mal. Deseábamos volver a Nueva Orleans con Ed Dunkel. Marylou conducía; Dean dormía. Ella conducía con una mano y con la otra me toqueteaba. Me hacía mil promesas para cuando llegáramos a San Francisco. Me hacía babear de gusto como un imbécil. A las diez cogí el volante. Dean estaba fuera de combate para varias horas. Conduje cientos de aburridos kilómetros a través de los matorrales nevados y los escabrosos montes cubiertos de salvia. Pasaban vaqueros con viseras de béisbol y orejeras buscando vacas. De cuando en cuando aparecían casitas de aspecto confortable con la chimenea echando humo. Hubiera deseado comer mantequilla y judías al amor de la lumbre.

En Sonora conseguí otra vez pan y queso gratis mientras el propietario charlaba con un fornido ranchero en el otro extremo de la tienda. Dean dio gritos de alegría cuando se lo conté; estaba muerto de hambre. No podíamos gastar ni un centavo en comida.

–Sí, sí –decía Dean, mirando a los rancheros que pululaban por la calle principal de Sonora–, cada uno de esos es un maldito millonario, miles de cabezas de ganado, braceros, edificios, dinero en el banco. Si yo viviera por aquí sería una liebre escondida entre los matorrales siempre al acecho de guapas vaqueras... ¡Ji-ji-ji-ji! ¡Hostias! –Se dio un puñetazo–. ¡Sí! ¡De acuerdo! ¡Ay de mí!

No sabíamos de qué hablaba. Cogió el volante y condujo el resto del camino a través del estado de Texas, unos ochocientos kilómetros, directamente hasta El Paso, llegando al amanecer y sin parar nada más que una sola vez para desnudarse, cerca de Ozona, y saltar y gritar entre los matorrales. Los coches pasaban zumbando y no le veían. Se escurrió dentro del coche otra vez y volvió a conducir.

–Ahora Sal, y tú también, Marylou, quiero que hagáis lo mismo que yo, quitaos toda la ropa. ¿Qué sentido tiene? Es lo que os estoy diciendo. Vuestros cuerpos tienen que tomar el sol. ¡Vamos! –Íbamos hacia el Oeste, rumbo al sol; sus rayos llegaban a través del parabrisas–. Ofreced el vientre al sol.

Marylou obedeció; yo también pero más a desgana. Nos sentamos los tres en el asiento delantero. Marylou sacó crema y nos la aplicó en broma. De cuando en cuando nos cruzábamos con un gran camión; desde su alta cabina el conductor tenía una fugaz visión de una dorada beldad sentada desnuda entre dos hombres también desnudos; podía vérseles por la ventanilla trasera hacer eses durante unos momentos mientras se alejaban. Cruzábamos grandes llanuras cubiertas de matorrales, ya sin nieve. Enseguida estuvimos en las rocas anaranjadas del Pecos Canyon. En el cielo se abrían lejanías azules. Bajamos del coche para ver unas ruinas indias. Dean lo hizo completamente desnudo. Marylou y yo nos pusimos los abrigos. Anduvimos entre las viejas piedras saltando y gritando. Unos turistas vieron a Dean desnudo en la llanura; no creían lo que veían sus ojos y se alejaron aturdidos.

Dean y Marylou aparcaron el coche cerca de Van Horn y follaron mientras yo dormía. Me desperté precisamente cuando rodábamos por el tremendo valle de Río Grande, a través de Clint e Ysleta hacia El Paso. Marylou saltó al asiento trasero, yo al delantero y continuamos la marcha. A nuestra izquierda mientras pasamos los vastos espacios de Río Grande estaban las áridas y rojizas montañas de la frontera mexicana, la tierra de los tarahumaras; un suave crepúsculo jugaba en las cimas. Delante se veían las lejanas luces de El Paso y Juárez, sembradas por un inmenso valle tan grande que se divisaban varios trenes humeando al mismo tiempo en diversas direcciones como si aquello fuera el Valle del Mundo. Descendimos a él.

–¡Clint, Texas! –dijo Dean. Había sintonizado en la radio la estación de Clint. Cada cuarto de hora ponían un disco; el resto del tiempo emitían anuncios de cursos por correspondencia–. Este programa se difunde por todo el Oeste –exclamó Dean excitado–. Tío, solía escucharlo noche y día en el reformatorio y en la cárcel. Todos escribíamos. Obtienes un diploma de segunda enseñanza por correo si pasas los exámenes. No hay joven matón del Oeste que no escriba en alguna u otra ocasión; no se oye otra cosa por la radio; sintonizas la radio en Sterling, Colorado, Lusk, Wyoming, no importa dónde, y allí está Clint, Texas, Clint, Texas. Y la música siempre es música hillbilly y mexicana, es el peor programa de toda la historia del país y nadie puede remediarlo. Cuentan con una red potentísima; tienen cubierta toda la región. –Vimos la alta antena pasadas las casas de Clint–. ¡Oh, tío, la de cosas que te podría contar! –exclamó Dean, casi sollozando. Con la mirada puesta en Frisco y la costa, entramos en El Paso cuando se hacía de noche, y sin un centavo. Era imprescindible que consiguiéramos algo de dinero para gasolina o nunca llegaríamos.

Lo intentamos todo. Fuimos a una agencia de viajes, pero aquella noche no iba nadie al Oeste. La agencia de viajes es el sitio a donde se va a obtener asiento en un coche a cambio de compartir el precio de la gasolina, cosa legal en el Oeste. Siempre hay esperando tipos miserables con maletas destrozadas. Fuimos a la estación de los autobuses Greyhound para tratar de convencer a alguien de que nos diera el dinero en lugar de adquirir un billete para el Oeste. Pero fuimos demasiado vergonzosos para acercarnos a nadie. Nos paseamos melancólicamente por allí. Afuera hacía frío. Un estudiante se puso a sudar cuando vio a la atractiva Marylou e hizo grandes esfuerzos por disimularlo. Dean y yo nos consultamos la cosa y decidimos que no éramos macarras. En esto, un muchacho alocado y bruto, recién salido del reformatorio, se nos pegó, y él y Dean fueron a tomar una cerveza.

—¡Venga, tío! Podemos pegarle a alguien un palo en la cabeza y cogerle dinero.

—¡Tú eres mi hombre! —respondió Dean. Se alejaron rápidamente. Durante un momento me quedé preocupado; pero Dean sólo quería ver las calles de El Paso con el chico y divertirse un poco.

Marylou y yo esperamos en el coche. Ella me rodeó con sus brazos.

—¡Coño! ¡Espera hasta que lleguemos a Frisco! —le dije.

—No me importa. De todos modos Dean me va a dejar.

—¿Cuándo vas a volver a Denver?

—No lo sé. Me da lo mismo no ir. Podría volver al Este contigo.

—Tendremos que conseguir algo de dinero en Frisco.

—Conozco un restaurante donde podrías encontrar trabajo de cajero, y yo de camarera. También sé de un hotel donde nos fiarían. Seguiremos juntos. ¡Vaya! Me estoy poniendo triste.

–¿Por qué estás triste, Lou?

–Por todo. ¡Joder! Me gustaría que Dean no estuviera tan loco. –Dean venía hacia nosotros haciendo guiños y riéndose. Se metió en el coche.

–Vaya tipo más loco. Pero conozco a miles de tipos así, todos iguales, sus cabezas funcionan igual, ¡oh!, las infinitas ramificaciones, no hay tiempo, no hay tiempo... –Y puso el coche en marcha, se inclinó sobre el volante, y dejamos atrás El Paso–. Tenemos que recoger autostopistas. Estoy seguro de que encontraremos a alguien. ¡Allá vamos! ¡Adelante! –gritó a los de otro coche–. ¡Paso! –añadió, y les adelantó y evitó a un camión y salimos de las afueras de la ciudad.

Al otro lado del río se veían las brillantes luces de Juárez y las tristes tierras áridas y las brillantes estrellas de Chihuahua. Marylou observaba a Dean disimuladamente como lo había observado durante todo aquel ir y venir a través del país (con aire triste y hosco, como si pensara en cortarle la cabeza y esconderla en su bolso). Había en ella un amor rencoroso y triste hacia Dean, hacia este Dean tan asombrosamente él mismo, un amor siniestro y alocado, expresado con una sonrisa tierna y cruel que me dio miedo, un amor que ella sabía que jamás daría fruto porque cuando miraba aquel rostro huesudo de mandíbulas firmes, con su satisfacción varonil y tan enfrascado en lo suyo, comprendía que estaba demasiado loco. Dean estaba convencido de que Marylou era una puta; me confió que pensaba que era una mentirosa patológica. Pero cuando ella miraba también expresaba amor; y cuando Dean lo notaba siempre se volvía hacia ella con una sonrisa de falso enamorado, pestañeando y enseñando sus blancos dientes, cuando un momento antes sólo pensaba en la eternidad. Entonces Marylou y yo nos reímos, y Dean no mostró ningún signo de desconfianza, sólo nos replicó con una despreocupada y alegre sonrisa que nos decía: «*En cualquier caso* lo estamos pasando bien, ¿verdad?» Y así eran las cosas.

213

Después de El Paso vimos una confusa y pequeña figura en la oscuridad con el dedo extendido. Era un autostopista en potencia. Nos detuvimos y luego dimos marcha atrás hasta llegar a su lado.

—¿Cuánto dinero tienes, muchacho?

El chico no tenía dinero; era pálido, extraño, con una mano subdesarrollada, paralítica. Tendría unos diecisiete años y no llevaba ningún tipo de equipaje.

—¿No es una *monada?* —dijo Dean, volviéndose hacia mí con expresión seria—. Entra, amigo, te llevaremos.

El chico aprovechó la ocasión. Dijo que tenía una tía en Tulare, California, que era dueña de una tienda y que en cuanto llegásemos nos conseguiría dinero. Dean se retorcía de risa, era igual que aquel otro chico de Carolina del Norte.

—¡Sí! ¡Sí! —gritaba—. *Todos* tenemos tías; bien, adelante. Vamos en busca de las tías y los tíos y de las tiendas de comestibles, los buscaremos por todo el camino.

Teníamos un nuevo pasajero. Era un muchacho agradable. No decía nada, simplemente nos escuchaba. Tras un minuto de oír hablar a Dean probablemente quedó convencido de que había subido a un coche de locos. Dijo que hacía autostop de Alabama a Oregón, donde estaba su casa. Le preguntamos qué había estado haciendo en Alabama.

—Fui a visitar a un tío mío; me había dicho que me daría trabajo en un aserradero. La colocación fracasó y vuelvo a casa.

—A casa —dijo Dean—. Sí señor, a casa. Te llevaremos a casa, por lo menos hasta Frisco. —Pero no teníamos dinero. Entonces se me ocurrió que podría pedir prestados cinco dólares a mi viejo amigo Hal Hingham, de Tucson, Arizona. Inmediatamente Dean dijo que estaba todo solucionado y que iríamos a Tucson. Cosa que hicimos.

Pasamos de noche por Las Cruces, Nuevo México, y llegamos a Arizona al amanecer. Me desperté de un profundo sueño para encontrármelos a todos dormidos como corderitos y el coche aparcado Dios sabe dónde: no se veía nada a través de las empañadas ventanillas. Salí del coche. Estábamos en la montaña: era una maravillosa salida de sol, frescos aires púrpura, laderas rojizas, pastos esmeralda en los valles, rocío y cambiantes nubes doradas; en el suelo agujeros de topos, cactus, acacias. Era hora de que condujera. Empujé a Dean y al chico a un lado e inicié el descenso con el motor parado para ahorrar gasolina. De este modo entré en Benson, Arizona. Recordé entonces que tenía un reloj de bolsillo que Rocco me había regalado por mi cumpleaños, un reloj de cuatro dólares. En la estación de servicio pregunté al encargado si en Benson había alguna casa de empeños. Me señaló la puerta de al lado de la estación. Llamé, alguien saltó de la cama, y un minuto después me habían dado un dólar por el reloj. Lo gasté en gasolina. Ahora ya teníamos bastante combustible para llegar a Tucson. Pero en esto apareció un policía en moto que llevaba una enorme pistola, y justo cuando me ponía en marcha, me dijo que quería ver mi permiso de conducir.

–Mi amigo, que está ahí detrás, lo tiene –dije. Dean y Marylou dormían pegados bajo la manta. El policía dijo a Dean que saliera. De pronto sacó la pistola y gritó:

–¡Manos arriba!

–Pero, agente –oí que decía Dean con tono untuoso y ridículo–. ¡Por Dios, agente! Si sólo me estaba abrochando la bragueta.

Hasta el poli sonrió. Dean salió manchado de barro, desastrado, con el vientre asomando bajo la camiseta, lanzando maldiciones, buscando su permiso de conducir por todas partes, y también los papeles del coche. El de la bofia registró el portaequipajes. Todo estaba en regla.

–Era sólo una comprobación de rutina –dijo con amable sonrisa–. Pueden seguir. Benson no está nada mal, pueden pararse allí a desayunar.

–Sí, sí, sí –dijo Dean, sin prestarle ninguna atención, y nos alejamos. Suspiramos aliviados. La policía siempre sospecha de los grupos de jóvenes que andan en coches nuevos sin un centavo en el bolsillo y empeñando relojes–. Siempre tienen que meterse en todo –añadió Dean–, pero era un policía mucho mejor que aquella rata de Virginia. Quieren hacer detenciones que merezcan grandes titulares; creen que todos los coches que pasan vienen de Chicago con una banda de gángsters dentro. No tienen otra cosa que hacer. –Seguimos rumbo a Tucson.

Tucson está situado en una zona fluvial cubierta de acacias y dominada por la nevada Sierra Catalina. La ciudad era de construcciones sólidas; la gente estaba de paso, era bronca, ambiciosa, atareada, alegre; lavaderos, remolques; calles muy animadas con banderolas; todo muy californiano. Fort Lowell Road, donde Hingham vivía, sigue el solitario camino del río bordeado de árboles junto al llano desierto. Vimos al propio Hingham meditando en el patio de su casa. Era escritor; había venido a Arizona a trabajar en su libro en paz. Era alto, desgarbado, un tímido satírico que farfullaba sin mirarte y que continuamente contaba cosas divertidas. Su mujer y su hijo vivían con él en la casita de adobe construida por su suegro, que era indio. Su madre vivía en su propia casa al otro lado del patio. Era una americana muy nerviosa enamorada de la alfarería, los abalorios y los libros. Hingham sabía de Dean por cartas que le había escrito desde Nueva York. Llegamos como una plaga, todos muertos de hambre, incluso Alfred, el muchachito inválido. Hingham llevaba un jersey viejo y fumaba una pipa en el acre aire del desierto. Su madre salió y nos invitó a entrar en la cocina para que comiésemos algo. Preparó tallarines en una enorme cazuela.

Luego fuimos a una tienda de bebidas del cruce donde Hingham hizo efectivo un cheque de cinco dólares y me entregó dinero. Hubo una breve despedida.

–Fue una visita muy agradable –dijo Hingham, mirando hacia otro lado. Más allá de unos árboles, entre la arena, había un parador con un gran letrero de neón rojo encendido. Hingham siempre iba allí a tomarse una cerveza cuando se cansaba de escribir. Se sentía muy solo y quería volver a Nueva York. Era triste ver cómo su elevada figura se perdía en la oscuridad mientras nos alejábamos, lo mismo que había pasado con las otras figuras de Nueva York y Nueva Orleans: se las veía inseguras bajo los inmensos cielos y todo lo que les rodeaba sumergido en la negrura. ¿Adónde ir? ¿Qué hacer? ¿Para qué hacerlo...? Dormir. Pero nuestro grupo de locos se lanzaba hacia delante.

IX

Nada más dejar Tucson vimos a otro autostopista en la oscura carretera. Era un okie de Bakersfield, California, que nos contó su vida.

—¡La hostia! Me marché de Bakersfield en un coche que me recogió en la agencia de viajes y olvidé la guitarra en el portaequipajes de otro y no los he vuelto a ver: ni a ellos ni a mi guitarra, ni a mi ropa de vaquero. Soy músico, iba a Arizona para tocar con los Sagebrush Boys de Johnny Mackaw. Bueno, pues ahora aquí estoy. En Arizona, sí, pero sin una lata y sin la puta guitarra. Llevadme hasta Bakersfield y conseguiré dinero de mi hermano. ¿Cuánto queréis? —Necesitábamos gasolina para llegar desde Bakersfield a Frisco, unos tres dólares. Ahora íbamos cinco personas en el coche—. Buenas noches, señora —dijo el okie, llevándose la mano al sombrero al dirigirse a Marylou, y nos pusimos en marcha de nuevo.

Durante la noche vimos allá abajo las luces de Palm Springs desde una carretera de montaña. Al amanecer, siempre entre montañas cubiertas de nieve, avanzamos hacia el pueblo de Mojave que era la entrada hacia el gran paso de Tehachapi. El okie se despertó y contó cosas divertidas; el simpático Alfred sonreía. Nos dijo que conocía a un tipo que perdonó a su mujer que le hubiera disparado y que consiguió que saliera de la

218

cárcel, sólo para que le pegara otro tiro. Pasábamos por la cárcel de la mujer cuando nos contó todo eso. Arriba, delante de nosotros, veíamos el paso de Tehachapi. Dean cogió el volante y nos llevó hasta la cima del mundo. Pasamos junto a una escondida fábrica de cemento del desfiladero. Después empezamos a bajar. Dean paró el motor, metió el embrague, tomó fácilmente dificilísimas curvas, adelantó coches e hizo todo lo que señalan los libros sin usar el acelerador. Yo me agarraba con fuerza al asiento. A veces la carretera subía un trecho; Dean seguía pasando coches silencioso, gracias al impulso. Conocía todos los trucos y ritmos de un paso de montaña de primera categoría. Cuando llegaba una curva en forma de U hacia la izquierda que rodeaba un muro de roca y bordeaba un abismo sin fondo, se inclinaba hacia la derecha; y cuando la curva era hacia la derecha, ahora con un precipicio a la izquierda, se inclinaba hacia la derecha, obligándonos a Marylou y a mí a hacer otro tanto mientras él se agarraba con fuerza al volante. De este modo bajamos casi volando hasta el valle de San Joaquín que se extendía unos mil quinientos metros más abajo. Era virtualmente la parte más baja de California, verde y maravillosa desde nuestra plataforma aérea. Hicimos cincuenta kilómetros sin gastar ni una gota de gasolina.

De pronto, todos estábamos excitados. Dean quería contarnos todo lo que sabía de Bakersfield en cuanto llegamos a las afueras de la ciudad. Nos enseñó las pensiones donde había dormido, los hoteles ferroviarios, los billares, los restaurantes baratos, los recodos a los que había saltado desde la locomotora a coger uvas, los restaurantes chinos donde había comido, los bancos del parque en los que había conocido a chicas, y otros lugares donde no había hecho más que sentarse a esperar. La California de Dean... salvaje, sudorosa, importante, el país donde se unen como los pájaros los solitarios, los excéntricos, los exiliados, el país donde en cierto modo todo el mundo tiene aspecto de guapo artista de cine decadente y hundido.

–Tío, he pasado muchísimas horas sentado en esa misma silla delante de aquel drugstore. –Lo recordaba todo: cada partida de cartas, cada mujer, cada noche triste. Y de repente pasamos por el sitio del ferrocarril donde Terry y yo nos habíamos sentado bajo la luna, bebiendo vino, junto a los agujeros de los vagabundos, en octubre de 1947, y traté de contárselo. Pero estaba demasiado excitado–. Aquí es donde Dunkel y yo pasamos toda la noche bebiendo cerveza y tratando de tirarnos a una camarera guapísima de Watsonville... No, Tracy, sí, Tracy... Se llamaba Esmeralda... ¡Oh tío!, una cosa así...

Entretanto Marylou planeaba lo que iba a hacer cuando llegara a Frisco. Alfred dijo que su tía le daría un montón de dinero en Tulare. El okie nos dirigió hacia las afueras de la ciudad en busca de su hermano.

A mediodía llegamos ante una casita cubierta de rosas y el okie entró y habló con unas mujeres. Esperamos un cuarto de hora.

–Empiezo a pensar que ese tipo no tiene más dinero que yo –dijo Dean–. Nos va a dejar aquí tirados. Seguro que nadie de su familia le dará dinero después de su loca fuga. –El okie salió cabizbajo y nos llevó hacia el centro.

–¡Hostias! Tengo que encontrar a mi hermano.

Hizo indagaciones. Probablemente se sentía nuestro prisionero. Por fin fuimos a una gran panadería, y el okie salió con su hermano, que llevaba un mono y aparentemente trabajaba allí. Habló con él unos momentos. Nosotros esperábamos en el coche. El okie contaba a todos sus parientes sus aventuras y la pérdida de la guitarra. Pero consiguió dinero y nos lo dio. Estábamos en condiciones de llegar a Frisco.

Le dimos las gracias y nos abrimos.

La siguiente parada era en Tulare. Rodamos valle arriba. Yo iba tumbado en el asiento trasero, exhausto, totalmente desentendido de todo, y por la tarde, mientras dormitaba, el embarrado Hudson pasó zumbando junto las a tiendas de las afueras de Sabinal, donde había vivido y amado y trabajado en el espectral pasado. Dean se inclinaba sobre el volante, devorando la distancia. Dormía profundamente cuando me desperté en Tulare oyendo cosas inquietantes.

—¡Sal, despiértate de una vez, maldita sea! Alfred ha encontrado la tienda de comestibles de su tía, pero ¿sabes qué ha pasado? Que su tía le pegó un tiro a su marido y está en la cárcel. La tienda está cerrada. No hemos conseguido ni un centavo. ¡Date cuenta de eso! ¡Las cosas que pasan! El okie nos contó una historia muy parecida. Conflictos por todas partes, complicaciones, problemas... ¡Maldita sea! —Alfred se mordía las uñas. Dejábamos la carretera de Oregón en Madera y allí nos despedimos del pequeño Alfred. Le deseamos suerte y un viaje rápido hasta Oregón. Dijo que nunca había hecho un viaje tan agradable.

Al cabo de unos minutos, o eso nos pareció, empezamos a rodar por las estribaciones que hay delante de Oakland y enseguida llegamos a la cima y vimos extendida delante de nosotros a la fabulosa y blanca ciudad de San Francisco sobre las once colinas míticas y con el azul Pacífico y la barrera de niebla avanzando, y humo y doradas tonalidades del atardecer.

—¡Estupendo! ¡Lo conseguimos! ¡Tenemos la gasolina justa! ¡Venga el agua! ¡Se acabó la tierra! Ahora, Marylou, guapa, tú y Sal vais enseguida a un hotel y esperáis a que me ponga en contacto con vosotros mañana por la mañana en cuanto haya arreglado definitivamente las cosas con Camille y llame al francés para mi trabajo en el ferrocarril y tú y Sal compráis un periódico para ver los anuncios.

Se dirigió hacia el puente de la bahía de Oakland y enseguida estábamos en él. Los edificios de oficinas del centro de la ciudad empezaban a encender las luces; eso te hacía pensar en Sam Spade. Cuando bajamos del coche en la calle O'Farrel, respiramos y estiramos las piernas; era como pisar tierra firme después de un largo viaje por mar; el suelo se movía bajo nuestros pies; se olía a los chop sueys del barrio chino de Frisco. Sacamos todas nuestras cosas del coche y las amontonamos en la acera.

De pronto Dean estaba despidiéndose. Ardía en deseos de ver a Camille y saber lo que había pasado. Marylou y yo nos quedamos aturdidos en medio de la calle y lo vimos alejarse en el coche.

–¿Te das cuenta de lo hijoputa que es? –dijo Marylou–. Nos dejará tirados siempre que le convenga.

–Ya lo veo –respondí, y suspiré mirando hacia el Este. No teníamos dinero. Dean no había hablado de dinero–. ¿Dónde podríamos meternos?

Deambulamos por estrechas calles románticas cargando con nuestro harapiento equipaje. Todo el mundo tenía pinta de extra de cine en las últimas. Starlets envejecidas, ligones desencantados, corredores de coches, patéticos personajes de California con la tristeza fin-de-continente a cuestas, guapos, decadentes casanovas, rubias de motel de ojos hinchados, chulos, macarras, putas, masajistas, botones. ¡Vaya mezcolanza! ¿Cómo iba a arreglárselas nadie para buscarse la vida entre gente como ésta?

X

Con todo, Marylou había andado entre ese tipo de gente (no lejos de los barrios bajos), y un conserje de rostro grisáceo nos dio una habitación a crédito en un hotel. Fue el primer paso. Después teníamos que comer, y no pudimos hacerlo hasta medianoche, cuando encontramos a una cantante de un club nocturno en la habitación de su hotel que puso una plancha hacia arriba sobre una papelera y nos calentó una lata de carne de cerdo y judías. Miré a través de la ventana los parpadeantes neones y me dije: «¿Dónde está Dean y por qué no se ocupa de nosotros?» Aquel año perdí mi confianza en él. Permanecí una semana en San Francisco y pasé los días más duros de toda mi vida. Marylou y yo anduvimos kilómetros y kilómetros en busca de dinero para comer. Hasta fuimos a visitar a unos marineros borrachos de un albergue de la calle Mission a quienes conocía ella: nos ofrecieron whisky.

Vivimos juntos un par de días en el hotel. Me di cuenta de que, ahora que Dean se había esfumado, a Marylou yo no le interesaba nada; lo único que quería era encontrar a Dean a través de mí, su amigo íntimo. Discutimos en la habitación; también pasamos noches enteras en la cama mientras yo le contaba mis sueños. Le hablé de la gran serpiente del mundo que estaba enrollada en el interior de la Tierra lo mismo que un gusano den-

223

tro de una manzana y que algún día empujaría la Tierra, creando una montaña que desde entonces se llamaría La Montaña de la Serpiente y se lanzaría sobre la llanura. Su longitud sería de ciento cincuenta kilómetros y devoraría todo lo que se pusiera por delante. Le dije que esa serpiente era Satanás.

–¿Y qué pasará entonces? –dijo Marylou, apretándose asustada contra mí.

–Un santo llamado Doctor Sax la destruirá con unas hierbas secretas que está preparando en este mismo momento en su escondite subterráneo de algún lugar de América. También podría resultar que la serpiente no fuera más que la vaina de unas palomas y que cuando muriera salieran de ella grandes nubes de palomas de un gris espermático que llevaran la nueva de la paz por todo el mundo. –Yo deliraba de hambre y amargura.

Una noche Marylou desapareció con la dueña de un club nocturno. Yo estaba hambriento esperándola a la entrada, que era donde habíamos quedado, una esquina entre Larkin y Geary, y de pronto la vi salir de una casa de citas con su amiga, la propietaria del club, y un viejo grasiento con un paquete. En principio sólo había ido a ver a su amiga. Comprendí lo puta que era. No quiso hacerme ni un gesto amistoso aunque vio que la estaba esperando. Avanzó con paso ligero y se metió en un Cadillac y se largaron.

Ahora no tenía a nadie, nada.

Anduve por las calles cogiendo colillas del suelo. Pasé junto a un puesto de comidas de la calle Market y, de pronto, la mujer que despachaba me miró aterrada; era la propietaria y parecía pensar que iba a entrar con una pistola y atracarla. Caminé unos cuantos pasos. En esto, se me ocurrió que aquella mujer era mi madre de hace doscientos años en Inglaterra, y que yo era su hijo, un salteador de caminos que acababa de salir de la cárcel e iba a perturbar su honrado trabajo. Me detuve congelado por el éxtasis en mitad de la acera. Miré calle Market abajo. No sabía si era esa calle o la calle Canal de Nueva Orleans: llevaba hasta el mar, el ambiguo y universal mar, lo mismo que la calle 42 de Nueva York lleva al agua, y uno nunca sabe dónde está. Pensé en el fantasma de Ed Dunkel en Times Square. Estaba delirando. Quería volver y mirar aviesamente a mi dickensiana madre del puesto de comidas. Temblaba de pies a cabeza. Me parecía que me asaltaban un montón de recuerdos que me llevaban a 1750, a Inglaterra, y que estaba en San Francisco en otra vida y en otro cuerpo. «No –parecía decirme aquella mujer con mirada aterrada–, no vuelvas y agobies a tu honrada y trabajadora madre. Para mí ya no eres mi hijo... eres como tu padre, mi primer marido. Pero este amable griego se ha apiadado de mí. –El propietario era un griego de brazos peludos–. No eres bueno, te emborrachas y armas líos y quieres robarme el fruto de mi humilde trabajo en el puesto. ¡Oh, hijo! ¿Serías capaz de arrodillarte y pedir perdón por todos tus pecados y fechorías? ¡Hijo perdido! ¡Vete! No me amargues más la existencia; he hecho bien en olvidarte. No hagas que vuelvan a abrirse viejas heridas, haz como si nunca hubieras vuelto, como si nunca me hubieras mirado, como si no hubieras visto mi humilde trabajo, mis escasos ahorros. ¡Pobre de ti! Siempre codicioso, dispuesto al robo, hosco, desagradable, hijo mezquino de mi carne. ¡Hijo! ¡Hijo!»

Esto me llevó a recordar la visión de Big Pop en Graetna con el viejo Bull. Y durante un momento llegué al punto del éxtasis al que siempre había querido llegar; a ese paso completo a través del tiempo cronológico camino de las sombras sin nombre; al asombro en la desolación del reino de lo mortal con la sensación de la muerte pisándome los talones, y un fantasma siguiendo sus pasos y yo corriendo por una tabla desde la que todos los ángeles levantan el vuelo y se dirigen al vacío sagrado de la vacuidad increada, mientras poderosos e inconcebibles esplendores brillan en la esplendente Esencia Mental e innumerables regiones del loto caen abriendo la magia del cielo. Oía un indescriptible rumor hirviente que no estaba en mi oído sino en todas partes y no tenía nada que ver con el sonido. Comprendí que había muerto y renacido innumerables veces aunque no lo recordaba porque el paso de vida a muerte y de muerte a vida era fantasmalmente fácil; una acción mágica sin valor, lo mismo que dormir y despertar millones de veces, con una profunda ignorancia totalmente casual. Comprendí que estas ondulaciones de nacimiento y muerte sólo tenían lugar debido a la estabilidad de la Mente intrínseca, igual que la acción del viento sobre la superficie pura, serena y como de un espejo del agua. Sentí una dulce beatitud oscilante, como un gran chute de heroína en plena vena; como un trago de vino al atardecer que hace estremecerse; mis pies vacilaron. Pensé que iba a morir de un momento a otro.

Pero no me morí, y caminé seis kilómetros y recogí diez largas colillas y me las llevé a la habitación del hotel de Marylou y vacié el tabaco en mi vieja pipa y la encendí. Era demasiado joven para saber lo que me había pasado. Olí toda la comida de San Francisco a través de la ventana. Había sitios donde vendían mariscos en cuyo exterior los vagabundos estaban calientes, y los cubos de la basura lo bastante llenos para poder comer; sitios donde hasta los propios menús tenían una blanda suculencia como si hubieran sido sumergidos en caldos calientes y tostados y se pudieran comer. Con que me dejaran oler la mantequilla y las pinzas de la langosta tendría bastante. También había sitios especializados en gruesos y rojos solomillos *au jus*, o en pollos asados al vino. También había sitios donde las hamburguesas siseaban sobre las parrillas y el café costaba sólo un níquel. ¡Ah! También llegaba hasta mi habitación el olor de los guisos del barrio chino compitiendo con las salsas de los espaguettis de North Beach, los cangrejos de caparazón blando del muelle de los pescadores... o, peor aún, las costillas de Fillmore dando vueltas en el asador. Llegaban de la calle Market los chiles, y las patatas fritas del embarcadero con sus noches de vino, y las almejas de Sausalito, más allá de la bahía... Así era mi sueño de San Francisco. Añádase niebla, una niebla cruda que aumentaba el hambre, y los latidos de los peones en la noche suave, el clac-clac de los altos tacones de las mujeres tan bellas, las palomas blancas en el escaparate de una tienda de comestibles china...

XI

Así me encontró Dean cuando por fin decidió que merecía la pena salvarme. Me llevó a su casa, la casa de Camille.

–¿Dónde está Marylou, tío?

–La muy puta se las piró.

Camille era un alivio después de Marylou; una joven educada, atenta, y que sabía que los dieciocho dólares que le había mandado Dean eran míos. Pero, ¡ay!, ¿dónde estarás ahora, mi dulce Marylou?

Descansé unos cuantos días en casa de Camille. Desde la ventana de su cuarto de estar, en un edificio de apartamentos de la calle Liberty, podía verse todo el resplandor verde y rojo de San Francisco en la noche lluviosa. Durante los pocos días que estuve allí Dean hizo la cosa más ridícula de toda su carrera. Consiguió un trabajo de viajante de un nuevo tipo de olla a presión. El vendedor le dio montones de muestras y de folletos. El primer día Dean era un huracán de energía. Fui en coche con él por toda la ciudad de casa en casa. Su idea era que lo invitaran formalmente a cenar y entonces levantarse y hacer una demostración de la olla a presión.

–Tío –exclamó Dean muy excitado–, esto todavía es más disparatado que cuando trabajaba para Sinah. Sinah vendía enciclopedias en Oakland. Nadie podía con él. Soltaba largos discursos, saltaba, subía y bajaba, reía, lloraba. Una vez entró en casa de unos okies que se estaban preparando para ir a un funeral. Sinah se puso de rodillas y rezó por la salvación del alma del difunto. Todos los okies se echaron a llorar. Vendió una colección completa de enciclopedias. Era el tipo más loco del mundo. Me pregunto qué habrá sido de él. Solíamos acercarnos a las hijas más jóvenes y guapas de las casas donde íbamos y les metíamos mano en la cocina. Por cierto, esta tarde he estado con un ama de casa de lo más maravilloso en su cocinita... Los brazos los tenía puestos así... le hacía una demostración... ¡Vaya! ¡Sí! ¡Sí!

—Sigue así, Dean —le dije—. Quizá llegues a ser algún día alcalde de San Francisco. —Era ya un maestro en cosas de cocina; por las noches practicaba con Camille y conmigo.

Una mañana estaba desnudo contemplando todo San Francisco por la ventana mientras salía el sol. Parecía el futuro alcalde pagano de la ciudad. Pero se le agotaron las fuerzas. Una tarde que llovía el vendedor apareció por casa para ver qué estaba haciendo. Dean estaba todo despatarrado encima de la cama.

—¿Ha tratado de vender todo eso?

—No —le respondió Dean—. Tengo otro trabajo en perspectiva.

—Muy bien, pero ¿qué piensa hacer con todas esas muestras?

—En realidad no lo sé. —Bajo un silencio de muerte el vendedor recogió sus ollas y se fue. Yo me sentía enfermo y cansado de todo, y Dean lo mismo.

Pero una noche volvimos a enloquecer de repente; habíamos ido a ver a Slim Gaillard a un pequeño club nocturno de Frisco. Slim Gaillard es un negro alto, delgado, con unos ojos muy tristes, que siempre está diciendo: «Bien-oruni. Y también: «¿Qué tal un poco de bourbon-oruni?»

En Frisco, grandes multitudes de jóvenes intelectualoides se sientan a sus pies y le escuchan tocar el piano, la guitarra y los bongos. Cuando se calienta, se quita la camisa y entra en acción de verdad. Hace y dice cualquier cosa que se le pasa por la cabeza. Comienza a cantar:

—Mezcladora de cemento, Pu-ti, Pu-ti. —Y de pronto ralentiza el ritmo y se inclina pensativo sobre los bongos tocándolos suavemente con la yema de los dedos mientras todo el mundo se echa hacia delante conteniendo la respiración para conseguir oír lo que dice y toca; crees que va a estar así un minuto, pero sigue y sigue igual durante una hora o más, haciendo un ruido casi imperceptible con la punta de los dedos, un sonido que cada vez es menor hasta que deja de oírse y el ruido del tráfico llega a través de la puerta. Entonces se levanta lentamente, coge el micrófono y dice lenta, muy lentamente:

—Gran-oruni... suave-ovauti... hola-oruni... bourbon-oruni... todo-oruni... qué están haciendo los de la primera fila con sus chicas-oruni... oruni... vauti... oruniruni... —Sigue así unos quince minutos, su voz se hace más grave y más suave hasta que no se puede oír. Sus grandes ojos tristes observan al auditorio.

—¡Dios! ¡Sí! —dice Dean, que está de pie al fondo aplaudiendo y sudando—. ¡Sal! ¡Slim sabe cómo es el tiempo! ¡Sabe cómo es el tiempo!

Slim se sienta al piano y golpea dos notas, dos do, después dos más, después una, después dos, y de pronto el bajista, un tipo corpulento, sale de su ensoñación y se da cuenta de que Slim está tocando «C-Jam Blues» y aporrea con su enorme dedo índice la cuerda y se inicia una sonora y potente pulsación y todo el mundo se mueve al compás y Slim sigue mirando tan triste como siempre, y tocan jazz durante media hora, y Slim enloquece y coge los bongos y toca ritmos cubanos tremendamente rápidos y chilla cosas dementes en español, en árabe, en dialecto peruano, en egipcio, en todos los idiomas que conoce, y sabe innumerables idiomas. Finalmente termina la actuación; cada actuación dura dos horas. Slim Gaillard se queda apoyado en una columna, mirando tristemente por encima de las cabezas de quienes le hablan. Le ponen un vaso de bourbon en la mano.

—Bourbon-oruni... gracias-ovauti.

Nadie sabe de dónde es Slim Gaillard. Dean soñó en cierta ocasión que tenía un hijo y que su vientre estaba todo hinchado y azul mientras estaba tumbado en la hierba de un hospital de California. Bajo un árbol, junto a un grupo de negros, estaba sentado Slim Gaillard. Dean volvió hacia él unos desesperados ojos de madre.

—Ahí lo tienes-oruni —decía Slim.

Ahora Dean se acercó a él, se acercó a su dios; creía que Slim era Dios; caminó arrastrando los pies hasta él y le hizo una reverencia y le rogó que se sentara con nosotros.

—Muy bien-oruni —dijo Slim; se sentaba con cualquiera pero no garantizaba que estuviese en espíritu con la gente. Dean consiguió una mesa, pidió bebidas, y se sentó muy tieso frente a Slim. Éste soñaba por encima de su cabeza. Cada vez que Slim decía: «Oruni», Dean respondía: «Sí.»

Yo estaba sentado entre aquel par de locos. No pasó nada. Para Slim Gaillard el mundo entero es sólo un gran oruni.

Aquella misma noche conocí a Lampshade en la esquina de Fillmore y Geary. Lampshade es un tipo corpulento, un negro que se presenta en los clubs musicales de Frisco con abrigo, sombrero y bufanda, y salta al escenario y empieza a cantar; se le hinchan las venas de la frente; jadea y toca blues con una enorme trompeta poniendo en juego cada músculo de su alma. Chilla al público mientras canta:

—*No os muráis para ir al cielo, comenzad con el Doctor Pepper y terminad con el whisky.*

Su voz resuena por todas partes. Hace muecas, se retuerce, hace de todo. Se acercó a nuestra mesa, se inclinó hacia nosotros y dijo:

—¡Sí! —Y después salió a la calle tambaleándose en busca de otro club.

También estaba Connie Jordan, un loco que canta, mueve desesperadamente los brazos y termina salpicando de sudor a todo el mundo y golpeando el micrófono y gritando como una mujer; y se le ve avanzada la noche, exhausto, escuchando las salvajes sesiones de jazz en el Jamson's Nook con enormes ojos redondos y los hombros hundidos, con la mirada perdida y una bebida delante. Nunca había visto a unos músicos tan locos. En Frisco todo el mundo tocaba. Era el final del continente; todo se la sudaba a todo el mundo. Dean y yo anduvimos por San Francisco en este plan hasta que me llegó el siguiente cheque de veterano y me encontré en disposición de volver a casa.

No puedo decir lo que conseguí yendo a Frisco. Camille quería que me fuera; a Dean le daba lo mismo que me fuera o me quedara. Compré una enorme hogaza de pan y fiambres y me hice diez emparedados para cruzar el país una vez más; todos se habían podrido cuando llegué a Dakota del Norte. La última noche Dean enloqueció y encontró a Marylou en alguna parte del centro de la ciudad y cogimos el coche y fuimos a Richmond, pasada la bahía, y visitamos los locales de jazz de los negros. Cuando Marylou iba a sentarse un tipo negro le quitó la silla y ella se cayó de culo. Unos jóvenes se le acercaron cuando iba al retrete y le hicieron proposiciones. También me las hicieron a mí. Dean sudaba sin parar. Era el final; quería marcharme.

Al amanecer cogí el autobús para Nueva York y dije adiós a Dean y Marylou. Me pidieron algunos de los emparedados. Les dije que no. Fue un momento molesto. Todos pensábamos que no nos volveríamos a ver y no nos importaba.

Tercera parte

I

En la primavera de 1949 tenía unos cuantos dólares aho-
rrados de mis cheques de veterano y fui a Denver pensando es-
tablecerme allí. Me veía en el centro de América como un pa-
triarca. Estaba solo. No había nadie: ni Babe Rawlins, ni
tampoco Ray Rawlins, Tim Gray, Betty Gray, Roland Major,
Dean Moriarty, Carlo Marx, Ed Dunkel, Roy Johnson o
Tommy Snark, nadie. Deambulaba por la calle Curtis y la calle
Larimer; trabajé un poco en el mercado de mayoristas de frutas
donde casi lo había hecho en 1947... El trabajo más duro de mi
vida. En una ocasión unos chavales japoneses y yo tuvimos que
arrastrar un furgón enorme unos treinta metros por encima de
un rail, ayudándonos sólo con una especie de gato que le hacía
moverse un centímetro cada vez. Arrastré cestos de sandías por
el suelo del frigorífico a pleno sol, estornudando sin parar. En
el nombre de Dios y de todos los santos, ¿para qué?

Al anochecer paseaba. Me sentía como una mota de polvo
sobre la superficie triste de la tierra. Pasé por delante del Hotel
Windsor, donde había vivido Dean Moriarty con su padre en
los años de la Depresión, y, como antaño, busqué por todas
partes al triste fontanero de mi imaginación. Una de dos: o en-
cuentras a alguien que se parece a tu padre en sitios como
Montana o buscas al padre de un amigo donde ya no está.

235

Al atardecer malva caminé con todos los músculos doloridos entre las luces de la 27 y Welton en la parte negra de Denver. Y quería ser negro, considerando que lo mejor que podría ofrecerme el mundo de los blancos no me proporcionaba un éxtasis suficiente, ni bastante vida, ni alegría, diversión, oscuridad, música; tampoco bastante noche. Me detuve en un puesto donde un hombre vendía chiles en bolsas de papel; compré una bolsa y me la comí paseando por las oscuras calles misteriosas. Quería ser un mexicano de Denver, e incluso un pobre japonés agobiado de trabajo, lo que fuera menos lo que era de un modo tan triste: «un hombre blanco» desilusionado. Toda mi vida había tenido ambiciones blancas; por ello había abandonado a una mujer tan buena como Terry en el valle de San Joaquín. Pasé por delante de los sombríos porches de las casas de los mexicanos y los negros; había voces suaves, ocasionalmente la morena rodilla de una chica misteriosa y sensual; y detrás de emparrados y rosales, oscuras caras de hombres. Niños sentados como sabios en viejas mecedoras. Un grupo de mujeres negras se acercó, y una de las más jóvenes se destacó de las mayores y se dirigió rápidamente hacia mí.

–¡Hola, Joe! –Y súbitamente vio que yo no era Joe, y dio la vuelta corriendo y quise ser Joe.

Pero era únicamente yo mismo, Sal Paradise, triste, callejeando en aquella oscuridad violeta una noche insoportablemente agradable y deseando charlar con los felices, cordiales y en éxtasis negros de América. Aquellos miserables barrios me recordaron a Dean y Marylou, que desde su infancia conocían estas calles tan bien. ¡Cuánto deseé encontrarme con ellos!

Abajo, entre la 23 y Welton, unos chicos jugaban un partido de baloncesto bajo unos focos que también iluminaban el gasógeno. Una gran multitud alborotaba a cada jugada. Los jóvenes y extraños héroes eran de todo tipo: blancos, negros, mexicanos, indios puros, y jugaban con gran seriedad. Sólo eran chicos de los descampados en camiseta y pantalón corto. En toda mi vida de deportista jamás me había permitido hacer algo así; jugar frente a las familias y amiguitas y chicos del vecindario, de noche, bajo las luces del alumbrado público; siempre lo había hecho en el colegio y la universidad, a la hora anunciada, con solemnidad; ninguna alegría juvenil, nada de la alegría humana que tenía esto. Ahora ya era demasiado tarde. Cerca tenía a un viejo negro que parecía contemplar el partido todas las noches. Junto a él estaba un anciano vagabundo blanco; después una familia mexicana, después unas chicas, unos chicos..., ¡la humanidad entera! El pivot se parecía a Dean. Una rubia muy guapa sentada cerca de mí era como Marylou. Así era la noche de Denver; yo no hacía más que morir.

Allá en Denver, allá en Denver
No hacía más que morir.

Al otro lado de la calle las familias de negros se sentaban en las escaleras de delante de sus casas y charlaban y miraban la noche estrellada a través de los árboles o simplemente tomaban el fresco y a veces miraban el partido. Pasaban muchos coches por la calle, se detenían en la esquina cuando las luces se ponían rojas. Había excitación y el aire estaba lleno de la vibración de una vida auténticamente feliz que no sabía nada de las ocupaciones, de las «tristezas de los blancos» y de todo eso. El anciano negro tenía una lata de cerveza en el bolsillo de la chaqueta y la abrió; el anciano blanco contempló con envidia la lata y se rebuscó en los bolsillos para ver si podía comprarse también *él* una. ¡Me estaba muriendo! Me alejé de allí.

Fui a ver a una chica bastante rica que conocía. Por la mañana sacó un billete de cien dólares de su media de seda y dijo:

—Has estado hablándome de un viaje a San Francisco; ya que quieres ir, coge este dinero, vete y diviértete.

Así que todos mis problemas quedaron solucionados y cogí un coche en la agencia de viajes por once dólares para ayudar a pagar la gasolina y salí zumbando a través del país.

El coche lo conducían dos tipos; dijeron que eran macarras. Junto a mí había otros dos pasajeros. Íbamos apretados y con el único deseo de llegar a nuestro destino. Fuimos a través del Paso Berthoud hacia la gran meseta: Tabernash, Troublesome, Kremmling; bajamos por el Paso de Rabbit Ears hasta Steamboat Springs; dimos un rodeo de ochenta polvorientos kilómetros; después Craig y el Gran Desierto Americano. Cuando cruzábamos la frontera entre Colorado y Utah vi a Dios en el cielo en forma de unas resplandecientes nubes doradas sobre el desierto que parecían señalarme con el dedo y decir: «Ven aquí y continúa, vas camino del cielo.» ¡Ah, muy bien, perfecto! Me interesaban más unas viejas carretas ya podridas y unas cuantas mesas de billar en el desierto de Nevada junto a un despacho de Coca-Cola cerca del cual había unas cabañas con letreros despintados que todavía se movían con el mágico viento del desierto y decían: «Rattlesnke Bill vivió aquí», o «Brokenmouth Annie estuvo aquí muchos años». ¡Sí, sí, adelante! En Salt Lake City los macarras arreglaron las cuentas con sus mujeres y seguimos. Y antes de que me diera cuenta, estaba viendo de nuevo la fabulosa ciudad de San Francisco extendida por la bahía en medio de la noche. Corrí inmediatamente a ver a Dean. Ahora tenía una casa muy pequeña. Ardía en ganas de saber lo que pensaba y qué sucedería ahora, porque no dejaba nada detrás de mí. Había cortado todos los puentes y no me importaba un carajo nada de nada. Llamé a su puerta a las dos de la mañana.

II

Dean salió a abrirme completamente desnudo y le habría dado lo mismo que quien llamaba hubiera sido el propio presidente. Aceptaba las cosas como venían.

—¡Sal! —dijo con auténtico asombro—. Nunca pensé que lo harías. Por fin acudes a *mí*.

—Así es —le respondí—. Estoy hecho polvo. ¿Cómo te van las cosas a ti?

—No muy bien, no muy bien. Pero tenemos un montón de cosas que contarnos. Sal, ha llegado por *fin* el momento de que hablemos y nos entendamos.

Estuvimos de acuerdo y pasamos dentro. Mi llegada fue algo así como la aparición del más extraño ángel del mal en el hogar del corderito blanco como la nieve, y en cuanto Dean y yo empezamos a hablar excitadamente en la cocina, llegaron fuertes sollozos desde el piso de arriba. Todo lo que decía Dean era respondido con un salvaje, susurrante y trémulo: «*Sí*.» Camille sabía lo que iba a suceder. Al parecer Dean había estado bastante tranquilo durante unos cuantos meses; ahora había llegado el ángel e iba a enloquecer de nuevo.

—¿Qué le pasa a tu mujer? —pregunté.

—Cada vez está peor, tío —me respondió—. Llora y coge rabietas sin parar, no me deja ir a ver a Slim Gaillard, se enfada

239

siempre que llego un poco tarde, y cuando me quedo en casa no quiere hablar conmigo y dice que soy un animal. –Corrió arriba para calmarla.

–*¡Eres un mentiroso! ¡Eres un mentiroso!* –le oí gritar a Camille, y aproveché la oportunidad para examinar la maravillosa casa que tenían.

Era un edificio destartalado de dos pisos, una especie de pabellón de madera situado entre otros edificios de apartamentos, justo en la cima de Russian Hill, con vistas a la bahía; tenía cuatro habitaciones, tres arriba y una especie de sótano con la cocina abajo. La puerta de la cocina daba a un patio cubierto de hierba donde había ropa colgada. Detrás de la cocina había un trastero donde todavía estaban los viejos zapatos de Dean cubiertos por varios centímetros de barro tejano que había quedado pegado a ellos aquella noche en que el Hudson se atascó en el río Brazos. Naturalmente, el Hudson había desaparecido; Dean no había podido seguir pagando los plazos. Ahora no tenía coche. Su segundo hijo estaba en camino. Era horrible oír sollozar así a Camille. No podíamos soportarlo y fuimos a comprar unas cervezas y volvimos con ellas a la cocina. Camille había decidido irse a dormir por fin o al menos a pasar la noche a oscuras. Yo no comprendía lo que iba tan mal, a menos que Dean la hubiera vuelto loca.

Después de mi última partida de Frisco, Dean se había vuelto loco de nuevo por Marylou y pasó meses acechando su apartamento en Divisadero, donde todas las noches recibía a un marinero distinto y él atisbaba por la ranura del correo y veía la cama. Por las mañanas veía a Marylou toda abierta de piernas con un tipo al lado o encima. Necesitaba pruebas absolutas de que era una puta. La amaba, estaba loco por ella. Finalmente, consiguió algo de mandanga verde, como se llama entre entendidos (verde, es decir, marihuana sin curar). Llegó a sus manos por casualidad y fumó demasiado.

–El primer día –me dijo–, quedé rígido como una tabla encima de la cama y no me podía mover ni hablar; sólo podía mirar al vacío con los ojos muy abiertos. La cabeza me zumbaba y veía todo tipo de cosas en un tecnicolor maravilloso y me sentía de puta madre. El segundo día vino todo a mí; TODO lo que había hecho o conocido o leído u oído o pensado volvió a mí y se fue reordenando en mi cabeza con una lógica nueva y como no podía pensar en nada debido a mi preocupación interior por tener y alimentar el asombro y gratitud que sentía, decía sin parar: «Sí, sí, sí, sí.» No muy alto. Sólo era un «Sí» auténtico, tranquilo; y estas visiones de la tila verde duraron hasta el tercer día. Por entonces ya lo había comprendido todo, mi vida entera estaba decidida, sabía que amaba a Marylou, sabía que tenía que encontrar a mi padre estuviera donde estuviera y salvarle, sabía que eras mi mejor amigo, etcétera. Sabía que Carlo es algo grande. Sabía miles de cosas respecto a todo y todos. En esto, el tercer día, empecé a tener una terrible serie de pesadillas y eran tan absolutamente terribles y pavorosas y verdes que lo único que podía hacer era estar doblado con las manos en las rodillas diciendo: «¡Oh, oh, oh, ah, oh!...» Los vecinos me oyeron y llamaron a un médico. Camille estaba fuera con la niña, había ido a visitar a su familia. Todo el vecindario intervino. Entraron y me encontraron en la cama con los brazos estirados y tiesos. Corrí a ver a Marylou con parte de esa tila. Bueno, Sal, pues a ella le ocurrió lo mismo; tuvo las mismas visiones, desarrolló la misma lógica, tomó una decisión definitiva con relación a todo, la misma visión de todas las verdades en un idéntico conjunto doloroso que provocaba pesadillas y dolor. Entonces me di cuenta de que la quería tanto que necesitaba matarla. Volví a casa y me pegué cabezazos contra las paredes. Fui a ver a Ed Dunkel; está de vuelta en Frisco con Galatea; le pregunté por un tipo que conocemos que tiene una pistola, fui a ver al tipo, cogí la pistola, y volví a casa de Marylou. Miré por la ranura del correo y vi que estaba acostada con un tipo; me retiré vacilando y volví una hora después. Entré sin llamar ni nada y estaba sola... y le di la pistola y le dije que me matara.

Tuvo el arma en la mano mucho tiempo. Le supliqué que hiciéramos un dulce pacto de muerte. Ella no quiso. Le dije que uno de los dos tenía que morir. Dijo que no. Me golpeé la cabeza contra la pared. Tío, estaba fuera de mí. Me hizo desistir de ello... Te lo puede contar ella misma.

–¿Y qué pasó después?

–Eso fue hace meses... después de que te fueras. Acabó casándose con un vendedor de coches usados, un hijoputa que ha prometido matarme en cuanto me vea, pero si es necesario y para defenderme me lo cargaré yo a él e iré a San Quintín, Sal, porque en cuanto cometa cualquier otro delito iré a San Quintín para toda la vida... Será mi final. A pesar de mi mano y todo. –Me enseñó la mano. Con la excitación no me había fijado en que su mano había sufrido un terrible accidente–. Golpeé a Marylou en la sien el veintiséis de febrero a las seis en punto de la tarde... De hecho, eran las seis y diez, lo recuerdo porque tuve que despachar mi trabajo en una hora y veinte minutos... Fue la última vez que nos vimos y la última vez que lo decidimos todo; y ahora escucha esto: el golpe no alcanzó de lleno a Marylou porque ella hizo una finta. No le hizo el menor daño y hasta se rió. Pero mi puño había pegado en la pared y se me fracturó el pulgar, y un médico horrible me arregló los huesos, cosa difícil porque tenía tres fracturas diferentes. Fueron veintitrés horas de sentarse en bancos duros esperando y todo eso, y por fin al escayolarme se me clavó en el dedo una aguja de tracción y por eso en abril, cuando me quitaron la escayola, tenía infectado el hueso y se había producido una osteomielitis que se convirtió en crónica, y, tras una operación que fracasó y un mes escayolado de nuevo, tuvieron que amputarme un maldito trozo de la punta del dedo.

Se quitó las vendas y me lo enseñó. Faltaba algo más de un centímetro de carne debajo de la uña.

–Las cosas fueron de mal en peor. Tenía que mantener a Camille y Amy y tenía que trabajar lo más deprisa que podía en

Firestone como moldeador, arreglando neumáticos y después levantándolos, y pesaban unos veinticinco kilos, desde el suelo a los coches, y sólo podía utilizar mi mano sana y me golpeaba sin parar la enferma. Total, que se produjo una nueva fractura y tuvieron que arreglarme los huesos de nuevo, y todo se ha infectado otra vez. Así que ahora yo cuido de la niña mientras Camille trabaja. Y así están las cosas. Soy un tipo de primera, un Moriarty genial al que su mujer tiene que ponerle todos los días inyecciones de penicilina que me producen urticaria, porque soy alérgico. Tengo que ponerme sesenta mil unidades del invento de Fleming cada mes y tomar una tableta cada cuatro horas para combatir la alergia que me producen. También tengo que tomar aspirinas con codeína para aliviarme el dolor del pulgar. También tengo que ser intervenido quirúrgicamente debido a un quiste de una pierna. El lunes tengo que levantarme a las seis de la mañana para que me hagan una limpieza de la boca. Encima, tengo que ver a un pedicuro dos veces a la semana. Tengo que tomar jarabe para la tos todas las noches. Tengo que sonarme y sorberme los mocos sin parar para despejarme la nariz que se ha hundido justo debajo del puente en un sitio debilitado por una operación que me hicieron hace años. He perdido el pulgar de mi mejor brazo. El mejor lanzador de la historia del reformatorio estatal de Nuevo México. Y a pesar de todo... a pesar de todo nunca me he sentido mejor y más tranquilo y más feliz en mi vida que ahora, viendo jugar a los niños al sol y estoy tan contento de verte, mi maravilloso Sal, y ya sé, sé que todo marchará perfectamente. Mañana verás a mi hijita, es guapísima y ya puede andar sola treinta segundos seguidos, pesa diez kilos y mide setenta y dos centímetros. He calculado que es treinta y uno y un cuarto por ciento inglesa, veintisiete y medio por ciento irlandesa, veinticinco por ciento alemana, ocho y tres cuartos por ciento holandesa, siete y medio por ciento escocesa, y cien por cien maravillosa. —Me felicitó cariñosamente porque ya había terminado mi libro, que acababa de ser aceptado por los editores, y continuó–. Sabemos cómo es la vida, Sal, nos hacemos viejos poco a poco, y seguimos aprendiendo cosas. Comprendo perfectamente lo que me dices de tu vida, siempre he sabido lo que sientes, y ahora estás preparado para unirte a una chica maravillosa siempre que consigas encontrarla y cultivarla y logres que se interese por tu alma como yo lo he intentado tan desesperadamente con estas malditas mujeres mías. ¡Mierda! ¡Mierda! ¡Mierda! –gritó.

Y por la mañana Camille nos echó a los dos a la calle, equipaje incluido. La cosa empezó cuando llamamos a Roy Johnson, el Roy de Denver, y le hicimos venir con cervezas, mientras Dean cuidaba de la niña y lavaba los platos y la ropa en el patio, aunque todo lo hizo muy mal debido a la excitación. Johnson aceptó llevarnos a Mill City a ver a Remi Boncœur. Camille volvió de su trabajo en la consulta de un médico y nos dedicó la triste mirada de una mujer atosigada. Intenté demostrar a la desgraciada chica que yo carecía de malas intenciones con respecto a su vida familiar y la saludé cordialmente y le hablé con el mayor cariño del que era capaz, pero ella se dio cuenta de que era una artimaña y una artimaña que había aprendido de Dean, y sólo me sorprendió con una triste sonrisa. Aquella misma mañana hubo una escena terrible: ella estaba tumbada en la cama llorando, y en medio de esto, de repente, tuve unas ganas de ir al cuarto de baño, y el único modo de hacerlo era atravesar la habitación de Camille.

–¡Dean! ¡Dean! –grité–. ¿Dónde está el bar más cercano?

–¿Bar? –dijo Dean, sorprendido; estaba lavándose las manos en el grifo de la cocina y pensó que quería emborracharme. Le conté lo que pasaba y me dijo–: Vete al cuarto de baño, ella hace eso todo el tiempo.

No, no podía ir. Así que salí en busca de un bar; subí y bajé por Russian Hill, recorrí cuatro bloques y sólo encontré lavanderías, tintorerías, heladerías y salones de belleza. Volví a la desvencijada casa. Se estaban chillando uno al otro cuando me deslicé por la habitación con una débil sonrisa y me encerré en el cuarto de baño. Pocos minutos después Camille estaba tirando las cosas de Dean por el suelo de la sala de estar y diciendo que las recogiera y se largara. Para mi asombro, vi un óleo de un cuerpo entero de Galatea Dunkel encima del sofá. De pronto comprendí que todas estas mujeres se pasaban meses solas, meses exclusivamente femeninos, hablando de las locuras de sus maridos. Oí las carcajadas lunáticas de Dean por toda la casa junto con el llanto de la niña. Lo siguiente que vi fue a Dean caminando por la casa como Groucho Marx con su dedo enfermo envuelto en una enorme venda blanca y mantenido en alto igual que un faro que se mantiene inmóvil por encima del furor de las olas. Volví a ver su destrozado baúl con calcetines y ropa interior sucia asomando; se inclinaba encima de él y arrojaba todo lo que encontraba. Después sacó su maletín, el maletín más trillado de todos los EE. UU. Era de cartón y tenía dibujos para que pareciera de cuero. Tenía además una enorme raja; Dean lo ató con una cuerda. Después cogió su bolsa de marinero y metió más cosas en ella. Yo cogí mi saco, lo llené con mis cosas, mientras Camille seguía tumbada en la cama diciendo:

–¡Mentiroso! ¡Mentiroso! ¡Mentiroso!

Salimos de la casa y caminamos calle abajo en busca de un tranvía: éramos una masa de hombres y equipaje con aquel enorme pulgar vendado levantado en el aire.

Aquel lugar se convirtió en el símbolo de la evolución final de Dean. Ya no decía que todo se la sudaba (como antes), ahora además *en principio todo le importaba*; es decir, todo le daba igual y formaba parte del mundo y no podía evitarlo. Me detuvo en medio de la calle.

–Tío, ahora estoy seguro de que estás realmente intrigado; acabas de llegar a la ciudad y te echan a la calle el primer día y te preguntarás lo que he hecho para que nos pase esto junto con todos los demás terribles acontecimientos. ¡Ji-ji-ji! Pero ahora mírame. Por favor, Sal, mírame.

Le miré. Llevaba una camiseta, unos pantalones rotos que le colgaban por debajo de la barriga, unos zapatos muy viejos; no se había afeitado, tenía el pelo enmarañado, los ojos inyectados en sangre y aquel tremendo pulgar vendado en alto a la altura del corazón (tenía que mantenerlo de esa manera), y en su cara la mueca más necia que jamás he visto. Anduvo a trompicones y miraba a todas partes.

–¿Qué es lo que veo? ¡Ah!... el cielo azul, viejo amigo. –Osciló y parpadeó. Se frotó los ojos–. Y las ventanas... ¿Te has fijado alguna vez en las ventanas? Hablemos de las ventanas. He visto ventanas auténticamente locas que me miraban, y algunas hasta tienen las persianas bajadas y hacen gestos. –Sacó del saco de marinero un ejemplar de *Los misterios de París*, de Eugene Sue, y, estirándose la camiseta, empezó a leerlo en la esquina de la calle con aire pedante–. Bien, Sal, ahora vamos a saborear todo lo que veamos... –Se olvidó de todo aquello al instante siguiente y miró a su alrededor desorientado. Me alegró haber venido. Dean me necesitaba.

–¿Por qué te echó Camille? ¿Qué vas a hacer ahora?

–¿Eh? –respondió–. ¿Eh? ¿Eh? –Nos devanamos los sesos pensando adónde ir y qué hacer. Me tocaba decirlo a mí. Pobre, pobre Dean... Ni el propio diablo había caído tan bajo; desconcertado, con el pulgar infectado, rodeado por el destrozado equipaje de su vida febril y sin hogar yendo y viniendo a través de América, era un pájaro perdido–. Vámonos a Nueva York caminando –dijo–, y así podremos enterarnos mejor de todo lo que nos pase por el camino... ¡Sí! ¡Eso es! –Saqué mi dinero y lo conté; se lo enseñé.

–Tengo aquí ochenta y tres dólares y algunas monedas –le dije–. Ven a Nueva York conmigo... luego podemos ir a Italia.

–¿Italia? –Se le iluminaron los ojos–. Italia, sí, eso es... pero ¿cómo iremos hasta allí, Sal?

–Ganaré algo de dinero –respondí–. Los editores me van a pagar mil dólares. Conoceremos a todas las mujeres chifladas de Roma, de París, de todos aquellos sitios; nos sentaremos en las terrazas de los cafés; viviremos en casas de putas. ¿Por qué no vamos a Italia?

–¿Por qué no? –añadió Dean, y entonces comprendió que yo estaba hablando en serio y me miró de reojo por primera vez: anteriormente jamás me había implicado tan directamente en su intranquila existencia. Su mirada era la de un hombre que considera sus posibilidades de ganar antes de hacer la apuesta. Había triunfo y desafío en sus ojos, era una mirada diabólica; y no apartó sus ojos de los míos durante un largo rato. Yo también le miraba y enrojecí.

–¿Qué pasa? –Y me sentía desconcertado cuando se lo dije. No respondió pero siguió mirándome con la misma prudencia insolente.

Traté de recordar todas las cosas que Dean había hecho durante su vida y si había algo que le hiciera sospechar de mí. Le repetí con resolución y firmeza:

–Ven a Nueva York conmigo; tengo dinero.

Volví a mirarle; mis ojos estaban empañados por la turbación y las lágrimas. Seguía con los ojos clavados en mí. Ahora me miraba fijo y como atravesándome. Probablemente fue el momento crítico de nuestra amistad. De pronto, se dio cuenta de que había pasado unas cuantas horas pensando en él y en sus problemas, y trataba de situar aquello dentro de sus categorías mentales atormentadas y tremendamente confusas. Algo hizo ¡clik! en el interior de ambos. En mí era un súbito interés por un hombre que era unos cuantos años más joven que yo, en concreto cinco, y cuyo destino se había ligado al mío en el curso de los años anteriores; en él era algo de lo que sólo pude asegurarme a partir de lo que haría después. Se puso muy contento y dijo que todo estaba arreglado.

–¿A qué venía esa mirada? –le pregunté. Le entristeció oírme. Los dos nos sentíamos perplejos e inseguros con respecto a algo. Estábamos allí de pie en la cima de una colina de San Francisco un día de sol; nuestras sombras se alargaban sobre la acera. De una de las casas próximas a la de Camille salieron once griegos, hombres y mujeres, que al momento se pusieron en fila sobre el soleado pavimento mientras otro retrocedía por una estrecha calleja y les sonreía con una cámara de fotos en la mano. Quedamos boquiabiertos ante aquella gente que celebraba la boda de una de sus hijas, probablemente la milésima de una ininterrumpida sucesión de morenas generaciones sonriendo bajo el sol. Estaban bien vestidos, y nos parecían extraños. Dean y yo podíamos haber estado en Chipre y todo hubiera sido igual. Las gaviotas volaban por encima de nosotros en el aire reluciente.

–Bueno –dijo Dean con una voz tímida y suave–, ¿nos vamos entonces?

–Sí –le respondí–. Vámonos a Italia.

Recogimos nuestro equipaje. Dean llevaba su baúl con el brazo sano y yo el resto, y llegamos tambaleándonos a la parada del tranvía. Un momento después íbamos cuesta abajo, con las piernas colgando junto a la acera, sentados en la trepidante plataforma. Éramos dos héroes derrotados de la noche occidental.

III

Lo primero que hicimos fue ir a un bar de la calle Market y decidirlo todo: seguiríamos juntos y seríamos amigos hasta la muerte. Dean estaba muy silencioso y preocupado observando a los viejos vagabundos del saloon que le recordaban a su padre.

—Creo que está en Denver. Esta vez es absolutamente necesario que lo encontremos, quizás esté en la cárcel del condado o quizás ande por la calle Larimer una vez más, pero hay que encontrarlo. ¿De acuerdo?

Sí, yo estaba de acuerdo; haríamos todo lo que nunca habíamos hecho y hubiera sido idiota hacer entonces. Después decidimos pasar un par de días de juerga en San Francisco antes de empezar la búsqueda, y naturalmente acordamos viajar compartiendo el precio de la gasolina con quien nos llevara y ahorrar la mayor cantidad de dinero posible. Dean aseguraba que ya no necesitaba a Marylou aunque todavía la amaba. Ambos convinimos en que lo comprobaría en Nueva York.

Dean se puso el traje de rayas y una camiseta sport, dejamos nuestras cosas en la consigna de una estación de los autobuses Greyhound (nos costó diez céntimos) y fuimos a reunirnos con Roy Johnson, que sería nuestro chófer durante los días de juerga en Frisco. Roy dijo que sí por teléfono. Llegó a la esquina de Market y la Tercera poco después y nos recogió. Ahora vivía en Frisco, trabajaba en una oficina y se había casado con una rubia muy guapa que se llamaba Dorothy. Dean aseguraba que la chica tenía una nariz demasiado larga (según él, y por alguna extraña razón, era su principal defecto), pero la verdad es que la nariz de Dorothy no era larga en absoluto. Roy Johnson es un tipo delgado, moreno y agradable, con una cara afilada y el pelo peinado hacia atrás que constantemente mantiene pegado a ambos lados de la cabeza. Era una persona de trato cordial y amplia sonrisa. Resultaba indudable que a Dorothy, su mujer, no le gustaba nada que fuera nuestro chófer... pero él decidió demostrar que era quien llevaba los pantalones en su casa (vivían en un pequeño cuarto), y mantuvo su promesa a pesar de todo, aunque no sin consecuencias; su dilema mental se reflejaba en un amargo silencio. Nos llevaba a Dean y a mí por todo Frisco a todas las horas del día y de la noche y nunca pronunciaba ni una palabra; todo lo que hacía era saltarse los semáforos en rojo y doblar las esquinas sobre dos ruedas; era un modo de comunicarnos el aprieto en que le habíamos metido. Estaba a medio camino entre su mujer y su antiguo cabecilla de la banda de los billares de Denver. Dean estaba contento y, desde luego, imperturbable ante su modo de conducir. No prestábamos la menor atención a Roy y sentados en la parte de atrás nos desternillábamos de risa.

Lo siguiente que hicimos fue ir a Mill City a ver si encontrábamos a Remi Boncœur. Advertí con cierto asombro que el viejo *Almirante Freebee* ya no estaba en la bahía; y, después, que Remi ya no vivía en la casucha del desfiladero. Una negra muy guapa nos abrió la puerta; Dean y yo hablamos con ella mucho rato. Roy Johnson esperaba en el coche leyendo *Los misterios de París*, de Eugene Sue. Eché una última mirada a Mill City y comprendí que sería inútil tratar de sondear en el complicado pasado; en lugar de eso, decidimos ir a ver a Galatea Dunkel para que nos proporcionara un sitio donde dormir. Ed la había dejado otra vez; estaba en Denver y ella todavía confiaba en

250

que volvería. La encontramos en su apartamento de cuatro habitaciones de la parte alta de Mission, sentada con las piernas cruzadas sobre una alfombra de tipo oriental y un tarot en las manos. Era una buena chica. Advertí tristes señales de que Ed Dunkel había vivido allí cierto tiempo y luego se había largado debido a su habitual inestabilidad y falta de interés por todo.

–Volverá –dijo Galatea–. No sabe arreglárselas por sí mismo, me necesita. –Lanzó una mirada furiosa a Dean y a Roy Johnson–. Esta vez la culpa fue de Tommy Snark. Antes de que apareciera, Ed siempre estaba contento y trabajaba y salíamos y lo pasábamos maravillosamente. Dean, ya sabes cómo son esas cosas. Después se pasaban horas en el cuarto de baño, Ed sentado en la bañera y Snarky en el retrete, y hablaban y hablaban y hablaban... ¡Cuántas estupideces!

Dean se reía. Durante años había sido el gran profeta del grupo y ahora todos habían aprendido su técnica. Tommy Snark se había dejado barba y sus grandes y melancólicos ojos azules habían venido en busca de Ed Dunkel a Frisco; lo que había pasado (de verdad, no de mentira) era que Tommy había perdido un dedo en un accidente y recibió una importante suma de dinero. Y sin ninguna razón decidieron dar el esquinazo a Galatea y largarse a Portland, Maine, donde al parecer Snark tenía una tía. Así que ahora debían estar en Denver, de camino, o ya en Portland.

–Cuando a Tom se le termine el dinero, Ed volverá –dijo Galatea, mirando las cartas–. ¡Es un maldito chiflado...! No sabe nada de nada y nunca lo ha sabido. En realidad, lo único que tiene que saber es que le quiero.

Galatea se parecía a la hija de aquellos griegos de la cámara fotográfica, sentada allí en la alfombra, con su largo cabello llegándole hasta el suelo, afanándose con las cartas del tarot. Me gustaba. Incluso decidimos salir aquella noche a oír jazz, y Dean acompañaría a una rubia de más de uno ochenta de estatura que vivía calle abajo: Marie.

Esa noche Galatea, Dean y yo fuimos a recoger a Marie. Ésta tenía un apartamento en un sótano, una hermanita y un viejo coche que casi no podía andar y que Dean y yo empujamos calle abajo mientras las chicas manipulaban el botón de arranque. Fuimos a casa de Galatea y todos se sentaron en círculo (Marie, su hermana, Galatea, Roy Johnson, Dorothy), muy tétricos y abarrotando la habitación, mientras yo me quedaba en un rincón, indiferente ante los problemas de Frisco, y Dean de pie en medio de la habitación con su dedo hinchado al aire a la altura del corazón y farfullando.

—¡Coño! —soltó—. Todos estamos perdiendo los dedos. ¡Jo! ¡Jo! ¡Jo!

—Dean, ¿por qué haces tantas locuras? —dijo Galatea—. Me llamó Camille y me dijo que la habías dejado. ¿Es que no te das cuenta de que tienes una hija?

—Él no dejó a Camille, fue ella la que lo echó —intervine yo, rompiendo mi neutralidad. Todos me miraron con desagrado; Dean sonrió maliciosamente—. Y, además, ¿qué puede hacer el pobre chico con ese dedo? —añadí. Todos me miraron; Dorothy Johnson me lanzó una mirada especialmente amenazadora. Aquello no era más que un grupo de costureras y en el centro estaba el culpable: Dean. Quizás el responsable de que todo fuera mal. Miré por la ventana la animación nocturna de Mission; quería salir y escuchar el gran jazz de Frisco... Recuérdese que sólo era mi segunda noche en la ciudad.

—Creo que Marylou fue muy lista dejándote plantado, Dean —dijo Galatea—. Desde hace años no tienes el menor sentido de la responsabilidad con nadie. Has hecho tal cantidad de cosas horribles que no sé ni qué decirte.

Y de hecho ésa era la cuestión, y todos seguían sentados en círculo mirando a Dean con cara de muy pocos amigos y él seguía encima de la alfombra, en medio de todos ellos, y se reía... sólo se reía. Bailó un poco. Su vendaje cada vez estaba más sucio y empezaba a deshacerse. De repente comprendí que Dean, en virtud de su enorme serie de pecados, se estaba convirtiendo en el Idiota, el Imbécil, el Santo del grupo.

—No te preocupas absolutamente de nadie, excepto de ti mismo y de tus locuras. Sólo piensas en lo que tienes entre las piernas y en cuánto dinero o cuánta diversión puedes obtener de la gente que te rodea, y luego la dejas por ahí tirada. Y no sólo eso, además pareces tonto. ¿Nunca se te ocurre pensar que la vida es una cosa seria y que hay gente que trata de hacer algo decente en lugar de limitarse a andar haciendo el idiota todo el tiempo?

Eso era Dean: el IDIOTA SAGRADO.

Camille llorará sin parar toda la noche pero no pienses ni por un minuto que quiere que vuelvas, me dijo que no quería volver a verte y que esta vez era la definitiva. Y sin embargo, tú sigues ahí poniendo cara de idiota, creo que no tienes corazón.

Esto no era verdad; yo conocía mejor las cosas y podría habérselas contado. Pero no veía que tuviera ningún sentido el intentarlo. Deseaba acercarme al grupo, poner el brazo, sobre los hombros de Dean y decir: «Bien, ahora escuchadme todos de una puta vez. Recordad una sola cosa: este chico también tiene sus problemas; y otra cosa, nunca se queja y os ha proporcionado a todos muy buenos ratos sólo por ser como es, y si no tenéis bastante con eso llevadle ante el pelotón de fusilamiento, pues parece que eso es lo que tenéis tantas ganas de hacer, y...»

Con todo, Galatea Dunkel era la única del grupo que no tenía miedo a Dean y que era capaz de estar sentada allí tranquilamente con el rostro adelantado echándole las cosas en cara delante de los demás. Hubo otros tiempos en Denver en los que Dean conseguía que todos se sentaran a su alrededor en la oscuridad y él hablaba y hablaba, con una voz que entonces era hipnótica y extraña y que, según se decía, hacía que las chicas acudieran sólo por la fuerza de su persuasión y la satisfacción que proporcionaba lo que decía. Pero eso era cuando tenía quince, dieciséis años. Ahora sus discípulos se habían casado y las mujeres de sus discípulos le juzgaban allí, sobre la alfombra, por su sexualidad y por la vida que había contribuido a crear. Seguí escuchando.

—Y ahora te vas al Este con Sal —continuaba Galatea—, ¿qué crees que vas a conseguir con eso? Camille tendrá que quedarse en casa y cuidar de tu hija cuando te vayas. ¿Cómo podrá seguir trabajando? Y además no quiere volver a verte y no se lo reprocho. Y si ves a Ed por ahí le dices que vuelva o lo mataré.

Tan simple como eso. Fue una noche de lo más triste. Me parecía estar entre unos hermanos y unas hermanas muy extraños en un lastimoso sueño. Luego todos cayeron en un silencio absoluto; en otros tiempos Dean les hubiera sacado de él con su conversación, pero ahora también callaba, y seguía allí delante de todos, desharrapado y hundido e idiotizado, justo debajo de las bombillas, con su huesudo rostro cubierto de sudor y las venas hinchadas y diciendo: «Sí, sí, sí», como si se encontrara ante unas revelaciones tremendamente duras, y estoy convencido de que así era y que los demás también lo sospechaban y estaban asustados. Era BEAT: estaba vencido, era la raíz y el alma de lo beatífico también. Pero ¿de qué se estaba enterando? Trataba de decírmelo con todas sus fuerzas y los otros me envidiaban, envidiaban mi situación a su lado, defendiéndole y aprendiendo de él como ellos en otro tiempo intentaron aprender. Después me miraron. ¿Qué estaba haciendo un extraño como yo en la Costa Oeste aquella noche tan agradable? Rechacé este pensamiento.

—Nos vamos a Italia —dije, y me lavé las manos de todo aquel asunto. Entonces, hubo una extraña sensación de satisfacción maternal en el ambiente; las chicas miraban a Dean del modo en que una madre mira al más querido y descarriado de sus hijos y Dean con su desgraciado pulgar y todas sus revelaciones lo sabía muy bien, y por eso fue capaz, en medio de aquel espeso silencio, de salir del apartamento sin decir ni una palabra y ponerse a esperarnos abajo hasta que decidiéramos

254

sobre el *tiempo*. Eso era lo que sentíamos con respecto a aquel fantasma de la acera. Miré por la ventana. Estaba solo en la puerta de la calle, contemplando lo que pasaba por allí. Amargura, consejos, moralidad, tristeza... todo eso quedaba a sus espaldas, y ante él se abría la desnuda y estática alegría de la pura existencia.

–Vamos, Galatea, Marie, vamos a escuchar jazz y olvidémoslo todo. Dean se morirá cualquier día. Entonces, ¿qué podréis decirle entonces?

–Cuanto antes se muera mejor –dijo Galatea, y habló oficialmente por casi todos los de la habitación.

–De acuerdo, pues –respondí–, pero ahora está vivo y apostaría lo que fuera a que queréis saber lo que hace ahora, y eso es porque posee el secreto que todos nos esforzamos en buscar y tiene la mente completamente abierta y si se vuelve loco no os preocupéis, no será culpa suya, sino que la culpa será de Dios.

Pusieron reparos a esto; dijeron que no conocía bien a Dean; dijeron que era el peor canalla que había sobre la Tierra y que ya lo comprobaría algún día y lo lamentaría. Me divertía oírles protestar tanto. Roy Johnson se alzó en defensa de las damas y dijo que conocía a Dean mejor que nadie, y que Dean sólo era un taleguero muy interesante y hasta divertido, sólo eso. Salí a reunirme con Dean y hablamos un poco de todo aquello.

–No, tío, no te preocupes, todo va cojonudamente –dijo mientras se rascaba la barriga y se relamía.

IV

Las chicas bajaron y empezamos nuestra gran noche empujando otra vez el coche calle abajo.

–¡Muy bien! ¡Allá vamos! –gritó Dean, y saltamos al asiento trasero y salimos haciendo ruido hacia el pequeño Harlem de la calle Folsom.

Nos sumergimos en la cálida y enloquecida noche oyendo a un saxo tenor soplando sin parar: «¡I-YA! ¡I-YA! ¡I-YA!»... y las palmas seguían el ritmo y la gente gritaba:

–¡Sigue, sigue, sigue!

Dean ya estaba corriendo por la calle con su pulgar levantado, gritando:

–¡Sopla, tío, sopla!

Un grupo de negros vestidos de sábado por la noche animaban al músico. Era un salón con aserrín por el suelo y un pequeño estrado sobre el que se apretujaban unos tipos con sombrero que tocaban por encima de las cabezas de la gente: un sitio loco; unas mujeres locas y fofas andaban por allí en bata, rodaban las botellas por el suelo. En la parte de atrás del local después de los cenagosos servicios, en un pasillo muy oscuro grupos de hombres y mujeres apoyados contra la pared bebían vino y whisky y escupían a las estrellas. El del saxo tenor y sombrero soplaba en el punto álgido del desarrollo de una idea muy libre, un riff que subía y bajaba yendo desde «¡I-YA!» hasta un «¡I-de-li-ya!» todavía más loco, y continuaba hasta fundirse con el estallido de la batería tocada por un enorme negro brutal de cuello de toro a quien todo se la traía floja excepto aporrear sus instrumentos haciendo crash, cata-plash, rataplán, crash, crash. Era una música estrepitosa y el tenor *lo tenía* ya y todo el mundo sabía que lo había cogido. Dean metía la cabeza entre la multitud, una multitud enloquecida. Todos pedían al tenor que siguiera así y le ayudaban con sus gritos y sus ojos soltando chispas, y el del saxo se agachaba y se estiraba con su instrumento, lanzando un limpio grito por encima del furor. Una negra muy delgada agitó los huesos ante la boca del instrumento y el saxofonista le lanzó un violento:

—¡Iiii! ¡Iiii! ¡Iii!

Todos se agitaban y gritaban. Galatea y Marie, con unas jarras de cerveza en la mano, se habían puesto de pie encima de una silla y se movían y saltaban. Grupos de negros se arremolinaban en la puerta unos encima de otros tratando de entrar.

—Sigue así, tío —gritó un hombre con voz de sirena de barco, y lanzó un aullido que debió oírse hasta en Sacramento.

—¡Uf! —soltó Dean. Se rascaba el pecho, el vientre; el sudor de su rostro salpicaba alrededor. ¡Bum!, ¡kick! Aquel baterista llevaba el sonido de sus tambores hasta el sótano y lo hacía subir hasta el piso de arriba con un ritmo, con los terribles palillos, ¡rataplán-bum!

Un tipo enorme y gordo saltó a la plataforma haciéndola crujir. «¡Yuuu!» El pianista aporreaba las teclas y tocaba acordes en los intervalos en los que el gran saxofonista tomaba aliento para otro estallido: el piano se estremecía, lo hacían todas sus maderas, todas sus cuerdas, ¡boing! El saxo tenor bajó de la plataforma y se mezcló con la multitud tocando sin parar; tenía el sombrero caído encima de los ojos; alguien se lo echó hacia atrás. Seguía avanzando, luego retrocedió y pateó el suelo y soltó un ronco sonido, tomó aliento y levantó su instrumento y largó un alarido alto, prolongado, en el aire. Dean estaba delante de él con la cara casi dentro de la boca del saxo, dando palmadas, lanzando gotas de sudor sobre las llaves del instrumento, y el músico lo notó y se rió con su saxo trémula y disparatadamente, y todo el mundo se rió también y se agitaba y agitaba; por fin, el saxofonista decidió tocar la nota final y se agachó y soltó un do altísimo que duró mucho tiempo acompañado por los gritos y el estruendo del público y pensé que terminarían por aparecer los policías de la comisaría más próxima. Dean estaba en trance. Los ojos del saxo tenor estaban clavados en él; tenía delante a un loco que no sólo entendía sino que quería entender más, mucho más de aquello, y comenzó una especie de duelo; del instrumento salía de todo; no se trataba ya de frases, sino de gritos y alaridos, «¡Bauu!» hacia abajo, y hacia arriba «¡IIIII!», y todo se estremecía, desde el suelo al techo. Intentó de todo, arriba, abajo, hacia los lados, a través, en horizontal, en treinta grados, y por fin cayó entre los brazos de alguien y terminó y todos empujaban a su alrededor y aullaban: «¡Sí! ¡Sí! ¡Ha tocado de verdad!» Dean se estaba secando con un pañuelo.

Después el saxofonista volvió a subir al estrado y pidió un compás lento y miró tristemente hacia la puerta abierta por encima de las cabezas de la gente y empezó a cantar «Close Your Eyes.» Las cosas se calmaron durante un momento. El músico llevaba una andrajosa chaqueta de cuero, una camisa morada, zapatos muy viejos y unos pantalones sin raya; no le preocupaba. Parecía un Hassel negro. Sus grandes ojos pardos estaban llenos de tristeza y cantaba lentamente con largas y meditabundas pausas. Pero al llegar al segundo estribillo se excitó y agarró el micro y saltó de la plataforma al suelo doblándose sobre él. Para cantar cada nota tenía que tocarse la punta de los zapatos y alzarse a continuación para reunir toda la fuerza en sus pulmones y se tambaleaba y titubeaba y sólo se recuperaba con el tiempo justo para la siguiente nota lenta. «¡To-o-o-oca la mú-u-u-usica!» Se echaba hacia atrás con la cara hacia el techo, el micrófono muy cerca. Luego se inclinó hacia delante y casi se da con la cara contra el micro. «Suu-ee-ña en la dan-za.» Miró hacia la calle frunciendo los labios con desdén, la expresión de burla y desprecio hip de Billie Holiday... «mientras nos ama-a-a-mos»... Se tambaleó hacia ambos lados... «El amo-o-o-o-or»... Agitó la cabeza disgustado y como aburrido del mundo entero... «Todo debe estar»... ¿Cómo debía estar? Todos esperaban; y él soltó lamentándose... «Muy bien.» El piano atacó el estribillo. «Así que ven y cierra tus hermosos ojos»... Le temblaba la boca, nos miraba, a Dean y a mí, con una expresión que parecía decir: «Eh, ¿qué es lo que todos andamos haciendo por este triste mundo negro?»... y entonces llegó al final de la canción, y para esto eran precisos muchos preparativos, y durante ese tiempo se podían mandar mensajes a García alrededor de todo el mundo porque ¿qué importaban a nadie? Porque aquí estábamos tratando de los precipicios y abismos de la pobre vida beat en las calles humanas dejadas de la mano de Dios, y eso dijo y eso cantó: «Cierra... tuu...», y el grito llegó hasta el techo y lo atravesó y alcanzó las estrellas... «O-o-o-ojo-o-o-os»... y se bajó del estrado a pensar. Se sentó en un rincón y no hizo caso a nadie. Miraba hacia abajo y sollozaba. Era el más grande.

Dean y yo fuimos a hablar con él. Lo invitamos a acompañarnos al coche.

–¡Sí! No hay nada que me guste más que una buena juerga. ¿Dónde vamos? –preguntó Dean, que saltaba en su asiento riéndose locamente.

–Después, después –dijo el saxofonista–. Haré que el chico nos lleve hasta el Jamson's Nook, tengo que cantar. Tío, yo *vivo* de cantar. Llevo cantando «Close Your Eyes» un par de semanas... No quiero cantar otra cosa. ¿Cuáles son vuestros planes, chicos? –Le dijimos que dentro de un par de días nos iríamos a Nueva York–. ¡Dios mío!, nunca he estado allí y me han dicho que es una ciudad muy animada pero no me quejo de donde estoy. Soy un hombre casado, ¿sabéis?

—¡Ah, sí! –dijo Dean, animándose–. ¿Y dónde está esa guapísima esta noche?

—¿Qué quieres decir? –respondió el del saxo, mirándole con el rabillo del ojo–. Te he dicho que estaba *casado* con ella, ¿o es que no te has enterado?

—¡Oh, sí, sí! –dijo Dean–. Sólo preguntaba. A lo mejor tiene amigas, o quizás hermanas, ¿no? Un baile, ya sabes. Lo que quiero es bailar.

—Bueno, ¿para qué sirve un baile? La vida es demasiado triste para estar bailando todo el tiempo –añadió el tipo, bajando la vista a la calle–. ¡Mierda! No tengo dinero y esta noche no me preocupa.

Volvimos en busca de los demás. Las chicas se habían enfadado tanto con Dean y conmigo por haber desaparecido que se habían marchado su cuenta al Jamson's Nook a pie; el coche se negó a funcionar. En el bar vimos un espectáculo horrible: acababa de entrar un hipster blanco muy marica llevando una camisa hawaiana y le había preguntado al enorme baterista si podía sentarse junto a él. Los músicos lo miraron desconfiados.

—¿Sabes tocar? –Dijo que sí con muchos melindres. Se miraban entre ellos y decían–: Sí, sí, sí, eso es lo que el tipo hace. ¡Mierda!

Así que el maricón se sentó a la batería y ellos empezaron a tocar un número bastante fuerte y el tipo empezó a acariciar el parche con las escobillas, muy suavemente, estirando el cuello con esa especie de éxtasis reichiano que no significa nada excepto demasiada tila y mucha blandura y excitación de tipo cool. Pero a él no le importaba. Sonreía alegremente al vacío y seguía el ritmo, un poco blandamente, con algunas sutilezas bop, entre risitas, echándose hacia atrás y como apoyándose en el sólido blues que tocaban los demás sin ocuparse de él. El enorme baterista negro de cuello de toro estaba sentado esperando su turno.

–¿Qué está haciendo ese tipo? –dijo–. ¡Música! –gritó–. ¡Qué cojones! ¡Mierda! –Y miró hacia otra parte molesto.

Apareció el muchacho del que había hablado el saxo tenor; era un negrito muy aseado con un enorme Cadillac. Saltamos todos dentro. Se inclinó sobre el volante y lanzó el coche a través de Frisco sin pararse ni una vez, a más de cien por hora, entre el tráfico y sin que nadie advirtiera lo bueno que era conduciendo. Dean estaba en éxtasis.

–Mira a ese chaval, tío, mira cómo se sienta y no mueve ni un músculo, lanza el coche como una bala y puede hablar la noche entera mientras hace eso, lo que pasa es que no le gusta hablar, ah, tío, la de cosas que yo podría, que querría..., sí, sí. Vamos, no te detengas..., ¡allá vamos! ¡Sí!

Y el chico dobló una esquina y nos dejó delante justo del Jamson's Nook y aparcó. Llegó un taxi; se apeó de él un delgado y seco predicador negro que lanzó un dólar al taxista y gritó:

–¡A tocar! –Y corrió al interior del club y bajó al bar de la parte de abajo gritando–: ¡A tocar, a tocar! –Y subió tambaleándose y casi se cae de morros y entró en la sala donde se tocaba jazz con las manos por delante como para apoyarse en algo si se caía, y chocó contra Lampshade, que aquella temporada estaba trabajando de camarero en el Jamson's Nook, y la música sonaba y sonaba y se quedó transfigurado en la puerta abierta, chillando–: ¡Toca para mí, tío, toca! –Y el tío era un negro muy bajo con un saxo alto del que Dean dijo que vivía con su abuela, igual que Tom Snark, durmiendo el día entero y tocando por las noches cientos de temas antes de darse por satisfecho, y eso es lo que estaba haciendo.

–¡Es Carlo Marx! –gritó Dean por encima del estrépito.

Y lo era. Aquel nietecito del saxo alto tenía unos ojos pequeños, brillantes; pies pequeños y torcidos; piernas delgadas; brincaba y se agitaba con el saxo y mantenía los ojos clavados en el auditorio (constituido por unas cuantas personas sentadas en una docena de mesas en un local de diez por diez de techo muy bajo), y nunca paraba. Sus ideas eran muy sencillas. Lo que le gustaba era la sorpresa de una nueva y sencilla variación de un tema. Iba de «ta-tap-taderara... ta-tap-taderara», repitiéndolo entre saltos y besando y sonriendo a su saxo... hasta «¡ta-tap-I-da-dera-RAP!». Y todo eran momentos de risa y comprensión para él y todos los que le oían. Su tono era claro como una campana, alto, puro, y tocaba justo delante de nuestras caras, a medio metro de distancia. Dean estaba de pie frente a él, olvidado de toda otra cosa del mundo, con la cabeza inclinada, tocando palmas con fuerza, el cuerpo entero saltando sobre los talones y el sudor, siempre el sudor, corriendo por el atormentado cuello de su camisa y deslizándose hasta formar literalmente un charco a sus pies. Galatea y Marie estaban allí; tardamos cinco minutos en darnos cuenta. ¡Ah, las noches de Frisco!, el final del continente y el final de la duda, de toda duda y de toda estupidez, adiós. Lampshade andaba de un lado para otro con la bandeja llena de cervezas; todo lo hacía con ritmo; gritaba a la camarera con ritmo:

—Oye, oye, chica, chica, paso, paso que aquí viene Lampshade con el vaso, paso, voy con el vaso. —Y pasaba como una exhalación con las cervezas en el aire y desaparecía por las puertas batientes y llegaba a la cocina y bailaba con las cocineras y volvía sudando. El saxofonista estaba sentado inmóvil en la esquina de una mesa con una bebida que no había tocado delante; miraba al vacío y las manos le colgaban a ambos lados hasta casi tocar el suelo, los pies sobresalían como dos lenguas y el cuerpo se estremecía con una especie de hastío absoluto, de tristeza en trance y de todo lo que se le pasara por la cabeza: un hombre que se deja fuera de combate cada noche y que dejaba a los demás la tarea de darle la puntilla. Todo se arremolinaba a su alrededor como una nube. Y el pequeño saxo alto de la abuelita, aquel Carlo Marx, saltaba y hacía el mono con su mágico instrumento y tocaba doscientos temas de blues, cada uno más frenético que el anterior, y no mostraba signos de debilidad o cansancio o de que fuera a dar por acabada la jornada. Todo el local se estremecía.

En la esquina de la Cuarta y Folsom, yo estaba una hora después con Ed Fournier, un saxo alto de San Francisco que esperaba conmigo mientras Dean telefoneaba desde un salón a Roy Johnson para que viniera a recogernos. No hablábamos de nada demasiado importante, simplemente charlábamos, pero de pronto vimos algo muy extraño y disparatado. Se trataba de Dean. Quería dar a Roy Johnson la dirección del bar, así que le dijo que esperara un momento y salió afuera a mirarlo, y para hacer esto tuvo que pasar a través de un tumulto de bebedores que alborotaban en la barra en mangas de camisa, llegar hasta el centro de la calle, y mirar los letreros. Hizo precisamente esto agachándose junto a la pared igual que Groucho Marx, con sus pies desplazándose con increíble rapidez, lo mismo que una aparición, con el dedo hinchado levantado en la noche, y en el centro de la calle se puso a girar mirando a todas partes en busca del letrero. Resultaba difícil de ver en la oscuridad, y él daba vueltas por la calzada, con el pulgar levantado, en un ansioso silencio; una persona desgreñada con el dedo en alto como un ganso volando, girando y girando en la oscuridad, y la otra mano metida distraídamente en el bolsillo del pantalón. Ed Fournier me decía:

—Yo toco en tono suave vaya a donde vaya y si a la gente no le gusta allá ellos, no voy a cambiar. Oye, tío, ese amigo tuyo está loco, mira lo que hace.

Y miramos. Hubo un gran silencio cuando Dean vio los letreros y corrió de regreso al bar. Se metió prácticamente entre las piernas de un grupo que salía y se deslizó con tanta rapidez por el bar que todos tuvieron que mirar dos veces para verlo. Un momento más tarde apareció Roy Johnson y Dean se deslizó con la misma rapidez a través de la calle y entró en el coche. Todo sin hacer el menor ruido, y nos largamos otra vez.

—Mira, Roy, sabemos que te hemos creado problemas con

tu mujer debido a todo esto pero es absolutamente necesario que nos lleves a la esquina de la Cuarenta y seis y la calle Geary en el tiempo increíble de tres minutos o todo se echará a perder. ¡Bueno! ¡Sí! –Toses–. Por la mañana Sal y yo nos iremos a Nueva York y ésta es nuestra última noche de juerga y sé que no te importará.

No, a Roy Johnson no le importaba; se pasó todos los semáforos que encontró en rojo y nos llevó a una velocidad de acuerdo con nuestra locura. Al amanecer fue a su casa a acostarse. Dean y yo terminamos la noche con un tipo de color llamado Walter que pidió de beber en el bar y alineó las bebidas y dijo:

–Spodiodi de vino –que era una mezcla de oporto, de whisky y otra vez de oporto–. Hay que endulzar por los dos lados este whisky tan malo –añadió.

Nos invitó a ir a su casa a tomar una cerveza. Vivía en los apartamentos de detrás de Howard. Su mujer dormía cuando entramos. La única luz del apartamento era la de la bombilla que estaba encima de su cama. Hubo que coger una silla y desenroscar la bombilla mientras ella sonreía allí acostada; Dean hizo la operación parpadeando sin parar. Ella era unos quince años mayor que Walter y era la mujer más dulce del mundo. Después tuvimos que enchufar una extensión por encima de la cama, y seguía sonriendo. No le preguntó a Walter dónde había estado o qué hora era; nada. Por fin nos instalamos en la cocina con la extensión y nos sentamos en la humilde mesa a beber cerveza y contarnos cosas. Amaneció. Era hora de irnos y volver a enroscar la bombilla. La mujer de Walter sonreía y sonreía mientras repetíamos la loca operación. No dijo ni una sola palabra.

–Ahí la tienes, tío, ésa es la *auténtica* mujer que necesitamos –dijo Dean en la calle a la luz del amanecer–. Nunca una palabra más alta que otra, nunca una queja; su marido puede volver a casa a la hora que quiera y con quien le dé la gana y hablar en la cocina y beber cerveza y marcharse en cualquier

264

momento. Eso es un hombre y ése es su castillo. –Y señaló el edificio de apartamentos.

Nos alejamos tambaleándonos. La noche había terminado. Un coche de la policía nos siguió recelosamente durante unas cuantas manzanas. Compramos unos donuts recientes en una panadería de la calle Tercera y nos los comimos en la gris y sórdida calle. Un tipo alto, de gafas y bien vestido venía dando bandazos calle abajo acompañado de un negro con gorra de camionero. Era una extraña pareja. Pasó un camión muy grande y el negro lo señaló excitado como intentando expresar sus sentimientos. El blanco miró furtivamente por encima del hombro y contó su dinero.

–¡Es el viejo Bull Lee! –rió Dean–. Siempre contando su dinero y preocupado por todo, mientras que el otro sólo quiere hablar de camiones y de las cosas que sabe. –Los seguimos un rato.

Flores santas flotando en el aire, eso eran todos aquellos rostros cansados en el amanecer de la América del jazz.

Teníamos que dormir; descartamos a Galatea Dunkel. Dean conocía a un guardafrenos llamado Ernest Burke que vivía con su padre en la habitación de un hotel de la calle Tercera. En principio Dean se había llevado bien con ellos, pero después no tan bien, y la idea era que yo intentara persuadirles de que nos dejaran dormir en el suelo de su casa. Fue horrible. Tuve que llamar desde un bar. El viejo respondió al teléfono con desconfianza. Me recordaba por lo que había oído contar a su hijo. Ante nuestra sorpresa bajó al vestíbulo a buscarnos. Era un viejo y miserable hotel de Frisco. Subimos y el viejo fue tan amable que nos dejó toda la cama.

–De todos modos tenía que levantarme ya –dijo, y se dirigió a la pequeña cocina a preparar café. Empezó a contarnos historias de su época en el ferrocarril. Me recordaba a mi padre. Le escuché atentamente. Dean no le prestaba atención, se estaba lavando los dientes y andaba por allí diciendo «Sí, eso es» a todo lo que el viejo contaba. Por fin nos dormimos; por la mañana volvió Ernest de su turno en la Western Division y se acostó en cuanto Dean y yo nos levantamos. El viejo señor Burke se estaba arreglando para acudir a una cita que tenía con una mujer de edad madura. Se puso un traje verde de tweed, una visera de paño, también de tweed verde, y se colocó una flor en el ojal.

–Estos románticos y miserables ferroviarios de Frisco tienen su vida propia, triste sin duda, pero inquieta –le dije a Dean en el retrete–. Fue muy amable por habernos dejado dormir aquí.

–Claro, claro –respondió Dean sin escucharme. Salió disparado en busca de un coche a la agencia de viajes. Mi trabajo consistía en ir a casa de Galatea Dunkel a por nuestro equipaje. Me la encontré sentada en el suelo con las cartas del tarot en la mano.

–Bueno, adiós, Galatea, espero que te vaya todo bien.

–Cuando vuelva Ed lo llevaré al Jamson's Nook todas las noches para que se llene de locura hasta arriba, ¿crees que funcionará eso? No sé qué hacer, Sal.

–¿Qué dicen las cartas?

–El as de espadas se encuentra muy lejos de él. Está rodeado de corazones... La reina de corazones nunca está lejos. ¿Ves esta sota de espadas? Es Dean, siempre está cerca.

–Bueno, nos vamos a Nueva York dentro de una hora.

–Algún día Dean emprenderá uno de esos viajes y nunca volverá.

Me dejó ducharme y afeitarme, y después le dije adiós y cogí el equipaje. Me subí a un taxi barato de esos que siguen un determinado itinerario y puedes cogerlo en cualquier esquina y bajarte en cualquier otra esquina por unos quince céntimos; vas con otros pasajeros como en un autobús, pero hablando y contando chistes como en un coche particular. Aquel último día en Frisco, la calle Mission era un gran lío de niños jugando, negros que volvían alegres del trabajo, polvo, excitación, la gran animación y el vibrante zumbido de la que sin duda es la ciudad más excitante de América... y por encima el puro cielo azul y la alegría del brumoso mar que se oye toda la noche y hace que todos tengan mayor apetito y más ganas de divertirse. Me molestaba tener que marcharme; mi estancia había durado sesenta horas. Con el frenético Dean corría por el mundo sin oportunidad de verlo. Por la tarde estaríamos en Sacramento zumbando de nuevo hacia el Este.

V

El coche pertenecía a un maricón alto y delgado que volvía a su casa de Kansas y llevaba gafas de sol negras y conducía con extremada prudencia; el coche era lo que Dean llamaba un «Plymouth marica»; carecía de aceleración y de auténtica potencia.

—¡Un coche afeminado! —me susurró Dean al oído. Iban otros dos pasajeros, una pareja de típicos turistas de medio pelo que querían detenerse y dormir en todas partes. La primera parada fue en Sacramento, que no era ni siquiera el comienzo de nuestro viaje a Denver. Dean y yo íbamos en el asiento de atrás solos, les dejábamos dirigir a los otros y hablábamos.

—Mira, tío, aquel saxo alto de anoche LO tenía... Lo encontró y ya no lo soltó. Nunca he visto a un tipo que pudiera retenerlo tanto tiempo.

Yo quería saber qué significaba ese «LO». Dean se echó a reír.

—¡Bueno, tío! Me estás preguntando sobre imponderables... Verás, hay un tipo y todo el mundo estaba allí, ¿cierto? Le toca exponer lo que todos tienen dentro de la cabeza. Empieza el primer tema, después desarrolla las ideas, y la gente, sí, sí, y lo consigue, y entonces sigue su destino y tiene que tocar de acuerdo con ese destino. De repente, en algún momento en medio del tema *lo coge...*, todos levantan la vista y se dan cuenta; le escuchan; él acelera y sigue. El tiempo se detiene. Llena el espacio vacío con la sustancia de nuestras vidas, confesiones de sus entrañas, recuerdos de ideas, refundiciones de antiguos sonidos. Tiene que tocar cruzando puentes y volviendo, y lo hace con tan infinito sentimiento, con tan profunda exploración del alma a través del tema del momento que todo el mundo sabe que lo que importa no es el tema sino lo que ha cogido... —Dean no pudo continuar; sudaba al hablar de aquello.

Entonces empecé a hablar; nunca había hablado tanto en toda mi vida. Le conté a Dean que cuando era niño e iba en coche solía imaginarme que llevaba una enorme guadaña en la mano y que cortaba con ella todos los árboles y postes y hasta los montes que desfilaban por delante de la ventanilla.

—¡Sí, sí! —gritó Dean—. Yo también solía hacer eso, sólo que con una guadaña diferente..., verás por qué. Como viajaba por el Oeste, a través de enormes inmensidades, mi guadaña tenía que ser inconmensurablemente más larga y tenía que alcanzar hasta montañas muy distantes para cortarles la cumbre, e incluso tenía que llegar hasta montes mucho más lejanos y al tiempo cortar todos los postes de la carretera. Por eso... sí, tío, tengo que decírtelo, AHORA LO tengo... y tengo que hablarte también de cuando mi padre y yo y un vagabundo de la calle Larimer hicimos un viaje a Nebraska en plena Depresión para vender matamoscas. ¿Y cómo los hicimos? Cogimos trozos de tela y unos metros de alambre que doblábamos y pequeños trozos de tela azul y roja que cosíamos en los bordes. Y todo eso lo comprábamos por unos pocos céntimos y fabricamos miles de matamoscas e íbamos en el trasto del viejo vagabundo por todas las granjas de Nebraska y los vendíamos a níquel cada uno. En la mayoría de los sitios nos daban un níquel por caridad, al ver a dos vagabundos y un chaval, y mi viejo solía cantar por entonces: «¡Aleluya! Ya soy otra vez un vagabundo, un vagabundo.» Y, tío, ahora escucha esto: después de dos semanas de penalidades increíbles y de andar de un sitio para otro con un calor horrible vendiendo aquellos jodidos matamoscas, empezaron a reñir sobre el reparto de las ganancias y terminaron pegándose en una cuneta y luego hicieron las paces y compraron vino y empezaron a beber y no pararon en cinco días y cinco noches mientras yo lloraba sin parar en la parte de atrás, y cuando terminaron se habían gastado hasta el último céntimo y nos encontrábamos justamente donde habíamos empezado, en la calle Larimer. Y a mi viejo lo detuvieron y tuve que presentarme ante el juez y pedirle que lo soltara porque era mi padre y no tenía madre. Sal, yo soltaba discursos muy maduros a la edad de ocho años delante de abogados que me escuchaban con mucho interés...

Teníamos calor; íbamos hacia el Este; estábamos excitados.

–Déjame que te cuente algo más –le dije yo– y es sólo un paréntesis dentro de lo que tú me estás contando y con el fin de terminar lo que te decía antes. Una vez de niño iba en el asiento de atrás del coche de mi padre y me vi cabalgando en un caballo blanco que corría, junto al coche salvando todos los obstáculos. Saltaba cercas y sorteaba casas y a veces saltaba por encima de ellas si yo las veía demasiado tarde; subía montañas, pasaba como un rayo por plazas llenas de tráfico que yo tenía que evitar con una rapidez increíble...

–¡Sí! ¡Sí! ¡Sí! –dijo jadeante Dean en un puro éxtasis–. La única diferencia conmigo era que quien corría era yo mismo, no tenía caballo. Tú eras un niño del Este y soñabas con caballos; claro que no podemos admitir esas cosas pues ambos sabemos que de hecho no son más que basura e ideas literarias, pero al menos yo quizá debido a mi esquizofrenia más fuerte corría a pie junto al coche a una velocidad increíble, a veces incluso a más de ciento treinta, saltando vallas y matorrales y granjas y hasta en ocasiones subiendo una cumbre y bajando sin quedarme atrás nunca...

Hablábamos de estas cosas y sudábamos. Nos habíamos olvidado por completo de la gente de delante, que empezaban a preguntarse qué estaba pasando en el asiento de atrás. En un determinado momento, el conductor dijo:

–¡Por el amor de Dios! Están haciendo que el coche se balancee. –Y de hecho estábamos haciéndolo al compás de nuestro ritmo y de LO que habíamos captado y de nuestra alegría al hablar y vivir y de las innumerables particularidades angélicas que acechaban nuestras almas y nuestras vidas.

–¡Oh, tío!, ¡tío! –gimió Dean–. Y esto ni siquiera es el principio.., y ahora aquí estamos yendo por fin juntos al Este, nunca lo habíamos hecho juntos, Sal, piensa en ello, vamos a recorrer Denver juntos y a ver qué está haciendo la gente, aunque ese asunto nos importe poco, lo que importa es que LO sabemos y sabemos cómo es el TIEMPO y sabemos que todo va realmente BIEN. –Después, agarrándome por la manga, sudando, se puso a susurrarme–: Ahora fíjate un poco en esos de ahí delante. Están inquietos, van contando los kilómetros que faltan, piensan dónde van a dormir esta noche, cuánto dinero van a gastar en gasolina, el tiempo que hará, cuándo llegarán a su destino... como si en cualquier caso no fueran a llegar. Pero necesitan preocuparse y traicionan el tiempo con falsas urgencias o, también, mostrándose simplemente ansiosos y quejosos; sus almas de hecho no tendrán paz hasta que encuentren una preocupación bien arraigada, y cuando la hayan encontrado pondrán la cara adecuada, es decir, serán desgraciados y todo pasará a su lado y se darán cuenta y eso también les preocupará. ¡Escúchalos! ¡Escúchalos! –Les imitó–: «Bueno, veamos, quizá no consigamos gasolina en esa estación de servicio. Hace poco he leído en el *National Petroffiouss Petroleum News* que ese tipo de gasolina tiene demasiados octanos y alguien me dijo en cierta ocasión que hasta tiene no sé qué semioficial de alta frecuencia, y de hecho no estoy seguro de si, bueno, que en cualquier caso me parece...» Tío, ¿los estás oyendo? –Me pegaba tremendos codazos para que le observara. Yo lo hacía lo mejor que podía. Bing, bang, ¡sí!, ¡sí!, ¡sí! Todo era agitación en el asiento de

271

atrás y los de delante se secaban la frente asustados y lamentaban habernos aceptado en la agencia de viajes. Y sólo era el comienzo.

En Sacramento el marica cogió astutamente una habitación en un hotel y nos invitó a que subiéramos a tomar una copa con él, mientras la pareja iba a dormir a casa de unos parientes. Y en la habitación del hotel Dean puso en práctica todo lo que dicen los manuales que hay que hacer para sacar dinero a un marica. Fue una locura. El marica empezó diciéndonos que estaba muy contento de viajar con nosotros porque le gustaban los jóvenes así, y teníamos que creerle, pues no le gustaban las mujeres y acababa de terminar un asunto con un hombre en Frisco en el que él asumía el papel masculino y el otro el femenino. Dean lo atosigó con preguntas y asentía a todo. El marica decía que le gustaría mucho saber lo que pensaba Dean de todo aquello. Después de advertirle de que en su juventud a veces había sido un chulo, Dean le preguntó cuánto dinero tenía. Yo estaba en el cuarto de baño. El marica se enfadó mucho y creo que empezó a sospechar de los objetivos finales de Dean. No soltó dinero e hizo vagas promesas para Denver. Siguió contando su dinero y comprobó el contenido de su equipaje. Dean abandonó el asunto.

—Ya lo estás viendo, es mejor no molestarse. Se les ofrece lo que secretamente quieren y enseguida les invade el pánico. —Pero había conquistado lo suficiente al dueño del Plymouth como para que le dejara tomar el volante sin reticencias, y ahora viajábamos de verdad.

Salimos de Sacramento al amanecer y cruzamos el desierto de Nevada a mediodía, después de un rapidísimo paso por las sierras que hizo que el marica y los turistas se agarraran unos a otros en el asiento de atrás. Nosotros íbamos delante: habíamos tomado el mando. Dean estaba contento de nuevo. Lo único que necesitaba era un volante entre las manos y cuatro ruedas sobre la carretera. Me habló de lo mal conductor que era Bull Lee y se empeñó en demostrarlo...

–Siempre que aparece un camión como ese que se acerca, Bull tarda muchísimo en verlo, porque no ve, no puede *ver*. –Se frotó furiosamente los ojos para demostrármelo–. Yo le digo: «¡Atención, Bull, un camión!», y él me responde: «¿Cómo? ¿Qué me estás diciendo?», «¡Un camión! ¡Un camión!», y en el último momento se lanza directamente contra el camión. Así. –Y Dean lanzó el Plymouth directamente contra el camión que se nos echaba encima. Osciló y dudó un momento delante de él, el rostro del camionero se puso gris ante nuestros ojos, los del asiento de atrás soltaron gritos de terror, y se apartó en el último momento–. Así, justamente así es como él lo hace de mal. –Yo no me había asustado en absoluto: conocía a Dean. Los del asiento de atrás estaban sin habla. De hecho ni se atrevían a quejarse: sólo Dios sabía lo que Dean era capaz de hacer si se quejaban.

Dean condujo como una bala a través del desierto, haciendo demostraciones de las diversas maneras de cómo no se debe conducir, del modo en que conducía su padre, de cómo toman las curvas los grandes conductores, de cómo las tomaban los malos conductores, al principio muy cerradas y luego tenían problemas, y así sucesivamente. Era una tarde soleada y calurosa. Reno, Battle Mountain, Elko, todas las localidades de la carretera de Nevada, disparadas por las ventanillas una tras otra, y al amanecer estábamos en los llanos de Salt Lake con las luces de Salt Lake City brillando infinitesimalmente casi a ciento cincuenta kilómetros de distancia entre el espejismo de los llanos, apareciendo dos veces, por encima y por abajo de la curvatura de la tierra, una clara y otra opaca. Le dije a Dean que lo que nos mantenía unidos a todos a este mundo era invisible, y para demostrarlo señalé las largas hileras de postes telefónicos que se curvaban hasta perderse de vista sobre ciento cincuenta kilómetros de sal. El vendaje de Dean estaba medio deshecho, muy sucio, se agitaba en el aire, y su rostro era pura luz.

–¡Sí, tío, Dios mío, sí, sí! –De repente detuvo el coche y se derrumbó. Me volví hacia él y lo vi encogido en un rincón del asiento durmiendo. Tenía la cara apoyada sobre la mano sana, y la vendada permanecía de modo automático cuidadosamente en el aire.

La gente del asiento de atrás suspiró aliviada. Les oí quejarse en voz muy baja.

—No podemos permitir que siga conduciendo, está absolutamente loco, debe haberse escapado de un manicomio o algo así.

Salí en defensa de Dean y me incliné hacia atrás para hablarles.

—No está loco. Se siente muy bien, y no se preocupen de cómo conduce, es el mejor del mundo.

—No puedo soportarlo —dijo la chica con un susurro histérico sofocado. Volví a sentarme y disfruté de la llegada de la noche en el desierto y esperé a que el bienaventurado Ángel Dean volviera a despertarse. Estábamos en una elevación que dominaba las nítidas líneas de luces de Salt Lake City y Dean abrió los ojos al lugar de este mundo espectral donde había nacido, sin nombre y sucio, años atrás.

—¡Sal, Sal, mira, aquí es donde nací, piénsalo! La gente cambia, come año tras año y cambia cada vez que come. ¡Iiii! ¡Mira! —Estaba tan excitado que me hizo gritar. ¿Adónde nos llevaría todo esto?

Los turistas insistieron en conducir el coche el resto del camino hasta Denver. De acuerdo, nos daba lo mismo. Nos sentamos atrás y hablamos. Pero por la mañana estaban demasiado cansados y Dean cogió el volante en Craig, una zona del desierto del este de Colorado. Habíamos pasado casi toda la noche avanzando cautelosamente por el paso de Strawberry, en Utah, y habíamos perdido muchísimo tiempo. Se durmieron. Dean se lanzó decididamente hacia la imponente pared del paso de Berthoud que se alzaba unos cien kilómetros delante de nosotros en el techo del mundo, un tremendo estrecho de Gibraltar envuelto en nubes. Bajó el paso de Berthoud volando: lo mismo que en el de Tehachapi, con el motor parado y gracias al impulso del coche, y pasando a todos los demás vehículos y sin interrumpir nunca el rítmico avance que las propias montañas señalaban, hasta que contemplamos la gran llanura caliente de Denver una vez más... y Dean estaba en casa.

Aquella gente nos vio bajar del coche con gran alivio en la esquina de la 27 y Federal. Nuestro maltrecho equipaje volvió a amontonarse en la acera; todavía nos quedaba mucho camino. Pero no nos importaba: la carretera es la vida.

VI

Teníamos un montón de cosas que hacer en Denver, y eran de un tipo totalmente diferente a las de 1947. Podíamos ir a buscar inmediatamente un coche a la agencia de viajes o bien quedarnos unos cuantos días para divertirnos y buscar a su padre.

Los dos estábamos cansados y sucios. En el retrete de un restaurante, estaba en el urinario cerrando el paso de Dean al lavabo y dejé de mear antes de haber terminado y fui a otro urinario, y le dije:

—¿Qué te parece?

—Sí, tío —respondió mientras se lavaba las manos—, está muy bien, pero es muy malo para los riñones y como ya te estás haciendo viejo, cada vez que hagas eso te aseguras años de dolores en tu vejez, dolores de riñones seguros para los días en que te toque sentarte en los parques.

—¿Quién es viejo? —repliqué enfadado—. No soy mucho mayor que tú.

—No estábamos diciendo eso, tío.

—Ya —añadí—, siempre estás haciendo bromas con mi edad. No soy un marica como aquel marica viejo, no necesitas preocuparte por mis riñones.

Volvimos a nuestra mesa justo cuando la camarera nos traía los emparedados de roastbeef caliente que habíamos pedido y, aunque habitualmente Dean se habría lanzado como un lobo encima de la comida, no lo hizo. Yo dije para desahogar mi ira:

—No quiero oírte hablar más de eso.

Y de repente los ojos de Dean se llenaron de lágrimas y se levantó y dejó su comida caliente allí y salió del restaurante. Me pregunté si se habría ido para siempre. No me importó, estaba muy enfadado. Había flipeado momentáneamente y la había tomado con Dean. Pero la vista de la comida sin tocar me puso más triste de lo que había estado en años. No debí haber dicho eso... Le gusta tanto comer... Nunca había dejado su comida así... ¡Qué cojones! Eso le serviría de lección.

Dean estuvo fuera del restaurante exactamente cinco minutos y después volvió y se sentó.

—Bueno —dije—, ¿qué andabas haciendo por ahí afuera?, ¿apretándote los puños, quizá? ¿Cagándote en mi madre o pensando en nuevas bromas sobre mis riñones?

—No, tío, no, estás completamente equivocado. Si lo quieres saber, bueno... —respondió, moviendo la cabeza.

—Adelante, dímelo —añadí yo sin levantar la vista de mi plato. Me sentía como un animal.

—Estaba llorando —dijo Dean.

—¡Qué coño! Pero si tú nunca lloras...

—¿Crees eso? ¿Por qué piensas que nunca lloro?

—No tienes bastante sensibilidad para llorar. —Cada una de estas cosas que decía era como un cuchillo que me clavaba a mí mismo. Estaba saliendo todo lo que abrigaba en contra de mi hermano: me sentí un ser espantoso y miserable al descubrir en lo más profundo de mí unos sentimientos tan asquerosos.

—No, tío, estaba llorando. —Dean meneaba la cabeza.

—Vamos, tuviste un ataque de locura y quisiste largarte.

—Créeme, Sal, créeme esto si es que has creído algo de mí.

Sabía que estaba diciendo la verdad y sin embargo no quería que me molestara la verdad, y cuando lo miré noté que todas mis asquerosas tripas se revolvían. Me di cuenta, y lo acepté, de que estaba equivocado.

–Perdóname, Dean, creo que nunca me había portado así contigo. Bueno, ahora ya sabes cómo soy. Sabes que no tendré nunca más relaciones íntimas con nadie... No sé qué hacer cuando me pasan estas cosas. Tengo las cosas en la mano como si no valieran nada y no sé dónde dejarlas. Olvídalo. –El taleguero santo empezó a comer–. ¡No es culpa mía! –le dije–. En este asqueroso mundo nada es culpa mía, ¿no lo ves? No quiero que lo sea y no puede serlo y no lo es.

–Sí, tío, sí. Pero, por favor, vuelve a escucharme, y créeme.

–Te creo, de verdad. –Y fue la historia más triste de aquella tarde. Y aquella noche, surgieron toda clase de complicaciones cuando Dean y yo fuimos a instalarnos con la familia okie.

Habían sido vecinos míos en la soledad que había pasado en Denver dos semanas atrás. La madre era una mujer maravillosa que llevaba pantalones vaqueros y conducía camiones de carbón en las montañas por el invierno para mantener a sus hijos, cuatro en total, pues su marido los había abandonado años antes cuando viajaban por todo el país con el remolque. Habían recorrido con ese remolque la distancia que hay entre Indiana y LA. Tras muchos buenos ratos y un maravilloso domingo por la tarde emborrachándose en los bares de los cruces de la carretera y risas y música de guitarra por la noche, el enorme patán de pronto se había alejado caminando por la oscura pradera y nunca volvió. Sus hijos eran maravillosos. El mayor era un chico, que no andaba por allí aquel verano, sino en un campamento de las montañas; la siguiente era una chica adorable de trece años que escribía poemas y cogía flores en el campo y quería ser actriz de Hollywood cuando fuera mayor, su nombre era Janet; después estaban los pequeños, Jimmy, que por las noches se sentaba alrededor de la hoguera y pedía su patata antes de que estuviera asada, y Lucy, que jugaba con gusanos, escarabajos y todo lo que se arrastrara y les ponía nombres y les

278

hacía sitios donde vivir. Tenían cuatro perros. Vivían sus pobres y alegres vidas en una pequeña calle recién abierta y eran el blanco del semirrespetable sentido del decoro de sus vecinos sólo porque a la pobre mujer le había dejado su marido y porque llenaban de basura el patio. Por la noche todas las luces de Denver se extendían como una gran rueda en la llanura de abajo, pues la casa estaba en la zona del oeste donde las montañas bajan hasta la llanura en estribaciones sucesivas y donde, en tiempos muy lejanos, las suaves olas del Mississippi, entonces casi un mar, debieron barrer la tierra para crear mesetas tan redondas y perfectas como las de los picos-islas de Evans y Pike y Longs. Dean se presentó allí y, por supuesto, todo fueron sudores y alegrías al verlos, en especial a Janet, pero le avisé que no la tocara, y probablemente ni tenía necesidad de decírselo. La mujer era una mujer estupenda y se encariñó enseguida con Dean, pero ella se mostró tímida y él se mostró tímido. Ella dijo que Dean le recordaba a su marido.

–Justo igual que él... Era tan loco, tan loco.

El resultado fue un frenético beber cerveza en la sucia sala de estar, cenas ruidosas y una radio Lone Ranger que hacía un ruido tremendo. Las complicaciones surgieron como nubes de mariposas: la mujer (Frankie, la llamaban todos) por fin había decidido comprar un viejo coche tal y como había estado amenazando con hacerlo durante años, y ya sólo le faltaban unos pocos dólares. Dean asumió de inmediato la responsabilidad de elegir el coche y señalar su precio, pues, claro está, quería usarlo él para, como antaño, coger a las chicas a la salida del colegio y llevarlas a las montañas. La pobre e inocente Frankie siempre estaba de acuerdo en todo. Pero tuvo miedo de soltar su dinero cuando estuvieron en la tienda delante del vendedor. Dean se sentó directamente en el polvo del Bulevar Alameda y se daba puñetazos en la cabeza.

–¡Por cien dólares no se puede pedir nada mejor! –Juró que no volvería a hablar con ella, soltó tacos hasta que se le puso la cara roja, estaba a punto de saltar dentro del coche y largarse con él–. ¡Vaya con estos estúpidos y estúpidos y estúpidos okies! Nunca aprenderán, son totalmente idiotas, es increíble, llega el momento de actuar y les entra la parálisis, se asustan, se ponen histéricos, lo que más les asusta es lo que *quieren*... ¡Es como *mi padre mi padre mi padre* de nuevo!

Dean estaba muy excitado aquella noche porque su primo Sam Brady nos había citado en un bar. Llevaba una camiseta limpia y estaba radiante.

–Escucha, Sal, debo hablarte de Sam... Es mi primo.

–Por cierto, ¿has buscado a tu padre?

–Tío, esta tarde estuve en el bar de Jiggs, que era donde solía beber cerveza hasta atontarse y hasta que el dueño le decía cuatro cosas y lo ponía de patitas en la calle... no... y fui a la vieja barbería de al lado del Windsor... no, no fue allí... un tipo me dijo que estaba..., ¡imagínate!..., trabajando en una cantina con baile del ferrocarril, el *Boston and Maine*, ¡en Nueva Inglaterra! Pero no le creí, enseguida se fabrican historias falsas. Ahora préstame atención. En mi infancia este primo mío, Sam Brady, era mi héroe absoluto. Solía traer whisky de contrabando de las montañas y una vez tuvo una tremenda pelea a puñetazos con su hermano que duró dos horas y las mujeres chillaban aterrorizadas. A veces dormíamos juntos. Fue el único hombre de la familia que me demostró cierto cariño. Y esta noche voy a verlo de nuevo después de siete años, acaba de regresar de Missouri.

–¿Y con qué objeto?

–Ningún objeto, tío. Sólo quiero saber lo que ha sucedido en la familia (recuerda que tengo familia), y principalmente, Sal, quiero que me cuente cosas que he olvidado de mi infancia. Quiero recordar, recordar, ¡lo quiero! –Nunca había visto a Dean tan alegre y excitado. Mientras esperábamos en el bar a su primo habló mucho de los hipsters más jóvenes del centro y de los golfos y se informó de las nuevas bandas y sus actividades.

Después hizo indagaciones sobre Marylou, que había estado recientemente en Denver–. Sal, en mi juventud solía venir a esta esquina para robar las monedas del quiosco de periódicos, era la única manera que tenía de comer, ese tipo con pinta tan violenta que está ahí me hubiera matado, se peleaba sin parar, recuerdo que tenía la cara marcada, lleva años y a-a-años ahí en la esquina y ha terminado por ablandarse, y se ha vuelto un hombre muy amable y paciente con todo el mundo, se ha convertido en una institución de la esquina, ¿ves las cosas que pasan?

Llegó Sam, un hombre delgado y nervioso, de pelo rizado, treinta y cinco años y manos callosas de trabajador. Dean le miraba casi con respeto.

–No –dijo Sam Brady–, ya no bebo.

–¿Lo ves? ¿Lo ves? –me susurró Dean al oído–. Ya no bebe y era el tipo más aficionado al whisky de la ciudad; ahora es religioso, me lo ha dicho por teléfono, fíjate en él, fíjate en cómo ha cambiado..., mi héroe se ha convertido en un extraño. –Sam Brady desconfiaba de su primo más joven. Nos llevó a dar una vuelta en su viejo cupé y estableció de inmediato su posición con respecto a Dean.

–Y ahora escúchame, Dean, no voy a creerme ni una de las palabras de lo que tratas de decirme. He venido a verte esta noche porque necesito que firmes un documento familiar. Para nosotros tu padre es como si ya no existiera y no queremos tener que ver absolutamente nada con él y, siento tener que decírtelo, tampoco contigo.

Miré a Dean. Su cara se había ensombrecido.

–Claro, claro –dijo. El primo siguió llevándonos en el coche y hasta nos compró unos helados. Con todo, Dean le atosigó con innumerables preguntas acerca del pasado y el primo le respondía y durante unos momentos Dean casi se puso a sudar de nuevo todo excitado. ¿Dónde estaba su pobre padre aquella noche? El primo nos dejó bajo las tristes luces de una feria del Bulevar Alameda, en Federal. Se citó con Dean para que éste firmara el documento la tarde siguiente y se largó. Le dije a Dean que sentía mucho que no hubiera nadie en el mundo que le creyese.

–Recuerda que yo te creo. Lamento muchísimo aquel resentimiento que demostré ayer por la tarde.

–Muy bien, tío, de acuerdo –respondió Dean. Anduvimos juntos por la feria. Había tiovivos, norias, palomitas de maíz, ruletas, puestos y cientos de jovenzuelos de Denver con pantalones vaqueros. El polvo se alzaba hasta las estrellas junto a la música más triste del mundo. Dean llevaba unos desgastados levis muy estrechos y una camiseta y de nuevo parecía un auténtico personaje de Denver. Había chicos en moto con casco y bigote y cazadoras con tachuelas que estaban detrás de las barracas con chicas preciosas con levis y camisas color de rosa. También había un montón de chicas mexicanas, y una increíble enanita de apenas un metro de estatura con la cara más bonita y tierna del mundo, que se volvió a la que la acompañaba y dijo:

–Vamos a buscar a Gómez y nos abrimos.

Dean se quedó de piedra al verla. Parecía que en la oscuridad de la noche le había atravesado un enorme cuchillo.

–Tío, me acabo de enamorar de ella, sí, la *amo*...

La seguimos durante bastante tiempo. Por fin, ella cruzó la calle para llamar por teléfono desde la cabina de un motel y Dean hacía como que miraba la guía telefónica mientras de hecho no dejaba de observarla. Yo intenté iniciar una conversación con los amigos de la muñequita pero no nos hicieron caso. Gómez llegó en un camión desvencijado y se llevó a las chicas. Dean se quedó en mitad de la calle, dándose puñetazos.

–Tío, casi me muero...

–¿Por qué coño no hablaste con ella?

–No podía, no podía...

Decidimos comprar unas cervezas y subir hasta casa de Frankie, la okie, y poner unos discos. Hicimos autostop y nos cogió enseguida un coche. Llegamos con las cervezas y Janet, la hija de Frankie, que tenía trece años, nos pareció la chica más guapa del mundo; y además estaba a punto de hacerse mujer. Lo mejor suyo eran aquellos largos y sensibles dedos que tenía y que usaba para hablar con ellos, lo mismo que Cleopatra bailando junto al Nilo. Dean se sentó en el rincón más apartado de la habitación contemplándola con ojos brillantes y diciendo:

–Sí, sí, sí.

Janet se daba cuenta de la presencia de Dean y se volvió hacia mí en busca de protección. Los meses anteriores de aquel mismo verano habíamos pasado mucho tiempo hablando de libros y de las cosas que le interesaban.

VII

Aquella noche no pasó nada; nos fuimos a dormir. Todo pasó al día siguiente. Por la tarde, Dean y yo bajamos al centro de Denver para hacer diversas gestiones y pasarnos por la agencia de viajes en busca de un coche que nos llevara a Nueva York. De regreso a casa de Frankie, ya a última hora de la tarde, subíamos por Broadway, cuando de repente Dean entró en una tienda de artículos deportivos, cogió con toda tranquilidad una pelota de béisbol del mostrador, y salió botándola y haciéndola saltar sobre la palma de la mano. Nadie se dio cuenta: esas cosas casi nunca las nota nadie. Era una tarde agobiante y calurosa. Fuimos tirándonos la pelota el uno al otro mientras seguíamos subiendo.

—Seguro que mañana conseguimos un coche.

Una amiga mía me había regalado una botella de litro de bourbon Old Granddad. Empezamos a beber en casa de Frankie. Al otro lado de un sembrado vivía una chica a la que Dean había tratado de ligarse desde nuestra llegada. Se estaba incubando una tormenta. Dean tiró varias piedras a los cristales de su ventana y la asustó. Mientras estábamos bebiendo el bourbon en la sucia sala de estar con todos los perros y los juguetes desparramados por todas partes y una conversación mortecina, Dean salió corriendo por la puerta de la cocina y cruzó el sembrado y empezó a tirar piedrecitas y a silbar. De cuando en cuando Janet salía para atisbar. De pronto Dean volvió muy pálido.

—Problemas, tío. La madre de esa chica viene detrás de mí con una escopeta y ha reunido a un grupo de chavales para que me persigan.

—Pero ¿qué pasa? ¿Dónde están?

—Al otro lado del sembrado, tío. —Dean estaba borracho y no se preocupaba demasiado. Salimos juntos y cruzamos el sembrado bajo la luz de la luna. Vi grupos de gente en la oscura y polvorienta carretera.

—¡Ahí vienen! —oí.

—Esperen un minuto —dije—. ¿Pueden decirme lo que pasa?

La madre acechaba al fondo con una enorme escopeta debajo del brazo.

—Ese desgraciado de amigo suyo lleva un rato molestándonos. Yo no soy de esas personas que llaman a la policía. Si vuelve a aparecer por aquí le pegaré un tiro; y aviso que tiraré a matar.

Los chavales estaban agrupados y con los puños cerrados. Yo también estaba tan borracho que no me preocupé de ellos, pero procuré tranquilizarlos.

—No lo hará más —les aseguré—. Es mi hermano y me hace caso. Por favor, aparte ese arma y no se preocupe más.

—¡Que vuelva si se atreve! —dijo la mujer firme y amenazadoramente en la oscuridad—. Cuando vuelva mi marido irá en su busca.

—No necesita hacer eso; no volverá a molestarles, dense cuenta de ello. Y ahora tranquilícense y todo se arreglará. —Detrás de mí Dean lanzaba maldiciones entre dientes. La chica estaba atisbando por la ventana de su dormitorio. Conocía a aquella gente de antes y confiarían lo bastante en mí como para tranquilizarse un poco. Cogí a Dean por el brazo y volvimos por los surcos del sembrado.

—¡Vaya! —gritó Dean—. ¡Esta noche voy a emborracharme!

De regreso a casa de Frankie, Dean enloqueció ante un disco que había puesto Janet y lo rompió sobre la rodilla. Era un disco de música hilbilly. También había un disco antiguo de Dizzy Gillespie que le gustaba mucho a Dean (era «Congo Blues» con Max West a la batería). Se lo había regalado yo a Janet y le dije que lo cogiera y se lo rompiera a Dean encima de la cabeza. Ella se levantó y lo hizo. Dean abrió la boca atontado pero dándose cuenta de todo. Todos nos reímos. Todo estaba arreglado. En esto, Frankie quiso salir a beber cerveza.

–¡Andando! –gritó Dean–. Pero, maldita sea, si hubieras comprado el coche aquel que te enseñé el martes ahora no tendríamos que ir caminando.

–¡No me gustaba aquel maldito coche! –gritó Frankie. Los niños se pusieron a llorar. Una densa y apolillada eternidad se extendía por la enloquecida sala de estar parda con el lúgubre papel pintado, la lámpara color rosa, los rostros excitados. El pequeño Jimmy estaba asustado; le acosté con uno de los perros al lado. Frankie estaba borracha y llamó a un taxi y mientras lo esperábamos me telefoneó mi amiga. Esta amiga mía tenía un primo de edad madura que me odiaba a rabiar, y aquella misma tarde yo le había escrito una carta al viejo Bull Lee, que ahora estaba en Ciudad de México, contándole las aventuras de Dean y mías y los motivos de nuestra estancia de Denver. Le decía: «Tengo una amiga que me regala whisky y me da dinero y me invita a cenar.»

Estúpidamente le di aquella carta a este primo de mi amiga para que la echara al correo, justo después de haber cenado pollo. El tipo la abrió, la leyó, y corrió a contarle lo miserable que era yo. Ahora mi amiga me llamaba llorando y diciéndome que no quería volver a verme. Después el primo cogió el teléfono y empezó a llamarme hijo de puta. Mientras el taxi tocaba el claxon fuera y los niños lloraban y los perros ladraban y Dean bailaba con Frankie solté todas las maldiciones que sabía y añadí muchas nuevas y en mi locura de borracho le dije por teléfono que se fuera a tomar por el culo y colgué y salí a emborracharme.

Entramos dando tumbos en el taxi y enseguida llegamos al bar. Era un bar de pueblo junto a las colinas. Entramos y pedimos cerveza. Todo se iba al carajo. Y para hacer que las cosas fueran todavía más frenéticas, en el bar había un tipo espástico que echó los brazos al cuello de Dean y empezó a llorarle en la misma cara, y Dean volvió a enloquecer y sudaba y maldecía y, para añadir mayor confusión a la que había, Dean salió corriendo y robó un coche que estaba en el aparcamiento del bar y salió disparado hacia el centro y volvió con otro nuevo y mejor. De repente levanté la vista y vi policías y gente en el aparcamiento iluminado por las luces del coche de la pasma; y todos hablaban del coche robado.

—Alguien ha estado robando coches que estaban estacionados aquí —decía un policía.

Dean estaba detrás de él escuchándole y diciendo:

—Sí, claro, claro.

Dean entró en el bar y andaba tambaleándose con el pobre espástico que se había casado aquel mismo día y tenía una borrachera tremenda y su mujer esperaba en alguna parte.

—Tío, este chaval es algo grande —decía Dean—. Sal, Frankie, ahora voy a traer un coche realmente cojonudo y nos iremos con Tony —el pobre espástico— y daremos un paseo por las montañas.

Y salió corriendo. Al mismo tiempo, entró un policía y dijo que estaba en el aparcamiento un coche que había sido robado en el centro de Denver. La gente discutía. Desde la ventana vi que Dean saltaba dentro del coche más próximo y se largaba sin que nadie se diera cuenta. Muy pocos minutos después estaba de regreso con un coche totalmente distinto, un descapotable último modelo.

—¡Éste sí que es una auténtica maravilla! —me dijo al oído—. El otro rateaba demasiado... lo dejé en el cruce, vi éste aparcado delante de una granja... Di una vuelta por Denver. ¡Vamos, tío, vamos *todos* a dar un paseo! —Toda la amargura y locura de su vida en Denver salían despedidas de su organismo como si fueran puñales. Su cara estaba congestionada y sudorosa y con expresión amenazadora.

–¡No, no quiero tener nada que ver con coches robados!

–¡No te preocupes, tío! Tony, ven conmigo, ¿verdad que vendrás mi querido y absurdo Tony? –Y Tony, un muchacho delgado, moreno de ojos saltones, que echaba espuma por la boca, se apoyó en Dean y se quejaba y quejaba porque de pronto se sentía mal y entonces por alguna extraña razón tuvo miedo de Dean y se apartó de él con el terror pintado en su rostro. Dean inclinó la cabeza. Sudaba y salió corriendo y se alejó en el coche. Frankie y yo encontramos un taxi delante del bar y decidimos volver a casa. Cuando el taxista nos llevaba por el infinitamente oscuro Bulevar Alameda, por el que yo había paseado y perdido tantísimas noches durante los meses anteriores del verano, cantando y lamentándome y hablando a las estrellas y dejando caer gota a gota la esencia de mi corazón encima del alquitrán caliente, Dean de repente apareció detrás de nosotros en el descapotable robado y empezó a tocar el claxon y a acosarnos y a gritar. El taxista se puso lívido.

–Es sólo un amigo mío –dije.

Dean disgustado con nosotros se alejó a ciento cincuenta por hora soltando por el escape un humo espectral. Después dobló por la carretera que llevaba a casa de Frankie y se detuvo ante ella; luego, repentinamente, volvió a arrancar, giró y se dirigió de nuevo a la ciudad cuando nos bajamos del taxi y pagamos. Mientras esperábamos angustiados en el oscuro patio, volvió con otro coche, un destartalado cupé, se detuvo entre una nube de polvo y se fue directamente a la cama y se quedó quieto como un muerto encima de ella. Y allí delante de la misma puerta teníamos un coche robado.

Tuve que despertarlo; no conseguía poner el coche en marcha para aparcarlo en otro sitio. Saltó tambaleante de la cama, llevando solamente sus calzoncillos, y subimos juntos al coche, mientras los niños se reían en las ventanas, y fuimos dando saltos y tumbos por un campo de alfalfa del final de la carretera hasta que finalmente el coche no pudo seguir y se detuvo bajo un viejo chopo cerca de un antiguo molino.

–No puede seguir más allá –dijo sencillamente Dean, y se apeó y volvió caminando por el sembrado, unos quinientos metros, en calzoncillos a la luz de la luna. Llegamos a casa y nos metimos en la cama. Todo era un terrible lío: mi amiga, los coches, los chicos, la pobre Frankie, el cuarto de estar lleno de latas de cerveza, y yo trataba de dormir. Un grillo me mantuvo despierto durante cierto tiempo. De noche, en esta parte del Oeste, las estrellas, lo mismo que había comprobado en Wyoming, son tan grandes como luces de fuegos artificiales y tan solitarias como el Príncipe del Dharma que ha perdido el bosque de sus antepasados y viaja a través del espacio entre los puntos de luz del rabo de la Osa Mayor tratando de volver a encontrarlo. Y de ese modo brillan en la noche; y luego, mucho antes de que saliera realmente el sol, se extendió una vasta luminosidad roja sobre la parda y desabrida tierra que lleva al oeste de Kansas y los pájaros iniciaron su trinar sobre Denver.

VIII

Por la mañana teníamos unas náuseas tremendas. Lo primero que hizo Dean fue atravesar el sembrado para ir a ver si el coche podía llevarnos al Este. Dije que no lo hiciera, pero fue de todas formas. Volvió palidísimo.

—Sal, es el coche de un policía y todas las comisarias de la ciudad tienen mis huellas dactilares desde el año que robé quinientos coches. Ya ves para qué los robo, sólo para dar un paseo. ¡No puedo evitarlo! Escúchame, iremos directamente a la cárcel si no nos largamos de aquí en este preciso instante.

—Tienes razón —respondí, y empezamos a recoger nuestras cosas lo más deprisa que pudimos. Con faldones de camisas y corbatas colgando de las maletas, dijimos adiós a toda prisa a aquella agradable familia y nos dirigimos con paso vacilante hacia la carretera donde nadie nos conocía. Janet lloraba al vernos, o verme, marchar, o lo que fuera... y Frankie se mostró muy amable y la besé y pedí disculpas.

—Sin duda es un loco —dijo—. Me recuerda mucho a mi marido, el que se largó. Es el mismo tipo de hombre. Espero que mi pequeño Mickey no sea así de mayor.

Y dije adiós a Lucy, que tenía un escarabajo en la mano, y al pequeño Jimmy, que aún dormía. Todo esto en cuestión de segundos; era un hermoso amanecer de domingo. A cada instante temíamos que apareciese un coche de policía lanzado en nuestra busca.

—Si se entera esa mujer de la escopeta estamos jodidos —dijo Dean—. Tenemos que encontrar un taxi. Entonces estaremos a salvo.

Estuvimos a punto de despertar a los de una granja para que nos dejaran usar su teléfono, pero el perro nos ahuyentó. Cada minuto que pasaba las cosas se ponían peor; el cupé podía ser encontrado por cualquier campesino madrugador. Una amable anciana nos dejó utilizar su teléfono, y llamamos a un taxi del centro de Denver; pero no vino. Caminamos a trompicones carretera abajo. A primera hora de la mañana comenzó el tráfico y cada coche que pasaba nos parecía que era de la policía. Entonces vimos que venía un coche patrulla de verdad y me di cuenta de que mi vida, tal y como había ido hasta entonces, se terminaba y que empezaba una nueva etapa horrible entre rejas. Pero el coche de la policía resultó ser nuestro taxi, y en ese mismo momento se inició nuestra huida hacia el Este.

En la agencia de viajes esperaba un estupendo recibimiento a quien quisiera llevar un Cadillac del 47 hasta Chicago. El dueño había llegado conduciendo desde México acompañado de su familia, se había cansado y los había metido en un tren. Lo único que quería era nuestros nombres y que lleváramos el coche a Chicago. Mis documentos le dejaron convencido de que todo iría bien. Le dije que no se preocupara. Y dije a Dean:

—Nada de joder este coche.

Mientras, él saltaba de excitación al contemplarlo. Tuvimos que esperar una hora. Nos tumbamos en el césped que rodeaba la iglesia donde en 1947 había pasado algún tiempo con unos vagabundos después de dejar a Rita Bettencourt en su casa. Y allí mismo me quedé dormido, agotado y cara a los pájaros de la tarde. De hecho, estaban tocando un órgano en alguna parte. Dean callejeó por la ciudad. Se hizo amigo de una camarera y se citó con ella para llevarla a pasear en el Cadillac aquella misma tarde, y volvió para despertarme con la noticia. Ahora me sentía mejor. Me levanté ante las nuevas complicaciones.

Cuando volvió el del Cadillac, Dean saltó al instante dentro de él y se fue «a buscar gasolina», y el empleado de la agencia de viajes me miró y dijo:

—¿Cuándo va a volver? Los pasajeros están preparados.

Y me enseñó a dos muchachos irlandeses de un colegio de jesuitas del Este que esperaban en un banco con sus maletas.

—Fue a por gasolina. Volverá enseguida —le respondí, y fui hasta la esquina y vi a Dean que tenía el motor en marcha y esperaba a la camarera que se estaba cambiando en la habitación de un hotel; de hecho incluso podía verla a ella desde donde estaba, y la vi frente al espejo arreglándose y luego poniéndose unas medias de seda, y deseé irme con ellos. La chica bajó corriendo y saltó dentro del Cadillac. Yo regresé a la agencia para tranquilizar al empleado y a los pasajeros. Desde la puerta pude distinguir fugazmente el paso del Cadillac por Cleveland Place, con Dean en camiseta y alegre, agitando las manos y hablando con la chica e inclinándose sobre el volante, mientras ella se mantenía muy tiesa y orgullosa a su lado. Fueron a un aparcamiento, estacionaron junto a un muro de ladrillo de la parte de atrás (Dean había trabajado allí en cierta ocasión), y allí, según él, hicieron lo que les apeteció a plena luz del día; y no sólo eso, la convenció para que nos siguiera al Este en cuanto cobrara su sueldo el viernes, viajaría en autobús y se reuniría con nosotros en el apartamento de Ian MacArthur en la avenida Lexington, de Nueva York. Dijo que iría; se llamaba Beverly. Media hora después, Dean puso el coche en marcha de nuevo, dejó a la chica en el hotel, con besos, adioses y promesas, y zumbó hacia la agencia del viajes para recogernos.

—Bueno, ¡ya era hora! —dijo el empleado—. Empezaba a pensar que se había pirado con el Cadillac.

—Es responsabilidad mía —respondí—, no se preocupe. —Y dije eso porque Dean estaba tan obviamente frenético que cualquiera podía tomarle por un loco. Pero se calmó e incluso ayudó a los alumnos de los jesuitas a cargar su equipaje. Apenas se sentaron y apenas yo había dicho adiós a Denver, Dean se lanzó a toda velocidad con el coche cuyo enorme motor sonaba con inmensa potencia. Tres kilómetros después de Denver el velocímetro se estropeó: Dean iba ya a ciento ochenta kilómetros por hora.

–Bueno, sin velocímetro no podré saber a qué velocidad vamos. Pero lo que tardemos en llegar a Chicago nos dirá la velocidad a la que hemos ido. –No parecía que fuera a más de cien por hora pero adelantábamos a todos los coches por la autopista en línea recta que lleva a Greeley como si fueran tortugas–. El motivo por el que me dirijo al Noreste es porque es absolutamente necesario que visitemos el rancho de Ed Wall, en Sterling. Tienes que conocer a Ed y visitar su rancho y este coche corre tanto que podemos hacerlo sin problemas de tiempo y llegar a Chicago mucho antes que el tren de ese hombre.

Muy bien, estaba de acuerdo. Empezó a llover pero Dean no aflojó la marcha. Era un hermoso coche muy grande, el último modelo de los automóviles al viejo estilo, tenía una carrocería muy alargada y neumáticos blancos por los lados y probablemente cristales a prueba de balas. Los chicos de los jesuitas (de San Buenaventura), iban sentados atrás y no tenían ni idea de la velocidad a la que íbamos. Intentaron hablar con Dean pero fue inútil y éste terminó por quitarse la camiseta y conducir con el pecho al aire.

–Esa Beverly es una chica guapísima, se reunirá conmigo en Nueva York, nos casaremos en cuanto tenga los documentos para divorciarme de Camille. Todo funciona, Sal, y estamos en marcha. ¡Sí, sí!

Cuanto más nos alejábamos de Denver nos sentíamos mejor, y nos estábamos alejando muy deprisa. Se hizo de noche cuando dejamos la autopista en Junction y cogimos una estrecha carretera que nos llevó a través de las lúgubres llanuras del este de Colorado hasta el rancho de Ed Wall, en medio de Coyote Alto. Pero seguía lloviendo y el barro era muy resbaladizo y Dean redujo la marcha a cien por hora, pero le dije que fuera aún más despacio o patinaríamos, y él me respondió:

—No te preocupes, tío, ya me conoces.

—No esta vez —respondí—. Vas demasiado rápido. —Y nada más decir esto nos encontramos con una curva muy pronunciada hacia la izquierda y Dean se agarró con fuerza al volante e intentó tomarla bien, pero el coche resbaló sobre el barro y osciló peligrosamente.

—¡Cuidado! —gritó Dean, a quien todo le daba lo mismo, luchando contra su buena estrella durante un momento, y terminamos con la parte trasera en la cuneta y la delantera en la carretera. Se hizo un impresionante silencio. Oíamos gemir el viento. Estábamos en mitad de una pradera desierta. Había una granja a unos quinientos metros carretera adelante. Yo lanzaba juramentos y estaba muy enfadado con Dean. Él no decía nada y salió camino de la granja, cubierto con un impermeable, a buscar ayuda.

—¿Es hermano suyo? —preguntaron los chicos del asiento de atrás—. Es un demonio con el coche... y, según lo que cuenta, también debe serlo con las mujeres.

—Está loco, sí —les respondí—, pero es mi hermano. —Y vi que Dean volvía con el granjero y su tractor. Engancharon unas cadenas al parachoques y el coche salió de la cuneta. Estaba cubierto de barro y el parachoques quedó destrozado. El granjero nos cobró cinco dólares. Sus hijas observaban bajo la lluvia. La más guapa y tímida se escondía en el campo y hacía bien porque era indudablemente la chica más guapa que Dean y yo habíamos visto en nuestra vida. Tenía unos dieciséis años, un aspecto de la llanura maravilloso con una piel como las rosas, y ojos azules, el cabello adorable y la timidez y agilidad de una gacela. Cada vez que la mirábamos retrocedía asustada. Allí estaba de pie con los inmensos vientos que soplaban desde Saskatchevan jugando con su cabello, que formaba maravillosos bucles en torno a su cabeza. Y se ruborizaba y se ruborizaba.

Terminamos nuestros asuntos con el granjero, echamos una última mirada al ángel de la pradera, y nos alejamos, ahora más despacio, hasta que cayó la noche por completo y Dean dijo que el rancho de Ed Wall estaba allí mismo, delante de nosotros.

–Las chicas como ésa me asustan –dije–. Lo abandonaría todo por ella y me arrojaría a sus pies; quedaría a su merced y si me rechazara me iría para siempre de este mundo.

Los chicos del colegio de jesuitas se reían. Sólo sabían de bromas colegiales y en sus cabezas de chorlito sólo tenían mucho Aquino mal digerido. Dean y yo no les hicimos ningún caso. Mientras cruzábamos las praderas cubiertas de barro me contaba cosas de sus días de vaquero y me enseñó un trecho de la carretera donde pasó una mañana entera cabalgando; y dónde había estado arreglando la alambrada nada más llegar a los terrenos de Wall, de una extensión tremenda; y dónde el viejo Wall, el padre de Ed, solía alborotar persiguiendo una ternera en su coche por la hierba alta y gritando:

–¡Cógela, cógela, cagoendiós!

–Tenía que comprar un coche nuevo cada seis meses –me explicó Dean–. No le importaba. Cuando se nos escapaba un animal corría en su persecución hasta que el coche se atascaba en un pantano y luego seguía a pie. Contaba hasta el último centavo que ganaba y lo guardaba en un puchero. Era un viejo ranchero loco. Ya te enseñaré algunos de los coches que destrozó, están cerca del granero. Estuve aquí en libertad condicional después de mi último lío. Y aquí vivía cuando le escribí aquellas cartas a Chad King.

Dejamos la carretera y nos metimos por un sendero sinuoso que atravesaba los pastos de invierno. Apareció de pronto ante nuestros faros un melancólico grupo de vacas con la cara blanca.

–¡Aquí están! ¡Las vacas de Wall! ¡No podremos pasar a través de ellas! Tendremos que bajarnos y espantarlas. ¡Eh! ¡Eh! ¡Eh!

Pero no necesitamos hacerlo y avanzamos despacio entre ellas, a veces golpeándolas suavemente, mientras se movían con calma y mugían como un mar rodeando las puertas del coche. Más allá vimos la luz de la casa de Ed Wall. Alrededor de esa luz se extendían cientos de kilómetros de pastos.

La clase de oscuridad absoluta que cae sobre una pradera como ésta resulta inconcebible para alguien del Este. No había luna, ni estrellas, ni luz, excepto la de la cocina de la señora Wall. Lo que existía pasadas las sombras del porche era una interminable visión del mundo que no se conseguiría ver hasta el amanecer. Después de llamar a la puerta y de preguntar allí en la oscuridad por Ed Wall, que estaba ordeñando las vacas en el establo, di un breve y cauteloso paseo por aquella oscuridad, fueron sólo unos veinte pasos, ni uno más. Me pareció oír coyotes. Wall dijo que probablemente era uno de los caballos salvajes de su padre que relinchaba a lo lejos. Ed Wall tenía más o menos nuestra edad, era alto, ágil, de dientes en punta, y lacónico. Él y Dean habían pasado muchas tardes en las esquinas de la calle Curtis silbando a las chicas que andaban por allí. Ahora nos hizo entrar amablemente en la oscura, parda y poco utilizada sala de estar y anduvo en la oscuridad hasta que encontró unas mortecinas lámparas y las encendió y dijo a Dean:

—¿Qué coño te ha pasado en ese dedo?

—Pegué a Marylou y se me infectó y tuvieron que amputarme un pedazo.

—¿Adónde hostias vas y por qué? —Me di cuenta de que se comportaba como el hermano mayor de Dean. Meneó la cabeza; todavía tenía el cubo de leche a sus pies—. Bueno, de todos modos siempre has sido un hijoputa sin pizca de seso.

Entretanto su joven esposa preparó un magnífico banquete en la enorme cocina del rancho. Se disculpó por el helado de melocotón:

—No lleva más que nata y melocotones congelados. —Pero, claro está, era el único helado auténtico que había tomado en toda mi vida. Empezó poco a poco y terminó en la abundancia; a medida que íbamos comiendo aparecían nuevas cosas en la mesa. Era una rubia bastante guapa, pero como todas las mujeres que viven en los grandes espacios abiertos se quejaba de que se aburría un poco. Habló de los programas de radio que solía escuchar a esta hora de la noche. Ed Wall estaba sentado y se limitaba a mirarse las manos. Dean comió vorazmente. Quería que yo siguiera su historia de que el Cadillac era mío. Según él, yo era un hombre muy rico y él era amigo y mi chófer. Aquello no impresionó en absoluto a Ed Wall. Cada vez que el ganado hacía ruido en el establo levantaba la cabeza y escuchaba.

—Bueno, espero que lleguéis bien a Nueva York —dijo; pero lejos de creer la historia de que el Cadillac era mío, estaba seguro de que Dean lo había robado. Estuvimos en el rancho aproximadamente una hora. Ed Wall había perdido toda su confianza en Dean, lo mismo que Sam Brady... Lo miraba con desconfianza siempre que lo miraba. Habían pasado días muy agitados cuando, terminada la recolección del heno, andaban por las calles de Laramie, Wyoming; pero todo aquello estaba muerto e ido.

Dean saltaba convulsivamente en su silla.

—Muy bien, sí, sí, muy bien, y ahora creo que lo mejor será que nos larguemos porque tenemos que estar en Chicago mañana por la noche y ya hemos perdido varias horas.

Los colegiales dieron cordialmente las gracias a Wall y reanudamos la marcha. Me volví para ver la luz de la cocina hundirse en el mar de la noche. Después miré hacia delante.

IX

En muy poco tiempo estábamos de nuevo en la autopista y esa noche vi desplegarse ante mis ojos todo el estado de Nebraska. Íbamos a ciento setenta y cinco por hora por rectas interminables, cruzábamos pueblos dormidos, no había tráfico y el expreso de la Union Pacific quedaba detrás de nosotros bajo la luz de la luna. No sentí miedo en toda la noche; era perfectamente legítimo ir a ciento setenta y cinco y hablar y ver aparecer y desaparecer como en sueños todas las localidades de Nebraska: Ogallala, Gothenburg, Kearney, Grand Island, Columbus... Era un coche magnífico; corría por la carretera como un barco por el agua. Tomábamos las curvas con toda soltura.

–¡Ah, tío, qué coche tan maravilloso! –suspiraba Dean–. Piensa lo que podríamos hacer tú y yo si tuviéramos un coche como éste. ¿Sabes que hay una carretera que baja hasta México y luego sigue hasta Panamá...?, y quizá continúe hasta el final de América del Sur donde los indios miden más de dos metros y mascan coca en las montañas. ¡Sí! Tú y yo, Sal, recorreríamos el mundo entero en un coche como éste porque, tío, en definitiva la carretera tiene que dar la vuelta al mundo entero. ¿Adónde va a ir si no? ¿No es así? Pero, en fin, nos pasearemos por el viejo Chicago con este coche. Fíjate, Sal, nunca he estado en Chicago.

298

—En este Cadillac pareceremos gángsters.

—¡Eso es! ¿Y las chicas? Podremos ligarnos un montón de chicas. Sal, he decidido mantener una velocidad extra y así tendremos una noche entera para andar por allí con el coche. Ahora sólo tienes que descansar y yo conduciré todo el rato.

—De acuerdo, ¿a qué velocidad vamos ahora?

—Nos mantenemos más o menos a ciento ochenta... y ni siquiera se nota. Cruzaremos Iowa entero durante el día y luego recorreremos Illinois en muy poco tiempo. —Los chicos se habían dormido y hablamos y hablamos toda la noche.

Era notable hasta qué punto Dean podía volverse loco y a continuación sondear su alma (que a mi juicio está arropada por un coche rápido, una costa a la que llegar y una mujer al final de la carretera), tranquila y sensatamente como si no hubiera pasado nada.

—Ahora me pongo así siempre que estoy en Denver..., no puedo hacérmelo en esa ciudad nunca más. Por eso, por eso, porque el pobre Dean es como un poseso. ¡Zas! ¡Zas! —Le conté que yo había recorrido esta carretera de Nebraska antes, en el 47. Él también—. Sal, cuando trabajaba en la lavandería Nueva Era de Los Ángeles, en mil novecientos cuarenta y cuatro (había falsificado la edad, claro), hice un viaje a Indianápolis con el propósito exclusivo de ver la carrera del 30 de mayo; de día hacía autostop y por la noche para ganar tiempo robaba coches. También tenía en LA un Buick de veinte dólares, mi primer coche; no podía pasar la inspección de frenos y luces y decidí que necesitaba un permiso de otro estado para usar el coche sin que me detuvieran, así que vine aquí a conseguir la licencia. Cuando estaba haciendo autostop por uno de estos pueblos, con las placas de la matrícula escondidas debajo de la chaqueta, un sheriff metomentodo consideró que era demasiado joven para estar haciendo autostop y me detuvo. Encontró las matrículas y me metió en una celda de la cárcel con un delincuente del condado que debería de haber estado en un asilo de ancianos, pues no podía comer por sí solo (la mujer del sheriff le daba de comer) y se pasaba el día entero babeándose y sollozando. Después de la investigación, que incluyó atenciones y cuidados paternales y después bruscas amenazas para asustarme, y también una comprobación de mi escritura y otras cosas así, y después de que le soltara el mejor discurso de toda mi vida para que me pusiera en libertad, en el que le dije que era mentira todo lo que le había dicho de mi pasado de ladrón de coches y que sólo andaba buscando a mi padre, que trabajaba en una granja de los alrededores, dejó que me fuera. Me perdí las carreras, claro. Al otoño siguiente hice lo mismo para ver el partido Notre Dame-California en South Bend, Indiana... Esta vez no tuve ningún problema, Sal, pero tenía el dinero justo para la entrada, ni un centavo de más, y no comí nada ni a la ida ni a la vuelta, excepto lo que pude sacarles a los tipos que conocí en la carretera. Soy el único chico de los Estados Unidos de América que se haya tomado tantas molestias por ver un partido de fútbol.

Le pregunté por qué había estado en LA en 1944.

—Me detuvieron en Arizona y me metieron en la cárcel más horrible en que he estado en mi vida. Tuve que escaparme y fue la fuga más grande de toda mi vida, hablando de fugas, ya sabes, de un modo general. Por los bosques, ya me entiendes, y arrastrándome, y por pantanos... subiendo por la parte montañosa. Me esperaban porras de goma y trabajos forzados y una supuesta muerte accidental, así que tuve que seguir por los bosques para mantenerme lejos de senderos y caminos y carreteras. Tuve que deshacerme de mi ropa de presidiario y robé del modo más limpio una camisa y unos pantalones en una estación de servicio de las afueras de Flagstaff, llegando a LA dos días después vestido de empleado de estación de servicio, y caminé hasta la primera estación que vi y conseguí una habitación y me cambié de nombre (Lee Buliay) y pasé un año muy divertido en LA, incluyendo un montón de nuevos amigos y algunas chicas realmente

300

estupendas; esta temporada se terminó cuando unos cuantos íbamos en coche por el Hollywood Boulevard una noche y le dije a mi tronco que atendiera el coche mientras yo besaba a una chica..., yo iba al volante, ya entiendes..., y el tipo *no me oyó* y chocamos contra un poste, pero sólo íbamos a treinta y me rompí la nariz. Ya la has visto..., esa curva griega que tengo ahí. Después de eso fui a Denver y aquella misma primavera conocí a Marylou en una heladería. Tío, sólo tenía quince años y llevaba pantalones vaqueros y esperaba a que alguien se la ligara. Tres días y tres noches de charla en el Hotel As, piso tercero, habitación de la esquina sudeste, habitación sagrada y santo escenario de mis días..., ella era tan dulce entonces, *tan joven*, ñam, ñam. ¡Pero oye! Mira eso de ahí afuera; es un grupo de vagabundos junto a una hoguera, ¡hostias! –Casi se detuvo–. ¿Lo ves? Nunca sabré si mi padre está ahí o no. –Había unos cuantos tipos tambaleándose junto a la hoguera–. Nunca sé si debo preguntar. Puede estar en cualquier parte. –Seguimos la marcha. En cualquier sitio detrás o delante de nosotros, en medio de la inmensa noche, su padre podía estar durmiendo la borrachera junto a cualquier matorral, era indudable... saliva en la barbilla, los pantalones mojados, roña en las orejas, costra en la nariz, y quizá sangre en el pelo y la luna brillante encima de él. Cogí a Dean por el brazo.

–Oye, tío, esta vez vamos realmente a casa.

Nueva York iba a ser una residencia permanente por primera vez. Se reía; no podía esperar.

–Fíjate, Sal, en cuanto lleguemos a Pennsylvania empezaremos a oír ese bop del Este por la radio. ¡Venga, coche, corre, coche, corre! –Aquel magnífico coche cortaba el viento; hacía que las llanuras se desplegaran como un rollo de papel; despedía alquitrán caliente con deferencia... un coche imperial. Abrí los ojos a un ventoso amanecer; nos dirigíamos hacia él. El rostro de Dean duro y terco, inclinado como siempre hacia delante, expresaba determinación.

—¿En qué estás pensando?

—¡Ja!¡Ja! ¡Ja! En lo de siempre, ya sabes... ¡mujeres, mujeres!

Me dormí y me desperté en la seca y caliente atmósfera de la mañana de un domingo de julio en Iowa, y Dean seguía conduciendo y conduciendo y no había reducido la velocidad; tomaba las curvas de las hondonadas de Iowa a ciento treinta por lo menos, y en los tramos rectos seguía a ciento setenta y cinco como de costumbre, a no ser que el tráfico en ambos sentidos le obligara a ponerse en línea y arrastrarse a unos miserables ochenta por hora. En cuanto se presentaba una mínima oportunidad se disparaba y adelantaba a los coches de seis en seis y los dejaba detrás en medio de una nube de polvo. Un chaval con un Buick último modelo vio todo esto y decidió echarnos una carrera. Cuando Dean estaba a punto de adelantar a un grupo de coches, el tipo nos pasó a toda marcha sin previo aviso y gritaba y tocaba el claxon y encendía las luces traseras desafiándonos. Nos lanzamos tras él como un ave de presa.

—Espera un poco —rió Dean—. Voy a azuzar a ese hijoputa durante unos cuantos kilómetros. Fíjate bien.

Dejó que el Buick se adelantara y entonces aceleró y lo alcanzó sin ningún miramiento. El tipo del Buick perdió los estribos y se lanzó a ciento sesenta. Tuvimos oportunidad de ver cómo era. Parecía una especie de hipster de Chicago que viajaba con una mujer lo bastante mayor como para ser —y de hecho probablemente lo fuera— su madre. Dios sabe si ella se quejaba, pero lo cierto es que él no se rindió. Tenía el pelo negro y alborotado como un italiano del viejo Chicago; llevaba una camisa sport. Quizá pensaba que éramos una banda de LA dispuesta a invadir Chicago, quizás incluso creyera que éramos hombres de Mickey y Cohen porque el coche representaba muy bien ese papel y la matrícula era de California. Pero fundamentalmente sólo se trataba de un pasatiempo de carretera. Corrió riesgos terribles para mantenerse delante de nosotros; adelantaba a los coches en las curvas y conseguía con dificultad volver a ponerse en fila cuando algún enorme camión se le echaba encima. Recorrimos unos ciento cincuenta kilómetros de Iowa en este plan, y la carrera resultaba tan interesante que no tuve ocasión de asustarme. Después el tipo se rindió, se detuvo en una estación de servicio, probablemente siguiendo órdenes de la vieja, y cuando lo adelantamos agitó alegremente la mano. Continuamos, Dean con el pecho al aire, yo con los pies clavados en el salpicadero y los chicos durmiendo detrás. Nos paramos a desayunar en un parador atendido por una señora de pelo blanco que nos dio grandes cantidades de patatas mientras sonaban las campanas de la iglesia del pueblo cercano. Después continuamos.

–Dean, no conduzcas tan deprisa durante el día.

–No te preocupes, tío, sé lo que estoy haciendo. –Yo empecé a acobardarme. Dean se lanzaba sobre las filas de coches como el Ángel del Terror. Casi los embestía mientras buscaba paso. Rozaba sus parachoques, se estiraba y agitaba y levantaba para ver las curvas y, de pronto, el potente coche saltaba hacia delante y pasaba, y siempre por un pelo conseguía volver a la parte derecha mientras otras filas de coches pasaban en sentido contrario y yo temblaba. No podía soportarlo más. Sólo muy de vez en cuando se encuentran en Iowa rectas largas como las de Nebraska, pero cuando las encontraba Dean recuperaba su velocidad habitual de ciento setenta y cinco por hora y vi así, como a la luz de un relámpago, algunos de los lugares que recordaba en 1947... entre ellos, el sitio donde Eddie y yo estuvimos atascados durante dos horas. Aquella carretera del pasado desfilaba vertiginosamente como si la copa de la vida hubiese sido volcada y todo fuera un auténtico disparate. Me dolían los ojos ante aquella pesadilla a la luz del día.

–¡Hostias, Dean! Me voy al asiento de atrás, no puedo soportar esto más, no puedo mirar.

–¡Ji-ji-ji! –se burló Dean, y adelantó a un coche en un puente muy estrecho y levantó una nube de polvo y siguió su marcha. Salté al asiento de atrás y me dispuse a dormir. Uno de los chicos saltó delante para divertirse. Aquella mañana se apoderaron de mí terribles horrores; estaba seguro de que íbamos a chocar y me tumbé en el suelo y cerré los ojos y traté de dormir. Cuando era marinero solía pensar en las olas que pasaban por debajo del casco y en las insondables profundidades de más abajo..., ahora sentía la carretera medio metro debajo, desplegándose y volando y silbando a una velocidad increíble a través del ruidoso continente con aquel loco Ahab al volante. En cuanto cerraba los ojos lo único que veía era la carretera desplegándose en mi interior. Cuando los abría veía sombras relampagueantes de árboles vibrando en el suelo del coche. No había modo de escapar. Me resigné a lo que fuera. Y Dean seguía conduciendo sin pensar en dormir hasta que llegásemos a Chicago. Por la tarde pasamos de nuevo por el viejo Des Moines. Aquí, claro está, nos encontramos con mucho tráfico y tuvimos que aminorar la marcha y yo volví al asiento delantero. Se produjo un extraño y patético accidente. Un negro gordo iba con toda su familia en un sedán delante de nosotros; del parachoques trasero colgaba una de esas bolsas de lona para agua que venden en el desierto a los turistas. Dean iba hablando con los chicos y, sin darse cuenta, embistió contra la bolsa a unos ocho kilómetros por hora, y la bolsa estalló como una caldera y lo salpicó todo de agua. No se produjeron más daños, exceptuado el parachoques que se había abollado un poco. Dean y yo bajamos a hablar con el negro. El resultado fue un intercambio de direcciones y un poco de conversación, y Dean no quitó los ojos de la mujer del tipo, cuyos hermosos pechos morenos apenas quedaban ocultos por una fina blusa de algodón.

–Claro, claro. –Dimos al negro la dirección de nuestro potentado de Chicago y seguimos.

Cuando salíamos de Des Moines nos persiguió un coche de la policía con la sirena sonando que nos ordenó parar.

–¿Qué pasa ahora?

–¿Tuvieron ustedes un accidente hace un momento? –dijo un policía, apeándose.

–¿Accidente? Rompimos una bolsa de agua a un tipo en el cruce.

–Dijo que habían chocado contra él unos individuos que iban en un coche robado.

Fue una de las pocas veces que Dean y yo vimos actuar a un negro como un loco y un miserable. Nos sorprendió tanto que nos echamos a reír. Tuvimos que seguir al coche patrulla hasta la comisaría y pasar una hora tumbados en la hierba mientras telefoneaban a Chicago y hablaban con el dueño del Cadillac y comprobaban nuestra condición de chóferes alquilados. El potentado dijo, según el policía: «Sí, es mi coche, pero no respondo de lo que esos chicos hayan hecho.» Y el policía: «Tuvieron un pequeño accidente en Des Moines.» Y el dueño del Cadillac: «Sí, ya me lo ha dicho... pero lo que yo quiero decir es que no respondo de lo que hayan hecho en el pasado.»

Todo quedó aclarado y seguimos. Newton, Iowa... era donde yo había dado aquel paseo al amanecer en 1947. Por la tarde cruzamos una vez más por el agobiante Davenport y el Mississippi con muy poca agua en su lecho de aserrín; después Rock Island, con unos minutos de mucho tráfico, un sol que enrojecía y repentinos panoramas de agradables afluentes que fluían entre los árboles mágicos y los resplandores verdes de Illinois. Todo comenzaba a parecerse de nuevo al suave y dulce Este; el enorme y seco Oeste estaba liquidado. El estado de Illinois se desplegó ante mis ojos en un vasto movimiento que duró unas cuantas horas mientras Dean seguía embalado a la misma velocidad. Estaba cansado y corría más riesgos que nunca. Al cruzar un estrecho puente sobre uno de aquellos agradables riachuelos se precipitó en una situación casi irremediable. Delante de nosotros iban dos coches bastante lentos; en sentido contrario venía un enorme camión con remolque cuyo conductor estaba calculando el tiempo que les llevaría cruzar el puente a los dos coches lentos y, según sus cálculos, cuando él llegara al puente, los coches ya lo habrían cruzado. En el puente no había sitio para el camión y ningún otro coche que viniera en otra dirección. Detrás del camión se asomaban varios coches esperando la oportunidad de adelantarle. Delante de los coches lentos había más coches que también iban despacio. La carretera estaba abarrotada y todos estaban impacientes. Dean se lanzó sobre todo esto a ciento setenta y cinco kilómetros por hora sin la menor vacilación. Adelantó a los coches lentos, hizo una ese, casi pegó contra la barandilla izquierda del puente, siguió adelante a la sombra del enorme camión, dobló bruscamente a la derecha, casi tocó la rueda delantera izquierda del camión, faltó muy poco para que chocase contra el primero de los coches lentos, aceleró para adelantarlo, y después tuvo que volver a la fila porque detrás del camión había salido otro coche impaciente, todo en cuestión de un par de segundos, como un rayo y dejando tras de sí una nube de polvo en lugar de un espantoso choque múltiple con coches mirando en todas direcciones y el enorme camión volcado en la roja tarde de Illinois con sus campos de ensueño. Tampoco conseguía olvidar que un famoso clarinetista bop había muerto recientemente en un accidente de coche en Illinois, probablemente en un día como éste. Volví al asiento de atrás.

Los chicos también seguían atrás. Dean estaba decidido a llegar a Chicago antes de la noche. En un paso a nivel cogimos a un par de vagabundos que reunieron medio dólar entre los dos para la gasolina. Un momento antes se encontraban sentados entre montones de traviesas del ferrocarril apurando los últimos tragos de una botella de vino, y ahora estaban en un Cadillac manchado de barro pero extraordinario de todas formas que iba a Chicago a una velocidad pasmosa. De hecho, el más viejo de los dos, que iba sentado junto a Dean, nunca apartaba los ojos de la carretera y, puedo asegurarlo, rezaba sus humildes oraciones de vagabundo.

–Vaya –dijeron–, nunca nos imaginamos que íbamos a llegar a Chicago tan pronto.

Cuando pasábamos por los amodorrados pueblos de Illinois, donde la gente es tan consciente de las bandas de Chicago que pasan igual que nosotros en coches grandísimos, resultábamos extraños de ver; todos sin afeitar, el conductor con el pecho al aire, dos vagabundos, yo mismo en el asiento trasero, cogido a una abrazadera y con la cabeza reclinada en un almohadón mirándolo todo con aire imperioso... justo como una nueva banda de California que venía a disputar los despojos de Chicago, una banda de desesperados que se habían escapado de las cárceles de Utah. Cuando nos detuvimos a por Coca-Colas y gasolina en la estación de servicio de un pequeño pueblo la gente vino a vernos pero no dijeron ni una palabra, y creo que tomaron mentalmente nota de nuestras señas personales y estatura para caso de futura necesidad. Para hacer la operación con la chica que atendía la estación, Dean se echó simplemente su camiseta por encima de los hombros y fue seco y expeditivo como de costumbre y volvió rápidamente al coche y enseguida rodábamos de nuevo a toda velocidad. Pronto empezó a volverse púrpura el rojo del cielo, el último de los encantadores ríos relampagueó, y vimos delante de nosotros los distantes humos de Chicago. Habíamos ido de Denver a Chicago, pasando por el rancho de Ed Wall, en total unos 1.900 kilómetros, en exactamente diecisiete horas, sin contar las dos horas en la zanja, las tres en el rancho y las dos en la comisaría de policía de Newton, Iowa, lo que significa una media de unos ciento quince kilómetros por hora, con un solo conductor. Lo que constituye una especie de récord demente.

X

El gran Chicago resplandecía rojo ante nuestros ojos. De repente nos encontrábamos en la calle Madison entre grupos de vagabundos, algunos tumbados en la calle con los pies en el borde de la acera, y otros cientos bullendo a la entrada de los saloons y callejas.

−¡Vaya! ¡Vaya! Mira bien, Sal, porque el viejo Dean Moriarty quizás esté por casualidad este año en Chicago.

Dejamos a los vagabundos en esta calle y seguimos hacia el centro de Chicago. Tranvías chirriantes, vendedores de periódicos, chicas guapas, olor a comida y a cerveza en el aire, neones haciendo guiños.

−Estamos en la gran ciudad, Sal. ¡Maravilloso!

Lo primero que teníamos que hacer era aparcar el Cadillac en un sitio oscuro y lavarnos y vestirnos para la noche. Calle adelante, frente al albergue juvenil, encontramos una calleja entre edificios de ladrillo rojo y allí dejamos el Cadillac con el morro en dirección a la calle y listo para salir, después seguimos a los chicos hasta el albergue juvenil, donde cogieron una habitación y nos dejaron utilizar los servicios durante una hora. Dean y yo nos afeitamos y nos duchamos. Me cayó al suelo la cartera en el vestíbulo, Dean la cogió y ya se la iba a guardar cuando se dio cuenta de que era nuestra y se quedó muy decepcionado. Después dijimos adiós a los chicos, que estaban muy contentos de haber llegado enteros, y salimos a comer algo a una cafetería. El viejo Chicago pardo con sus extraños tipos medio del Este, medio del Oeste yendo a trabajar y escupiendo. Dean se quedó en medio de la cafetería rascándose la barriga y mirándolo todo. Quiso hablar con una extraña negra de edad madura que entró en la cafetería con una historia de que no tenía dinero pero sí bollos y quería mantequilla para ellos. Había entrado moviendo mucho las caderas y la pusieron inmediatamente de patitas en la calle.

—¡Oye! —dijo Dean—. Vamos a seguirla; la llevaremos hasta el Cadillac. ¡Menudo baile que armaremos! —Pero la olvidamos y seguimos por la calle North Clark, después de una vuelta por el Loop, para ver los bares de ligue y oír bop. Y fue una noche increíble—. Tío —me dijo Dean cuando nos encontrábamos delante de un bar—, mira esta calle de la vida, a los chinos que andan por Chicago. ¡Vaya ciudad tan rara! ¡Y fíjate en esa mujer de la ventana!, fíjate, fíjate cómo se le ven los pechos saliéndose por el escote del camisón, y vaya ojos tan grandes. Sal, tenemos que movernos y no pararnos hasta que lo consigamos.

—¿Y adónde vamos, tío?

—No lo sé, pero tenemos que movernos.

En esto llegó un grupo de jóvenes músicos bop que sacaron sus instrumentos de unos coches. Entraron en un saloon y les seguimos. Se instalaron y empezaron a tocar. ¡Ya empezábamos! El líder era un tipo alto, algo encorvado, de pelo rizado, un saxo tenor de boca apretada, estrecho de hombros, con una camisa sport, fresco en la calurosa noche, con el desenfreno escrito en sus ojos, que cogió su instrumento y lo miraba frunciendo el ceño y tocaba fría y complicadamente y marcaba el ritmo con el pie como para captar ideas y se agachaba para evitar otras.

—¡Toca! —decía con toda tranquilidad cuando les correspondía hacer solos a los otros muchachos. También estaba Prez, un fornido y guapo rubio que parecía un boxeador pecoso, vestido minuciosamente con un traje de sarga y el cuello de la camisa desabrochado y el nudo de la corbata deshecho como indicando despreocupación, mientras sudaba y levantaba su instrumento y tocaba en un tono muy parecido al del propio Lester Young.

—Ves, tío, Prez tiene las preocupaciones técnicas de un músico que quiere hacer dinero, es el único que va bien vestido, fíjate cómo le preocupa no salirse de tono, aunque el líder, ese tipo tan frío, le diga que no se preocupe y se limite a tocar... de lo único que debe preocuparse es del sonido y la exuberancia de la música. Es un artista. Está enseñando al joven Prez, el boxeador. ¡Mira ahora a los otros!

El tercer saxo era un alto, tenía unos dieciocho años, era un negro frío y contemplativo, un joven a lo Charlie Parker con aspecto de estudiante, la boca muy grande, más alto que los demás, serio. Levantaba su saxo y tocaba tranquila y pensativamente y obtenía frases de pájaro y una arquitectura lógica musical a lo Miles Davis. Eran los hijos de los grandes innovadores del bop.

Una vez hubo un Louis Amstrong que tocaba sus hermosas frases en el barro de Nueva Orleans; antes que él, estaban los músicos locos que habían desfilado en las fiestas oficiales y convertido las marchas de Sousa en ragtime. Después estaba el swing, y Roy Eldridge, vigoroso y viril, que tocaba la trompeta y sacaba de ella todas las ondas imaginables de potencia y lógica y sutileza... Miraba su instrumento con ojos resplandecientes y amorosa sonrisa y transmitía con él al mundo del jazz. Después había llegado Charlie Parker, un niño de la cabaña de su madre en Kansas City, que tocaba su agudo alto entre los troncos, que practicaba los días lluviosos, que salía para escuchar el viejo swing de Basie y Benny Moten, en cuya banda estaban Hot Lips Page y los demás... Charlie Parker dejó su casa y fue a Harlem y conoció al loco de Thelonius Monk y al más loco aún de Gillespie... Charlie Parker en sus primeros tiempos cuando flipeaba y daba vueltas mientras tocaba. Era algo más joven que Lester Young, también de Kansas City, ese lúgubre y santo mentecato en quien queda envuelta toda la historia del jazz; mientras mantuvo el saxo tenor en alto y horizontal era el más grande tocándolo, pero a medida que le fue creciendo el pelo y se volvió perezoso y despreocupado, el instrumento cayó cuarenta y cinco grados, hasta que finalmente cayó del todo y hoy lleva zapatos de suelas muy gruesas y no puede sentir las aceras de la vida y apoya el saxo contra el pecho y toca fríamente y con frases muy fáciles. Esos eran los hijos de la noche bop americana.

Extrañas flores, sin embargo..., porque mientras el negro del alto meditaba por encima de la cabeza de todos con gran dignidad, el joven alto, delgado y rubio de la calle Curtis, de Denver, con pantalones vaqueros y cinturón con tachuelas, chupaba la boquilla del instrumento mientras esperaba a que los demás terminaran; y cuando lo hacían, empezaba y tenías que mirar a todas partes para descubrir de dónde venía el solo, porque salía de una boca que sonreía angelicalmente junto a la boquilla y era un solo dulce, suave, de cuento de hadas. Solitario como América, un sonido desgarrador en la noche.

¿Qué decir de los otros y de todo aquel ruido? Estaba el bajista, un tipo pelirrojo y nervioso de ojos fulgurantes, que golpeaba las caderas contra el instrumento a cada impulso y que, en los momentos más calientes, tenía la boca abierta y como en trance.

–Tío, ahí tienes a uno capaz de *dominar* a una mujer.

El baterista triste, igual que nuestro hipster de la calle Folsom de Frisco, estaba completamente pasado; mirada perdida; mascaba chicle, ojos abiertos de par en par, moviendo el cuello en una especie de éxtasis. El pianista era un fornido camionero italiano con manos gruesas, de potente y taciturna alegría. Tocaron una hora. Nadie escuchaba. Los vagabundos de la vieja

North Clark dormitaban en el bar, las putas gritaban enfadadas. Chinos misteriosos se escurrían en silencio. Los ruidos de quienes buscaban plan o ligue se interferían. Siguieron tocando. Afuera en la acera se produjo una aparición: un chaval de unos dieciséis años, con perilla y la maleta de un trombón. Delgado como una paja y con cara de loco, quería unirse al grupo y tocar con ellos. Lo conocían y no lo admitieron. Se metió en el bar sin que nadie se diera cuenta y sacó el trombón y se lo llevó a los labios. No le dieron oportunidad. Terminaron, recogieron sus cosas y se fueron a otro bar. Aquel delgadísimo chaval de Chicago quería tocar. Se ajustó las gafas oscuras, se llevó el trombón a los labios y soltó un «¡Booou!». Después corrió detrás de los otros músicos. No querían que tocara con ellos.

—Todos estos chicos viven con su abuela lo mismo que Tom Snark y que aquel que tocaba el saxo alto y se parecía a Carlo Marx –dijo Dean. Corrimos detrás de la banda. Fueron al club de Anita O'Day y sacaron los instrumentos y tocaron hasta las nueve de la mañana. Dean y yo estuvimos allí todo el rato bebiendo cerveza.

En los descansos corríamos al Cadillac y andábamos arriba y abajo por todo Chicago intentando ligarnos a unas chavalas. Pero se asustaban ante nuestro enorme coche, marcado, profético. En su loco frenesí, Dean bajaba a besuquear las bocas de riego y se reía como un demente. Hacia las nueve el coche era un auténtico desastre; los frenos ya no funcionaban; los guardabarros estaban abollados; los pistones rateaban. Dean no conseguía detenerlo ante los semáforos rojos; se agitaba convulsivamente sobre la calzada. Era el precio de la noche. Era un trasto cubierto de barro y no un maravilloso coche resplandeciente.

—¡Vamos! Los chicos ésos siguen tocando en el Neets.

De pronto, Dean miró en la oscuridad de un rincón más allá del estrado de la orquesta y dijo:

–Sal, Dios ha llegado.

Miré. Era el mismísimo George Shearing. Y como siempre inclinaba su rostro ciego sobre su pálida mano; sus orejas se abrieron como las de un elefante para escuchar los sonidos americanos y adaptarlos a su propio sonido de noche de verano inglesa. Después le invitaron a subir y le insistieron para que tocara. Lo hizo. Tocó innumerables temas con asombrosos acordes que subían más y más hasta que el sudor salpicó todo el piano y todos escucharon con respeto y asustados. Le retiraron de la plataforma al cabo de una hora. Volvió a su rincón oscuro, aquel viejo dios de Shearing, y los chicos dijeron:

–No queda nada que hacer después de esto.

Pero el líder frunció el entrecejo y añadió:

–En cualquier caso, vamos a tocar.

Algo saldría aún. Siempre hay algo más, un poco más, la cosa nunca se termina. Intentaron encontrar frases nuevas después de las exploraciones de Shearing; hacían grandes esfuerzos. Se retorcieron y angustiaron y soplaron. De vez en cuando un grito armónico limpio proporcionaba nuevas sugerencias a un tema que quería ser el único tema del mundo y que haría que las almas de los hombres saltaran de alegría. Lo encontraban, lo perdían, hacían esfuerzos buscándolo, volvían a encontrarlo, se reían, gemían... y Dean sudando en la mesa y diciéndoles que siguieran, que siguieran, que siguieran. A las nueve de la mañana todo el mundo —músicos, chicas, camareros y el pequeño y delgado trombonista tan desgraciado— salió del club al gran estrépito diurno de Chicago para dormir hasta que comenzara de nuevo la salvaje noche bop.

Dean y yo nos estremecimos. Había llegado la hora de devolver el Cadillac a su dueño, que vivía en un ostentoso apartamento de Lake Shore Drive con un enorme garaje atendido por negros manchados de grasa. Fuimos allí y dejamos aquel montón de barro en su sitio. El mecánico no reconoció el Cadillac. Le dimos la documentación. Se quedó rascándose la cabeza al ver el coche. Teníamos que largarnos enseguida. Y eso hicimos. Cogimos un autobús de vuelta al centro de Chicago y eso fue todo. Y nunca volvimos a saber nada de nuestro potentado de Chicago acerca del estado de su coche, y eso que tenía nuestras direcciones y podía haberse quejado.

XI

Era hora de que nos moviéramos. Cogimos un autobús a Detroit. Nuestro dinero bajaba. Cargamos con nuestro miserable equipaje por la estación. Por entonces el vendaje del dedo de Dean estaba negro como el carbón y todo deshecho. Teníamos el aspecto miserable que tendría cualquiera que hubiera hecho las cosas que habíamos hecho. Dean se quedó dormido en el autobús que recorrió el estado de Michigan. Entablé conversación con una apetecible campesina que llevaba una blusa muy escotada y exhibía parte de sus hermosos pechos tostados por el sol. Era medio idiota. Me habló de los atardeceres en el campo haciendo palomitas de maíz en el porche. En otra ocasión eso me hubiera alegrado pero como ella no estaba nada alegre cuando me lo contó, me di cuenta de que era algo que hacía porque debía hacerlo, y nada más.

—¿Y qué más haces para divertirte?

Intentaba hablar de ligues y de sexo. Sus grandes ojos negros me miraron vacíos y con una especie de tristeza que se remontaba a generaciones y generaciones de gente que no había hecho lo que estaba pidiendo a gritos que debía hacer... sea lo que sea, aunque todo el mundo sabe lo que es.

—¿Qué esperas de la vida? —añadí, queriendo sonsacarla; pero no tenía la más ligera idea de lo que quería o esperaba.

Habló vagamente de empleos, del cine, de visitar a su abuela en verano, de que quería ir a Nueva York y ver el Roxy, de la ropa que llevaría... algo parecido a lo que estrenó en Pascua: un gorrito blanco, rosas, zapatos color de rosa y una chaqueta de gabardina color lavanda.

–¿Qué haces los domingos por la tarde? –le pregunté.

Se sentaba en el porche. Los chicos pasaban en bicicleta y se paraban a charlar un rato. Leía tebeos, se tumbaba en la hamaca.

–Y las noches calurosas de verano, ¿qué haces?

Se sentaba en el porche, veía pasar los coches por la carretera. Y ayudaba a su madre a hacer palomitas.

–¿Y qué hace tu padre las noches de verano?

Trabajaba, tiene el turno de noche en una fábrica de cacharros de cocina, dedica toda su vida a mantener a su mujer y sus hijos sin merecer nada a cambio, ni siquiera respeto.

–Y tu hermano, ¿qué hace tu hermano los veranos por la noche?

Paseaba en bicicleta por delante de la heladería.

–¿Y qué quiere hacer tu hermano? ¿Qué queremos hacer todos? ¿Qué hacemos de hecho?

Ella lo ignoraba. Bostezó. Tenía sueño. Aquello era demasiado. Nadie podría expresarlo bien. Todo había terminado. Tenía dieciocho años y era preciosa y estaba perdida.

Y Dean y yo, harapientos y sucios como si hubiéramos vivido en un vertedero, nos apeamos del autobús en Detroit. Decidimos pasar la noche en uno de los cines de sesión continua del barrio chino. Hacía frío para pasarla en un parque. Hassel había vivido en el barrio chino de Detroit, conocía todos los billares y los cines nocturnos y los ruidosos bares. Lo había observado todo con sus ojos oscuros muchísimas veces. Su espíritu se apoderó de nosotros. Nunca volveríamos a verle en Times Square. Pensamos que quizá el viejo Dean Moriarty anduviera casualmente por allí... pero no estaba. Por treinta y cinco centavos cada uno entramos en un cine destartalado y nos tumbamos en el anfiteatro hasta por la mañana, cuando nos echaron. La gente que había en aquel cine nocturno era de lo peor. Negros destrozados que habían venido desde Alabama a trabajar en las fábricas de automóviles y no tenían contrato; viejos vagabundos blancos; jóvenes hipsters de pelo largo que habían llegado al final del camino y le daban al vino sin parar; putas, parejas normales y corrientes y amas de casa que no tenían nada que hacer, ningún sitio al que ir, ni nadie en quien confiar. Si se pasara a todo Detroit por un tamiz no quedarían reunidos mejor sus desechos. Eran dos películas. La primera era del vaquero cantante Eddie Dean y su valiente caballo blanco Bloop; la segunda era de George Raft, Sidney Greenstreet y Peter Lorre, y se desarrollaba en Estambul. Vimos cada una de ellas seis veces a lo largo de la noche. Las vimos despiertos, las oímos dormidos, las seguimos soñando y cuando llegó la mañana estábamos completamente saturados del extraño Mito Gris del Oeste y el sombrío y siniestro Mito del Este. A partir de entonces, todos mis actos han sido dictados automáticamente por esta terrible experiencia de ósmosis. Oí las terribles risotadas de Greenstreet mil veces; oí otras tantas el siniestro «Vamos» de Peter Lorre; acompañé a George Raft en sus paranoicos temores; cabalgué y canté con Eddie Dean y disparé contra los bandidos innumerables veces. La gente bebía a morro y se volvía y miraba a todas partes buscando algo que hacer, alguien con quien hablar. Al fondo todos estaban quietos y con aire de culpabilidad y nadie hablaba. Cuando llegó el gris amanecer y se coló como un fantasma por las ventanas del cine, estaba dormido con la cabeza apoyada en el brazo de madera de la butaca y seis empleados me rodeaban con toda la basura que se había acumulado durante la noche; la estaban barriendo y formaron un enorme montón maloliente que llegó hasta mi nariz... Estuvieron a punto de barrerme a mí también. Esto me lo contó Dean, que observaba desde diez asientos más atrás. En aquel montón

317

estaban todas las colillas, las botellas, las cajas de cerillas, toda la basura de la noche. Si me hubieran barrido, Dean no me habría vuelto a ver. Hubiera tenido que recorrer todo Estados Unidos mirando en los montones de basura de costa a costa antes de encontrarme enrollado como un feto entre los desechos de mi vida, de su vida y de la vida de los demás. ¿Qué le habría dicho desde mi seno de mierda?

–No te preocupes por mí, tío, aquí me encuentro muy bien. Me perdiste aquella noche en Detroit, era en agosto de mil novecientos cuarenta y nueve, ¿recuerdas? ¿Con qué derecho vienes ahora a perturbar mi sueño dentro de este cubo de basura?

En 1942 fui la estrella de uno de los dramas más asquerosos de todos los tiempos. Era marinero y fui al Café Imperial, en Scollay Square, Boston, a tomar un trago; me bebí sesenta cervezas y fui al retrete donde me abracé a la taza y me quedé dormido. Durante la noche por lo menos un centenar de marinos y de individuos diversos fueron al retrete y soltaron sus excrementos encima de mí hasta que me dejaron irreconocible. Pero ¿qué importaba...? El anonimato en el mundo de los hombres es mejor que la fama en los cielos, porque ¿qué es el cielo?, ¿qué es la tierra? Todo ilusión.

Al amanecer, Dean y yo salimos dando tumbos de aquella cámara de los horrores y fuimos en busca de un coche a la agencia de viajes. Tras pasar gran parte de la mañana en bares de negros, siguiendo tías y escuchando jazz en las máquinas de discos, hicimos ocho kilómetros en autobuses de cercanías con nuestro disparatado equipaje y llegamos a casa de un hombre que nos cobraba cuatro dólares a cada uno por llevarnos a Nueva York. Era un individuo maduro, rubio, con gafas, mujer e hijo, y una buena casa. Esperamos en la entrada mientras se preparaba. Su amable esposa, con un mandil de cocina encima del vestido, nos ofreció café, pero estábamos demasiado ocupados hablando. Por entonces Dean estaba tan agotado y fuera de quicio que le gustaba todo lo que veía. Estaba llegando a otro frenesí santo. Sudaba y sudaba. Cuando estuvimos en el coche, un Chrysler nuevo, e íbamos ya rumbo a Nueva York, aquel pobre tipo se dio cuenta de que llevaba un par de locos, pero hizo de tripas corazón y de hecho se acostumbró a nosotros y cuando pasábamos por el Briggs Stadium habló de la siguiente temporada de los Tigres de Detroit.

Durante la brumosa noche pasamos por Toledo y nos adentramos en el viejo Ohio. Comprendí que estaba empezando a andar de un lado a otro de América como si fuera un miserable viajante: viajes duros, malos productos, trucos gastados y ninguna venta. El hombre se cansó de conducir en las cercanías de Pennsylvania y Dean cogió el volante y llevó el coche el resto del viaje hasta Nueva York. Empezamos a oír en la radio el programa de Symphony Sid con las últimas novedades bop, y ya estábamos llegando a la más grande y definitiva ciudad de América. Llegamos por la mañana temprano. Times Square estaba muy agitado: Nueva York nunca descansa. Al pasar buscamos automáticamente a Hassel.

Una hora después, Dean y yo estábamos en el nuevo apartamento de mi tía en Long Island, y mientras subíamos la escalera la encontramos discutiendo de precios con unos pintores que eran amigos de la familia.

–Sal –dijo mi tía–. Dean puede quedarse unos pocos días, pero después tendrá que irse, ¿me entiendes?

El viaje había terminado. Dean y yo dimos una vuelta aquella noche entre los depósitos de petróleo y los puentes del ferrocarril y las luces para la niebla de Long Island. Recuerdo que Dean se detuvo junto a un farol del alumbrado.

–Cuando lleguemos a ese otro farol te contaré algo, Sal, pero ahora estoy entre paréntesis finalizando el desarrollo de una nueva vida y sólo cuando lleguemos al siguiente volveré a ocuparme del tema original, ¿de acuerdo?

Claro que estaba de acuerdo. Estábamos tan acostumbrados a viajar que recorrimos Long Island entero hasta que nos encontramos con que no había más tierra, sólo el océano Atlántico, así que no podíamos seguir más allá. Nos estrechamos la mano y acordamos que seríamos amigos para siempre.

Cinco noches después fuimos a Nueva York a una fiesta y conocí a una chica que se llamaba Inez y le dije que tenía un amigo al que debería conocer. Estaba borracho y le dije que era un vaquero.

–¡Oh! ¡Siempre he querido conocer a un vaquero! –exclamó ella.

–¡Dean! –grité por toda la fiesta... Estaban allí Angel Luz García, el poeta; Walter Evans; Víctor Villanueva, el poeta venezolano; Jinny Jones, de quien en otro tiempo había estado enamorado; Carlo Marx; Gene Dexter; y muchísimos más...–. ¡Dean! Ven aquí, tío.

Dean se acercó tímidamente. Una hora después, en la borrachera y animación de la fiesta («es para celebrar la terminación del verano, claro»), Dean estaba arrodillado en el suelo hablando con Inez y prometiéndole de todo y sudando. Ella era una morena alta y muy sexy –«como pintada por Degas», como dijo García–, y habitualmente tenía el aspecto de una hermosa cocotte parisina. En cuestión de días los dos estaban tratando con Camille por medio de llamadas de larga distancia a San Francisco de los papeles del divorcio. Querían casarse. Pero no fue sólo eso. Pocos meses después, Camille dio a luz al segundo hijo de Dean, resultado de sus relaciones de unas pocas noches a principios de año. Y en cuestión de otros pocos meses Inez tuvo también un niño. Con otro hijo ilegítimo en alguna parte del Oeste, Dean era padre de cuatro hijos y no tenía ni un centavo y todo eran problemas y éxtasis y agitación y anfetas, como lo había sido siempre. Total que no fuimos a Italia.

Cuarta parte

I

La venta de mi libro me proporcionó algo de dinero. Dejé a mi tía una renta para el resto del año. Siempre que llega la primavera a Nueva York no puedo resistir la llamada de la tierra que llega soplando por el río desde Nueva Jersey, y tengo que irme. Así que me fui. Por primera vez en nuestra vida dije adiós a Dean en Nueva York y me separé de él. Estaba trabajando en un aparcamiento en la esquina de Madison y la 40. Corría como siempre de un lado a otro con sus zapatos destrozados, su camiseta y los pantalones colgándole de la tripa, enfrentándose con las tremendas aglomeraciones de coches del mediodía.

Cuando iba a verle, por lo general al anochecer, no solía tener nada que hacer. Estaba en la cabina contando los tickets y rascándose la tripa. La radio siempre estaba puesta.

—Tío, ¿no has oído a ese loco de Marty Glickman radiar los partidos de baloncesto?: avanza-salta-tira-rebota-recoge-tira de nuevo, encesta, dos puntos. Es el mejor locutor que he oído en mi vida.

Su vida se reducía a placeres sencillos como ése. Vivía con Inez en un apartamento sin agua caliente de la Ochenta y tantos Este. Cuando volvía a casa por la noche se quitaba la ropa y se ponía una bata de seda china y se sentaba en una butaca a

323

fumar tila en una pipa de agua. En esto consistían sus placeres hogareños, junto con una baraja porno.

–Últimamente me he estado concentrando en el dos de diamantes. ¿Te has fijado dónde tiene la otra mano? Seguro que no lo sabes. Fíjate bien y trata de descubrirlo. –Me tendía aquel dos de diamantes en el que aparecían un tipo alto y lúgubre y una lasciva y triste puta ensayando una nueva posición en la cama–. Anímate, tío, yo la he utilizado muchas veces. –Inez cocinaba y miró haciendo una mueca. A ella todo le parecía bien–. ¡Mírala! ¡Mírala, tío! Así es Inez. ¿Lo ves? Eso es lo único que hace, asomar la cabeza por la puerta y sonreír. Hemos hablado mucho y no tenemos ningún problema. Nos iremos y este verano vamos a vivir en una granja de Pennsylvania... con un coche para poder venir a divertirnos a Nueva York, una casa agradable, y tendremos un montón de niños en los próximos años. ¡Vaya! ¡Muy bien! –Se levantó de la butaca y puso un disco de Willie Jackson: «Gator Tail.» Se quedó de pie, batiendo palmas, balanceándose y doblando las rodillas al ritmo del tema–. ¡Muy bien! ¡Qué hijoputa! La primera vez que lo oí creí que iba a morirse a la noche siguiente, pero ahí lo tienes vivito y coleando.

Era exactamente lo mismo que había estado haciendo con Camille en Frisco, en el otro extremo del continente. Su destrozado baúl seguía debajo de la cama, listo para volar. Inez llamaba a Camille por teléfono muchas veces y mantenían largas conversaciones; incluso hablaban del pene de Dean, o eso decía él. Se escribían cartas hablando de las excentricidades de Dean. Por supuesto, él enviaba a Camille parte de su paga todos los meses para su mantenimiento so pena de pasar seis meses en un campo de trabajo del estado. Para compensar el dinero perdido hacía trampas en el trabajo; en los cambios era un artista de primera categoría. Le vi desear a un tipo con pinta de rico felices navidades de modo tan voluble que no se dio cuenta de que le daban un billete de cinco dólares por uno de veinte. Salimos y fuimos al Birdland, el local del bop. Lester Young estaba en el estrado con la eternidad en sus grandes pestañas.

Una noche charlábamos en la esquina de la calle Madison y la 47 a las tres de la madrugada:

—Bueno, Sal, joder, me gustaría irme contigo, de verdad, es la primera vez que estoy en Nueva York sin mi viejo tronco. —Y añadió—: Nueva York, yo estoy aquí de paso, mi casa está en Frisco. Durante todo el tiempo que he estado aquí no he ligado con ninguna chica, excepto Inez... eso sólo pasa en Nueva York. ¡La hostia! Pero la simple idea de cruzar de nuevo ese horrible continente... Sal, hace mucho que no hablamos detenidamente de todo. —En Nueva York siempre andábamos como locos con montones de amigos en juergas de borrachos. Era algo a lo que Dean no se adaptaba. Se sentía más cómodo en medio del follón de gente de Madison Avenue, o bajo la niebla fría y la lluvia cuando estaba desierta de noche—. Inez me quiere; me ha dicho y prometido que no me creará problemas haga lo que haga. Lo que pasa, tío, es que a medida que te vas haciendo mayor los conflictos aumentan. Cualquier día nos encontraremos juntos en una calleja rebuscando en los cubos de basura.

—¿Quieres decir que vamos a terminar como unos vagabundos?

—¿Y por qué no, tío? Desde luego podemos hacerlo si queremos y todo eso. No hay nada malo en terminar así. Te pasas la vida entera sin meterte en nada, sin mezclarte en lo que los demás quieren, incluidos los políticos y los ricos, nadie te molesta y tú sigues tan tranquilo tu camino. —Estaba de acuerdo con él. Estaba tomando sus decisiones Tao del modo más directo y sencillo—. ¿Cuál es tu camino, tío?: camino de santo, camino de loco, camino de arco iris, camino de lo que sea. Un camino a cualquier parte y de cualquier modo. ¿Adónde? ¿Cómo? —Asentimos bajo la lluvia—. ¡Mierda! Y tienes que preocuparte por tu chico. No se hará hombre a menos que sepa moverse... Haz lo que este médico te recomienda. Te lo aseguro,

Sal, no importa dónde viva, el caso es que siempre tengo mi maleta preparada debajo de la cama, estoy preparado para largarme o para que me echen. He decidido desentenderme de todo. Me has visto descuernarme y sabes que no me importa y que sabemos cómo es el tiempo..., sabemos cómo hacer que sea más lento y que avance; y sabemos entender las cosas y todos los trucos. ¿Qué otros trucos hay? —Suspiramos bajo la lluvia. Aquella noche llovía en todo el valle del Hudson. Los grandes muelles del mundo en aquel río que parecía un mar estaban empapados, lo viejos embarcaderos de Poughkeepsie estaban empapados, la vieja Split Rock Pond estaba empapada, el monte Vanderwhacker estaba empapado.

—Por lo tanto —siguió Dean—, dejo que la vida me lleve a donde quiera. ¿Sabes que he escrito a mi viejo que está preso en Seattle? El otro día recibí una carta suya después de tantos años.

—¿De verdad?

—Claro, claro. Quiere ver a mi «ija», así lo escribe, sin hache, cuando vaya a Frisco. He encontrado un apartamento por trece dólares al mes en la 40 Este; si puedo le mandaré dinero para que venga a vivir a Nueva York..., si quiere, claro. Nunca te hablé mucho de mi hermana, pero supongo que sabes que tengo una hermanita; me gustaría que viviera también aquí conmigo.

—¿Dónde está ahora?

—Bueno, eso es justamente lo que no sé..., voy a intentar encontrarla, y lo mismo el viejo, pero ya sabes lo que hará...

—Así que se había ido a Seattle, ¿no?

—Bueno, para ir directamente a la cárcel.

—Entonces, ¿dónde estaba?

—En Texas, en Texas..., así que te harás cargo de mi estado de ánimo, del modo en que están las cosas, de mi situación..., habrás notado que ahora estoy bastante tranquilo.

—Sí, eso es cierto. —Dean se había tranquilizado mucho en Nueva York. Necesitaba hablar. Nos estábamos helando bajo la fría lluvia. Nos citamos en casa de mi tía para vernos antes de que me fuera.

Vino al domingo siguiente por la tarde. Yo tenía un aparato de televisión. Vimos un partido de béisbol en la televisión, escuchamos otro por la radio cambiando con frecuencia a un tercero y seguimos la pista de todo lo que estaba pasando en cada momento.

—Recuérdalo, Sal, Hodges está en la segunda base en Brooklyn así que mientras el pitcher de reserva entra a jugar con los Phillies vamos a cambiar al Giants-Boston, y al tiempo ten en cuenta que a DiMaggio ya le han contado tres pelotas y que el pitcher está perdiendo tiempo, por lo tanto vamos a enterarnos enseguida de lo que le pasó a Bobby Thomson cuando le dejamos hace treinta segundos con un hombre en la tercera base. ¡Eso es!

Después salimos y jugamos al béisbol con los chicos en el campo lleno de hollín de al lado del ferrocarril de Long Island. También jugamos al baloncesto de un modo tan frenético que los chicos dijeron:

—Tomadlo con calma, os vais a morir.

Saltaban tranquilamente a nuestro alrededor y nos quitaban la pelota con toda facilidad. Dean y yo sudábamos. En un determinado momento Dean se cayó de bruces sobre la pista de cemento. Nos esforzábamos para que los chicos no nos quitaran la pelota, pero de todos modos nos la quitaban. Otros corrían como flechas y tiraban por encima de nuestras cabezas. Saltábamos hacia la cesta como locos y los chicos levantaban el brazo y quitaban la pelota de nuestras sudorosas manos y nos driblaban y encestaban. Éramos como dos saxofonistas callejeros que intentaran jugar al baloncesto contra Stan Getz y Cool Charlie. Los chicos decidieron que estábamos locos. Volvimos a casa lanzándonos la pelota desde ambos lados de la calle. Ensayamos pases extraespeciales, hundiéndonos en setos y esquivando postes por muy poco. Cuando vino un coche, yo corrí a su lado y le lancé la pelota a Dean justo detrás del parachoques. Salió como una flecha y la cogió y rodó por la hierba, y me lanzó de vuelta para que la recogiera junto a una camioneta de reparto de pan que estaba allí aparcada. La recogí y volví a lanzársela a Dean, que tuvo que echarse hacia atrás y cayó de espaldas encima de una cerca. Ya en casa, Dean sacó su cartera, resopló, y le entregó a mi tía los quince dólares que le debía desde aquella vez en que fuimos multados por exceso de velocidad en Washington. Ella se quedó completamente sorprendida y complacida. Tuvimos una gran cena.

–Bueno, Dean –dijo mi tía–. Espero que sepas cuidar de la criatura que viene y que esta vez no te largarás.

–Sí, claro, sí.

–No puedes andar por todo el país teniendo hijos de esta manera. Esos pobrecitos crecerán sin ayuda de nadie. Tienes que ofrecerles alguna oportunidad. –Él se miraba los pies y asentía. Nos despedimos en el rojo crepúsculo, en un puente sobre la superautopista.

–Espero que todavía sigas en Nueva York cuando vuelva –le dije–. Y espero también, Dean, que algún día podamos vivir en la misma calle con nuestras familias y ser una pareja de veteranos muy unida.

–Eso está muy bien, tío..., sabes que estoy pidiendo eso mismo al cielo con plena conciencia de los conflictos que tenemos y de los que vendrán, según tu tía sabe y me recuerda. No quería tener otro hijo, pero Inez insistió y nos peleamos. ¿Sabías que Marylou se casó con un vendedor de coches usados de Frisco y ha tenido un niño?

–Sí. Todos estamos pasando por el aro. –Rizos en el disparatado mar del vacío, debería haber dicho mejor. El fondo del mundo es de oro y el mundo está boca abajo encima. Dean sacó una foto de Camille en Frisco con la niña. La sombra de un hombre atravesaba a la niña sobre el soleado pavimento; unos largos pantalones en medio de la tristeza.

—¿Quién es?

—Es Ed Dunkel. Volvió con Galatea, ahora están en Denver. Se pasan el día haciendo fotos.

Ed Dunkel, con una compasión inadvertida como la compasión de los santos. Dean sacó otras fotografías. Comprendí que eran las fotos que algún día mirarían asombrados nuestros hijos pensando que sus padres habían vivido unas vidas tranquilas, ordenadas, estables y levantándose por las mañanas a pasear orgullosos por las aceras de la vida, sin imaginarse jamás la locura y el follón de nuestras arrastradas vidas reales, de nuestra auténtica noche, del infierno contenido en ella, de la insensata pesadilla de la carretera. Todo el interior de unas vidas interminables y sin final que está vacío. Lastimosas formas de ignorancia.

—Adiós, adiós.

Dean se alejó en el crepúsculo rojizo. Las locomotoras pasaban por encima de él soltando humo. Sus sombras le seguían, imitaban su caminar y pensamientos y su propio ser. Se volvió, agitó la mano tímidamente, avergonzado. Luego se animó, saltó, gritó algo que no entendí. Corrió en círculo. Cada vez se acercaba más al borde de hormigón del puente que cruzaba por encima del tren. Me hizo una última señal. Le contesté agitando la mano. De repente se inclinó hacia delante, encaró su propia vida y caminó con rapidez hasta perderse de vista. Abrí la boca a la desolación de mis propios días. También tenía que recorrer un camino espantosamente largo.

II

A medianoche, entonando esta cancioncilla,

Casa en Missoula,
casa en Truckee,
casa en Opelusas,
no hay casa para mí.
Casa en la vieja Medora,
casa en Wounded Knee,
casa en Ogalalla,
mi casa nunca vi,

cogí el autobús para Washington; perdí algún tiempo callejeando por allí; me salí del camino trazado para ver el Blue Ridge, oír el pájaro de Shenandoah y visitar la tumba de Stonewall Jackson; al anochecer escupí en el río Kanawha y anduve por la noche hillbilly de Charleston, al oeste de Virginia; a medianoche Ashland, Kentucky, y una chica solitaria bajo la marquesina de un teatro cerrado. El oscuro y misterioso Ohio, y Cincinnati al amanecer. Después los campos de Indiana de nuevo, y por la tarde San Luis como siempre bajo las grandes nubes del valle. Los adoquines cubiertos de barro y los troncos de Montana, los barcos fluviales destrozados, los antiguos letreros, la hierba y las maromas junto al río. El poema interminable. Missouri por la noche, y los campos de Kansas, las vacas nocturnas de Kansas en los secretos desiertos, pueblos de cartón con un mar al final de cada calle; amanecer en Abilene. Los pastos del este de Kansas se convierten en las laderas del oeste de Kansas que llevan a la cima de la noche del Oeste.

Henry Glass viajaba conmigo en el autobús. Se había montado en Terre Haute, Indiana, y ahora me decía:

—Ya te he dicho que aborrezco este traje que llevo, es asqueroso... pero eso no es todo. —Me enseñó unos papeles. Acababan de soltarle de la prisión federal de Terre Haute; lo habían encerrado por robar coches y venderlos después en Cincinnati. Era un chaval de unos veinte años y pelo ondulado—. Nada más llegar a Denver venderé el traje y me conseguiré unos pantalones vaqueros. ¿Sabes lo que me hicieron en esa cárcel? Aislamiento en celdas de castigo con sólo una Biblia; como el suelo era de piedra me sentaba encima de ella; cuando vieron lo que hacía me quitaron la Biblia y me trajeron otra de bolsillo pequeñísima. No podía sentarme encima y me la leí entera y el Nuevo Testamento también. ¡Je, je! —Me dio un codazo mientras seguía chupando un caramelo. Comía caramelos sin parar porque en la cárcel le habían destrozado el estómago y sólo podía soportar eso—. ¿Sabes que en la Biblia hay cosas muy interesantes? Mucha jodienda y todo eso. —Me explicó lo que quería decir «andar publicándose»—. El que está a punto de salir de la cárcel y empieza a hablar de ello «anda publicándose» a los otros presos que tienen que quedarse todavía. Lo cogemos por el cuello y le decimos: «¡No andes publicándote conmigo!» Mal asunto ese de andar publicándose..., ¿me entiendes?

—Nunca andaré publicándome, Henry.

—Si alguien anda publicándose conmigo, se me hinchan las narices, me cabreo y estoy dispuesto a cargármelo. ¿Sabes por qué me he pasado la vida en la cárcel? Porque perdí la cabeza a los trece años. Estaba en el cine con otro chaval y se metió con mi madre (ya sabes lo que quiero decir), y entonces cogí la navaja y le pegué un tajo en todo el cuello y lo habría matado si no me sacan de allí. El juez dijo: «¿Sabías qué hacías cuando atacaste a tu amigo?» «Sí, señor juez, lo sabía, quería matar a ese hijoputa y sigo queriendo.» Así que no me dieron la condicional y me metieron en un reformatorio. Me salieron almorranas de tanto sentarme en el suelo de las celdas de castigo. No vayas nunca a una prisión federal, son las peores. Mierda, hace tanto que no hablo con nadie que podría pasarme la noche entera hablando. No sabes lo *bien* que se siente uno fuera. Ya estabas en el autobús cuando subí yo..., allí en Terre Haute..., ¿en qué estabas pensando?

—En nada, simplemente viajaba.

—Pues yo, yo estaba cantando. Me senté a tu lado porque tenía miedo de sentarme junto a una chica, podía volverme loco y empezar a meterle mano. Tendré que esperar un poco.

—Si te detienen otra vez te meterán cadena perpetua. Vale más que te tomes las cosas con calma.

—Eso trataré de hacer. Lo malo es que cuando se me hinchan las narices no sé ni lo que hago.

Iba a vivir con su hermano y su cuñada; le habían buscado trabajo en Colorado. El billete se lo habían dado al salir de la cárcel; estaba en libertad condicional. Era un chaval como Dean a su edad; la sangre le hervía en las venas y no conseguía dominarla; se le hinchaban las narices, como él decía; pero carecía de la santidad natural de Dean para librarse de un destino entre rejas.

—Sé mi tronco, Sal, y evita que se me hinchen las narices en Denver, ¿lo harás? Tal vez consiga llegar sano y salvo a casa de mi hermano.

Cuando llegamos a Denver lo cogí del brazo y lo llevé a la calle Larimer a vender el traje de la cárcel. El viejo judío se dio cuenta inmediatamente de lo que era.

—No quiero estas jodidas prendas; me las traen a diario los tipos de Canyon City.

Toda la calle Larimer era un hervidero de expresidiarios que trataban de vender su ropa de la cárcel. Henry terminó con el traje debajo del brazo metido en una bolsa de papel y luciendo unos pantalones vaqueros nuevos y una camisa sport. Fuimos al bar de Glenarm, donde solía ir Dean. Por el camino Henry tiró el traje a una papelera. Llamé a Tim Gray. Ya era por la tarde.

—¿Eres tú? —soltó Tim Gray—. Voy ahora mismo.

Diez minutos después entraba en el bar con Stan Shephard. Ambos habían hecho un viaje a Francia y estaban totalmente decepcionados con su vida en Denver. Les gustó Henry y le invitaron a una cerveza. Henry empezó a gastar el dinero que le habían dado al salir de la cárcel. Me encontraba de nuevo en la suave y oscura noche de Denver con sus sagradas callejas y sus casas locas. Fuimos a todos los bares de la ciudad, a los paradores de West Colfax, a los bares de negros de Five Points, ¡la hostia!

Stan Shephard llevaba años esperando conocerme y ahora estábamos juntos por primera vez frente a la aventura.

—Sal, desde que he vuelto de Francia no tengo ni la más remota idea de qué hacer conmigo mismo. ¿Es cierto que te vas a México? Coño, ¿no podría ir contigo? Puedo conseguir cien dólares y una vez allí me matricularé en la universidad con mi paga de veterano de guerra.

Muy bien, estaba de acuerdo, Stan vendría conmigo. Era un tipo de Denver, ágil, tímido, desgreñado, con sonrisa patibularia y movimientos lentos y fáciles a lo Gary Cooper.

—¡Muy bien, coño! —exclamó, y se metió los pulgares en el cinturón y caminó calle abajo contoneándose lentamente. Estaba bastante enfadado con su abuelo. Se había opuesto a su viaje a Francia y ahora se oponía a que se fuera a México. Stan andaba sin rumbo por Denver como un vagabundo desde la riña con su abuelo. Aquella noche, después de beber muchísimo y de evitar que a Henry se le hincharan las narices en el Hot Shoppe, de Colfax, Stan se fue a dormir a la habitación que Henry había cogido en el hotel de Glenarm.

—Ni siquiera puedo llegar a casa tarde... mi abuelo empieza a reñirme, y luego la emprende con mi madre. Te lo aseguro, Sal, tengo que largarme enseguida de Denver o me volveré loco.

Bueno, yo me quedé en casa de Tim Gray y más tarde Babe Rawlins me dejó una habitación bastante agradable y limpia en el sótano de su casa y todos terminábamos la noche allí. Eso duró una semana. Henry fue a reunirse con su hermano y no le volvimos a ver ni supimos si alguien se le había publicado o si estaba de nuevo entre rejas o andaba por ahí en libertad.

Tim Gray, Stan, Babe y yo pasamos toda una semana en los agradables bares de Denver donde por las tardes las camareras llevan pantalones y andan de un lado para otro mirando con timidez, como avergonzadas. Nada de camareras curradas, sino camareras que se enamoraban de los clientes y tenían pasiones explosivas y andaban sudando y resoplando de un bar a otro; y esa misma semana pasábamos las noches en el Five Spots oyendo jazz, bebiendo en locos saloons de negros y recalando finalmente en mi habitación donde hablábamos hasta las cinco de la mañana. El mediodía habitualmente nos encontraba holgazaneando en el patio de la parte de atrás de la casa de Babe entre niños que jugaban a indios y vaqueros, y nos caían encima desde los cerezos en flor. Estaba pasándolo maravillosamente bien y el mundo entero se abría ante mí porque no tenía sueños. Stan y yo conspirábamos para conseguir que Tim Gray viniera con nosotros, pero Tim estaba muy apegado a su vida de Denver.

Ya me estaba preparando para ir a México cuando de repente Denver Doll me llamó una noche y me dijo:

—Bueno, Sal, adivina quién está camino de Denver. —Yo no tenía la menor idea—. Es una noticia exclusiva. Dean ha comprado un coche y viene a reunirse contigo.

Tuve de pronto la visión de Dean, como un ángel ardiente

y tembloroso y terrible que palpitaba hacia mí a través de la carretera, acercándose como una nube, a enorme velocidad, persiguiéndome por la pradera como el Mensajero de la Muerte y echándose sobre mí. Vi su cara extendiéndose sobre las llanuras, un rostro que expresaba una determinación férrea, loca, y los ojos soltando chispas; vi sus alas; vi su destartalado coche soltando chispas y llamas por todas partes; vi el sendero abrasado que dejaba a su paso; hasta lo vi abriéndose paso a través de los sembrados, las ciudades, derribando puentes, secando ríos. Era como la ira dirigiéndose al Oeste. Comprendí que Dean había enloquecido una vez más. No existía la más mínima posibilidad de que mandara dinero a ninguna de sus dos mujeres pues para comprar el coche tenía que haber sacado todos los ahorros que tenía en el banco. Era el gran cataclismo. A su espalda humeaban achicharradas ruinas. Corría de nuevo hacia el Oeste atravesando el agitado y terrible continente, y llegaría enseguida. Hicimos los preparativos rápidamente. La noticia añadía que me iba a llevar a México en el coche.

—¿Crees que me querrá llevar también a mí? —preguntó Stan, asustado.

—Hablaré con él —le respondí sombrío. No sabía qué pensar.

—¿Dónde va a dormir? ¿Qué comerá? ¿Hay alguna chica para él?

Era como la llegada inminente de Gargantúa; había que hacer preparativos para ampliar las alcantarillas de Denver y reducir el alcance de ciertas leyes con el fin de que todo se adaptara a su cuerpo doliente y a sus explosivos éxtasis.

III

La llegada de Dean fue algo así como una vieja película. Yo estaba en casa de Babe una dorada tarde. Unas palabras sobre la casa. Su madre estaba en Europa. Su puesto lo ocupaba una tía llamada Charity; tenía setenta y cinco años y era inquieta como una gallina. La familia Rawlins se extendía por todo el Oeste, y ella siempre andaba de una casa a otra tratando de ser útil. Había tenido docenas de hijos. Todos se habían ido; todos la habían abandonado. Era vieja pero le interesaba todo lo que hacíamos y decíamos. Meneaba tristemente la cabeza cuando nos veía beber whisky en el cuarto de estar.

—Podría ir al patio a hacer eso, joven.

Arriba —aquel verano la casa parecía una pensión— vivía un tipo llamado Tom que estaba desesperadamente enamorado de Babe. Procedía de Vermont, se decía que de una rica familia y que le esperaba una carrera y de todo, pero prefería estar donde estuviera Babe. Por la tarde se sentaba en el cuarto de estar con un periódico que ocultaba su rostro congestionado y estaba atento a todo lo que decíamos, aunque no lo demostraba. Se congestionaba de modo especial cuando Babe decía algo. Cuando le obligábamos a bajar el periódico nos miraba con increíble fastidio y sufrimiento.

—¿Cómo? Sí, supongo que sí. —Y por lo general sólo decía eso.

336

Charity, sentada en un rincón, tejía y nos vigilaba con sus ojos de pájaro. Estaba muy en su papel de carabina y procuraba que no dijéramos tacos. Babe, risueña como siempre, estaba sentada en el sofá. Tim Gray, Stan Shephard y yo estábamos desparramados en butacas a su alrededor. El pobre Tom sufría. Se levantó, bostezó y dijo:

—Bueno, mañana será otro día. Buenas noches. —Y desapareció escaleras arriba.

Babe no sabía qué hacer con él. Estaba enamorada de Tim Gray pero éste se le escurría como una anguila. Así que estábamos sentados allí aquella soleada tarde hacia la hora de cenar cuando Dean detuvo delante de la casa su coche y se apeó de él con un traje de tweed, incluidos chaleco y reloj de cadena.

—¡Vamos! ¡Vamos! —oí en la calle. Estaba con Roy Johnson, que acababa de volver de Frisco con su esposa Dorothy y vivía en Denver de nuevo. Lo mismo habían hecho Ed y Galatea Dunkel, y también Tom Snark. Todo el mundo estaba otra vez en Denver. Salí al porche.

—Bien, muchacho —dijo Dean, alargando su manaza—. Ya veo que todo anda bien por aquí. ¡Hola! ¡Hola! ¡Hola! —les dijo a todos—. Claro, Tim Gray, Stan Shephard, ¿cómo os va? —Le presentamos a Charity—. ¡Oh, claro!, ¿cómo está usted? Éste es Roy Johnson, un amigo mío que ha tenido la amabilidad de acompañarme. ¡Vaya! ¡Vaya! ¡Uf! ¡Kaf! Mayor Hoople, señor —añadió tendiendo la mano a Tom, que le miraba atónito—. Claro, claro. Bien, Sal, ¿qué pasa contigo? ¿Cuándo nos abrimos para México? ¿Mañana por la tarde? Estupendo, estupendo. Bueno, veamos. Sal, tengo exactamente dieciséis minutos para ir a casa de Ed Dunkel, y recuperar mi viejo reloj del tren si quiero empeñarlo en la calle Larimer antes de que cierren, entretanto y siempre que el tiempo lo permita, iré a ver si mi viejo está por casualidad en la taberna de Jiggs o en cualquiera de los demás bares de la zona; y luego tengo una cita con Doll, el barbero, que siempre me ha considerado buen cliente suyo y yo le correspondo y sigo acudiendo a su peluquería. ¡Kaf! ¡Kaf! A las seis *en punto...*, ¡en punto!, ¿me oyes?, quiero que estés aquí y pasaré a recogerte para hacer una rápida visita a Roy Johnson y escuchar a Gillespie y otros diversos discos bop, una hora de descanso antes de cualquier otra cosa que tú, Tim, Stan y Babe hayáis proyectado para esta noche antes de mi llegada que, por cierto, tuvo lugar hace ahora exactamente cuarenta y cinco minutos en mi viejo Ford del treinta y siete que habrás visto aparcado ahí mismo. El viaje lo hice de un tirón, si se exceptúa una larga parada en Kansas City para ver a mi primo, no a Sam Brady sino a otro más joven... –Y mientras decía todo esto se cambiaba rápidamente de ropa en la habitación que había junto a la sala de estar, y volvía a aparecer con una camiseta y trasladando su reloj a otros pantalones que había sacado de su destrozado baúl de siempre.

–¿Qué es de Inez? –le pregunté–. ¿Qué ha pasado en Nueva York?

–Sal, oficialmente este viaje es para obtener un divorcio en México, que es más barato y más rápido que en cualquier otro sitio. Camille aceptó que fuera así y todo está arreglado, todo está muy bien, todo es agradable, y sabemos que ya no tenemos que preocuparnos de nada, ¿no es así, Sal?

Bueno, de acuerdo. Siempre estoy dispuesto a seguir a Dean, así que cambiamos apresuradamente de planes y nos dispusimos a pasar una gran noche, y de hecho fue una noche inolvidable. Hubo una fiesta en casa del hermano de Ed Dunkel. Dos de sus otros hermanos son conductores de autobús. Observaban asombrados todo lo que pasaba. Había una mesa con comida y bebida abundantes. Ed Dunkel parecía contento y muy próspero.

–¿Y ahora te llevas bien con Galatea?

–Sí, señor –respondió Ed–, perfectamente. Además voy a ir a la Universidad de Denver, ¿sabes? Con Roy.

–¿Y qué vais a estudiar?

—Bueno, sociología y cosas parecidas, ya sabes. Oye, Dean está cada vez más loco, ¿verdad?

—Así es.

Galatea Dunkel andaba por allí. Intentaba hablar con alguien pero Dean acaparaba toda la atención. Estaba de pie y actuaba delante de Shephard, Tim, Babe y yo, que estábamos sentados en banquetas de cocina junto a la pared. Ed Dunkel rondaba nerviosamente detrás de él. Su pobre hermano había quedado relegado al fondo.

—¡Vamos! ¡Vamos! —decía Dean, estirándose la camisa, rascándose la tripa, saltando arriba y abajo—. Claro, muy bien..., ya estamos todos juntos y los años han pasado y sin embargo veo que ninguno de nosotros ha cambiado de verdad. Eso es lo que resulta tan asombroso, la dura... la dura... bilidad... de hecho y para demostrarlo tengo una baraja con la que podría deciros con mucha exactitud cuál será vuestro futuro.

Era la baraja porno. Dorothy Johnson y Roy Johnson se mantenían rígidamente sentados en un rincón. Era una fiesta siniestra. De pronto Dean se quedó quieto y se sentó en una banqueta de la cocina entre Stan y yo y empezó a balancearse sin prestar atención a nadie. Simplemente había desaparecido durante un momento para reunir más energías. Si se le hubiera tocado se habría deslizado hacia abajo como un canto rodado detenido por una piedrecita en el borde de un abismo. En esto, el canto rodado se abrió como una flor y se le iluminó la cara con una amable sonrisa y miraba a todas partes como un hombre que se acaba de despertar y dijo:

—¡Ah!, cuánta gente maravillosa está sentada aquí conmigo. ¿No es estupendo? Sal, ¿por qué? Como le decía el otro día a Min, ¿por qué? ¡Ah! ¡Sí! —Se levantó y cruzó la habitación y tendió la mano a uno de los conductores de autobús de la fiesta—. ¿Qué tal estás? Me llamo Dean Moriarty. Sí, te recuerdo muy bien. ¿Todo marcha bien? Bueno, bueno. ¡Fíjate qué tarta más apetecible! ¿Puedo tomar un poco? ¿Yo? ¿Un miserable como yo? –La hermana de Ed dijo que sí–. ¡Oh! ¡Qué maravilla! Qué gente tan agradable. Pasteles y otras cosas estupendas preparadas en una mesa nada más que para disfrutar del placer de las maravillosas alegrías y delicias. ¡Mmmm! Sí, sí, excelente, espléndido, ¡vaya, vaya! –Y quedó balanceándose en medio de la habitación, comiendo la tarta y mirando a todo el mundo con temeroso respeto. Se volvió y miró lo que pasaba detrás de él. Le divertía todo lo que veía. La gente hablaba en grupos por toda la habitación y él dijo–: ¡Sí! ¡Eso es! –Un cuadro que colgaba de la pared atrajo su atención. Se acercó y lo observó de cerca, retrocedió, se detuvo, se agachó, se estiró. Quería verlo desde todos los ángulos posibles; se rasgó la camiseta mientras exclamaba–: ¡Cojonudo! –No sabía la impresión que estaba causando y tampoco le importaba. La gente estaba empezando a mirar a Dean con afecto maternal y paternal. Por fin era un ángel, como yo siempre había sabido que sería algún día; pero, como cualquier ángel, aún tenía ataques de furor y de rabia, y aquella noche cuando todos nos fuimos de la fiesta y entramos en el bar del Windsor haciendo ruido, Dean se convirtió en un borracho frenético y demoníaco y seráfico.

Recuérdese que el Windsor, el gran hotel de Denver cuando la fiebre del oro e interesante por otros muchos aspectos –en el gran saloon de abajo aún se veían los agujeros de las balas en la pared–, había sido el hogar de Dean. Había vivido en una de las habitaciones de arriba con su padre. No era un turista. Bebió en el saloon como si fuera el fantasma de su padre; tragó vino, cerveza y whisky como si fuera agua. La cara se le puso roja y sudaba y gritaba y soltaba alaridos por el bar y se tambaleaba por la pista de baile donde los chuletas del Oeste bailaban con las chicas y quiso tocar el piano y se abrazó con expresidiarios y alborotó con ellos a más y mejor. Entretanto todos los de la fiesta nos sentamos alrededor de dos inmensas mesas que habíamos juntado. Estábamos Denver D. Doll, Dorothy y Roy Johnson, una chica de Buffalo, Wyoming, que era amiga de

Dorothy, Stan, Tim Gray, Babe, yo, Ed Dunkel, Tom Snark y otros muchos, trece en total. Doll lo estaba pasando muy bien: agarró una máquina de cacahuetes y la puso en la mesa delante de ella y metía monedas y comía cacahuetes sin parar. Sugirió que debíamos escribir entre todos una tarjeta postal a Carlo Marx, que estaba en Nueva York. Escribimos disparates. De la calle Larimer llegaba música de violín.

–¿No es divertido todo esto? –gritaba Doll.

Dean y yo fuimos al retrete y tratamos de echar abajo la puerta a puñetazos, pero tenía cinco centímetros de espesor y me rompí un hueso del dedo medio y no lo advertí hasta el día siguiente. Estábamos completamente borrachos. En una ocasión hubo en nuestra mesa cincuenta jarras de cerveza a la vez. Podías beber de la que quisieras. Expresidiarios de Canyon City se mezclaban y charlaban con nosotros. En la sala pegada al saloon, antiguos buscadores de oro se sentaban apoyados en sus bastones bajo el viejo reloj de pared. Habían conocido una furia semejante en la gran época de Denver. Todo era un torbellino. Había fiestas dispersas por todas partes. Incluso había una fiesta en un castillo a la que fuimos todos –excepto Dean que fue a no se sabe dónde– y en este castillo nos sentamos alrededor de la gran mesa del vestíbulo y alborotamos sin parar. Había una piscina y grutas. Por fin había encontrado el castillo del que surgiría la gran serpiente del mundo.

Después, más avanzada la noche, nos quedamos Dean y yo y Stan Shephard y Tim Gray y Ed Dunkel y Tommy Snark en un coche y el mundo se abrió delante de nosotros. Fuimos al barrio mexicano, fuimos a Five Points, anduvimos por todas partes. Stan Shephard estaba pesadísimo y muy alegre. Gritaba todo el tiempo: «¡Hijoputa! ¡Cojonudo!», con voz chillona y dándose palmadas en las rodillas. Dean estaba entusiasmado con él y repetía todo lo que decía Stan y gritaba también y se secaba el sudor de la cara.

–Cómo nos vamos a divertir, Sal, yendo a México con este chiflado de Stan. ¡Sí! ¡Sí! ¡Sí!

Era nuestra última noche en el sagrado Denver y la aprovechamos hasta el final. Terminamos bebiendo vino en el sótano a la luz de las velas, y Charity arrastraba los pies por el piso de arriba, en camisón y con una linterna. Nos acompañaba en aquel momento un chaval de color que decía llamarse Gómez. Lo habíamos encontrado en el Five Points y todo se la sudaba. Cuando le vimos, Tommy Snark le llamó:

–¡Oye! ¿No te llamas Johnny?

Gómez se volvió, se acercó a nosotros y dijo:

–¿Quieres repetir lo que has dicho?

–Te he preguntado que si te llamas Johnny.

Gómez se alejó un poco e hizo pantomima:

–¿Me parezco así más a el? Estoy haciendo todo lo posible por ser Johnny pero no lo consigo.

–Bien, tío, vente con nosotros –exclamó Dean, y Gómez subió al coche y nos fuimos. Susurrábamos frenéticamente en el sótano para no molestar a los vecinos. A las nueve de la mañana todos se fueron excepto Dean y Stan, que seguían agitándose como maníacos. La gente se levantó para hacer el desayuno y oían extrañas voces subterráneas que decían:

–Sí, sí, sí.

Babe preparó un desayuno fantástico. Había llegado el momento de partir para México.

Dean llevó el coche a la estación de servicio más próxima y lo puso a punto. Era un Ford del año 37 con la puerta derecha medio arrancada y sujeta a la carrocería con unos alambres. El asiento delantero derecho también estaba roto y había que sentarse en él muy echado hacia atrás y mirando al techo.

–Igual que Min y Bill –dijo Dean–. Iremos tosiendo y saltando hasta México; tardaremos días y días.

Miré el mapa: hasta la frontera de Laredo había más de mil seiscientos kilómetros en su mayor parte por Texas. Luego otros 1.230 kilómetros a través de México hasta la gran ciudad próxima al istmo y a las alturas de Oaxaca. No podía imaginarme un viaje así. Era el más fabuloso de todos. Ya no era en dirección Este-Oeste, sino hacia el mágico *Sur*. Tuvimos una visión de todo el hemisferio occidental hundiéndose hasta la Tierra del Fuego y de nosotros volando y siguiendo la curvatura del planeta y penetrando en otros trópicos y otros mundos.

–Tío, por fin llegaremos a ESO –dijo Dean con absoluta fe. Me dio unas palmadas en el brazo–. Ya verás, ya verás. ¡Vaya! ¡Sí! ¡Sí!

Acompañé a Shephard, que tenía que ultimar algunos asuntos y verse con su pobre abuelo que estaba de pie a la entrada de la casa y decía:

–Stan... Stan... Stan...

–¿Qué pasa, abuelo?

–No te vayas.

–Pero si ya está todo arreglado... *Tengo* que irme, ¿por qué te pones así? –El anciano tenía el pelo gris y grandes ojos y un cuello tenso y nervioso.

–Stan –se limitaba a decir– no te vayas. No hagas llorar a tu viejo abuelo. No me dejes solo de nuevo. –Me partía el corazón ver aquello.

–Dean –dijo el viejo, dirigiéndose a mí–, no te me lleves a Stan. Cuando era pequeño le llevaba al parque para que viera los cisnes. Luego su hermanita se ahogó en aquel mismo estanque. No quiero que te lo lleves.

–No –insistió Stan–. Tenemos que irnos. Adiós. –Forcejeó con su abuelo, que le agarraba por el brazo.

–Stan, Stan, Stan, no te vayas, no te vayas, no te vayas.

Nos fuimos con la cabeza gacha y el anciano seguía allí de pie a la puerta de su casa de las afueras de Denver. Estaba blanco como el papel. Seguía llamando a Stan. Había algo de paralítico en sus movimientos y no hacía nada por entrar en la casa, seguía allí en la puerta murmurando: «Stan», y después: «No te vayas», y mirándonos ansiosamente hasta que doblamos la esquina.

—¡Dios mío!, Shep, ¡no sé qué decirte!

—¡No te preocupes! —farfulló Stan—. Siempre es así.

Nos reunimos con la madre de Stan en el banco, donde estaba sacando dinero para él. Era una mujer agradable de pelo blanco, con aspecto muy joven. Ella y Stan se quedaron de pie sobre el suelo de mármol y hablaron en voz muy baja. Stan llevaba un conjunto levis, cazadora y todo, y parecía un tipo que iba a México, que era lo que pasaba. En Denver llevaba una vida tranquila, y ahora se iba con el arrebatado Dean. Éste asomó la cabeza por la esquina justo a tiempo. La señora Shephard insistió en invitarnos a una taza de café.

—Cuidad de mi Stan —dijo—. No se sabe lo que puede pasar en ese sitio.

—Nos cuidaremos unos a otros —respondí. Stan y su madre fueron por delante y yo caminaba detrás con el loco de Dean; me hablaba de los letreros de las paredes de los retretes del Este y el Oeste.

—Son totalmente diferentes; en el Este son bromas y chistes verdes, referencias sexuales obvias, y mucha inscripción y dibujo escatológicos; en el Oeste se limitan a poner sus nombres. Red O'Hara, Blufftown Montana, estuvo aquí, la fecha, realmente solemnes como, por ejemplo, Ed Dunkel; la razón de esto debe ser la enorme soledad que tiene un matiz diferente en cuanto cruzas el Mississippi.

Bueno, allí delante teníamos a un tipo solitario, pues la madre de Shephard era una mujer encantadora y no quería que su hijo se fuera aunque sabía que tenía que irse. Comprendí que él huía de su abuelo. Aquí estábamos los tres: Dean buscando a su padre, el mío muerto, y Stan huyendo de aquel anciano. Los tres íbamos a sumergirnos juntos en la noche. Stan besó a su madre en medio de la apresurada multitud de la 17 y ella cogió un taxi y nos despidió con la mano. Adiós, adiós.

Subimos al coche en casa de Babe y le dijimos adiós. Tim vendría con nosotros hasta su casa de las afueras. Babe aquel día estaba muy guapa; su pelo era largo y rubio y de sueca; sus pecas se veían al sol. Parecía exactamente la niña que había sido. Sus ojos estaban húmedos. Tenía pensado unirse más adelante con nosotros acompañada por Tom... No lo hizo. Adiós, adiós.

Nos marchamos; dejamos a Tim en su patio de las llanuras de las afueras y le vi hacerse más y más pequeño. Se quedó allí de pie por lo menos un par de minutos viendo cómo nos íbamos y pensando en sabe Dios qué cosas tristes. Seguía haciéndose más pequeño y continuaba allí, inmóvil con una mano en la cuerda de tender la ropa, como un capitán, y yo giré la cabeza para verle un poco más hasta que no hubo más que una creciente ausencia en el espacio, y el espacio era el horizonte hacia el Este, hacia Kansas, hacia la inmensidad que llevaba hasta mi casa en la Atlántida.

Luego nos dirigimos hacia el Sur en dirección a Castle Rock, Colorado, mientras el sol se ponía rojo y la piedra de las montañas del Oeste parecía una cervecería de Brooklyn en los atardeceres de noviembre. Muy arriba, entre las sombras púrpura de la roca había alguien caminando y caminando, pero no podíamos distinguirlo bien; quizá fuera aquel anciano de pelo blanco que yo había percibido años atrás en las alturas. Zacateca Jack. Pero se me acercaba, sólo que siempre por detrás. Y Denver retrocedía más y más como la ciudad de sal, y sus humos se abrían al aire y se disolvían ante nuestra vista.

IV

Era mayo. ¿Y cómo unas tardes tan agradables como las de Colorado con sus granjas y sus acequias y sus sombrías cañadas (los sitios donde van a nadar los chicos) pueden producir un insecto como el insecto que picó a Stan Shephard? Llevaba el brazo apoyado en la ventanilla de la puerta rota y hablaba alegremente cuando de repente un bicho que revoloteaba se le posó en el brazo y le clavó un largo aguijón. Stan soltó un alarido. Gritó y se golpeó el brazo y se sacó el aguijón y a los pocos minutos el brazo estaba muy hinchado y le dolía. Dean y yo no conseguíamos imaginar que era aquello. No había más que esperar y ver si la hinchazón cedía. Aquí estábamos, rumbo a desconocidas tierras del Sur, y a poco más de cinco kilómetros del pueblo natal, del querido lugar de la infancia, un extraño y frenético bicho exótico surgía de secretas podredumbres y nos metía el miedo en el corazón.

–¿Qué es?

–Nunca he visto por aquí un insecto capaz de producir una hinchazón como ésta.

–¡Maldita sea!

Hizo que el viaje pareciera siniestro y maldito. Continuamos. El brazo de Stan empeoró. Nos detuvimos en el primer hospital que encontramos y le pusieron una inyección de penicilina. Pasamos por Castle Rock y llegamos a Colorado Springs al oscurecer. A nuestra derecha se alzaba la gran sombra del pico Pike. Bajamos hasta la autopista de Pueblo.

—He hecho autostop miles de veces en esta carretera —dijo Dean—. Una noche estaba escondido exactamente detrás de esa cerca de ahí y de repente sentí un miedo terrible sin motivo alguno.

Decidimos contarnos nuestras vidas, pero uno a uno, y Stan fue el primero.

—Hay un largo camino que recorrer —prologó Dean—. Por lo tanto, tenemos que permitirnos todo tipo de digresiones y entrar en cada uno de los detalles que nos vengan a la mente. Con todo, quedarán muchas cosas por contar. Tómatelo con calma —advirtió a Stan, que empezaba a contar su vida—, además tienes que descansar.

Stan comenzó su relato mientras circulábamos a través de la oscuridad. Empezó con sus experiencias en Francia pero, con objeto de evitar dificultades insuperables, retrocedió y empezó a hablar de su infancia en Denver. Él y Dean compararon las veces que se habían visto en bicicleta.

—Una vez, ¿lo has olvidado?, en el garaje Arapahoe. ¿Te acuerdas? Te lancé la pelota desde la esquina y tú me la devolviste de un puñetazo y cayó a una alcantarilla. Iba al colegio. ¿Recuerdas ahora? —Stan estaba nervioso y febril. Quería contárselo todo a Dean. Ahora Dean era el árbitro, el anciano, el juez, el oyente, el que aprobaba, el que asentía.

—Sí, sí, sigue, por favor.

Pasamos por Walsenburg; de pronto pasamos por Trinidad, donde Chad King quizá en aquel mismo momento, en algún sitio de la carretera, estaría ante una hoguera y tal vez con un grupo de antropólogos contando su vida como en otros tiempos, y jamás se imaginaría que nosotros pasábamos por la carretera, rumbo a México, contándonos también nuestras propias vidas. ¡Triste noche americana! Después estábamos en Nuevo México y cruzamos las redondas piedras de Ratón, y nos detuvimos a tomar unas hamburguesas. Estábamos muertos de hambre y envolvimos unas cuantas en una servilleta para comérnoslas al otro lado de la frontera de Texas.

–Tenemos ante nosotros todo el estado vertical de Texas, Sal –dijo Dean–, antes de que se vuelva horizontal después de haberlo cruzado. Bueno, entraremos en Texas dentro de unos pocos minutos y no saldremos hasta mañana a esta misma hora, y no nos detendremos ni un momento. Piensa en ello.

Seguimos la marcha. En la inmensa llanura nocturna estaba el primer pueblo de Texas, Dalhart. Yo lo había cruzado en 1947 y brillaba en la oscuridad a unos ochenta kilómetros de distancia. La tierra bajo la luz de la luna era toda mezquites e inmensidad. En el horizonte estaba la luna. Crecía, se puso enorme y rojiza, luego se suavizó y se puso más clara, hasta que el lucero del alba le desafió y el rocío empezó a llamar a nuestras ventanillas... y seguíamos adelante. Después de Dalhart –vacío pueblo de cartón– nos lanzamos hacia Amarillo, adonde llegamos por la mañana entre praderas batidas por el viento que muy pocos años atrás habían visto campamentos de tiendas de campaña de búfalo. Ahora había estaciones de servicio y máquinas de discos nuevas, modelo 1950, con inmensos altavoces y discos espantosos. Durante todo el trayecto de Amarillo a Childress, Dean y yo le contamos a Stan los argumentos de todos los libros que habíamos leído; él pidió que lo hiciéramos. En Childress, bajo un sol ardiente, doblamos y nos dirigimos directamente hacia el Sur por una carretera de segundo orden y atravesamos abismales desiertos en dirección a Paducah, Guthrie y Abilene. Dean tenía sueño, y Stan y yo nos sentamos en la parte de delante y condujimos por turnos. El viejo coche se calentaba y se quejaba y luchaba desesperadamente. Grandes nubes de arenoso viento nos sacudían desde trémulos espacios. Stan me contó cosas de Montecarlo y de Cagnes-sur-mer y de los azules pueblos cerca de Menton donde gente de rostro moreno callejeaba entre paredes blancas.

Texas es inconfundible: entramos lentamente y con mucho calor en Abilene y todos nos despertamos para ver la ciudad.

—Imagínate lo que debe ser vivir aquí a miles de kilómetros de cualquier ciudad importante. ¡Vaya! ¡Vaya! Fijaos ahí junto a las vías, el viejo Abilene donde cargaban las vacas y nacían sheriffs y bebían whisky de garrafa. ¡Mirad allí! —gritó Dean, asomándose por la ventanilla con la boca torcida como W. C. Fields. No le importaba que fuera Texas o cualquier otro sitio. Tejanos de rostro colorado caminaban deprisa por las ardientes aceras y no le prestaban atención. Nos detuvimos a comer en la autopista al sur de la ciudad. La noche parecía a millones de kilómetros cuando seguimos por Coleman y Brady. Era el corazón de Texas, un yermo de matorrales con alguna casa ocasional cerca de un arroyo sediento y un rodeo de ochenta kilómetros por una polvorienta carretera y un calor sin fin.

—El viejo México queda lejos —dijo Dean con voz soñolienta desde el asiento de atrás—, así que a seguir rodando muchachos y al amanecer estaremos besando *señoritas** porque este viejo Ford sabe correr si se le habla con cariño..., claro que la parte de atrás está a punto de caerse pero no os preocupéis de eso hasta llegar allí. —Y volvió a dormirse.

Cogí el volante y conduje hasta Fredericksburg, y allí me encontré entrecruzándome otra vez con el viejo mapa. En este mismo sitio Marylou y yo habíamos paseado cogidos de la mano una mañana de nieve de 1949, ¿dónde estaría Marylou ahora?

—¡Toca! —chilló Dean entre sueños, y supuse que estaba soñando con el jazz de Frisco o quizá con los próximos mambos mexicanos.

Stan hablaba sin parar; Dean le había dado cuerda la noche antes y parecía que nunca iba a parar. Ahora estaba en Inglaterra, contando aventuras de cuando hacía autostop por la carretera de Londres a Liverpool, con el pelo largo y los pantalones rotos, y cómo le habían dado ánimos los extraños camioneros británicos en sus desplazamientos por el lúgubre vacío europeo. Todos teníamos los ojos rojos debido al continuo mistral que soplaba en Texas. Cada uno de nosotros llevaba una piedra en el vientre y sabíamos que avanzábamos, aunque lentamente. El coche andaba apenas a setenta con un esfuerzo estremecedor. Desde Fredericksburg bajamos por las grandes praderas del Oeste. Las polillas empezaron a estrellarse contra el parabrisas.

—Estamos bajando hacia la tierra caliente, tíos, la de las ratas del desierto y el tequila. Y ésta es la primera vez que estoy tan al sur de Texas —dijo Dean, y añadió, maravillado—: ¡Cagoendiós! Por aquí es por donde anda mi viejo en invierno, ¡vaya un vagabundo astuto!

De pronto estábamos aplastados por un calor absolutamente tropical. Acabábamos de bajar unos ocho kilómetros y delante vimos las luces del viejo San Antonio. Tenías la impresión de que todo esto había sido realmente territorio mexicano. Las casas de al lado de la carretera eran diferentes, las estaciones de servicio más pobres; menos luces. Dean tomó el volante entusiasmado por llegar a San Antonio. Entramos en la ciudad pasando por una zona de miserables casuchas mexicanas con viejas mecedoras en el porche. Nos detuvimos en una extraña estación de servicio para engrasar el coche. Había muchos mexicanos bajo las calientes luces de las bombillas del techo, que estaban ennegrecidas por los mosquitos; iban a un puesto y compraban cerveza y tiraban el dinero al encargado. Había familias enteras haciendo esto. Se veían casuchas por todas partes y árboles polvorientos y un olor a canela en el aire. Pasaron unas nerviosas chicas mexicanas con unos muchachos.

—¡Eh! ¡Eh! —gritó Dean.

—Sí, mañana —respondieron en español.

Salía música de todas partes, y era música de todas clases. Stan y yo bebimos varias botellas de cerveza y nos colocamos. Ya estábamos casi fuera de América y sin embargo definitivamente en ella y en el sitio donde está más loca. Pasaban coches preparados. ¡Ah, ah, San Antonio!

–Bien, tíos, escuchadme... Creo que estaría bien pasar un par de horas en San Antonio y así podríamos encontrar un hospital donde curaran el brazo de Stan, y tú y yo, Sal, podríamos dar una vuelta por estas calles. Mira esas casas del otro lado de la calle, puede verse toda la habitación delantera con las chicas de la casa tumbadas leyendo revistas del corazón. ¡Vamos! ¡Vamos!

Anduvimos un rato en el coche sin dirección fija y preguntando a la gente por el hospital más cercano. Estábamos cerca del centro y las cosas parecían más pulcras y americanas; había varios semirrascacielos y muchas luces de neón y cadenas de drugstores, pero los coches andaban por la oscuridad a su aire, como si no hubiera leyes de tráfico. Aparcamos frente a un hospital y acompañé a Stan a ver a un médico mientras Dean se quedaba en el coche a cambiarse. El vestíbulo del hospital estaba lleno de mexicanas pobres, algunas preñadas, otras enfermas y otras con sus hijitos enfermos. Era triste de ver. Me acordé de la pobre Terry y me pregunté qué estaría haciendo ahora. Stan tuvo que esperar una hora hasta que llegó un médico y vio su brazo hinchado. Había un nombre para aquella infección que tenía, pero ninguno nos molestamos en aprenderlo. Le pusieron una inyección de penicilina.

Entretanto Dean y yo fuimos a pasear por las calles de la parte mexicana de San Antonio. Era un ambiente fragante y suave –el más suave que he conocido– y sombrío y misterioso y lleno de vida. De pronto de la ruidosa oscuridad surgían muchachas con pañuelos blancos. Dean se desplazaba lentamente sin decir ni palabra.

–¡Oh, esto es demasiado maravilloso para hacer nada! –susurró–. Vamos a seguir paseando y viéndolo todo. ¡Mira! ¡Mira! Unos billares.

Entramos. Una docena de chavales estaban jugando al billar en tres mesas; todos eran mexicanos. Dean y yo compramos unas Coca-Colas y metimos unas monedas en la máquina de discos y oímos a Wynonie Blues Harris y a Lionel Hampton y a Lucky Millinder y nos movimos un poco. Entretanto Dean me dijo que me fijara en algo.

–Oye, mira con disimulo y mientras escuchamos a Wynonie hablar del pastel que hace su novia y respiramos este fragante aire, como tú dices, observa a ese chico, al tullido de la mesa uno, es el blanco de todas las bromas, ¿lo ves?, lo ha sido toda la vida. Los otros chicos no tienen piedad, pero lo quieren.

El tullido era una especie de enano deforme con un hermoso rostro demasiado grande en el que resplandecían unos enormes ojos castaños.

–¿No lo ves, Sal? Es un Tom Snark mexicano de San Antonio. Es igual en todas partes. ¿Ves cómo le pegan en el culo con el taco? ¡Ja, ja, ja! Escucha cómo se ríen. ¿Ves?, quiere ganar, ha apostado algo. ¡Fíjate! ¡Fíjate! –Y vimos cómo el enano angélico apuntaba cuidadosamente. Falló. Los otros se rieron mucho–. Fíjate, tío –dijo Dean–, ¡fíjate bien! –Habían agarrado al chico por el cuello y lo estaban zarandeando en broma. Chillaba. Se alejó orgullosamente y se sumergió en la noche pero no sin antes lanzar una mirada avergonzada, dulce–. Tío, cómo me gustaría saber cosas de ese chaval, lo que piensa, con qué chicas anda..., tío, este aire me pone alto. –Salimos y paseamos por varias calles oscuras y misteriosas. Muchas casas se escondían detrás de pequeños jardines que eran todo verdor, casi una jungla; vimos fugazmente a chicas con chicos entre los arbustos–. Nunca había estado en este loco San Antonio. Imagínate lo que será México. ¡Vámonos! ¡Vámonos! –Corrimos de regreso al hospital. Stan estaba listo y dijo que se encontraba mucho mejor. Le echamos el brazo por encima del hombro y le contamos todo lo que habíamos hecho.

Y ahora estábamos dispuestos a recorrer los doscientos cincuenta kilómetros hasta la mágica frontera. Saltamos al coche y nos fuimos. Estaba tan cansado que me dormí todo el camino hasta Laredo y no me desperté hasta que aparcaron el coche frente a un restaurante a las dos de la madrugada.

–¡Ah! –suspiró Dean–, el final de Texas, el final de América, nada sabemos ya.

Hacía un calor tremendo; sudábamos a mares. No había humedad ni un soplo de aire, nada excepto billones de moscas revoloteando alrededor de las bombillas y el rancio olor de un cercano río caliente en la noche: el río Grande, que nace en los frescos y pequeños valles de las Montañas Rocosas y termina formando valles enormes y mezclando sus calores con los barros del Mississippi en el gran Golfo.

Laredo era un pueblo siniestro aquella mañana. Todo tipo de taxistas y ratas de la frontera andaban por allí en busca de negocios. No había mucho que hacer; era demasiado tarde. Estábamos en el culo de América donde se reúnen todos los rufianes, donde tienen que ir los desviados para estar cerca de otro sitio específico al que pueden deslizarse sin que nadie lo note. El contrabando circulaba bajo el pesado aire dulzón. Los policías, congestionados y sombríos y sudorosos, no fanfarroneaban. Las camareras estaban sucias y de mal humor. Un poco más allá se notaba la enorme presencia de todo México y casi se olía el billón de tortillas friéndose y soltando humo en la noche. No teníamos ni idea de qué sería realmente México. Estábamos de nuevo al nivel del mar y cuando intentamos comer algo nos costó trabajo tragarlo. De todos modos, lo envolvimos en servilletas para comerlo durante el viaje. Nos sentíamos mal y tristes. Pero todo cambió en cuanto cruzamos el misterioso puente sobre el río y nuestras ruedas rodaron sobre suelo oficialmente mexicano, aunque de hecho se trataba de una desviación para la inspección fronteriza. Justo al otro lado de la calle empezaba México. Miramos maravillados. Para nuestro asombro, era exactamente igual que México. Eran las tres de la madrugada y tipos con sombrero de paja y pantalones blancos dormitaban por docenas apoyados en las paredes de tiendas destartaladas.

—¡Mirad a esos tipos! —susurró Dean—. ¡Oh! —Respiró con suavidad—. Espera, espera...

Salieron unos funcionarios mexicanos, sonreían y nos rogaron que les mostrásemos nuestro equipaje. Lo hicimos. No podíamos apartar los ojos del otro lado de la calle. Deseábamos ir allí y perdernos en aquellas misteriosas calles españolas. Sólo era Nuevo Laredo pero nos parecía la Sagrada Lhasa.

—Tío, ésos están levantados toda la noche —susurró Dean.

Nos apresuramos a presentar nuestros pasaportes. Nos previnieron de que no bebiéramos agua del grifo ahora que estábamos al otro lado de la frontera. Los mexicanos registraron nuestro equipaje por puro formulismo. No parecían policías para nada. Eran perezosos y amables. Dean no dejaba de mirarlos. Se volvió hacia mí.

—Fíjate cómo es la pasma en México. ¡No puedo creerlo! —Se frotó los ojos—. Debo estar soñando.

Llegó el momento de cambiar nuestro dinero. Vimos pilas de pesos encima de una mesa y nos enteramos de que ocho equivalían a un dólar americano, o algo así. Cambiamos la mayor parte de nuestro dinero y metimos en el bolsillo encantados aquel montón de billetes.

V

Entonces volvimos nuestras caras hacia México tímidos y maravillados mientras aquellas docenas de tipos mexicanos nos observaban desde debajo de las secretas alas de sus sombreros. Más allá había música y restaurantes abiertos toda la noche con humo saliendo por las puertas.

—¡Vaya! ¡Vaya! —susurró Dean muy suavemente.

—¡Es todo! —dijo un funcionario mexicano sonriente que hablaba en inglés—. Todo arreglado, muchachos. Podéis seguir. Bienvenidos a México. Que os divertáis. Cuidado con el dinero. Conducid con cuidado. Os lo digo personalmente, soy Red, todo el mundo me llama Red. Preguntad por Red. Buen provecho. Nada de preocupaciones. Todo está bien. No es difícil divertirse en México.

—¡*Sí!** —respondió Dean estremeciéndose, y cruzamos la calle y entramos en México muy suavemente.

Dejamos el coche aparcado y los tres nos internamos por las calles españolas hacia aquella mezcla de luces mortecinas. Había viejos tomando el fresco sentados en sillas y parecían yonquis orientales. De hecho nadie nos miraba, pero todos estaban atentos a lo que hacíamos. Doblamos hacia la izquierda y entramos en un restaurante lleno de humo donde había música de guitarra en una máquina de discos americana de los años treinta. Taxistas mexicanos en mangas de camisa y tipos mexicanos con sombrero de paja estaban sentados en taburetes devorando masas informes de tortillas, judías, tacos y mil cosas más. Pedimos tres botellas de cerveza fría —*cerveza** es el nombre de la cerveza— y nos costaron unos treinta céntimos mexicanos o diez céntimos americanos cada una. También compramos unos paquetes de pitillos mexicanos a seis centavos cada uno. Mirábamos y mirábamos asombrados aquel dinero mexicano que nos permitía tantas cosas, y jugueteábamos con él y mirábamos a todas partes y sonreíamos a todo el mundo. A nuestras espaldas quedaba América entera y todo lo que Dean y yo habíamos conocido previamente de la vida en general, y de la vida en la carretera. Al fin habíamos encontrado la tierra mágica al final de la carretera y nunca nos habíamos imaginado hasta dónde llegaba esta magia.

—*Piensa* en estos tipos que están levantados toda la noche —susurró Dean—. Y piensa en ese enorme continente que se abre delante de nosotros con esas enormes montañas de Sierra Madre que hemos visto en el cine, y en las selvas que hay por ahí abajo, y en esa meseta desierta tan grande como la nuestra y que llega hasta Guatemala y hasta Dios sabe dónde. ¿Qué vamos a hacer? ¿Qué vamos a hacer? ¡Movámonos! —Nos levantamos y volvimos al coche. Una última mirada a América por encima de las potentes luces del puente sobre el río Grande. Luego le volvimos la espalda y el parachoques y nos lanzamos hacia delante.

Un instante después estábamos en el desierto y no había ni una luz ni un coche en los ochenta kilómetros de llanuras que siguieron. Y precisamente entonces amanecía sobre el golfo de México y empezamos a ver formas fantasmales de yucas y cactus por todas partes.

—¡Qué país tan salvaje! —grité. Dean y yo estábamos completamente despiertos. En Laredo estábamos muertos de cansancio. Stan, que ya había estado en el extranjero antes, dormía tranquilamente en el asiento de atrás. Dean y yo teníamos a México entero delante de nosotros.

—Ahora, Sal, estamos dejándolo todo atrás y entrando en una nueva y desconocida fase de las cosas. Tantos años y problemas y juergas... ¡y ahora *esto*! No hay que pensar en nada más, sólo hay que seguir con la cabeza bien alta, así, ya lo ves, y *comprender* el mundo como, hablando propiamente, tantos otros americanos no lo han comprendido antes que nosotros... Anduvieron por aquí... ¿no es cierto? La guerra contra México. Pasaron por aquí con cañones.

—Esta carretera —le respondí— es también la ruta de los antiguos forajidos americanos que se escurrían a través de la frontera y bajaban hasta el viejo Monterrey, así que si miras el desierto que ya empieza a clarear puedes imaginarte a uno de aquellos pistoleros de Tombstone, galopando hacia lo desconocido, comprenderás así que...

—¡Esto es el mundo! —interrumpió Dean—. ¡Dios mío! —Golpeó el volante—. ¡Esto es el mundo! Podemos seguir a Sudamérica si esta carretera lleva hasta allí. ¡Piensa en eso! *¡Hijoputa! ¡Cagoendiós!* —Aceleramos la marcha. Amaneció rápidamente y empezamos a ver la blanca arena del desierto y algunas chozas alejadas de la carretera. Dean aminoró un poco la marcha para contemplarlas—. ¡Auténticas chozas miserables!, tío, de esas que sólo se encuentran en el Valle de la Muerte, e incluso mucho peores. Esta gente no se *preocupa* de las apariencias.

La primera localidad que venía señalada en el mapa se llamaba Sabinas Hidalgo. Mirábamos hacia delante buscándola ansiosamente en la lejanía.

—Y esta carretera —continuó Dean— no se diferencia nada de cualquier carretera americana, excepto en una cosa. Fíjate que los mojones están en kilómetros y señalan la distancia que falta hasta Ciudad de México. ¿Te das cuenta? Es la única ciudad de todo el país, todo señala hacia ella.

Sólo faltaban 767 millas para llegar a esa ciudad, pero en kilómetros la cifra estaba muy por encima de los mil.

—¡Hostia! —gritó Dean—. Hay que llegar allí. —Durante un

rato cerré los ojos agotado y seguí oyendo a Dean golpear el volante con los puños y exclamar: «¡Hostias!», y también: «¡Vaya juergas! ¡Qué país! ¡Sí!», y cosas de ese tipo.

Atravesamos el desierto y llegamos a Sabinas Hidalgo hacia las siete de la mañana. Aminoramos mucho la marcha para ver cómo era. Despertamos a Stan. Se sentó muy tieso mirándolo todo. La calle principal estaba llena de barro y de baches. A ambos lados había fachadas de adobe muy sucias y rotas. Pasaban burros muy cargados. Mujeres descalzas nos observaban desde sombríos umbrales. La calle estaba completamente atestada de gente que iniciaba un nuevo día en el campo mexicano. Viejos con grandes bigotes nos miraban atentamente. El espectáculo de tres jóvenes americanos barbudos y harapientos en lugar de los turistas usualmente bien vestidos les interesaba. Anduvimos dando tumbos por la calle Mayor a quince por hora mirándolo todo. Pasó un grupo de chicas justo por delante de nosotros. Al dar un tumbo a su lado, una de ellas dijo:

–¿Adónde vas, hombre?

Yo me volví a Dean asombrado.

–¿Has oído lo que dijo?

Dean estaba tan asombrado que siguió conduciendo lentamente y diciendo:

–Sí, oí lo que dijo. Lo oí jodidamente bien. ¡Ay de mí! ¡Ay de mí! No sé qué hacer. Estoy demasiado excitado en este mundo. Al fin hemos llegado al cielo. No puede ser más tranquilo, no puede ser mejor, no puede ser nada más.

–Bien, volvamos a recogerlas –dije.

–Sí –dijo Dean, y puso el coche a diez por hora o menos. Estaba como fuera de combate, no tenía que hacer lo que habitualmente hubiera hecho en América–. ¡Hay millones de chicas en la carretera! –añadió. Sin embargo, giró y fue en busca de las chicas. Iban a trabajar en el campo; nos sonrieron. Dean las miró con ojos de piedra–. ¡Hostias! –dijo en voz muy baja–. Es demasiado bueno para ser verdad. ¡Mujeres, mujeres! Y especialmente ahora, en mi estado y condición. Sal, estoy viendo el interior de esas casas según pasamos..., miras dentro y ves cunas de paja y niños muy morenos durmiendo que se agitan a punto de despertar con sus pensamientos saliendo de la mente vacía del sueño, recuperando su propio ser, y las madres preparando el desayuno en cazuelas de hierro... y fíjate en esas persianas que tienen en las ventanas y en los viejos, esos *viejos* tan serenos y sin ninguna preocupación. Aquí nadie desconfía, nadie recela. Todo el mundo está tranquilo, todos te miran directamente a los ojos y no dicen nada, sólo *miran* con sus ojos oscuros, y en esas miradas hay unas cualidades humanas suaves, tranquilas, pero que están siempre ahí. Fíjate en todas esas historias que hemos leído sobre México y el mexicano dormilón y toda esa mierda sobre que son grasientos y sucios y todo eso, cuando aquí la gente es honrada, es amable, no molesta.

Educado en la dura noche de la carretera, Dean había venido al mundo para verlo. Se echaba encima del volante y miraba a ambos lados y conducía despacio. Se paró a por gasolina al salir de Sabinas Hidalgo. Allí se habían reunido unos cuantos rancheros locales de largos bigotes y bromeaban frente a unos anticuados surtidores. En el campo, un viejo trabajaba con un burro. El sol se levantaba puro sobre las puras y antiguas actividades humanas.

Cogimos la carretera de Monterrey. Las grandes montañas coronadas de nieve se alzaban delante de nosotros; avanzamos directamente hacia ellas. Una brecha fue abriéndose poco a poco y se convirtió en un puerto por el que cruzamos. En cuestión de minutos habíamos dejado atrás el desierto de mezquites y subíamos entre un fresco aire por una carretera con un pretil de piedra en la parte del precipicio y nombres de los presidentes escritos con pintura blanca en el farallón del otro lado: ¡ALEMÁN! No encontramos a nadie en esta carretera de montañas. Serpenteaba entre nubes y nos llevó a una gran meseta. En la lejanía, la gran ciudad industrial de Monterrey mandaba humo al cielo azul con las enormes nubes del golfo como vellones de lana. Entrar en Monterrey era como entrar en Detroit. Se avanzaba entre las altas paredes de las fábricas. Pero había burros tomando el sol sobre la hierba y extensos barrios de casas de adobe con miles de ociosos apoyados en la puerta y putas asomadas a la ventana y tiendas extrañas donde se podía vender cualquier cosa y estrechas aceras atestadas de gente como las de Hong-Kong.

–¡Vaya! –gritó Dean–. Y todo esto con este sol. ¿Te has fijado en el sol mexicano, Sal? Te pone alto. Hay que seguir y seguir..., ¡la carretera *me* arrastra!

Hablamos de detenernos en Monterrey, pero Dean quería llegar a Ciudad de México cuanto antes y además pensaba que la carretera sería más interesante después, siempre después. Conducía como un poseso y nunca descansaba. Stan y yo estábamos completamente agotados y decidimos dormir. Levanté la vista más allá de Monterrey y vi dos enormes y extraños picos gemelos. Sí, estaban pasado Monterrey, pasado el sitio al que iban los forajidos.

Delante estaba Montemoleros, un nuevo descenso a alturas más calientes. Todo se volvió muy caluroso y extraño. Dean decidió que era absolutamente necesario que me despertara para verlo.

–Mira, Sal, no te puedes *perder* esto.

Miré. Íbamos a través de un terreno pantanoso y a lo largo de la carretera veíamos de vez en cuando a extraños mexicanos vestidos con harapos que caminaban con machetes colgando de sus cinturones de cuerda, y algunos de ellos cortaban arbustos. Todos se paraban para mirarnos sin expresión. Entre aquella enmarañada vegetación veíamos ocasionalmente chozas con techo de paja y paredes de bambú como las de África. Chicas extrañas, oscuras como la luna, nos miraban desde los misteriosos umbrales cubiertos de verdor.

–¡Oh, tío! Me gustaría parar y jugar un poco con esas monadas –dijo Dean–, pero fíjate que el viejo o la vieja siempre están muy cerca... por lo general en la parte de atrás, a veces a cien metros recogiendo ramas y leña o cuidando a los animales. Nunca las dejan solas. En este país nadie está solo jamás. Mientras estabas dormido, he observado esta carretera y este país, ¡si supieras todo lo que he pensado, tío! –Sudaba. Sus ojos estaban irritados, enrojecidos y locos, pero también eran humildes y tiernos... había encontrado a gente que se le parecía. Avanzamos a través de la zona pantanosa interminable a una velocidad constante de setenta y cinco por hora–. Sal, yo creo que esto no cambiará en mucho tiempo. Si conduces tú, dormiré un poco.

Cogí el volante y, entregado a mis propias fantasías, conduje a través de Linares, a través de la cálida y llana zona pantanosa, por encima del humeante río Soto, la Marina, cerca de Hidalgo, y más allá. Un gran valle que era una verde jungla con grandes zonas cultivadas, también muy verdes, se abría ante mí. Grupos de hombres nos miraron al pasar por un estrecho y antiguo puente. Fluía un río ardiente. Después ascendimos hasta que reapareció una especie de región desértica. Delante estaba la ciudad de Gregoria. Los otros dos dormían y yo seguía solo al volante con mi eternidad a cuestas. La carretera era una larga línea recta. No era como conducir a través de Carolina, Texas, Arizona o Illinois; era como conducir a través del mundo por lugares donde por fin aprenderíamos a conocernos entre los indios del mundo, esa raza esencial básica de la humanidad primitiva y doliente que se extiende a lo largo del vientre ecuatorial del planeta desde Malaya (esa larga uña de China) hasta el gran subcontinente de la India, hasta Arabia, hasta Marruecos, hasta estos mismos desiertos y selvas de México y sobre los mares hasta Polinesia, hasta el místico Siam del Manto Amarillo y así, dando vueltas y vueltas, se oye el mismo lamento junto a las destrozadas murallas de Cádiz, España, que se oye 20.000 kilómetros más allá en las profundidades de Benarés, la capital del mundo. Estos individuos eran indudablemente indios y en nada se parecían a los Pedros y Panchos del estúpido saber popular americano... tenían pómulos salientes y ojos oblicuos y gestos delicados; no eran idiotas, no eran payasos; eran indios solemnes y graves, eran el origen de la humanidad, sus padres. Las olas son chinas, pero la tierra es asunto indio. Tan esenciales como las rocas del desierto son ellos en el desierto de la «historia». Y lo sabían cuando pasábamos por allí; unos americanos que se daban importancia y tenían dinero e iban a divertirse a su país; sabían quién era el padre y quién era el hijo de la antigua vida de la tierra y no hacían ningún comentario. Porque cuando llegue la destrucción al mundo de la «historia» y el apocalipsis vuelva una vez más como tantas veces antes, ellos seguirán mirando con los mismos ojos desde las cuevas de México, desde las cuevas de Bali, donde empezó todo y donde Adán fue engañado y aprendió a conocer. Estos eran mis pensamientos mientras conducía el coche hacia la tórrida ciudad de Gregoria, abrasada por el sol.

Antes, en San Antonio, le había prometido a Dean en broma que le conseguiría una chica. Fue una apuesta y un desafío. Cuando detuve el coche en una estación de servicio cerca de la soleada Gregoria cruzó la carretera un chaval descalzo que llevaba una enorme visera para el parabrisas y que quería saber si se la compraría.

–¿Le gusta? Sesenta pesos. *¿Habla español? Sesenta pesos.** Me llamo Víctor.

–No –y añadí en broma–, lo que quiero comprar es una *señorita.*

–Claro, claro –exclamó excitado–. Le traeré chicas después. Ahora demasiado calor –añadió con desagrado–. No hay buenas chicas cuando hace calor. Espere a esta noche. ¿Le gusta la visera?

No quería comprar la visera pero quería a las chicas. Desperté a Dean.

–¡Eh, tío! Te dije en Texas que te conseguiría una chica... pues bien, desperézate y despierta del todo; hay unas chicas esperándonos.

–¿Cómo? ¿Cómo? –gritó incorporándose de un salto, todo ojeroso–. ¿Dónde? ¿Dónde?

–Este chico, Víctor, nos enseñará dónde.

–Bien, vamos, vamos. –Dean saltó del coche y estrechó la mano a Víctor. En la estación había un grupo de otros chicos y sonreían. Casi todos iban descalzos y llevaban sombreros de paja–. Tío –me dijo Dean–, ¿no te parece un lugar agradable para pasar la tarde? Aquí se está mucho mejor que en los billares de Denver. Víctor, ¿y las chicas? ¿Dónde? *¿Dónde?* –añadió en español–. Te das cuenta, Sal, estoy hablando español.

–Pregúntale si puede conseguir algo de tila. ¡Eh, chico! ¿Tienes marihuana?

El chico dijo que sí con la cabeza.

–Sí, cuando ustedes quieran. Vengan conmigo.

–¡Ji! ¡Vaya, vaya! –gritó Dean. Ya se había despertado del todo y andaba dando saltos por la dormida calle mexicana–. ¡Vamos! –Yo les estaba pasando cigarrillos Lucky Strike a los otros chicos. Se estaban divirtiendo mucho con nosotros, especialmente con Dean. Hablaban entre sí, y con la mano tapándose la boca hacían comentarios sobre aquel americano chiflado–. ¡Míralos, Sal! Están hablando de nosotros. ¡Oh, qué mundo! –Víctor subió al coche con nosotros. Partimos. Stan Shephard, que había estado profundamente dormido, se despertó en medio de la agitación.

Salimos al desierto por el otro lado de la carretera y doblamos por una carretera de tierra que hizo dar botes al coche como nunca. Allí delante estaba la casa de Víctor. Apareció entre unos cactus y unos pocos árboles. Era una especie de caja cuadrada de adobe y había unos cuantos hombres sentados en el patio.

–¿Quiénes son ésos? –dijo Dean todo excitado.

–Son mis hermanos. Mi madre está también. Mi hermana también. Es mi familia. Es mi familia. Yo casado y vivo en el pueblo.

–¿Y qué pasa con tu madre? –preguntó Dean–. ¿Qué dice de la marihuana?

–¡Oh! Es ella quien me la consigue. –Y mientras esperábamos en el coche, Víctor se apeó y entró en la casa y dijo algo a una vieja. Ésta se volvió y fue a la huerta de la parte de atrás y empezó a recoger hojas secas de marihuana. Eran hojas arrancadas de las plantas y puestas a secar al sol del desierto. Entretanto los hermanos de Víctor sonreían bajo un árbol. Vendrían a saludarnos pero necesitaban cierto tiempo para levantarse y llegar hasta donde estábamos. Víctor volvió sonriendo dulcemente.

–Tío –dijo Dean–. Este Víctor es la persona más agradable, pasada, loca y maravillosa que he conocido en mi vida. Mira cómo camina, mira cómo anda tan tranquilo. Aquí no hay que darse prisa. –Una brisa del desierto, insistente y constante, envolvía el coche. Hacía mucho calor.

–Mucho calor, ¿verdad? –dijo Víctor, sentándose en el asiento delantero junto a Dean y señalando el ardiente techo del Ford–. Ahora con la marihuana no tendrán más calor. Esperen.

–Sí –dijo Dean, ajustándose las gafas de sol–. Esperaré. Claro que esperaré, Víctor.

En esto un hermano muy alto de Víctor se acercó lentamente con un montón de hierba envuelta en la página de un periódico. Dejó el paquete encima de las piernas de Víctor y se apoyó despreocupadamente en la puerta del coche, nos saludó con la cabeza y dijo:

–Hola.

Dean también le saludó con la cabeza y le sonrió. Nadie hablaba; era algo perfecto. Víctor procedió a liar el canuto más grande que yo había visto nunca. Lo lió con papel de envolver y fabricó una especie de puro de marihuana. Era enorme. Dean le observaba asombrado. Víctor lo encendió con toda naturalidad y nos lo pasó. Tirar de aquello era como tener una chimenea en la boca y aspirar. El humo pasó por nuestras gargantas como una gran explosión de calor. Contuvimos la respiración y echamos el humo casi al tiempo. El sudor se nos congeló en la frente y aquello de pronto era igual que la playa de Acapulco. Miré por la ventanilla de atrás y vi a otro de los hermanos de Víctor. Era una especie de indio peruano con un sarape sobre el hombro. Se apoyaba en un poste sonriendo, demasiado tímido para venir a estrecharnos las manos. Se diría que el coche estaba rodeado de hermanos pues apareció otro al lado de Dean. Entonces sucedió la cosa más extraña del mundo. Estábamos todos tan altos que pasamos de formalidades y nos concentramos en lo que nos interesaba justamente entonces. Americanos y mexicanos nos estábamos colocando juntos en pleno desierto y además veíamos muy cerca los rostros y los poros y los callos de las manos y las mejillas ruborizadas del otro mundo. Los hermanos indios empezaron a hablar de nosotros en voz baja; vimos que nos miraban, y hacían comentarios y nos comparaban con ellos, y corregían o asentían a sus mutuas impresiones.

–Sí, sí –decían, mientras Dean, Stan y yo hablábamos de ellos en inglés.

–Fíjate en ese hermano tan extraño de ahí atrás, no se ha movido del poste ni ha disminuido nada la intensidad de su divertida y tímida sonrisa. Y este de aquí, el de la izquierda, es mayor, está más seguro de sí mismo y también más triste, es como un vagabundo en la ciudad, mientras que Víctor está casado..., es como una especie de rey egipcio, ¿lo ves? Son unos tipos estupendos. Nunca había visto nada igual. Y están hablando de nosotros, ¿lo ves? También nosotros hablamos de ellos, pero con una diferencia, lo más probable es que les interese cómo vamos vestidos..., bueno, en esto no hay ninguna diferencia..., pero les parecerán raras las cosas que tenemos en el coche y el modo en que nos reímos tan distinto al suyo, y hasta compararán nuestro olor con el suyo. Con todo, daría un ojo de la cara por saber lo que opinan de nosotros. –Y Dean intentó saberlo.

–Oye, Víctor, tío..., ¿de qué están hablando tus hermanos?

Víctor dirigió sus melancólicos ojos oscuros hacia Dean y dijo:

—Sí, sí.

—No, no has entendido lo que te he preguntado. ¿De qué hablan tus hermanos?

—¡Oh! —exclamó Víctor muy inquieto—, ¿no os gusta la marihuana?

—Sí, sí, claro que sí, es muy buena. Pero ¿de qué *habláis?*

—¿Hablar? Sí, estamos hablando. ¿Os gusta México?

Era difícil llegar a un lenguaje común. Y todos seguimos tranquilos y serenos y altos y disfrutando de la brisa del desierto y rumiando diferentes pensamientos nacionales y raciales y personales sobre la eternidad.

Llegó la hora de las chicas. Los hermanos volvieron a sentarse bajo el árbol, la madre miraba desde la soleada entrada de la casa, y nosotros volvimos al pueblo dando tumbos y saltando.

Pero ahora los botes y saltos ya no eran desagradables: era el viaje más agradable y divertidamente ondulante del mundo; como si navegáramos sobre un mar azul; y la cara de Dean resplandecía de un modo habitual, era como de oro cuando nos dijo que escuchásemos la canción de los amortiguadores del coche, el sonido de la suspensión. Saltábamos arriba y abajo y hasta Víctor entendió y se rió. Después señaló hacia la izquierda para indicarnos el camino que llevaba hasta las chicas, y Dean miró hacia la izquierda con indescriptible placer y giró el volante siguiendo aquel camino, y rodamos suavemente hacia la meta, mientras escuchábamos a Víctor, que estaba empeñado en hablar. Dean decía con grandilocuencia:

—Sí, por supuesto. No tengo ninguna duda. Está decidido. En efecto. ¿Por qué me dices esas cosas tan amables? Claro, claro, sin ninguna duda. Sí. Por favor, sigue.

Víctor respondía a esto con la seriedad y la magnífica elocuencia española. Durante un momento de confusión pensé que Dean lo entendía todo gracias a una ciencia infusa y a una revelación súbita producto de su radiante felicidad. En aquel mismo momento, además, se parecía muchísimo a Franklin Delano Roosevelt: sin duda una ilusión de mis ojos en llamas y de mi cerebro fluctuante. Se parecía tanto que me incorporé en mi asiento y lo miré asombrado. Tuve que hacer grandes esfuerzos para ver la imagen de Dean entre una mirada de radiaciones celestiales. Me pareció que era Dios. Estaba tan alto que tuve que reclinar la cabeza en el asiento; los saltos del coche me producían estremecimientos de placer. La sola idea de contemplar México a través de la ventanilla –que ahora se había convertido en otra cosa en el interior de mi mente– era como retirarme de la contemplación de un tesoro resplandeciente que se teme mirar porque contiene demasiadas riquezas y tesoros como para que los ojos, vueltos hacia dentro, puedan verlo de una sola vez. Me sobresalté. Vi ríos de oro cayendo desde el cielo que atravesaban con toda facilidad el techo del pobre coche, que atravesaban con toda facilidad mis ojos y se introducían en mi interior; había oro por todas partes. Miré por la ventanilla las soleadas calles y vi una mujer a la puerta de una casa y creí que estaba oyendo todo lo que decíamos y que asentía: las visiones paranoicas habituales debidas a la tila. Pero el río de oro continuaba. Durante un largo rato perdí toda conciencia de lo que estábamos haciendo y sólo la recuperé cuando levanté la vista del fuego y el silencio como si pasara del sueño a la vigilia, o pasara del vacío al sueño. Y entonces me decían que estábamos aparcando delante de la casa de Víctor y luego éste aparecía con un hijito en los brazos y nos lo enseñaba.

–¿Qué les parece mi niño? Se llama Pérez, tiene seis meses.

–¡Vaya! –dijo Dean con el rostro todavía transfigurado por una especie de placer supremo y hasta de santidad–. Es el niño más guapo que he visto nunca. Mira qué ojos. Bien, Sal y Stan –añadió, volviéndose hacia nosotros con una expresión seria y tierna–, quiero que os fijéis es-pe-cial-mente en los ojos de este niño mexicano que es el hijo de nuestro maravilloso amigo

367

Víctor y apreciéis el modo en que entregará a la humanidad ese alma maravillosa que habla por sí misma a través de las ventanas que son sus ojos; unos ojos tan bonitos que sin duda profetizan e indican la más hermosa de las almas.

Era un hermoso discurso. Y era un niño muy hermoso. Víctor miraba melancólicamente a su ángel. Todos deseamos tener un hijo como aquél. Era tan grande la intensidad de nuestros sentimientos hacia el alma del niño que éste notó algo extraño y empezó a llorar con una pena desconocida que no había modo de calmar porque estaba enraizada en innumerables misterios y milenios. Lo probamos todo; Víctor lo acarició y lo acunó. Dean le hizo carantoñas. Yo alargué la mano y toqué sus bracitos. El llanto arreció.

–¡Vaya! –dijo Dean–. Lo siento muchísimo, Víctor, pero lo hemos asustado.

–No está asustado, simplemente llora.

En la entrada de la casa, justo detrás de Víctor, demasiado tímida para salir, estaba su mujer, descalza y esperando con ansiosa ternura que devolviéramos el niño a sus brazos tan suaves y morenos. Después de habernos enseñado a su hijo, Víctor volvió a subir al coche y señaló orgullosamente hacia la derecha.

–Sí –dijo Dean, y avanzó con el coche por estrechas calles argelinas con rostros que nos observaban desde todas partes con cordial perplejidad. Llegamos a la casa de putas. Era un establecimiento magnífico de adobe dorado bajo el sol. En la calle, apoyados en el alféizar de las ventanas de la casa de putas había dos policías, sus pantalones estaban arrugados, parecían dormidos y aburridos y nos dedicaron unas breves miradas interesadas cuando entramos, y se quedaron allí las tres horas que estuvimos armando follón delante de sus narices, hasta que salimos al anochecer y, por indicación de Víctor, le dimos a cada uno el equivalente de veinticinco céntimos; sólo por pura fórmula.

Y dentro encontramos a las chicas. Unas estaban recostadas en sofás en la pista de baile, otras bebían en la larga barra que había a la derecha. En el centro, un arco llevaba a unos cubículos que se parecían a los vestuarios donde uno se desviste en los balnearios municipales de las playas. Estos cubículos daban al sol del patio. Tras la barra estaba el propietario, que salió corriendo en cuanto le dijimos que queríamos oír mambos y volvió con un montón de discos, la mayoría de Pérez Prado, y los puso en la máquina de discos. Un instante después toda la ciudad de Gregoria oía lo bien que lo estábamos pasando en la *Sala de Baile.** En el mismo salón el estrépito de la música –así es cómo debe ponerse una máquina de discos y para eso se inventó– era tan tremendo que durante un momento Dean y Stan y yo nos quedamos boquiabiertos al darnos cuenta de que nunca nos habíamos atrevido a poner música tan alta como hubiéramos querido y como ahora sonaba. Pocos minutos después la mitad de la población de Gregoria se asomaba por las ventanas para ver a los *americanos** bailar con las chicas. Estaban allí delante, al lado de los policías, en la sucia acera, con aspecto de indiferencia y despreocupación. «Más Mambo Jambo», «Chattanooga de Mambo», «Mambo número ocho»: todas estas tremendas canciones resonaban estrepitosamente en la dorada y misteriosa tarde como el sonido que uno espera que va a oír el día del Juicio Final. Las trompetas sonaban tan fuerte que podían oírse desde el desierto donde, en cualquier caso, tenían su origen. Los tambores parecían enloquecidos. El ritmo del mambo es el ritmo de la conga del Congo, el río de África y del mundo; sin duda era el ritmo del mundo. Um-ta, ta-pu-pum, um-ta, ta-pu-pum. Las notas del piano nos bañaban desde los altavoces. Los gritos del director eran como desesperadas boqueadas finales. Los sonidos de la trompeta, que se unían a los momentos de clímax de las congas y los bongos que se oyen en el terrible disco Chattanooga, dejaron helado a Dean durante unos momentos hasta que se estremeció y se puso a sudar; luego, cuando las trompetas desgarraban el soñoliento ambiente con sus trémulos ecos, como los de una caverna o una cueva,

369

sus ojos se pusieron muy redondos y como si estuvieran viendo al demonio y los cerró enseguida. Yo mismo me veía sacudido como una mariposa. Sentía que las trompetas hacían oscilar la luz y temblaba de pies a cabeza.

Con la música del rápido «Mambo Jambo» bailamos frenéticamente con las chicas. A través de nuestro delirio empezamos a distinguir entre sus distintas personalidades. Eran unas chicas espléndidas. Extrañamente la más desmadrada era una venezolana medio india y medio blanca que tenía dieciocho años. Se hubiera dicho que era de buena familia. Sólo Dios sabe lo que estaba haciendo en México trabajando de puta a esa edad y con sus tiernas mejillas y su agradable aspecto. Tal vez había una tragedia en su vida. Bebía de un modo increíble. Se pegaba latigazo tras latigazo aunque parecía que no podía más. Tiraba los vasos sin parar con la idea de hacernos gastar la mayor cantidad de dinero posible. Llevaba una bata casi transparente y bailaba frenéticamente con Dean; colgada de su cuello y pidiéndole cosas sin parar. Dean estaba tan pasado que no sabía con qué empezar, si con las chicas o con el mambo. De pronto corrieron a uno de los cubículos. Yo me las entendía con una chica gorda y sin interés que tenía un perrito y que se enfadó conmigo cuando dije que el perro no me gustaba porque quería morderme. Acordamos que llevara al perro afuera, pero cuando volvió ya me había ligado otra chica, era más guapa pero no la que más me gustaba, y se me pegó como una lapa. Yo trataba de librarme de ella para ligar con una mulata de dieciséis años que estaba sentada sin hacer nada en el otro extremo de la sala y se contemplaba melancólicamente el ombligo a través de la abertura de su cortísima camisa. No lo conseguí. Stan estaba con una chica de quince años de piel color almendra con un vestido que estaba abrochado por arriba y por abajo, no por la mitad. Unos veinte hombres miraban desde la ventana.

En un determinado momento, la madre de la chica mulata —que no era mulata, sino negra— apareció por allí y mantuvo un breve y triste coloquio con su hija. Cuando vi aquello, sentí demasiada vergüenza para acercarme a la chica que realmente me apetecía. Dejé que la lapa me llevara a uno de los cubículos donde, como entre sueños, y entre el estrépito de la música, pues también había altavoces allí, hicimos rechinar la cama durante media hora. Era un cuartito cuadrado de paredes de madera y sin techo, con una imagen en un rincón y una palangana en el otro.

Las chicas gritaban en el sombrío vestíbulo:

—*Agua, agua caliente.**

Stan y Dean tampoco estaban a la vista. La chica me pidió treinta pesos, unos tres dólares cincuenta, y me rogó que le diera diez pesos más y me contó no sé qué larga historia. Yo desconocía el valor del dinero mexicano; me parecía que por lo menos tenía un millón de pesos. Le entregué el dinero. Corrimos a bailar de nuevo. En la calle se había reunido una gran multitud. Los policías parecían tan aburridos como de costumbre. La guapa venezolana de Dean me llevó por una puerta a otro extraño bar que también debía de pertenecer a la casa de putas. Había un joven camarero que hablaba y se limpiaba las gafas, y un viejo con enormes bigotes que discutía algo vehementemente. También allí atronaba el mambo desde un altavoz. Parecía que el mundo entero se había vuelto loco. Venezuela se me colgó del cuello y pidió de beber. El camarero no quería servirle más. Ella suplicó y suplicó y cuando al fin tuvo delante una copa, la derramó y esta vez involuntariamente, como pude comprobar por la angustiada expresión de sus ojos que miraban perdidos.

—Tranquilízate, guapa —le dije. Tuve que sostenerla para que no se cayese del taburete. Perdía el equilibrio todo el tiempo. Nunca había visto a una mujer tan borracha; y sólo tenía dieciocho años. Conseguí que le sirvieran otra copa; me estaba tirando de los pantalones para que lo hiciera. Se la tragó de golpe. No tenía valor para llevármela a uno de los cubículos. La tía con quien me había acostado tenía treinta años y sabía cuidar de sí misma. Con Venezuela retorciéndose y lamentándose entre mis brazos tenía muchas ganas de desnudarla y hablar, sólo hablar con ella... o eso me decía a mí mismo. Esta chica y la mulata me hacían delirar de deseo.

El pobre Víctor, durante todo este tiempo estuvo apoyado en la barra y saltaba de vez en cuando al ritmo de la música contento de ver cómo se divertían sus tres amigos americanos. Le invitamos a beber. Sus ojos brillaban de deseo ante las mujeres pero no quería irse con ninguna. Se mantuvo fiel a su mujer aunque Dean le dio un montón de billetes. En aquel loco tumulto tuve ocasión de ver cómo estaba Dean. Se hallaba tan enloquecido que no me reconoció cuando me acerqué a él.

—Sí, sí —fue todo lo que dijo. Parecía que aquello no se iba a terminar nunca. Era como un dilatado y espectral sueño árabe en el atardecer de la otra vida: Alí Babá, las callejas, las cortesanas. Fui de nuevo con la chica al cuartito. Dean y Stan se intercambiaron las suyas; desaparecimos y los espectadores tuvieron que esperar a que continuara el espectáculo. La tarde se alargaba y se hacía más fresca.

Pronto caería la noche sobre la vieja Gregoria. El mambo no dejaba un momento de descanso, era un frenesí semejante a una interminable jornada en la jungla. No podía apartar la vista de la mulata, que se movía como una reina incluso cuando el siniestro propietario la obligó a hacer trabajos serviles, tales como traernos las bebidas y limpiar las mesas. De todas las chicas que había era la que más necesitaba el dinero; probablemente su madre había venido a que le diera lo que había ganado para sus hermanos y hermanas más pequeños. Los mexicanos son pobres. Sin embargo, nunca, nunca se me ocurrió acercarme a ella y darle algo de dinero. Tenía la impresión de que lo aceptaría con desprecio, y el desprecio de las que son como ella me deja acojonado. En mi locura, estuve enamorado de ella todas las horas que duró aquello; tuve los inconfundibles síntomas: la angustia, los suspiros, el dolor, y por encima de todo la resistencia a acercarme a ella. Fue extraño que tampoco Dean o Stan se acercaran; su indiscutible dignidad la hacía parecer demasiado pobre en aquella casa de putas. En un determinado momento vi que Dean se inclinaba rígido hacia ella, dispuesto a echársele encima, pero su rostro reflejó el desconcierto cuando lo miró fría e imperiosamente. Dean se quedó inmóvil, se frotó la tripa y abrió la boca. Al final inclinó la cabeza. Sin duda era la reina.

De pronto, Víctor nos sacudió con furia por los brazos y nos hizo gestos frenéticos.

−¿Qué pasa?

Hizo de todo tratando de que le entendiéramos. Finalmente corrió a la barra y arrancó la cuenta de las manos del encargado, que lo miró enfadado, y nos la enseñó. Se elevaba a más de trescientos pesos o treinta y seis dólares americanos, lo que es un montón de dinero para cualquier casa de putas. No podíamos calmarnos, ni tampoco irnos, y aunque estábamos agotados, todavía queríamos seguir con nuestras guapísimas chicas en aquel extraño paraíso árabe que por fin habíamos encontrado al final de la dura, durísima carretera. Pero se hacía de noche y teníamos que terminar con aquello; Dean se dio cuenta y empezó a poner mala cara y a meditar y a intentar encontrar una solución, y por fin yo lancé la idea de que debíamos largarnos ya de una vez por todas.

−Nos esperan tantas cosas, tío, que no importará nada.

−¡Tienes razón! −exclamó Dean con los ojos vidriosos volviéndose hacia la venezolana. Ésta había perdido el sentido y estaba tumbada en un banco de madera con sus blancas piedras asomando entre la seda. El público de las ventanas disfrutaba del espectáculo; detrás de él se acentuaban unas sombras rojizas, y desde alguna parte llegó el llanto de un niño, y de pronto recordé que después de todo estaba en México y no en una fantasía pornográfica de hashish en el cielo.

Salimos tambaleándonos; habíamos olvidado a Stan; corrimos dentro y le encontramos saludando amablemente a las putas del turno de noche que acababan de llegar. Quería empezar otra vez. Cuando se emborracha se mueve pesadamente como si midiera tres metros y no hay quien lo aparte de las mujeres. Además las mujeres se pegan a él como la hiedra. Insistía en quedarse y follar con algunas de aquellas nuevas, extrañas y expertas *señoritas.** Dean y yo lo sacamos a empujones mientras él dedicaba cordiales saludos a todos: a las chicas, a los policías, a la gente y a los niños que estaban fuera. Mandó besos en todas direcciones para responder a las ovaciones de la gente de Gregoria y anduvo orgullosamente entre los grupos tratando de hablar con todo el mundo y de comunicarles la alegría y cariño que sentía hacia todo en este agradable atardecer de la vida. Todos se reían; algunos le daban palmadas en la espalda. Dean corrió y pagó a los policías los cuatro pesos y les estrechó la mano y sonrió y se despidió con inclinaciones de cabeza. Luego saltó al coche y las chicas que habíamos conocido, incluida Venezuela, que fue despertada para la despedida, se reunieron alrededor del coche apenas cubiertas por sus leves prendas y nos dijeron adiós y nos besaron y Venezuela hasta lloró..., no por nosotros, eso lo sabíamos, no del todo por nosotros, pero sí en parte. Mi amor, mi mulata, había desaparecido en las sombras del interior. Todo había terminado. Nos largamos y dejamos detrás alegrías y despedidas y cientos de pesos. El obsesionante mambo nos siguió todavía un largo trecho. Todo había terminado.

–¡Adiós, Gregoria! –gritó Dean, mandando un beso.

Víctor estaba orgulloso de nosotros y orgulloso de sí mismo.

–Y, ahora, ¿qué tal un baño? –preguntó. Sí, todos queríamos un baño maravilloso.

Y nos condujo al sitio más extraño del mundo: era una casa de baños normal y corriente parecida a las americanas, a kilómetro y medio del pueblo, junto a la carretera, llena de chicos chapoteando en una piscina y duchas en el interior de un edificio de piedra que costaban unos centavos, con jabón y toalla incluidos. Además de eso, había un triste parque infantil con columpios y un tiovivo estropeado, y a la luz rojiza del sol poniente parecía extraño y hermoso. Stan y yo cogimos las toallas y nos metimos debajo de una ducha de agua helada y salimos frescos y como nuevos. Dean no se molestó en ducharse, y lo vimos pasear por aquel triste parque con Víctor cogido del brazo y hablando animadamente y doblándose encima de él excitado por subrayar algo, y hasta golpeándose la palma con el puño. Luego volvieron a pasear cogidos del brazo. Había llegado el momento de decir adiós a Víctor, así que Dean aprovechaba la ocasión para estar a solas con él, inspeccionar aquel parque y formarse una opinión sobre las cosas como sólo él sabía hacerlo.

Ahora que teníamos que irnos Víctor estaba muy triste.

–¿Volverán a Gregoria a visitarme?

–Claro que sí, tío. –Incluso le prometimos llevarle con nosotros a los Estados Unidos si quería. Víctor dijo que tendría que pensarlo.

–Tengo mujer e hijo... y no tengo dinero..., ¿comprenden?

Su dulce y educada sonrisa resplandeció en el rojo crepúsculo mientras nos despedíamos con la mano desde el coche. A su espalda quedaban el triste parque y los niños.

VI

Nada más salir de Gregoria la carretera empezó a descender, a ambos lados se alzaban grandes árboles y, como oscurecía, oímos el ruido de billones de insectos que hacían un sonido constante.

–¡Vaya! –dijo Dean, y encendió los faros y no funcionaban–. ¿Qué pasa? ¡Coño! ¿Qué hostias pasa? –Y golpeó enfadado el salpicadero–. Tendremos que ir a través de la selva sin luces, ¡fijaos qué horror! Sólo veré cuando venga otro coche y por aquí *no hay* coches. Y tampoco luces, claro. ¿Qué coño podemos hacer?

–Podemos seguir. Aunque quizá fuera mejor volver...

–¡No! ¡Nunca! ¡Nunca! Seguiremos. Casi no puedo ver la carretera. Pero seguiremos.

Y salimos disparados por aquella oscuridad entre el chirrido de los insectos y un olor intenso, rancio, casi a podrido, y recordamos y comprobamos que en el mapa se indicaba que inmediatamente después de Gregoria empezaba el Trópico de Cáncer.

–¡Estamos en un trópico nuevo! –gritó Dean–. No es de extrañar este olor. ¡Oledlo!

Saqué la cabeza por la ventanilla; varios bichos me chocaron contra la cara: un agudo e intenso chirrido llegó hasta mí en el momento en que levanté la cabeza. De repente los faros funcionaban de nuevo y perforaron las sombras de delante, iluminando la solitaria carretera que discurría entre sólidos muros de frondosos y retorcidos árboles de más de treinta metros de altura.

—¡Qué hijoputa! —gritaba Stan en el asiento de atrás—. ¡Qué cabronazo! —Todavía estaba alto. Sí, de pronto comprendimos que seguía alto y que la selva y las dificultades carecían de importancia para él. Nos echamos a reír todos.

—¡A tomar por el culo todo! Nos lanzaremos a través de esta maldita selva. Esta noche dormiremos en ella, ¡vamos allá! —gritaba Dean—. Stan está perfectamente. A Stan no le importa nada. Está tan alto con aquellas tías y con la tila y aquel mambo increíble que sigue sonándome en los oídos, que todo se la trae floja. Está tan alto que por una vez en su vida sabe realmente lo que está haciendo. —Nos quitamos las camisas y avanzamos a través de la jungla desnudos de medio cuerpo para arriba. Ningún pueblo, nada, sólo selva, kilómetros y kilómetros, siempre hacia abajo. Y cada vez hacía más calor, y los insectos sonaban más alto y la vegetación se espesaba, el olor se volvía más denso y rancio hasta que nos acostumbramos a él y terminó por gustarnos.

—Me gustaría desnudarme y revolcarme por esta selva —dijo Dean—. ¡Sí, tío, coño! Y lo voy a hacer en cuanto encuentre un buen sitio.

Y, de pronto, Limón apareció ante nosotros. Era un pueblo de la jungla, unas cuantas luces mortecinas, densas sombras, enormes cielos por arriba y unos cuantos hombres frente a un grupo de cabañas. Un cruce de carreteras tropical.

Nos detuvimos entre una tranquilidad inimaginable. Hacía tanto calor como dentro del horno de un panadero una noche de junio en Nueva Orleans. A lo largo de la calle había familias enteras sentadas al aire libre, charlando tranquilamente, de vez en cuando pasaban chicas, pero todas eran muy jóvenes y sólo tenían curiosidad por ver qué aspecto teníamos. Iban descalzas y sucias. Nos apoyamos en el porche de madera de una tienda destartalada con sacos de harina y piñas frescas rodeadas de moscas sobre el mostrador. Había una lámpara de petróleo y fuera unas cuantas luces mortecinas más, y el resto era oscuridad, oscuridad y oscuridad. Estábamos tan cansados que teníamos que dormir fuera como fuera y llevamos el coche por un camino de tierra hasta la salida del pueblo. Hacía un calor tan increíble que era imposible dormir. Dean cogió una manta y se tumbó sobre la suave y caliente tierra del camino con ella debajo. Stan se estiró en el asiento delantero del Ford con las dos puertas abiertas para hacer corriente, pero no corría el más leve soplo de aire. Yo, en el asiento de atrás, estaba bañado en sudor. Me bajé del coche y anduve vacilante en la oscuridad. Todo el pueblo se había ido a la cama; sólo se oía ladrar a los perros. ¿Cómo conseguiría dormir? Miles de mosquitos nos habían picado ya en el pecho y brazos y tobillos. Entonces tuve una brillante idea: salté al techo metálico del coche y me tendí allí boca arriba. Todavía no había brisa pero el acero era frío y me secó el sudor de la espalda dejando pegados a ella miles de insectos, y comprendí que la selva nos traga y nos convierte en parte de ella misma. Tumbado en el techo del coche cara al negro cielo me pareció estar encerrado en un baúl una noche de verano. Por primera vez en mi vida el ambiente no era algo que me tocara, que me acariciara, que me congelara, sino que era yo mismo. La atmósfera y yo nos convertimos en la misma cosa. Mientras dormía llovían encima de mi cara blandos chorros de microscópicos insectos que me proporcionaban una sensación agradable y sedante. No había estrellas en el cielo, totalmente invisible y pesado. Podía pasarme toda la noche allí con la cara expuesta a los cielos, y los cielos no me harían más daño que un manto de terciopelo que me envolviera. Los insectos muertos se mezclaban con mi sangre; los mosquitos vivos intercambiaban otras porciones de mi cuerpo; empezó a picarme todo y a oler yo mismo a la rancia, caliente y podrida selva; el pelo, la cara y los pies olían a selva. Para reducir el sudor me puse una camiseta manchada de insectos aplastados y volví a tumbarme. Una sombra en el camino me indicaba dónde dormía Dean. Le oía roncar. Stan también roncaba.

De cuando en cuando en el pueblo se veía un leve destello: era el vigilante nocturno, que hacía su ronda con una linterna y que murmuraba levemente en la noche de la selva. Entonces vi que la luz se acercaba adonde estábamos y oí sus pasos sobre la capa de tierra y la vegetación. Se detuvo e iluminó el coche. Me senté y le miré. Con una voz trémula, casi de queja y extremadamente suave, dijo:

–¿*Durmiendo?** –Y señaló a Dean tumbado en el camino. Entendí que quería decir si «estaba durmiendo».

–*Sí, durmiendo.**

–*Bueno, bueno** –se dijo a sí mismo, y se alejó como de mala gana y volvió a sus solitarias rondas. En América jamás han existido policías tan amables. Nada de sospechas, nada de líos, nada de molestias: era el vigilante del pueblo dormido.

Volví a mi cama de acero y me estiré con los brazos en cruz. Ni siquiera sabía si encima de mí había ramas o cielo abierto, pero no me importaba. Abrí la boca y respiré profundas bocanadas de aire de la jungla. De hecho no era aire, sino la palpable y viva emanación de árboles y pantanos. Me quedé despierto. En alguna parte los gallos empezaron a anunciar el alba. Seguía sin haber aire, tampoco había brisa ni humedad; únicamente existía la misma pesadez del Trópico de Cáncer que nos mantenía clavados a la tierra, a la que pertenecíamos. En el cielo no había ninguna señal del amanecer. De pronto oí ladrar furiosamente a los perros y después oí el débil clip-clop de los cascos de un caballo. Se iba acercando más y más. ¿Qué tipo de loco jinete de la noche podría ser? Entonces vi una aparición: un caballo salvaje, blanco como un fantasma, trotaba por el camino dirigiéndose directamente hacia Dean. Detrás los perros corrían y alborotaban. No los veía, eran sucios perros de la jungla, pero el caballo era blanco como la nieve e inmenso y casi fosforescente y fácil de ver. No sentí miedo por Dean. El caballo lo vio y pasó trotando junto a su cabeza, pasó tranquilamente junto al coche, relinchó suavemente, atravesó el pueblo acosado por los perros, se perdió en la selva por el otro lado y todo lo que seguí oyendo fueron sus cascos perdiéndose en la distancia. Los perros se calmaron y se pusieron a lamerse tranquilamente. ¿Qué era ese caballo? ¿Qué mito, qué espíritu, qué fantasma? Conté lo que había pasado a Dean en cuanto se despertó. Creía que yo lo había soñado. Entonces recordó vagamente que había soñado con un caballo blanco y le dije que no había sido un sueño. Stan Shephard fue despertándose lentamente. En cuanto nos movíamos volvíamos a sudar terriblemente. La oscuridad seguía siendo total.

–Vamos a poner en marcha el coche para ver si conseguimos que haya algo de aire –grité–. Me muero de calor.

–De acuerdo.

Salimos del pueblo y continuamos por la carretera con el pelo al aire. El amanecer llegó enseguida envuelto en bruma gris y vimos densos pantanos a ambos lados con árboles cubiertos de hiedra. Durante un rato avanzamos junto a las vías del tren. La extraña antena de la emisora de Ciudad Mante apareció ante nosotros como si estuviéramos en Nebraska. Encontramos una estación de servicio y llenamos el depósito mientras los últimos insectos de la noche de la jungla chocaban en masa contra las luces y caían a nuestros pies aleteando. Y había bichos con alas que medían sus buenos diez centímetros de largo, libélulas capaces de comerse a un pájaro, y miles de enormes mosquitos e innumerables insectos y arañas de todas clases. No dejaba de saltar sobre el suelo debido al miedo que me daban; por fin terminé dentro del coche con los pies cogidos con las manos contemplando asustado el suelo donde se agitaban los insectos alrededor de las ruedas.

–¡Vámonos de una vez! –grité. A Dean y Stan no parecían molestarles en absoluto aquellos bichos; bebieron tranquilamente un par de botellas de Mission Orange mientras se los quitaban de delante a manotazos. Su camisa y pantalones, como los míos, estaban manchados de la sangre y los cuerpos de los insectos muertos. Nuestras ropas apestaban.

–¿Sabes? Empieza a gustarme este olor –dijo Stan–. Ya no puedo olerme a mí mismo.

–Es un extraño olor, pero bueno –dijo Dean–. No me voy a cambiar de camisa hasta que lleguemos a Ciudad de México. Quiero llevármelo todo y recordarlo.

Seguimos rodando y un poco de aire alcanzó nuestros rostros abrasados y sucios.

Las montañas que teníamos delante eran verdes. Después de esta subida estaríamos de nuevo en la gran mescta y listos para lanzarnos directamente sobre Ciudad de México. Al poco tiempo nos encontramos a más de mil quinientos metros de altura entre desfiladeros cubiertos de niebla que dominaban ríos amarillos que parecían humear más de mil metros abajo. Eran el gran río Moctezuma y sus afluentes. Los indios que veíamos en la carretera eran realmente extraños. Constituían una nación aparte, la de los indios de la montaña, separados de todo salvo de la autopista panamericana. Eran bajos, rechonchos y oscuros; tenían muy mala dentadura y llevaban enormes cargas sobre la espalda. Al otro lado de enormes quebradas cubiertas de vegetación, vimos parcelas cultivadas en bancales. Los indios subían y bajaban por estas laderas y cultivaban sus parcelas. Dean conducía a diez por hora para mirar.

–¡Fíjate! Nunca creí que existiera algo así.

Muy arriba, en el pico más alto, como en muchos de los picos de las Montañas Rocosas, vimos que crecían bananas. Dean bajó del coche para señalarlas y se quedó inmóvil frotándose el vientre. Estábamos sobre una plataforma donde una choza con techo de paja quedaba como suspendida sobre el precipicio del mundo. El sol creaba doradas brumas que oscurecían el Moctezuma, ahora casi dos mil metros más abajo.

Delante de la cabaña había una niña india de unos tres años que se chupaba el dedo y nos observaba con unos enormes ojos oscuros.

—Probablemente no haya visto a nadie aparcado aquí en toda su vida —suspiró Dean—. ¡Hola, niña! ¿Cómo estás? ¿Te gustamos? —La niña miró hacia otro lado avergonzada y se echó a llorar. Seguimos hablándole y se tranquilizó; volvió a examinarnos y a chuparse el dedo—. Me gustaría poder regalarle algo..., esta plataforma representa todo lo que conoce de la vida. Su padre probablemente esté bajando por la quebrada atado con una cuerda y cogiendo piñas o cortando leña en un ángulo de ochenta grados con todo el precipicio debajo. Esta niña nunca saldrá de aquí ni conocerá otra parte del mundo. Esto es una nación. ¡Vaya jefe deben tener! Y probablemente más lejos de la carretera, encima de aquel farallón, a muchos kilómetros de aquí, sean más salvajes y extraños, seguro que sí, porque la autopista panamericana civiliza parcialmente a los que están más cerca de la carretera. —Dean señaló a la niña con una mueca de dolor—. Y no suda como nosotros, su sudor es aceitoso y *siempre* está ahí porque *siempre* hace calor, todo el año y no sabe lo que es no sudar; nació sudando y morirá sudando. —El sudor de la frente de la niña era espeso, perezoso; no corría; simplemente estaba allí y brillaba como aceite de oliva—. ¡Hay que ver lo que eso supondrá para ellos! ¡Lo diferentes que serán de nosotros en intereses y valoraciones y deseos! —Dean reanudó la marcha boquiabierto a diez kilómetros por hora, deseando ver a todos los seres humanos que encontráramos en la carretera. Subíamos y subíamos.

A medida que íbamos subiendo el aire se hacía más fresco y en la carretera había indias que llevaban chales sobre la cabeza y los hombros. Nos llamaron desesperadamente; paramos a ver qué querían. Trataban de vendernos pequeñas cuentas de cris-

tal de roca. Sus grandes ojos castaños miraban tan inocente-
mente y con tal intensidad que no sentimos el menor impulso
sexual hacia ellas; además eran muy jóvenes, algunas sólo tenían once años aunque parecían tener treinta.

—¡Fijaos qué ojos! —dijo Dean. Y eran como los ojos de la
Virgen Madre cuando era pequeña. Vimos que poseían la ternura y misericordia de Jesús. Y nos miraban fijamente, sin parpa-
dear. Frotamos nuestros nerviosos ojos azules y las miramos de
nuevo. Seguían atravesándonos con un brillo tristísimo e hipnó-
tico. Cuando les hablamos, de pronto se pusieron muy nerviosas
y parecían idiotas. Sólo en el silencio eran ellas mismas.

—Han empezado a vender esos cristales sólo *recientemente,*
pues la carretera fue construida hace unos diez años... Hasta
entonces toda esta gente debe haber vivido en *silencio.*

Las muchachas se agitaban alrededor del coche. Una con
mirada particularmente intensa agarró a Dean por el brazo.
Dijo algo en indio.

—Sí, sí, guapa —respondió Dean suavemente y casi con tristeza. Salió del coche y fue a la parte de atrás a rebuscar en su
baúl (el mismo destrozado baúl americano de siempre), y sacó
un reloj de pulsera. Se lo enseñó a la chica. El rostro de ésta se
iluminó. Las demás la rodearon asombradas. Dean buscó en la
mano de la niña «el más bonito, puro y pequeño cristal que había recogido en la montaña para mí». Encontró uno que no era
mayor que una grosella, y le entregó el reloj. Las bocas de todas
las chicas se abrieron al tiempo, como las de los niños de un
coro. La afortunada se metió el reloj entre los harapos que cu-
brían su pecho. Las muchachas acariciaron a Dean y le dieron
las gracias. Éste se quedó entre ellas con el rostro atormentado
mirando al cielo y buscando el puerto más alto y final, y parecía el profeta que estaban esperando. Volvimos al coche. No
querían que nos fuéramos. Durante un largo rato corrieron detrás de nosotros agitando la mano. Doblamos una curva y no
las volvimos a ver, aunque seguían corriendo.

—Esto me parte el corazón —exclamó Dean, golpeándose el pecho—. ¿Hasta dónde durará su lealtad y asombro? ¿Qué será de ellas? ¿Intentarían seguirnos hasta Ciudad de México si conducimos despacio?

—Sí —dije yo. Estaba convencido de ello.

Entramos en las alturas de la Sierra Madre oriental y casi sentimos vértigo. Los plátanos tenían un extraño brillo dorado entre la bruma. La niebla bostezaba más allá de las paredes de piedra a lo largo del precipicio. Abajo, el río Moctezuma era un fino hilo amarillo en la verde alfombra de la jungla. Pasamos por extraños pueblos de la cima del mundo y las indias nos observaban bajo el ala de los sombreros y de los *rebozos*. La vida era densa, oscura, antigua. Observaban con ojos de gavilán a Dean, que iba serio y enloquecido al volante. Todos tendían la mano. Habían bajado desde las sombrías montañas y desde las alturas a tender las manos hacia algo que pensaban que podía ofrecerles la civilización sin imaginarse la tristeza y pobreza y decepciones de ésta. Desconocían que había una bomba capaz de destruir todos nuestros puentes y carreteras y reducirlos a polvo, y que algún día seríamos tan pobres como ellos y tenderíamos nuestras manos del mismo modo en que ellos lo hacían. Nuestro destartalado Ford, el Ford americano de los años treinta, pasaba haciendo ruido y se perdía en el polvo.

Habíamos llegado a los accesos de la última meseta. Ahora el sol brillaba dorado, el aire era intensamente azul, y el desierto con sus ocasionales ríos, un tumulto de arena, un espacio ardiente, y repentinas sombras de árboles bíblicos. Ahora Dean dormía y Stan iba conduciendo. Aparecieron pastores vestidos como en los primeros tiempos, con largos y holgados mantos; y las mujeres llevaban dorados manojos de lino. Los hombres llevaban cayados. Los pastores se sentaban y reunían bajo los grandes árboles, en el relente del desierto, mientras las ovejas pastaban al sol y levantaban nubes de polvo.

—Tío, tío —grité a Dean—. Despierta a ver los pastores, despierta y mira el dorado mundo de donde procedía Jesús. ¡Puedes verlo con tus propios ojos!

Dean levantó la cabeza del asiento, lo miró todo a la luz rojiza del sol poniente, y volvió a dormirse. Cuando despertó me describió con todo detalle lo que había visto y dijo:

—Sí, tío, me alegra que me mandaras mirar. ¡Dios mío! ¿Qué haremos? ¿Adónde iremos? —Se rascó la tripa, miró al cielo con ojos irritados y rojos; casi se echa a llorar.

Se acercaba el final de nuestro viaje. Se extendían grandes praderas a ambos lados de la carretera; soplaba un viento noble a través de los inmensos árboles y sobre viejas misiones que adquirían tonos de un color rosa asalmonado con los últimos rayos del sol. Las nubes eran espesas y enormes y rosadas.

—¡Al amanecer estaremos en Ciudad de México!

Lo habíamos conseguido; habíamos hecho un total de tres mil kilómetros desde el atardecer aquel de Denver hasta estas vastas zonas bíblicas del mundo. Ahora estábamos a punto de llegar al final de nuestra ruta.

—Nos cambiaremos estas camisas manchadas por los insectos, ¿no?

—No, entraremos con ellas puestas en la ciudad. —Y así entramos en Ciudad de México.

Un breve puerto de montaña nos llevó bruscamente a una altura desde la que vimos Ciudad de México extendida sobre su cráter volcánico y despidiendo humo y a la luz del atardecer. Nos lanzamos cuesta abajo por la avenida de Insurgentes, derechos hacia el corazón de la ciudad, en Reforma. Los niños jugaban al fútbol en enormes descampados y levantaban polvo. Nos abordaron algunos taxistas y nos preguntaron si queríamos chicas. No, ahora no queríamos chicas. En la llanura se extendían largas y miserables chabolas de adobe; vimos solitarias figuras en las oscuras callejas. Enseguida llegaría la noche. Luego, ya estábamos en la ciudad, y de pronto pasábamos por delante de cafés abarrotados de gente y de teatros y de muchas luces.

Chillaban los vendedores de periódicos. Los mecánicos estaban sentados tranquilamente con llaves inglesas y destornilladores en la mano; y descalzos. Muchos conductores indios se cruzaban por delante y nos rodeaban y tocaban la bocina y convertían el tráfico en algo frenético. El ruido era increíble. En los coches mexicanos no hay silenciadores. Se puede tocar la bocina todo lo alto que se quiera.

–¡Vaya! –gritó Dean–. ¡Mirad! –Lanzaba el coche a través del tráfico y jugaba con todo el mundo. Conducía como un indio. Se metió en una glorieta circular de la avenida de la Reforma y dio la vuelta mientras ocho calles nos echaban coches encima por todas direcciones, izquierda, derecha, *izquierda,** por delante, y Dean gritaba y saltaba de alegría.

–¡Esto sí que es tráfico! ¡Siempre había soñado con algo así! ¡Todo el mundo se *mueve* al mismo tiempo!

Una ambulancia pasó como una flecha. Las ambulancias americanas avanzaban sorteando el tráfico y con la sirena sonando; aquí las ambulancias van por las calles de la ciudad en línea recta a más de cien por hora y todo el mundo procura apartarse a tiempo y la ambulancia no se detiene bajo ninguna circunstancia y sigue a toda marcha. Los conductores eran indios. La gente, incluso las señoras mayores, corrían detrás de autobuses que nunca se detenían. Jóvenes ejecutivos mexicanos hacían apuestas y corrían en grupo tras los autobuses y saltaban atléticamente a ellos. Los conductores iban descalzos y gesticulaban como locos. Llevaban camiseta y se arrellanaban cómodamente delante de los enormes volantes. Encima solían tener una imagen. Las luces de los autobuses eran pardas y verdosas, y se veían rostros morenos sentados en sus bancos de madera.

En el centro de la ciudad miles de tipos con sombrero de paja y chaquetas de grandes solapas, pero sin camisa, andaban tranquilamente por la calzada. Algunos vendían crucifijos y marihuana en plena calle, otros estaban arrodillados en destartaladas capillas junto a barracas de espectáculos de variedades. Algunas de las callejas eran de grava, con el alcantarillado a pleno aire y puertas por las que se entraba a diminutos bares incrustados en las paredes de adobe. Había que saltar una zanja para conseguir un trago y al fondo de la zanja estaba el antiguo lago de los aztecas. Tenías que salir del bar con la espalda pegada a la pared para llegar hasta la calle. Servían café mezclado con ron y nuez moscada. El mambo sonaba por todas partes. Cientos de putas se alineaban a lo largo de las oscuras y estrechas calles y sus tristes ojos nos seguían brillando en la noche. Andábamos como en sueños. Comimos unas ricas chuletas por cuarenta y ocho centavos en una extraña cafetería mexicana con azulejos y varias generaciones de tocadores de marimba de pie junto a una marimba enorme... También pasaban guitarristas cantando y había viejos tocando la trompeta en los rincones. Al pasar se olía el agrio hedor de las pulquerías; allí te daban un vaso de jugo de cactus por dos centavos. Nada se detenía. Las calles estaban vivas toda la noche. Los mendigos dormían envueltos en carteles de anuncios arrancados de las paredes. Había familias enteras de ellos sentadas en las aceras, tocando pequeñas flautas y charlando y riéndose durante la noche. Se veían sus pies descalzos, ardían sus velas macilentas; todo México era un campamento de gitanos. En las esquinas, unas viejas cortaban trozos de cabeza de ternera, los envolvían en tortilla y los servían con salsa picante en servilletas hechas con papel de periódico. Era la grande y definitiva ciudad de los salvajes y desinhibidos indios que sabíamos nos esperaba al final de la carretera. Dean caminaba por ella con los brazos colgando a los lados como si fuera un zombi; la boca abierta, los ojos brillantes. Realizó un sagrado paseo nocturno que duró hasta el amanecer, que nos sorprendió en un campo con un chaval con sombrero de paja que se reía y bromeaba con nosotros y quería jugar a la pelota: allí las cosas jamás se terminaban.

Entonces noté que tenía fiebre y me puse a delirar y quedé inconsciente. Disentería. Salí del negro torbellino de mi mente y me di cuenta de que estaba en una cama a dos mil quinientos metros sobre el nivel del mar, en el techo del mundo, y comprendí que había vivido una vida entera y muchas otras más dentro de la pobre envoltura atomizada de mi carne. Tuve todos los sueños. Vi a Dean apoyado en la mesa de la cocina. Habían pasado varias noches y ya se iba de Ciudad de México.

—¿Qué estás haciendo, tío? —murmuré.

—Pobre Sal, pobre Sal, que está enfermo. Stan cuidará de ti. Y ahora escúchame si es que en tu estado puedes hacerlo: he conseguido divorciarme de Camille aquí mismo y salgo esta misma noche para Nueva York a reunirme con Inez, siempre que el coche aguante.

—¿Otra vez todo eso?

—Otra vez todo eso, amigo mío. Tengo que volver a mi vida. Me gustaría quedarme contigo. ¡Ojalá pudiera volver!

Sentí retortijones en el vientre y gemí. Cuando volví a levantar la vista, el audaz y noble Dean estaba de pie mirándome con su destrozado baúl al lado. No sabía quién era, y él se dio cuenta; sintió pena y me estiró las mantas sobre los hombros.

—Sí, sí, sí, ahora tengo que irme. Y Sal con tanta fiebre... Adiós.

Y se fue. Doce horas después y todavía con mucha fiebre, comprendí por fin que se había ido. Entonces ya debía de estar conduciendo a través de las montañas de plátanos, ahora de noche.

Cuando estuve mejor me di cuenta de lo miserable que era, pero entonces me hice cargo de la increíble complejidad de su vida, de que había tenido que dejarme allí enfermo para entendérselas con sus mujeres y angustias.

—De acuerdo, viejo Dean, no diré nada.

Quinta parte

Dean se marchó de Ciudad de México, volvió a ver a Víctor en Gregoria, y siguió con el viejo coche hasta Lake Charles, Louisiana, donde, y tal como sabía que iba a suceder, la parte de atrás del coche cayó a la carretera. Telegrafió a Inez y ésta le mandó dinero y Dean sacó un pasaje haciendo el resto del viaje en avión. Nada más llegar a Nueva York con los papeles del divorcio en la mano, Inez y él fueron de inmediato a Newark y se casaron; y aquella misma noche, y después de decirle a Inez que todo iba perfectamente y que no se preocupase, intentando que fuera lógico lo que no era más que un pesar y una inquietud indefinibles, saltó a un autobús y atravesó una vez más el terrible continente. Llegó a San Francisco y se reunió de nuevo con Camille y sus dos hijas. Así que era un hombre que se había casado tres veces, se había divorciado dos, y vivía con su segunda mujer.

En otoño dejé Ciudad de México para volver a casa, y una noche nada más cruzar la frontera de Laredo, en Dilley, Texas, estaba de pie en la ardiente carretera bajo una luz contra la que se estrellaban las mariposas, cuando oí ruido de pasos que se me acercaban por detrás, y he aquí que vi llegar a un viejo muy alto con el pelo blanco al viento que llevaba un bulto a la espalda, y que cuando pasó a mi lado dijo:

—Llora por el hombre.

Y luego volvió a perderse cansinamente en la oscuridad. ¿Significaba aquello que debía continuar mi peregrinaje a pie por las sombrías carreteras americanas? Me di prisa en llegar a Nueva York, y una noche me detenía en una oscura calle de Manhattan y llamaba a la ventana de un apartamento donde creía que mis amigos celebraban una fiesta. Pero quien asomó la cabeza por la ventana fue una chica preciosa que dijo:

—¿Sí? ¿Quién es?

—Soy Sal Paradise —respondí, y oí resonar mi nombre en la triste y vacía calle.

—Sube —dijo ella—. Estoy haciendo chocolate.

Así que subí y allí estaba la chica de ojos puros e inocentes que siempre había buscado. Decidimos amarnos locamente. En invierno decidimos emigrar a San Francisco llevando nuestros pobres muebles y pertenencias en una vieja camioneta. Escribí a Dean diciéndoselo. Dean me respondió con una carta enorme de sesenta páginas en la que me hablaba de sus años de adolescencia en Denver y me decía que venía a reunirse conmigo y a elegir personalmente la camioneta que queríamos comprar y llevarnos a Frisco. Teníamos dos meses para reunir el dinero de la camioneta y nos pusimos a trabajar y ahorrar cada centavo. Y de pronto apareció Dean, con mes y medio de adelanto, y ninguno de nosotros tenía dinero para llevar a cabo el proyecto.

Estaba dando un paseo nocturno y volvía a casa para contarle a mi novia lo que había estado pensando. Ella me recibió con una extraña sonrisa en aquel pequeño y oscuro apartamento. Le conté unas cuantas cosas y de pronto noté un extraño silencio y miré alrededor y vi un libro destrozado encima de la radio. Comprendí que era el Proust de Dean que le proporcionaba tardes de elevada eternidad. Como en sueños lo vi acercarse en calcetines y de puntillas por el oscuro vestíbulo. No podía ni hablar. Saltó, se rió, tartamudeó, se frotó las manos y dijo:

–¡Vaya! ¡Vaya! Tenéis que escucharme. –Éramos todo oídos pero había olvidado lo que nos quería decir–. En realidad, sí... bueno. Mira, Sal... y tú, querida Laura... He venido..., bueno, me he marchado..., pero esperad un poco... ¡ah, sí! –Y se quedó mirándose las manos como apesadumbrado–. Ya no puedo ni hablar... comprenderéis que esto es... o podría serlo... ¡Pero escuchadme, coño! –Escuchamos; él prestaba atención a los ruidos de la noche–. ¡Sí! –susurró impresionado–. Pero ya lo veis..., no es necesario ni hablar..., y además...

–Pero ¿por qué has venido tan pronto?

–Bueno –dijo, mirándome como si me viera por primera vez–. Tan pronto... sí... Bueno, ya sabemos..., eso es, no lo sé. Vine con un pase del ferrocarril, en un tren mixto... con duros asientos de madera... Texas... tocaba la flauta todo el tiempo. –Sacó su nueva flauta de madera. Tocó unas cuantas notas agudas y saltó en calcetines–. ¿Ves? –añadió–. Pero naturalmente, Sal, puedo hablar como siempre y tengo muchísimas cosas que contarte. De hecho, con esta cascada cabeza mía he estado leyendo y leyendo al ido de Proust a través de todo el país y aprendiendo muchísimas cosas. Pero todavía no he tenido TIEMPO de hablarte de lo que NO hemos hablado: de México de nuestra separación cuando estabas con fiebre... pero no es necesario hablar. En absoluto, ¿verdad, Sal?

–De acuerdo, no hablaremos. –Y empezó a contarnos lo que había hecho en LA con todo detalle. Al pasar por allí visitó a una familia, había cenado con ellos; habló del padre, de los hijos, de las hijas..., nos dijo cómo eran, lo que comían, qué muebles tenían, qué pensaban, qué les interesaba, cómo eran de verdad, y cuando terminó con esto dijo–: ¡Ah! Pero lo que quería contaros DE VERDAD es otra cosa... de mucho después... cruzando Arkansas en tren... tocando la flauta... jugando a las cartas con unos valores, con mi baraja... gané dinero, toqué solos... para los marineros. Un larguísimo y terrible viaje... cinco días y cinco noches sólo para VERTE, Sal.

—¿Y qué es de Camille?

—Me dio permiso, claro... Me espera. Camille y yo estaremos juntos para siempre jamás...

—¿Y qué es de Inez?

—Bueno..., veréis..., bueno..., es que yo quiero que venga conmigo a Frisco y que viva en otra zona de la ciudad..., ¿no te parece? Bueno, ni siquiera sé por qué he venido hasta aquí. —A continuación añadió como asombrado de sí mismo—: Sí, claro, quería ver a tu guapísima novia y verte a ti... Me alegro de que os queráis tanto.

Permaneció tres días en Nueva York e hizo apresurados preparativos para regresar en el tren con su pase y volver a cruzar el continente. Cinco días y cinco noches en vagones polvorientos y asientos duros, y no teníamos dinero para la camioneta de segunda mano y no podíamos volver con él. Pasó una noche con Inez dándole explicaciones y sudando y discutiendo, y ella terminó echándole a la calle. Llegó una carta para él a mi dirección. Era de Camille y decía:

«Se me partió el corazón cuando te vi cruzar las vías con tu bolsa. Pido al Cielo que regreses sano y salvo... Me gustaría que Sal y su novia vinieran y vivieran en la misma calle que nosotros..., ya sé que te lo sabrás hacer pero de todos modos estoy preocupada..., en especial ahora que lo hemos decidido todo... Dean querido, termina ya la primera mitad del siglo. Te recibiremos con amor y besos para que pases la otra mitad con nosotros. Todos te esperamos. (Firmado) Camille, Amy y Juanita.»

Así que la vida de Dean quedaba solucionada junto a Camille, la mujer más constante, la que mejor lo conocía. Di las gracias a Dios por ello.

La última vez que vi a Dean fue en unas circunstancias tristes y extrañas. Remi Boncœur había llegado a Nueva York después de haber dado varias veces la vuelta al mundo en distintos barcos. Yo quería que conociese a Dean. Se conocieron pero Dean ya no podía hablar y no dijo nada, y Remi acabó yéndose a otra parte.

Había sacado entradas para el concierto de Duke Ellington en el Metropolitan Opera e insistió para que Laura y yo fuéramos con él y su novia. Remi había engordado y estaba algo más triste, pero todavía conservaba sus modales de caballero y quería hacer las cosas del *modo correcto*, según recalcaba. Consiguió que su agente nos llevara al concierto en un Cadillac. Era una fría noche de invierno. El Cadillac estaba aparcado y listo para arrancar. Dean estaba junto a las ventanillas con su bolsa y dispuesto a dirigirse a la estación de Pennsylvania y atravesar el país.

–Adiós, Dean –le dije–. No sabes cuánto siento tener que ir al concierto.

–¿No podría ir con vosotros hasta la calle 40? –me susurró–. Me gustaría estar contigo el mayor tiempo posible, y además hace un frío terrible en este Nueva York...

Hablé en voz baja con Remi. No, no quería. Le gustaba yo pero no le gustaban todos mis estúpidos amigos. No quería que volviera a estropearle la velada como había hecho en 1947 en el Alfred's de San Francisco con Roland Major.

–¡Absolutamente imposible, Sal! –¡Pobre Remi! Llevaba una corbata especial que había preparado para ese día; tenía dibujada una copia de las entradas del concierto y los nombres de Sal, Laura, Remi y Vicki, su novia, además de una serie de chistes sin gracia y algunos de sus dichos favoritos como: «No puedes enseñar al viejo profesor una canción nueva.»

Así que Dean no pudo venir con nosotros y lo único que pude hacer fue sentarme en la parte de atrás del Cadillac y decirle adiós con la mano. El agente que conducía tampoco quería nada con Dean. Y el pobre Dean, enfundado en el apolillado abrigo que había traído especialmente para las gélidas temperaturas del Este, se alejó caminando solo, y mi última visión suya fue cuando dobló la esquina de la Séptima Avenida, mirando hacia delante, y lanzado de nuevo a la acción. Mi pequeña y queridísima Laura, a quien se lo había contado todo de Dean, casi se echó a llorar.

—¡Oh, no podemos dejarle que se vaya así! ¿Qué podríamos hacer?

«Se ha marchado el viejo Dean», pensé y luego dije en voz alta:

—No te preocupes, sabrá arreglárselas.

Y seguimos hacia aquel triste y repugnante concierto al que no me apetecía nada ir y todo el tiempo estuve pensando en Dean y en cómo se subiría al tren y recorrería una vez más cinco mil kilómetros de este terrible país y nunca llegué a saber por qué se había presentado en Nueva York, excepto para verme.

Así, en esta América, cuando se pone el sol y me siento en el viejo y destrozado malecón contemplando los vastos, vastísimos cielos de Nueva Jersey y se mete en mi interior toda esa tierra descarnada que se recoge en una enorme ola precipitándose sobre la Costa Oeste, y todas esas carreteras que van hacia allí, y toda la gente que sueña en esa inmensidad, y sé que en Iowa ahora deben estar llorando los niños en la tierra donde se deja a los niños llorar, y esta noche saldrán las estrellas (¿no sabéis que Dios es el osito Pooh?), y la estrella de la tarde dedicará sus mejores destellos a la pradera justo antes de que sea totalmente de noche, esa noche que es una bendición para la tierra, que oscurece los ríos, se traga las cumbres y envuelve la orilla del final, y nadie, nadie sabe lo que le va a pasar a nadie excepto que todos seguirán desamparados y haciéndose viejos, pienso en Dean Moriarty, y hasta pienso en el viejo Dean Moriarty, ese padre al que nunca encontramos, sí, pienso en Dean Moriarty.

INDICE